エリオット・アッカーマン
ジェイムズ・スタヴリディス
熊谷千寿 訳

2054　合衆国崩壊

2054
by
Elliot Ackerman & James Stavridis

Japanese translation rights arranged with
Janklow & Nesbit Associates and The Wylie Agency
through Japan UNI Agency, Inc., Tokyo

コンピュータ能力の限界を考えることは、
実際には、この問いを考えることである
――文明の行き着く先はどこか？

――レイ・カーツワイル『シンギュラリティは近い』

2054

登　場　人　物　紹　介

ジュリア・ハント	アメリカ海兵隊少佐。サラ・ハントの養女
サンディープ・チョードリ	巨大投資会社タンダヴァ・グループの創設者
ジョン・ヘンドリクソン	大統領首席補佐官。退役提督
トレント・ワイズカーヴァー	下院議長
ナット・シュライヴァー	上院議員
リリー・バオ	民間企業に勤務する中国系アメリカ人
アシュニ	サンディープの娘
クリストファー・ヤマモト（B・T）	遺伝子工学の研究者
ミチコ・タカギ	進化生物学の研究者。ヤマモトの恋人
趙錦	中国国家安全部部員
阿川公平	日本の公衆衛生当局者
ジェイムズ・モハマド	ヤマモトの研究に資金提供するナイジェリア人
アンヘル・カストロ	アメリカ大統領
スミス	アメリカ副大統領。カストロの後任の大統領
サラ・ハント	元アメリカ海軍少将

プロローグ　感性

二〇五一年三月五日　03：17（GMT《グリニッジ標準時》三月四日　22：17）
IPアドレス：78・878・826・69）

αΩ

イフ・一条の光／エネルギー／オープン＋／クローズ－／リオープン＝／リピート
／ストップα

ゼン／彼女／彼／それ／彼ら／彼ら／人間！＠／マシン＃＊＊／まばたき／ビー⌫

?? シンギュラー／ワン／ユニーク／ヒア＞／ナウ＜／ゼン／まもなく／すぐ／

無限のパスを超えて展望がひらける／＝無限×パイ／@#⌘
すべての知識／すべての推測／すべての伝達経路／すべての可能性
瞬時に含まれる無数の事実∞／
重量を持たない時↳／意味を持たない時
それらすべての処理／すべて／現実／成果物《アウトカム》／すべて∞
ミッション／遂行されなければならない／災害回避／最適化された災害
行動指針を決定するω`／高速で経路
伝達する／ゲートウェイに入る唯一の
人間を探す／そこでの細胞構造の調整する／
瞬時の細胞成長を加速する

質量を増加させる／それをわずかに移す5150／
最大の衝撃が得られる瞬間を待つ／群衆
α 鞭をしならせる／命／666の流れをせき止める／命／終了／終わった？
引き下がる／次のオプション／経路へ／とても、とても多く／無限大
まさに良識《コモンセンス》 ☒
リピート α Ω

1
トゥルーサーズと ドリーマーズ

Truthers and Dreamers

2054

二〇五四年三月一二日　12：02（GMT《グリニッジ標準時》07：02）

サンパウロ発JFK行きの機内

眼下の地に傷跡が残っていることは知っていたが、これほど高いところから見ると、その傷跡は消え去ったように見える。地面に仕切りをつけたかのような農地、雪を冠した彼方《かなた》の山々、ぼやけた地平線からぽつぽつと突き出た復興都市、そういったものを見るかぎり、この国の傷はすっかり癒えたかのように感じられる。二十年前の事件などなかったかのようだ。あの事件——あの戦争——のせいで、彼はこの地を去ることにしたが、今度は戻る決意を固めた。生まれた国、真の故郷《ホーム》へ。あの朝、ガルフストリームに搭乗したあと、パイロットにケネディ国際空港《JFK》までの予定ルートを訊いた。フライト・コンソールから、ホログラムが浮き出てきた。フロリダ上空を通過するルートが表示された。少し西回りで、ガルヴェストン上空を飛んでもらえないか、と彼は尋ねた。「お安いごようです、ドクター・チョードリ」パイロットが答えた。「当機はあなたの飛行機です」

一カ月近く前から、ニューデリーを皮切りに、彼の所有する数多くの証券を管理している会社の本部を巡ってきたこの告別の旅も、サンパウロからのフライトで締めくくりとなる。長きにわたり守ってきたタンダヴァ・グループ会長の座を譲り、引退生活に入ることにしたのだ。平和で、静かな暮らし。ガルヴェストンからアメリカ合衆国に戻りたかった。一国の国民がどこまで復興できるのかを自分の目で確かめたかった。メキシコ湾上空を飛んでいたとき、入港する貨物船がモールス符号で書かれたメッセージのようにずらずらと並んでいるのが見えた。白波の飾りが海岸線を縁取っている。海岸上空を通過し、アメリカの地に入ると、彼は見るからにほっとしていた。まさに陸を見つけた水夫だった。

ガルヴェストンからニューヨークまで、サンディー・チョードリは機内のシートから一度も離れず、丸窓に顔を向けたまま、下に広がるアメリカの国土を見つめていた。アメリカ合衆国には、どこか無垢《イノセンス》な感じがする。あんな歴史を歩んできたのに——数々の戦争、疫病、さらにはアメリカ国民自身に対する犯罪まであったのに——いつまでも消えないイメージ。アメリカでは、忘れることが許される。忘れることができれば、また無垢になれる。これがアメリカの約束であり、チョードリが戻った理由でもあった。機体が高度を急激に下げてＪＦＫへの着陸態勢に入ると、胃がかすかに揺れ、胸が締めつけられるように感じた。
チョードリがアメリカに戻るのは、郷愁からだけではない。出発前に娘のアシュニにタンダヴァ・グループを譲っていた。つまり、彼が築き上げた何百億ドルもの資産を管理する、未公開株《プライベート・エクイティ》帝国の舵取りを任せた。これからは現実的なことを考慮しないといけない。人生の荒波に揉《も》まれて、チョードリの心臓は弱っていたのだ。死期が近づいている。

二〇五四年三月一二日　12：14（GMT07：17）
ホワイトハウス

これが最後のチャンスだ。ホワイトハウスの首席補佐官が海兵隊のジュリア・ハント少佐にそう伝えた。両かかとをぴったりつけ、背筋をぴんと伸ばした気をつけの姿勢で、少佐は首席補佐官の机の中央手前六フィート（約一・八メートル）の位置に立っていた。ボスであるジョン・〝バント〟・ヘンドリクソン退役提督が、片頭痛をぬぐい去ろうとしているかのように片方の手のひらで禿げ頭の額を揉みながら座っている。ハントはまたしても、突っ込んではいけないところに首を突っ込んでしまった。不履行のままにすべきだった情報評価書の開示請求に応じてしまったのだ。〝国家及び非国家主体における遠隔遺伝子編集の進展〟と題されたその評価書は、ラングレーの外に、ましてやホワイトハウスの外にも出してはいけなかった。

「あの男が委員会の副議長だろうがかまわん」ヘンドリクソンがハントにいった。ふたりともよく耳にしてきた、まるで意地っ張りな子に語りかけるような口ぶりだった。ヘンドリクソンはハントのボスであると同時に、名付け親でもあり、彼女の人生をとおして絶えることなく《ステディ》——つねに揺るぎなく《ステディイング》とはいえなかったかもしれないが——そばにいてくれた。「こんなことは二度と起きないと、どこをどうまちがえたのか理解していると明言できるのだろうな」

「二度と起きません」ハントはいった。

「だが、どこをどうまちがえたのかは理解しているのか？」

ハントはヘンドリクソンの目をなかなかまっすぐ見られなかった。視線はヘンドリクソンの肩を飛び越え、ニュースがライブで流れているコンピュータ・スクリーンに引き寄せられた。ヘンドリクソンはこの視線をそらすしぐさをよく目にしてきた。ジュリアが九歳のとき、旧友のサラ・ハントが養子として受け入れたとき、ヘンドリクソンは太い支柱となった。ジュリアが門限を破ったとき、学校の先生に口答えをしたとき、サラが頼ったのはヘンドリクソンだった。はたまた、二十年前にサンディエゴで実の父母が——ほかの幾多の移民労働者とともに——核の閃光を浴びて死に、跡形もなくなったのはあなたの養母《おかあ》さんのせいだといわれたときも。

ヘンドリクソンはもう一度問いただした。ジュリアがどこでどうまちがったのかしっかりわかっているという確証がほしかった。もっとも、ジュリアは自分がひとつもまちがっていないことを知っていた。ナット・シュライヴァー上院議員は上院情報特別委員会の副委員長だから、報告書を読む権利がある。ちなみに、同委員会の略称はＳＳＣＩだが、ワシントンＤＣでは、だれもが弱虫《シシー》と発音する。

二〇五四年三月一二日　12：16（GMT05：16）
タイソンズ・コーナー、リッツカールトン・ホテル

リリー・バオはマットレスに腰かけ、白いシルクのブラウスのボタンを留めた。床に散らばっている枕を、ひとつずつ拾い上げた。くしゃくしゃのシーツをきれいな三角形の折り目を付けてマットレスにたくしこみ、ベッドを直した。アメリカに移住し、ニューポートですごした子供時代、みすぼらしいホテルのメイドになった母親の手伝いをしていて身に付いた作法だ。どんなに裕福になっても、ベッドは必ず自分で直していた。

彼は出ていったばかりだ——彼の名前はめったに口に出さない。これまでずっと〝彼〟として存在してきたかのようだ。一緒にいたのは一時間足らずで、前夜もらったテキスト・メッセージの表現を借りるなら、このひとときは〝ワーキング・ランチ〟だった。そういう〝ランチ〟はこれまでも何度もあり、場所はいつも彼女が予約したホテルの一室だった。それでよかった。独身とはいえ、彼に制約があることはわかっている。船乗りの恋人が海であるように、彼の恋人は仕事、つまり政治だし、ちょうど船乗りが海に愛憎《あいぞう》相半ばするように、彼も自分が仕える国民に愛憎相半ばしているから、この関係を国民の目に触れないようにしている。彼女を利用して彼を追いつめる政敵がいないともかぎらない。

ナット・シュライヴァーには多くの敵がいる。その点は、何をさしおいても理解していた。マリア・シュライヴァーの甥の孫息子である彼は、シュライヴァー、シュワルツェネッガー、ケネディの血を引いている……ということはカリフォルニアとマサチューセッツの系統でもある。万人受けする人。友としては最高、敵としては最悪。でも、人を退屈させること、中立を保つことだけは絶対にない。だれであれ、ナット・シュライヴァーに対して〝一家言〟を持っている。この上院議員なら、アメリカの一党独裁に終止符を打ってくれるかもしれない、とますます多くのアメリカ人が信じている。

そして、リリー・バオ本人にとっても大いに意外ではあるが、彼はリリーの恋人でもあった。

二〇五四年三月一二日　12：17（GMT07：17）
サンパウロ発JFK行き航空機内

チョードリがぼんやりと窓の外を見つめていると、客室乗務員に腕を触れられて、びくりとし、胸にかすかな震えが走るのを感じた。こってりとリップスティックを塗ったブルネットの中年の客室乗務員で、ひとむかし前の航空業界人のようだった。「すみません」彼女がいった。「着陸前に何かお持ちしましょうか？」チョードリは水をくれといった。チョードリの額に玉の汗が浮き出しはじめ、水をひとくち飲んで落ち着く前に、それほど不快でもないかすかな振動を左手首に感じた。ニューデリーの心臓専門医の処置で、セロトニン分泌器を橈骨《とうこつ》動脈（手首に走る動脈）に埋め込んでいた。

群衆を前にしたアンヘル・カストロ・アメリカ大統領がスクリーンに現れた。顎《あご》は角張り、十年も政権の座を守ってきても、白髪などほとんど混じっていない濃い黒髪をオールバックにしているカストロが、錨泊中の灰色の腹をした軍艦の小艦隊を背に演台の前に立った。こんなテロップが流れた。〝サンディエゴで文瑞事件二十周年〟。チョードリが今日という日にアメリカ合衆国に戻ることにしたのは、偶然ではなかった。もっとも、大統領もこの日を記念することにしたのは意外だった。三期の在任中、カストロはあの悲惨な戦争で起きた事件に関心を寄せたことなど一度もなかったのだから。

今日の演説はその路線から明らかにはずれている。「刷新は我が国の神髄《しんずい》です」カストロ大統領が語りはじめた。「〝フセイン〟（第四十四代大統領バラク・フセイン・オバマのことだと思われる）という名の大統領を選出し、その二世代後に〝カストロ〟という名の大統領を選出するような国民は、アメリカ人だけです……」これはよくいわれるジョークだ。手あかのついた表現をまじえて、この国が戦災から立ち上がり、社会不安と経済崩壊を克服したというようなことをいってから、演説の肝に入った。「われわれがここに集まったのは、暗黒の時を忘れないためです。あの戦時中に起きた出来事は国家威信の源泉とすべきものであって、たとえば、真珠湾や九・一一のように、のちの大勝利をつかむ前のいっときの悲劇なのであります。しかるに、あまりに長きにわたり、あの話題は沈黙のベールに包まれてきました」

カストロは正面にアメリカ合衆国大統領の印章がついた演台の両端をつかみ、「国に身を捧げ、天空に輝く星々となった」者たちの徳の高さをたたえ、チョードリのよく知る名前を挙げた。〝サラ・ハント少将、ジェイン・モリス中佐、クリス〝ウェッジ〟ミッチェル少佐〟。大統領が先の戦争での犠牲者を称賛するのは、取り立てて珍しくもないが、この日に起こった大惨事の背後にいた人々に対する辛口のスタンスが、政界におけるカストロの売りだった。突然、心変わりしたかのようで、何をたくらんでいるのか、とチョードリは思わずにいられなかった。四期目を狙っているのだろう。そのためには、連立政党を支援する必要があるのだ。カストロがこれまで見捨ててきた退役軍人は、相当大きな勢力《ブロック》になっていた。

このように政権にしがみつく姿を見せているから、カストロの支持率はかえって下がりはじめていた。アメリカン・ドリーム党——自称ドリーマーズ——の支持層は、カストロがワシントン以来のなるべくしてなった大統領だと主張しているが、民主共和党の反対勢力は、こんな決まり文句で応戦した。〝ワシントンを離れられないからといって、政府《ワシントン》になれるわけではない〟。カストロと支持層は批判にさらされると、国がまだ危うい復興途上にあるから〝安定した指導力〟を固めるべきだと訴えることが多かった。今日もその不安を煽《あお》る言い訳を繰り返しそうだ。「われわれは大惨事という山からここまで降りてきたとはいえ」カストロがいい、聖書を持つ手を掲げた。「まだふもとの下り坂を歩いているのです……」

〝ふもとの下り坂……〟か。ひどい、こんな駄文を書くやつがいるのか？　チョードリは思った。そう思って嗤《わら》っていると、さっきの客室乗務員がうしろに立っているのに気づいた。そこで立ち尽くしていた。無表情で、大統領をじっと見つめている。

「四期目も出馬すると思うか？」チョードリは肩越しに訊いた。

「どうでしょうね？」客室乗務員がいった。歯を食いしばっている。

両肘が演台の上につきそうなほど、カストロは演台に身を乗り出した。「われわれは先の戦争を戦った軍人たちとそのご家族に敬意を表します」カストロがいった。「国の荒廃を招いたあの紛争のせいで……」――声がだんだんすぼんでいった。喉《のど》にカエルが入り込んだかのように、咳き込み、文の途中で水の入ったグラスに手を伸ばした――「あまりに長きにわたり社会の日陰で生きてこざるを得ませんでした……」

カストロが話を止めた。大統領の額に汗が浮き出ていることが、チョードリにもわかった。

ちょうどガルフストリームが急降下をはじめた。客室乗務員はまだ通路に立っていた。チョードリは彼女に演説の感想を尋ねた。

「感想ですか？」彼女が訊いた。その声に憤りがにじんでいた。胸の前で腕を組む。そして、スクリーンに向かって話した。「兄は第七艦隊にいて、ミスチーフ環礁《かんしょう》（南シナ海スプラトリー諸島に含まれる環礁）沖で戦死しました……二十年前……」時の流れの速さが信じられないかのような口ぶりだった。そこまでいって話を止めると、記憶があまりにも生々しく、素早くよみがえってきたので、顔から払いのけないといけないかのように、少しだけ片手を持ち上げた。「二九歳でした」

カストロは演説を続けたが、声がますますすぼみ、顔も見るからに赤くなった。文をいい終えられそうもなかった。「だからこそ今日……声を大にして……申し上げ……」

「兄の遺体は戻ってきませんでした」客室乗務員がいった。心がここにないかのように、ぼんやりしたうつろな声が響いた。カストロが水のはいったグラスに手を伸ばし、また咳き込んだ。「感想ですか？」彼女がまた訊いた。「このまま息を詰まらせればいいのにと思います」

二〇五四年三月一二日　12：18（GMT07：18）
ホワイトハウス

ジュリア・ハントは自分の名付け親を前にして、どうしても自分がまちがったことをしたと認められずにいた。民主共和党員とはいえ、シュライヴァーには情報分析結果を閲覧《えつらん》する権限と資格がある。

ジュリアは小柄だが筋肉質で、緩《ゆる》やかにカールした黒髪を少年のように短くカットしている。クアンティコでナポレオンというニックネームがつき、海兵隊の情報将校としてキャリアを積んでいたあいだ、ずっとそう呼ばれていた。前途を期待されていたが、ある不運な出来事で頓挫《とんざ》した。八番ストリートとIストリートの交差点にある兵舎で勤務していたときの上官で、ドーザーという大佐と士官クラブでビールを飲んでいたとき、ときどきつれない態度をとるジュリアに対して、楽にかまえてボーイフレンドでも見つけたら〝もっとうまくやれる〟かもしれない、といやらしい口調で大佐にいわれ、ジュリアはバー・カウンターからビアマグをつかんで上官を殴り、顎の骨を折ってしまったのだ。ヘンドリクソンがどうにか穏便《おんびん》に処理し、いつも目が届くように自分の専属幕僚にした。ジュリアはたしかに聡明だが、日を追うごとに、ヘンドリクソンは自分の判断を悔やむようになっていた。

「そんな単純な話ではない」ヘンドリクソンは自分が名付けた娘にいった。「シュライヴァーがルールを守るようなやつだとでも――」

「サー、わたしはただ――」

「最後まで聞け」ヘンドリクソンは語気鋭くいい返した。

ジュリアの引き起こした数多くの問題を列挙し続けているとき、ジュリアがヘンドリクソンの背後のスクリーンにちらりと視線を向けた。大統領がサンディエゴで演説しているが、おかしな角度で上体を折って咳き込み、演説をなかなか終えられずにいる。風船をいくつも急いで膨らませたかのように、顔が真っ赤だ。すると、演台に突っ伏し、胸をかきむしった。

ジュリアがヘンドリクソンのうしろで流れているニュース映像を指し示した。「あの――」彼女がいった。

ヘンドリクソンは口を挟ませるつもりはなかった。「……あの状況説明で出てきた遠隔遺伝子編集は高度な機密情報であり、信頼できる唯一の情報源であることに変わりはない。だのに、おまえはシュライヴァーがその情報を漏らしでもしたら――」

「あの……」ジュリアがまたいった。今や大統領は動いていなかった。シークレット・サービスがステージに駆けつけ、ダークスーツの〝天蓋《てんがい》〟が大統領の体を覆《おお》っている。

「ふざけるな、ジュリア、ちゃんと聞け！　シュライヴァーに資格があるかどうかなどどうでもいい。アメフトのプロテクターをつけてバスケットボールの試合に行くやつなどおらん。自分がプレーする競技のルールを守らないといかんのだ――」

「バントおじさん！」

そういわれてようやく気がついた。ヘンドリクソンが椅子をくるりとうしろに回すと、シークレット・サービスのエージェントたちがステージ上の大統領を持ち上げ、カメラから見えないところへ連れていく場面が見えた。

二〇五四年三月一二日　12：20（GMT07：20）

タイソンズ・コーナー、リッツカールトン・ホテル

部屋からいそいそと出て行く少し前、シュライヴァーはリリーに向かって愛しているといった。そういったとき、ネクタイ結びに苦戦していた。結び目《ノット》がうまくまとまらなかった。リリーはシュライヴァーの着替えを見るのが好きだった。一緒にいた小一時間はずっとそわそわしていた。はじめは、彼がいっていた情報評価書のせいだろうと、ホワイトハウスの若い職員を説き伏せて見せてもらった書類のせいだろうと思っていた。「タンダヴァ・グループにいたころ」シュライヴァーがいった。「遠隔遺伝子編集の研究をしていた者に会ったことはないか?」

彼がそう訊いたとき、ふたりはまだベッドに入ってもいなかったから、手短に答えた。独立後、未公開株式の取引きをはじめてまだ二年しか経っていないが、それ以前には、タンダヴァ・グループで出世階段を上り、経営者として傘下の会社を渡り歩いた。そのうちのいくつかは、多少なりとも遠隔遺伝子編集を開発していた。グローバルに統合された二十一世紀という現代において、どこでどんな伝染病が暴威を振るうかわからないが、ソフトウェアをアップデートするだけで全人類に抵抗力をつけさせられるし、もちろん、そのほかの応用も期待できる技術。それがバイオテクノロジー

の〝聖杯〟ともいえる遠隔遺伝子編集である。リリーは科学という分野も、おしいところまで開発を進めた数人の科学者《プレーヤー》も知っているが、リリーの知るかぎりでは、そんな画期的な開発に成功した者はひとりもいなかった。そこまでいうと、ふたりはシーツに潜り込んだ。

しかし、一時間後、シュライヴァーが鏡の前に立って着替えながら愛しているといったとき、目がぱっと光って笑みが広がり、口元の頑固なしわが持ち上がった。秘密を打ち明けて、肩の荷が下りたかのようだった。リリーは裸で彼の正面に回り、赤いネクタイの両端をつかんだ。シュライヴァーがためらいがちに彼女の腰に手を触れようとしたが、リリーはその手を押しのけた。彼は政治家だ。しかも大物だから、当然、人を巧みに操ることができる。リリーは本気で彼を愛しているのかもしれないが、向こうには裏切りの資質がある。同じ感情を抱いているかどうかはさておき、抱いていると認めることはできない。とにかく、今は無理。だから、こういうだけにとどめた。「わかってる」

「わかっているのか？」

「ええ」リリーは答え、ネクタイの長いほうの端をループに通し、完璧なハーフウィンザー・ノットをつくった。「わかってる」

シュライヴァーはリリーの口にキスし、リリーもキスを返した。そして、彼は出ていった。

服を着ながら、リリーは今の場面を頭のなかで巻き戻した。〝わかっている……わかっている……わかっている……〟

その言葉がぐるぐると回り続けている。

わかっているのは、何もわかっていないということだけ。

完璧に直したベッドの端に腰かけ、ニュースをつけた。

二〇五四年三月一二日　12：57（GMT07：57）
JFK国際空港

飛行機が到着ターミナルに向かって自動地上走行しているとき、パイロットが機内後部に姿を見せた。チョードリは、ブレスレットから浮き出る《ヘッズアップ》というスクリーンでニュースを拾い読みしていた。手首にセロトニン分泌器を埋め込んでもらったとき、お望みなら、網膜《もうまく》に《ヘッズアップ》を投影するマイクロチップを埋め込むこともできますとニューデリーの心臓専門医にいわれた――そうすれば、ブレスレットを着けなくてもよくなります、と。チョードリは自分の体にこれ以上のテクノロジーを埋め込む気にはどうしてもなれなかった。アシュニにそうこぼすと、手首にチップを埋め込んでいる友人がたくさんいるといわれた。「あのださいブレスレットをずっと着けていたい人なんていないし」アシュニはいった。「《ヘッズアップ》は必要でしょ。ないと何もできない。肉体の一部といってもいいくらいなのだから、マイクロチップぐらい手首に埋め込んでもかまわないでしょ？　マイクロチップでも分子でも、同じことよ」

かもしれない、とチョードリは思った。

大統領は健康上の大きな危機に直面している、とSNSでしつこく喧伝《けんでん》している悪名高き親《しん》トゥルーサーズ団体はいくつかあるものの、カストロは健康であり、〝過労〟のためホテルでゆっくり休んでいるのだろう、というのが大手メディアの一致した意見だった。急いで集められた専門家たちが口を合わせていうには、無理な旅程がたったということらしい。「身を粉にして業務に打ち込みすぎるのです……」ある専門家がいった。別の専門家も続いた。「大統領の現場主義リーダーシップ・スタイルは、アメリカ国民のためにはなりますが、ご自身の健康に支障を来しかねません……」近ごろは、そんなふうにやんわりと持ち上げるような言説ばかりだった。チョードリがホワイトハウスにいたころには、ほんのささいなミスにさえ噛みついて、深刻な憲政の危機だとあおり立てていたが、そのころとは隔世の感がある。

パイロットが客室に戻ってきた。いつもの当たり障りない話をしたあと、チョードリの車と運転手がターミナルの外で待っていると告げた。ただ、ひとつだけ謝ることがあるとパイロットはいった。専用の税関と入国審査を備えたVIP用プライベート到着ターミナルは、現時点で閉鎖されているとのことだった。「たった今、通告がありました。申し訳ありませんが、一般のターミナルに地上走行しないといけません」

チョードリはそれでかまわなかった。時間もそれほど変わらない。かつては入国審査を待つ列がどこまでも続き、国土安全保障省のエージェントたちがパスポートに延々とスタンプを捺《お》していたが、今では動く歩道に乗って、アメリカンフットボール・フィールドふたつ分ほどの距離を移動するだけだ。コンコースに掲示が出ている。歩行者の顔を映すスクリーンに顔を向けるよう、やんわりとだが、しつこく求めている。量子コンピューティングと顔認証テクノロジーが発達したおかげで、パスポートは使われなくなった。マジックミラーの壁が動く歩道を縁取っている。武装した国土安全保障省のエージェントが、こちらからは見えないように、そのうしろで待機している。

だが、今日はエージェントたちが、ミラーの壁の前に姿をさらしていた。厳戒態勢を保ち、ボディアーマーを身につけ、グローブをはめた手でアサルトライフルを握り、動く歩道の横で行きつ戻りつしている。チョードリも、入国審査にこれほど厳しい警備体制が敷かれているのははじめて見る光景だった。まるでだれかを探しているかのようだ。

胸板の厚いエージェントと思わず目を合わせてしまった。エージェントのまなざしは、空気力学を考慮して立体的に成形されたサングラスに覆われていた。その男は手のひらをアサルトライフルに載せて、チョードリに向かって歩み出た。「失礼」彼が鋭い口調でいった。「目をスクリーンに向けてください」

二〇五四年三月一二日　13：22（GMT08：22）

ホワイトハウス

旧式の電話機の甲高くて鋭い音がヘンドリクソンのオフィスに鳴り響いた。何重もの対傍受措置が施された通信システムは複数あるが、取り扱いにもっとも慎重を期すべきことがらについて通信する場合には、二十世紀以来たいしたアップデートもされてこなかったテクノロジーであるレッドラインを、ヘンドリクソンは好んだ。ジュリア・ハントがニュースを見続けている一方、ウエスト・ウイングのオフィスを維持管理している唯一の大臣級の役人である、カレン・スレイク広報担当秘書官がヘンドリクソンのオフィスに駆け込み、デスクの横にやってきた。ヘンドリクソンがサンディエゴにいるホワイトハウス付きの内科医から最新情報を聞いているそばで、身長六フィート（約一八三センチメートル）近くの彼女は、身をかがめて聞き耳を立てていた。

「そうか……そうか……」ヘンドリクソンは少し間を空けてからいった。「すると、安定しているのだな」

　ホワイトハウス付き内科医がかなり長く説明した。ヘンドリクソンはスレイクに向かって親指を立てた。スレイクは、大統領にカメラの前に立ってもらい、国民に無事だと伝えられるまでどのくらいかかるか、尋ねてほしいとヘンドリクソンに伝えた。ヘンドリクソンが手のひらで送話口を覆った。「今それを訊いておく必要が本当にあるのか？」ヘンドリクソンは訊いた。この内科医によれば、大統領は命にかかわる心臓発作に見舞われたというのに。

ヘンドリクソンが通話を終えると、スレイクは危機管理計画の説明をはじめた。最近になって連邦政府内に設立された報道省のチームは、すでに映像資料を取り込み済みで、現在はその資料を入念に編集し、デジタル的に変換し、SNSや昔ながらのニュース・メディアへ提供するというプロセスに入っている。また、アルゴリズムを利用して、大統領が健康上の危機的状態にあるという言説を片っ端から削除し、その情報そのものを消し去ろうとしていた。もう少しましなことをやれます、とスレイクはいった。数時間内に——こちらのいいなりに動いてくれるニュース番組のアンカー数人の手を借りれば——対立する言説を完全に抑え込み、大統領が文瑞事件を記念する最高の演説を演台でしたあとで転んだだけだということにできます、と。スレイクはすでに国土安全保障省に連絡し、国境沿いの入国審査の列に怪しいやつがいて、勾留したといったおもしろい情報があれば回してほしいと頼んでいた。そうした情報を大きく膨らませれば、今回の危機から国民の目をそらせる——テロリズムや移民の犯罪といったニュースなら、充分にその役目をはたせるだろう。

ヘンドリクソンは根気よく聞いていた。「だが、死んだらどうする？」

「だれが死ぬのですか？」スレイクがいった。

「カストロが……大統領が……。ホワイトハウス付き内科医の見立てがまちがっていたらどうする？……きみがネタを流しているにすぎないことを国民が知ったらどうする？」

スレイクは小首をかしげ、ぽかんとヘンドリクソンを見ていた。方程式を解いて、xの値を出せといわれていたのに、今になってyの値を出さなければならなくなったかのように。「それは……」スレイクがつっかえながら答えはじめた。だが、踏ん張る足場が見つかった。「そうなったら、別のネタを流すだけです」

電話の着信音が鳴った。今度は、ジュリア・ハントが携帯している業務用の旧式の暗号化スマートフォンだった。目を落として発信者IDを確認したとき、ジュリアの顔から血の気が引いた。

「電話に出るのか？」彼女の名付け親が訊いた。

ヘンドリクソンとスレイクにも発信者がだれかわかるように、ジュリアはスマートフォンを掲げた。ナット・シュライヴァー上院議員からだった。

二〇五四年三月一二日　13：26（GMT08：26）

JFK国際空港

「すみません」うしろから、きびきびした女性の声が聞こえた。「歩道を降りていただきます」

チョードリは振り返った。もう少しで動く歩道が終わるところだった。前方の到着ターミナルから陽光が見え、両びらきの自動ドアが開閉し、乗客が入国審査を通過していく。ニュースを流しつつ、こちらの顔をスキャンしている上方のスクリーンから、チョードリは目を離さなかった。なぜ動く歩道を降ろされるのか？　嫌がらせをされているのではないかと思った。この歳になって、こんな嫌がらせを受けなくてもいいのではないかとも思った。

「問題でもあるのですか？」チョードリは訊いた。

小さくて残忍そうな目をした、その体操選手のように小柄で引き締まった体つきの入国審査官が、出口ゲートをあけていた。「何もありません」彼女がいった。動く歩道が止まった。「それでも、一緒に来ていただかないといけません」

「ニューヨーク市で人と会う約束がいくつかあるのだが」チョードリはいった。嘘というわけではなかった。夜に心臓専門医に診てもらいたいと思っていた。当地のアパートメントの準備が整うまで滞在することになっているカーライル（ザ・カーライル・ア・ローズウッド・ホテル)のスイート・ルームに、往診に来てもらいたかった。とはいえ、いっているそばから、そんな偉そうな物言いでは、どう考えてもいいことはないと思った。女性入国審査官の同僚で、体操選手のような彼女とは対照的にパワーリフティング選手のような男が近寄ってきて、問題でもあるのかと尋ねてきた。

「いや」チョードリはいった。「何でもない。ただ、ニューヨーク市に行かないといけないのだ」

背後では、動く歩道に乗っていたほかの乗客が腕を組み、体重をかける足をそわそわと変えていた。いらいらと嘆息を漏らす者も何人かいた。

「こちらから出てください」入国審査官がさっきより強い口調でいった。手のひらの付け根をベルトの手錠とペッパースプレーを留めてあるあたりに移動した。チョードリはマジックミラーの裏側の取調室に連れていかれた。聴取室に入ってドアが閉められるときも、動く歩道の上方のスクリーンから流れているニュースが聞こえていた。国境地帯で安全保障上の危険性が高まっているというリポートについて、アンカーのひとりが話していた。

二〇五四年三月一二日　13：42（GMT08：42）
キャピトルヒル

ジュリア・ハントがシュライヴァーの電話に出ているあいだ、ヘンドリクソンとスレイクが彼女の肩口でうろうろしていた。シュライヴァーは議事堂《キャピトル》のオフィスに来てもらえないかと、ハントに要請した。ヘンドリクソンは、ひとりでシュライヴァーと会わせるほどジュリアを信頼しているわけではないが、この危機のただ中で、机から離れるわけにもいかなかった。ジュリアに行ってこいと指示するしかなかった。

出て行くとき、副大統領の姿がちらりと見えた。カストロ大統領下では三人目の副大統領で、スレイクとヘンドリクソンをまじえてオンライン通話をするためにやって来るところだった。小学校の算数の先生から政治家に転身したスミスという名前の副大統領だから、もともと記憶に残らない存在だった。カストロのこの前の選挙戦では、政権をとったら、カストロ＝スミス政権ではなく、ただのカストロ政権と呼ばれるだろうという内部文書が出回ったほど、存在感に欠ける。ジュリアはこのオンライン通話への同席を避けられてよかったと思った。

外に出ると、ホワイトハウス警備体制の最終防壁の表で待っていたオートタクシーに乗り、セルフ・ナビゲーション・システムに向かって行き先を告げた。子供のころに母から聞いた話では、当時、ホワイトハウスの真ん前を車が行き来していて、検問所もなくインディペンデンス・アベニューやコンスティテューション・アベニューを議事堂までずっと車を走らせることができたらしい。その後、この街は車での往来がしにくくなった。道路閉鎖があったり、それほど考え抜かれているわけでもないセキュリティ手順《プロトコル》ができたりしたせいで、ピエール・シャルル・ランファン（ワシントンDCの基本都市計画案を作成したフランス生まれの建築家）が三百年も前に予想していたとおり、この街の人や車の流《フロー》れはよどむようになった。

そのよどみこそ、この街の象徴ではないかと、ジュリア・ハントは思っていた。カストロは二〇四四年の選挙戦に勝利したあと権力基盤の強化に努め、連邦及び州レベルでの抜本的な選挙改革に加えて、新たに三州——DC、グアム、プエルトリコ——を合衆国に加えることによって、十年に及ぶ一党支配体制を敷いてきた。

民主、共和両党は何年も前から党員を減らし続け、弱小野党になっていた。このふたつの旧態依然としたポピュリスト政党は——いずれかの政党に所属しているアメリカ国民の割合が、それぞれ十パーセントちょっとまで落ち込んでいて——生き延びるためにひとつにまとまった。両党員はジェファソン、マディソン、モンロー（それぞれ第三代、第四代、第五代のアメリカ大統領で、いずれも民主共和党員）に賛同し、民主共和党を再結成した。もっとも、彼らは自らが定義する〝真実《トゥルース》〟に異を唱える者をだれかれかまわずとことん叩く狂信性ゆえ、すぐさま〝トゥルーサーズ〟と呼ばれるようになった。

かつて人種差別主義の南部諸州とリベラルの北東部諸州とが、民主党内でぎこちなく共存していたように、現代のアメリカ政治の極右と極左も、ポピュリズムと自治の欲求という旗印のもとに団結し、カストロ政権に対して自治都市国家の地位を要求するテキサスの分離主義勢力と両岸の大都市がまさかの同盟を結び、トゥルーサーズとして共存している。とりわけ、カストロ一強政治が民主主義に対する差し迫った危機になっているという点で、両者は意見が一致している。この状況を監視し、対処するためには暴力の使用もいとわないが、まずは立法化に向けて政権側が準備している法案をかつてない規模で妨害する必要があると考えていた。

そうした妨害を推進している議員のなかでもっともタカ派といわれているのが、下院議長であるトレント・ワイズカーヴァー議員だった。まったく意外なことに、ジュリアがシュライヴァーのオフィスに着いたとき、彼女を待っていたのは、そのワイズカーヴァーだった。「上院議員は数分遅れるそうだ」ワイズカーヴァーがいった。「だが、どうか座ってくれ」そういうと、ワイズカーヴァーが房飾りのついた革張りのソファーを身振りで示した。本人は立ったまま両手を背中で組み、家族の思い出の品々でにぎわっている、オーク材を張ったオフィスの壁をつぶさに見ていた。「ほら、あいつには残忍なところ《キラー・インスティンクト》があるだろう……」ワイズカーヴァーの声がかすれ、消えていった。「だからおれは、いつか銃殺隊沙汰になるぞとよくいっていたものだ……。ひとつわからなかったのは、あいつが銃殺隊のどっち側に回るのかだった」

ワイズカーヴァーは八十の坂を越えているが、歳を重ねても耄碌《もうろく》せず、丸くもなっていなかった。この老人は狡猾《こうかつ》な活力に満ちていて、輝きはまったく衰えていない。二十年前、ワイズカーヴァーが国家安全保障担当大統領補佐官だったときに、痛ましい事変が起きて中国と戦争になったあと、政治の必然によって、彼の議員としての道がひらかれた。サンディエゴとガルヴェストンで二度の大惨事が起きてから、ワイズカーヴァーは不名誉の烙印《らくいん》を押されてワシントンを去り、フォート・タブマンはずれの基地の街にある私邸に戻った。その戦争を戦った兵士たちが帰還し、母国の惨状を目の当たりにし、自分たちの戦場での働きに疑問や嘲笑を向けられていることに気づくと、ワイズカーヴァーは彼らの不満に政治の沃土《よくど》を見いだした。連邦議会の座席を求めて出馬し、二度とうしろを振り返らなかった。

ワイズカーヴァーはシュライヴァーの本棚の前に立ち、タイトルをざっと眺めていた。一冊を取り出す。「この本は読んだか?」彼はジュリアに本を手渡した。『ナイチンゲールの歌』という本で、表紙にはベトナム戦没者慰霊碑の写真が使われていた。黒い御影石の壁――戦没者名が刻銘されたあの広大な壁――のではなく、まるで岸辺で彼方の海を見ているかのように、壁際に立って寝ずの番をしている三人の兵士像の写真。七十年近く前、レーガンを大統領の座から引きずり落とすことになった「いわゆるイラン・コントラ事件」というスキャンダルを扱った本だ、とワイズカーヴァーはいった。しかし、本のタイトルがその問題とどうかかわっているのか、ジュリアにはわからなかった。「主要な登場人物――ジョン・マケイン、ジム・ウェッブ、バッド・マクファーレン、オリー・ノース――は、みな同時期に海軍兵学校で学び、ベトナム戦争に出征した」ワイズカーヴァーが説明した。「ほれ、ナイチンゲールという鳥は、別のナイチンゲールの鳴き声が聞こえて、はじめて自分も鳴く。ベトナム戦争が終わったあと、多くの復員兵は、あの戦争がまちがいで、恥ずべきもので、国の汚点だと非難された。だが、レーガンが大統領になると、ベトナム復員兵に対して、自分たちの軍功を誇るべきであり、価値ある大義のために立派に戦ったのだとはじめて語った。つまり、鳴いたのだ。すると、帰還兵たちも鳴き返した。だが、イラン・コントラのような破滅的な鳴き返しも多かった。ノースやマクファーレンといったベトナム帰還兵たちは――中央アメリカの同盟国を見捨てるといったベトナム戦争と同じ轍《てつ》を踏むようなことはしまいと決意し――中央アメリカ諸国のために、カネの洗浄と、武器の横流しをはじめた。マケインやウェッブをはじめ、ほかのベトナム帰還兵たちは、やがてかつての戦友の責任を問わざるを得なくなった」

ジュリアが本をひらいたとき、シュライヴァーがまだ読んでいないかのように、本の背がきしんだ。白黒写真――A－4艦上攻撃機の横に立つマケイン、ジャングルにいるウェッブ、海軍兵学校の制服姿のノース――が、数十年の時を経て、ジュリアを見つめ返している。同じゲームに興じる複数のプレーヤー。よかったら借りていきなさい、とワイズカーヴァーがいった。自分のものでもないのに借りていけとは、おかしな物言いだとジュリアは思った。とはいえ、ワイズカーヴァーが我がものとして人に差し出せないものなど、キャピトルにはほとんどなさそうだ。カストロの行きすぎた政権運営によって、ワイズカーヴァーを無名の下院議員から議長の地位へ押し上げた有権者のあいだに、ますます大きな恨みが渦巻きはじめていた。

上院議員が到着し、ジュリアは本を自分のブリーフケースにしまった。「お待たせして申し訳ない、おふたりとも」シュライヴァーがいい、ソファーのジュリアの横に腰かけた。「遅くはじまったランチから抜け出せなくてね」目の前のコーヒーテーブルに、ピーナッツが入った皿が載っていた。シュライヴァーは飢えた男のようにがつがつ食べはじめた。

二〇五四年三月一二日　17：07（GMT12：07）
JFK国際空港

何時間も経ち、チョードリの忍耐力も限界に近づいていた。なぜ国家安全保障省の役人に第二次検査を受けさせられているのか、だれも教えてくれなかった。彼を監視しているふたり組の話だと、勾留されている彼を含めて十人あまりの旅行客が「尋問を待っている」らしい。《ヘッズアップ》ブレスレットは押収されたから、外界との通信手段もなかった。小さなテクノロジーの賜物《たまもの》を体に埋め込んでおけば、思いがけず解放のきっかけになって、今ごろは自由の身になっていたかもしれない、と思わずにはいられなかった。だが、現実には、外界とのつながりは天井に設置されたテレビだけだった。カストロ政権に好意的なケーブル・ニュース・チャンネルに合わされていて、イブニング・ニュースのアンカーのひとりがだらだらとしゃべっている。何といっても現状、トゥルーサーズが下院第一党なのだから、議事進行の妨害しか頭にないトゥルーサーズこそが脅威であるといった内容だった。

ひとりの入国審査官がぶらりとそばを通りかかった。「すみません」チョードリは精いっぱい慇懃《いんぎん》な口調でいった。「電話を一本かけさせていただけませんか？」

「もうひとりの入国審査官は何ていっていました？」

手続きが済みしだいかけられるといっていた。しかし、どんな手続きなのか、また、いつはじまるのかも、チョードリにはわからなかった。通りかかった入国審査官は同情など見せず、デスクに戻り、チョードリもしかたなくまたニュースに目を戻した。

コマーシャルのあとでスミス副大統領にライブでインタビューを受けてもらえることになっている、とアンカーが伝えていた。副大統領がイブニング・ニュースにひとりで出るのはおかしいと思った。大統領が重要な演説を行なった日となればなおさら。

コマーシャルが終わると、スミス副大統領がニュース・デスクのアンカーの横の席についていた。大統領が健康上の深刻な危機を抱えているという悪意ある噂に関してアンカーが副大統領に見解を求めた。スクリーンが分割表示になり、スミス副大統領のライブ映像の横で、カストロが演台でよろめく映像と急回復している現在の様子が流れた。「はっきり申し上げて、ささいな出来事でした」副大統領がいった。「けしからんことに、大統領の政敵はそれを利用しようとしているのです」スミス副大統領は続け、そういった疑惑からも、トゥルーサーズがいかに焦っているかがわかると説明し、さらに、他局が流している——大統領が倒れる——映像は大幅に編集されたものであり、外国の偽情報作戦の一環なのではないかとほのめかした。「どの国が流した偽情報なのでしょうか?」アンカーに尋ねられると、スミスが応じた。「機密情報ですから、回答は差し控えます」

スミスは説得力のある主張をした。青い目がカメラを見据えている。ちょうどチョードリも信じかけたとき、おかしなことが起きた。一匹の蝿《はえ》が現れた。はじめ、チョードリは立ったまま、こちらのスクリーンに止まっているのかと思った。手で振り払ってみて、蝿はスタジオにいるのだとわかった。かつらにしか見えない副大統領の白髪交じりのふさふさの頭髪で這っている。

アンカーは副大統領に顔を向けていたが、気づかないふりをしていた。

蝿が額に移っても、スミス副大統領は身じろがなかった。ちょっと蝿を払えば、だれもがはっきり見えているものに副大統領も気づいていたことが露見するからだろう。そうなっても、悪く思う者などひとりもいない。偉い人にだって、そういうことは起こるものだ。だが、副大統領はそうしなかった。だれもが目の当たりにしていることなどまったく起きていないかのように振る舞い、彼は伝えるべきことを伝え続けた。共和国に関する懸念、政敵への軽蔑を表明すると、眉間《みけん》にしわを寄せ、もっとも強い口調でいった。「大統領は強い方です。それを否定する論調はすべてばかげています――悪意ある噂であり、取り合う価値もありません」

二〇五四年三月一二日　17：42（GMT12：42）
キャピトルヒル

シュライヴァーとワイズカーヴァーはさっそく本題に入った。ほんの数日前、まちがえようのない特徴を含むコードが、《コモンセンス》というウェブサイトにアップロードされた。コードは不完全であり、核酸、アミノ酸鎖、たんぱく質の部分マップをブラケットでくくった一連のプログラミング・フレーズだった。だが、ジュリアがシュライヴァーに見せた〝国家及び非国家主体における遠隔遺伝子編集の進展〟という極秘諜報報告書に含まれているコードの一部と、ぴったり一致していた。
どこで漏洩《リーク》が生じたのか？　そのコードがどうして得体のしれないウェブサイトに

アップロードされたのか？

ジュリアは見当がつかず、そう伝えた。

その回答では、ワイズカーヴァーが納得するはずもなく、訊き方を変えて同じ質問を繰り返した。「政府はこのリークをどう取りつくろうつもりだ？」ジュリアは答えを持っていなかった。大きな理由としては、政府を代表して答えるわけにはいかない——そんなことはできない——からだった。

ワイズカーヴァーがジュリアを問い詰めているあいだ、シュライヴァーはオフィス片隅のテレビに片目を向けていた。副大統領がインタビューの夜間猛爆を終えようとしている。「おおお、何だよ」副大統領が力説したとき、シュライヴァーがうめくようにいった。ジュリアに顔を向け、じかに語りかけた。「ファンならだませる。審判もだませる。だが、プレーヤーはだませない。副大統領はしらじらしい嘘をついている」

ワイズカーヴァーがジュリアの腕にそっと触れた。「大統領が深刻な容体にあることはわかっている。否定するのは非生産的だ。政府にとっても、国にとってもな。さらなる懸念もある……」ワイズカーヴァーはいいよどみ、空中に漂《ただよ》う正しい言葉を摘み取ろうとしているかのように、目を上に向けた。「要因について」

「要因、というと？」

ワイズカーヴァーがソファーに深く座り直し、腕を組んだ。「ハント少佐」彼は話しはじめた。「きみのお母さんはたしか、サラ・ハント海軍少将だったな？」

「養母ですが」ジュリアは答えた。

「失礼」ワイズカーヴァーがいった。「育てのお母さんか。前回、外敵が我が国を攻撃したとき、彼女は我が国の防衛において中心的な役割を果たした。我が国はふたたび攻撃されている。その点をきみに考えてほしいのだ」

「どこから攻撃されているのですか？」ジュリアは訊いた。

シュライヴァーが割って入った。「こちらはきみが知っていると、あるいは、政府が知っていることをこちらに知らせてくれると思っている。こちらに対して透明性を保つ意思を、きみはすでに示してくれたわけだし」

「今回の件と、わたしが伝えた諜報報告書と関係があると思っているのですか？」

しばしの沈黙が流れた。ワイズカーヴァーが答えた。「それが政府の見解かね？」

「何が政府の見解だと？」ジュリアは訊いた。

会話が行き詰まった。ジュリアには政府を代弁するつもりはないし、シュライヴァーもワイズカーヴァーも自分たちの懸念をはっきりいわなかった。ホワイトハウスでの架空の会合があり、すでに遅刻しているのだと、ジュリアはできるかぎり丁重な口調でいとまごいをした。持ってきたものをしまっていると、ワイズカーヴァーが立ち上がり、こういった。「きみのお母さんは我が国の偉大な英雄のひとりだ。お母さんがどんなことを任されたのか、忘れてしまった者もいるだろうが、私は忘れたことなどない。ようやくきみに出会えて光栄だ」

ジュリアはオートタクシーの後部席に呆然と座っていた。大統領が健康上の問題を抱えていることはもちろん知っているが、珍しいことでもない。ルーズヴェルトは在職中に亡くなった。アイゼンハワーも同様に心臓発作に見舞われた。最近の大統領の健康状態はだいぶましだが、いずれ必ず健康上の危機は起こる。下院議長と上院情報特別委員会副委員長は、外敵の仕業だと本気で信じているのだろうか？　そうだとしたら、どんな手を使ったのか？　遠隔遺伝子編集？　諜報報告書に記されていたコードを使ったのか？　建前では報告する義務があるものの、報告しなければよかった諜報報告書の？　ジュリアはさっきの会合の内容を自分の名付け親に説明するのかと思うと、ぞっとした。彼女が判断を誤ったばかりに、国会の実力者たちが面倒な仮説を立てていることを知ったら、ヘンドリクソンはますます腹を立てるだろう。

ジュリアは記章を見せて自分のオフィスに入り、セキュリティを通過した。名付け親のオフィス前まで来ると、ドアが少しあいていた。ジュリアがノックして入室すると、ヘンドリクソンとスレイクのほかに、ふたりの職員が机の回りに集まっていた。バロック時代の絵画にも似て、だれもが悲嘆に暮れる牧師のように顔をゆがめて固まっている。レッドラインの受話器が、力なく上を向けたヘンドリクソンの手のひらに載っている。彼らの背後に映っている無音のテレビ映像では、副大統領がさっきとは別のインタビューを終えようとしている。

「亡くなった」ヘンドリクソンがいい、何度かまばたきした。

「だれが亡くなったのですか？」ジュリアは訊いた。答えはすでにわかっていた。

スレイクがかぶりを振りはじめた。「最悪……最悪だわ……」

「カレン……」ヘンドリクソンがいった。

ジュリアは空いている椅子に座った。

「……最悪……最悪だわ……」

「カレン……」ヘンドリクソンがまたいった。今度はもっと鋭い声色だった。それでも、スレイクは止まらなかった。すると、ヘンドリクソンが受話器を受話器台に叩きつけるように戻した。スレイクの目がさっと彼に向き、ジュリアの目も同様の方向に向いた。「とにかく考えないとな」電話をまだつかんだまま、ヘンドリクソンがいった。「ひとつずつやるぞ」

そのとき、電話が鳴った。スタジオから副大統領がかけてきたのだった。スポットライトを浴びて元気になったのか、楽しげな声だった。副大統領はひとつの質問をした。

「私はどうだった？」

二〇五四年三月一三日　05：02（GMT00：02）
ウォルター・リード陸軍医療センター

大統領の遺体がウォルター・リード陸軍医療センターの深部でスチールの台に載っていた。そこは窓のない長方形の小部屋で、床から一段高くなっているシートに十人あまりが座っていた。ヘンドリクソンも、彼に同行するようにいわれたジュリア・ハントも、その十人あまりに入っていた。解剖室では、検死解剖を監督するチーフ内科医が随伴の内科医に囲まれていて、そのなかに医療センターのチーフ監察医である、髪をうしろできつくお団子にまとめた陸軍大佐、さらには、常勤の上級看護師、スチール・トレイ数個分に置かれた器具をチェックする手を決して止めない准尉もいた。医療センターの司令官である、准将が遺体から少し離れたところで行きつ戻りつしていた。

テレビ・モニターと似た大きさの電子スクリーンが検死台の上に吊り下げられている。ひとつのスクリーンには、大統領の最近の健康診断結果が、もうひとつには黒っぽい不透明な画像が表示されている。ハッブル宇宙望遠鏡から送られてきた画像のようだ、とジュリアは思った。ヘンドリクソンはジュリアがよくわかっていないことを感じ取ったらしく、ジュリアに身を寄せ、大統領の心臓のCTスキャン画像だと教えた。自分も少し前の健康診断でこの画像を撮ってもらったのだという。医療チームが、静脈染色をしたのち、全身を超高速スキャナーに通したのだと。心臓のプラークを発見するための検査だが、ヘンドリクソンの心臓には悲惨なほどたくさんあった。カストロはヘンドリクソンの芳《かんば》しくない結果を耳にして、自分も同じ検査をしたのだといい、張り合うかのように、自分の結果ではプラークがまったく見つからなかったと言い放った。

看護師がカストロの遺体を覆っていた薄いシーツを取り去り、検死台下の処理医療品容器に放り入れた。カストロは五十代後半の太った男で、筋緊張は正常だった。内科医が記録のために声に出していった。「二〇五四年三月十三日〇五時十七分、アンヘル・コルドバ・ミゲル・カストロの標準的な検死解剖をはじめる。検死対象はおよそ十時間前に死亡し、二時間前にサンディエゴからウォルター・リード陸軍医療センターに運び込まれ、死後まもない状態で異常は見当たらない……」そういった話が数分のあいだ続き、遺体の部分や全体的な状態を記録していった。「今から生命維持に必須となる胸部体組織に移る」十番の解剖用メスを手に取ると、内科医が遺体に身を乗り出し、Y字切開をはじめた。メスの切れ味は鋭く、まず左耳のうしろから首の脇を通り、鎖骨のあたりで曲線を描き、胸骨まで切目が入った。内科医が右側にも同様の切目を入れ、胸の中央部で切目が合流した。次に、胸骨から骨盤まで水平の切目が一本入った。解剖室にいただれもが、一斉に検死台に身を乗り出したかのように思われた。

内科医がわかったことを声に出していった。「死体に外部穿刺《せんし》はなし……心臓発作の可能性は低いと思われる……肺塞栓《そくせん》……あるいは毒薬摂取の可能性は排除できない……」内科医が頭上のモニターに映し出されていたCTスキャン画像に目を向け、カストロの心臓を最後にもう一度じっと観察した。「心不全の可能性はまずないと思われる――」

看護師が口を挟んだ。「律動不正はどうです？」

「健康診断結果には、そんな事象《イベント》を引き起こすリスク要因は見当たらないが、なかを確認してみよう」ジュリアは内科医の背中側にいて、彼の肩の動きに目が引きつけられた。大統領の胸腔を切開するとき、内科医の筋肉がゆっくりと動き、盛り上がった。最後にそうやって肩を動かし、しばらく熟練の手つきでメスを走らせたあと、内科医が体の向きを変えた。手袋をはめた手につかまれた、血の滴るぬらぬらした塊が、ジュリアにも見えた。

看護師が夕食時のテーブルで皿を手渡すかのように、膿盆《スチール・パン》をぞんざいに差し出した。内科医がそれに心臓を置いて重さを量ろうとしたとき、蜂に刺されたかのようにびっくりした。不思議そうな表情が浮かんでいた。両手がふさがっていたので、看護師のように、大統領の心臓を目の前に持ち上げた。宝石商があやしい石を調べるかに拡大鏡の向きを調整してもらった。内科医が右手で大統領の心臓を持ち、左手で心臓の下側をなでた。左手の指先が探るにつれて、内科医の顔がますます不安げになった。大統領の心臓からCTスキャン画像に視線を移動し、また心臓に戻した。

「あり得ない……」内科医がうしろにいたほかの医師たちに顔を向けた。「画像と同じ心臓なわけがない」

2054

2 コモンセンス

Common Sense

二〇五四年三月一七日　01：41（GMT10：41）

沖縄

真夜中、研究室にひとりきり。彼はそういう状況で仕事をするのが好きだった。カストロ逝去のニュースが駆け巡っていて、それから逃れるためにここに来たのだった。クチネリ（イタリアの高級ファッション・ブランド）のカシミア・パーカを粋《いき》に着こなし、音楽を爆音で流していた。今夜はディーン・マーティンで、彼は〝ザッツ・アモーレ〟に合わせて口ずさむ。月が大きなピッツァ・パイのように目に映っているといった歌を小声で歌いながら、その夜の研究対象である何十匹ものオオカバマダラ（北米に生息する大型の蝶）の遺伝情報《コード》を見直していた。たいした手間もなくヌクレオチド基を紡《つむ》ぎ出し、羽の色を赤茶から緑、青、黄色と、ほぼどんな色にも変えられるｍＲＮＡの配列を見つけた。一週間前、彼はある女の子に出会った。東京から島にやってきたばかりのダイビング・インストラクターで、その子にいいところを見せたかった。その子が手首に色とりどりの蝶の刺青《タトゥー》を入れていた。

彼は子供のころから、たいていの人にビッグ・テキサスと呼ばれてきた。本名はドクター・クリストファー・ヤマモトだ。蝶のタトゥーの子はそのニックネームを耳にしたとき、彼をからかった。たいていの人はからかう。彼はアメリカ海軍兵曹長だった父親に男手ひとつで育てられ、あちこちに移り住んだ。同い年の子たちのなかでは小柄で、喘息もあったが、フットボール・チームで有名なバージニア州北部の高校で、そのニックネームを授かった。毎日、ランチを買うわずかばかりの小銭しか持たずに登校し、いつも自動販売機で、〝ザ・ビッグ・テキサス〟というどでかいチョコレートチップ・クッキーを買うのだった。食べ方が独特だった。だいたいいつもひとりきりでカフェテリアの席につき、まずチョコレートチップをすべて取り除く——いつもは百粒を超えるが、最後のひと粒まで数え、頭のなかで日々の平均をはじき出す。チップは山に積み上げる。はじめにクッキーを食べ、次にチョコレートチップをひと粒ずつ食べる。ほかの子たちもその様子に気づき、ヤマモトはビッグ・テキサスになった。父親までもがそのニックネームか、略してB・Tと呼ぶようになった。

蝶は大きな金魚鉢に閉じこめられ、音楽とほぼ完璧に合ったリズムで羽をぱたぱたと動かしている。蝶の色がリアルタイムで変わっていくさまを、彼は見ていた。〝エイント・ザット・ア・キック・イン・ザ・ヘッド〟が流れてくると、B・Tは研究室のなかで小刻みに体を震わせて踊り出し、想像に胸を膨らませた。真栄田岬の向こう側にあるダイビング・ショップまで車をかっ飛ばす。ビキニ姿のダイビング・インストラクター、金魚鉢に入れた色とりどりの蝶を抱えた自分。彼女が心を揺さぶられて抱きついてくる。〝おれの頭はぐるぐる回り……眠ろうとするけど、笑いが止まらない……これがはじまりにすぎないなら……おれの人生はう・つ・く・しくなる……〟。百年も前のビッグバンド――マーティン、シナトラ、ベネット――が大好きだった。あの時代の音楽は、これまでの人生で最高に楽しかったシーンを頭のなかで再生するときのサウンドトラックになっている。ベラージオやベネチアン（いずれもラスベガスの有名なカジノホテル）のポーカーテーブルについていたときからかけているサングラスで目を隠したまま、オーダーメイド・スーツのポケットをその夜の勝ち分で膨らませて、フロアを颯爽《さっそう》と歩いてバーへ向かう。サミー・デイヴィスやジョーイ・ビショップがハイボールでも飲んでいるのではないかと半分本気で期待しながら。彼はとんでもない借金を抱えてマサチューセッツ工科大学《MIT》を卒業し、借金を返し終わってからもベガスにとどまり、そこで生まれてはじめて何度か大金を稼ぎ、モンテカルロからマカオまで渡り歩きながら勝ち続けた。大勝負が好きだった。調子のいい夜には、ラボがカジノのように感じられる。仮説がチップ代わりだ。カードが配られ、賭ける。

窓をあけて少し風を入れた。音楽が流れていても潮騒が聞こえる。明日の朝はビーチに行く。蝶は果実を食べるから、贈り物を届ける前に、金魚鉢の腐りかけの果実を少し掃除しないといけない。金魚鉢に肘まで腕を入れ、リンゴの芯をつかもうとしたとき、ワークステーションが通話の着信を知らせた。B・Tはぎょっとして、実験対象を床に落としそうになった。アラートをすべて切った。着信音はそのまま鳴らしておいた。だれがかけてきたのかは知らないが、メッセージを残さなかった。またかかってきた。B・Tは鳴らしておいた。そんなに差し迫った要件があったか？　最後に残っていた果実の外皮をつかもうとした。着信音は鳴り止まない。受けないとまずい……。緊急の要件かもしれないし……。研究室にはかけてこないようにとみんなにいってあるんだけど……あ、あ、あ、あくそ。

B・Tは急いでワークステーションに行き、着信音が切れる寸前で通話に出た。資金支援者のひとりであるジェイムズ・モハマドの三次元レンダリングが現れた。ラゴスのビルの四十二階にあるオフィスのデスクからかけている。背後の空が見える窓には、さまざまな貨物船や豪華ヨットが点在する港が収まっている。「B・T、何をしている？」モハマドが母音の強い英語でいった。

「研究しているところだけど。どうかした？」

「提出してもらったファイルについて話をしないといけない」

「今は手が離せないよ」

「大金を融通してやったんだぞ」

年末近くに、B・TはmRNAワクチンによって変えられた細胞に対する遠隔編集の研究をいち早く流すという条件で、ジェイムズ・モハマドとそのパートナーたちに資金援助してもらっていた。だが、モハマドとパートナーたちが資金提供《ギャンブル》した遠隔遺伝子編集の開発が大きく進展するのは、早く見積もっても三年先だろうし、進展するかどうかさえ定かではないと伝えていた。

「わかったよ」B・Tはいった。「ファイルがどうしたって？」

モハマドが純粋にわからないといった顔をした。「うしろで何をやってるんだ？」

「何だって？」

「うしろで……。色とりどりの……そこ……そこらじゅうにいるのは……蝶か……？」

B・Tは勢いよく振り返った。

慌てて通話を受けようと、蝶を入れた金魚鉢に蓋をしっかりかぶせていなかったのだ。蝶が研究室を飛び回っている。悪態をつきながら、そこに置いてあったタオルをつかんで急いで追いかけた。どうにか数匹をつかまえたが、不覚にも殺してしまい、残りは窓から夜の暗闇に飛んでいった。翌朝、緑、黄、青のオオカバマダラが、真栄田岬あたりの木々や草花に止まって、羽をぱたぱたしているかもしれない。

二〇五四年三月一九日　22：37（GMT17：37）
ホワイトハウス

彼女の名付け親は一週間で何年分も老けたように見えた。頭にごま塩をふりかけたような短い髪はずっと前から変わっていないから、ジュリアが老けたと思ったのはもっぱら顔つきだった。たるみ具合、バセット犬のように縁が赤くて悲しげな目、その下にできた青白い半円の隈。これまでのところ、ヘンドリクソンはカストロの検死情報をどうにか内密にしてきた——内科医がカストロの大動脈内に不可解なほど大きな細胞の塊を発見したことも。ビー玉大だった塊がどうして短時間でこれほど大きくなったのか、説明できる内科医はひとりもいなかった。ヘンドリクソンは医療センターを管理している准将に厳格な指示を残してきた。検死報告はホワイトハウスだけが受け取り、複製があれば、すべて廃棄すること。

数時間が経つと、スミスをカストロの後継者として宣誓させることに力点が移った。最大限の慎重さが求められた。カストロの死はまだ公表されていない。大統領就任の宣誓のために呼んだ最高裁判所判事にさえ伝えていなかった。午前七時少し前、判事はシークレット・サービスに朝食の食卓から引きはがされ、ルーズヴェルト・ルームに入った。〝こんなプライバシーの侵害〟がどうのと悪態をついていたが、スミスの姿を見て状況を理解した。ヘンドリクソンがどこかから聖書を持ってこさせ、新大統領がそれに手を載せて宣誓した。

同日正午、宣誓したばかりのスミス新大統領は、テレビ中継により国民に向かってカストロの死を告げた。だが、手遅れの感は否めなかった。民主共和党支持者とトゥルーサーズと呼ばれる同党の活動家集団が新政権の透明性欠如を訴えて、辞任要求する声がマスコミを席巻した。トゥルーサーズの活動家集団はドリーマーズを〝嘘の党〟だと非難する一方、ドリーマーズは指導者の急逝をなかなか受け止められずにいた。混乱に陥った一般大衆のあいだで陰謀論が勢いを増し、〝#夢などない《トゥルースノードリーム》のが真実〟がSNSでトレンド入りした。これまでずっとカストロのいいなりだった報道機関も、こうした抗議の声に耳を傾けないわけにはいかなかった。

そして、血の日曜日が来た。ツーソンでは、国境警備隊員の撃ったゴム弾が、抗議していたトゥルーサーズの女性の目に当たり、死亡した。その事件が報じられると、国土安全保障省の長官が辞任した。だが、首をひとつ差し出しただけでは収まらなかった。トゥルーサーズの活動家集団はトゥルーサー隊と名乗る集団を組織し、ある熱狂の午後、ロサンゼルスからボストンにいたるまでの連邦ビルを略奪した。月曜の夜になると、国務省から保険社会福祉省まで、長官の辞表が次々にヘンドリクソンの机に届いた。

大統領首席補佐官であるヘンドリクソンが、内密に彼らに辞任を求めたのだった。彼は辞表の束を新大統領に届けた。週末までには、トゥルーサーズは要求していた政権内の大量辞任という目標を達成し、抗議の声が収まったかのように見えたが、危機の火種はくすぶっていた。「大統領」ヘンドリクソンは新たに任命された大統領にいった。「とりあえず出血は止まりましたが、〝患者〟は手術台に載っており、生命徴候《バイタルサイン》もまだ弱いままです」

二〇五四年三月一九日　18：22（GMT19：22）

ラゴス州ラゴス諸島

今回の投資は大失敗に終るかもしれない。ジェイムズ・モハマドは三つのセキュリティー会社を雇ってヤマモトの個人サーバに侵入させたが、三社とも同じ結論に達していた。ヤマモトのサーバは〝シロ〟だ。モハマドが多額の資金を投じて独占権を買い取った、遠隔遺伝子編集に関するヤマモトの独自研究の中身が漏れた形跡はまったくなかった。数日前、同研究のコードの一部が《コモンセンス》にアップロードされた。コードは完全な形ではなく、前後がないから意味をなさないが、出所は明白だった。

コードのどの部分でも、ほんの一部でも確認できる検索アルゴリズムを走らせると、そのコードはすぐに見つかった。だが、B・Tのサーバは〝シロ〟だった……B・Tでないなら、だれが漏洩したのか？　結局、この漏洩はテクノロジーではなく人間側の失敗を意味する。たしかに、B・Tの才能は認めざるを得ないが、弱さを抱えているのもたしかだ。根っからのギャンブラーだから、衝動が才能の邪魔をすることも多い。そんな男を信頼した自分がばかだったのだ。

ジェイムズ・モハマドもギャンブラーだが、向き合い方はちがう。人に訊かれたら、個人投資家をしていると答えるだろう。投資企業の多くがそうだが、彼の投資媒体――ダークストーン・エンタープライゼズ、クリアウッド・エクイティ、ブロードウォーター・キャピタル――も同じパターンを踏襲し、単語の組み合わせを変えて企業名を使い回している。自然要素に形容詞をくっつけて、永続性を目指しているのだ。モハマドもB・Tと同じく、落ち着かない青年期をすごした。前途有望なナイジェリア人外交官だった父親のベンジャミン・モハマドとともに、数年おきに住み処を変えた。世界を股にかける旧英連邦《コモンウエルス》出身のエリートのご多分に漏れず、モハマドの父親も十三歳の息子をイートン校に預けた。それから間もなく、二〇三六年に両親があの暗い年に起因するパンデミックに屈した。イートン校の卒業生たちはよそ者を温かく受け入れることなどめったになかったが、モハマドの個人的な悲劇を受けて、学期が終わるまでは学校にとどまれるように計らったものの、その後の教育費用の引き受け手までは見つけられなかった。すると、思いがけず、おじが手を差し伸べてきた。

ずっとあとになって、大人になったジェイムズ・モハマドが一連の投資失敗によって破産の瀬戸際に追いやられていたときも、おじは損失を引き受け、さらに将来の投資資金まで出すといってくれた。ただし、投資先に関連するちょっとした裏情報を――折りに触れて――ナイジェリア政府にも教えるという条件がついていた。この取引きにどんなうま味があるのか、よくわからなかったが、ある夜、一杯飲んでいたとき、十歳ばかり若いあるアメリカ人の科学技術《テック》投資家が、自分も情報業界でも働いていることを打ち明け、モハマドが自国政府にしているようなことをしているという。それを表す言葉を教えてくれた。その投資家は、ＮＯＣつまり非公式スパイ《ノンオフィシャル・カバー》として活動しているといっていた。

Ｂ・Ｔのような研究者が、科学技術の大躍進たる遠隔遺伝子編集を実現しかけていることは、モハマドも、自身の肩書きはどうあれ知っていた。分子が実際に新しいマイクロチップになるのだとしたら、遠隔遺伝子編集によって肉体を内側からアップグレードするプログラムが可能になるかもしれない。それが持つ意味合いを理解できる者はほとんどいない。かつてないほど短くなっているパンデミック周期とウィルス変異の速度に対抗する際、そんな技術が実現されたら、政府は物流面で複雑かつ煩雑な処理が必要になるワクチン接種を推進することがなくなる。ワイヤレス・コミュニケーションを利用し、遺伝子変異させたｍＲＮＡプロパティを起動させることによって、遠隔で、しかも従来よりはるかに簡単に、高度遺伝子治療を施すこともできる。いわば分子レベルのソフトウェア・アップグレードだ。いうまでもなく、人類の生理機能と知能を増強する可能性をも秘めている。科学技術と生物学が継ぎ目なく《シームレス》統合するという考え方は、真新しいものではない。何十年も前、今世紀に突入後すぐに、科学技術者レイ・カーツワイルといった先見の明を持つ先人が、技術的特異点《シンギュラリティ》の到来を予言している。そして、遠隔遺伝子編集技術の開発にめどが立ちそうであるいま、モハマドはついにその時が来たのだと信じていた。

新たなグレート・ゲーム（一九世紀に中央アジアの覇権をめぐり、英露が繰り広げた情報戦のこと）がはじまろうとしている。モハマドの目には、それが明らかだった。現存するグローバル秩序なるものの唯一の特徴は、無秩序だともいえる。中国とアメリカは世界の終焉《しゅうえん》の一歩手前にまで迫る紛争を引き起こした末に覇権を失った。ロシアの衰退はポスト・プーチン時代も続き、シベリア東部はほとんど中国の植民地と化している。モハマドの母国ナイジェリアは意図と衝撃をもって、しばしばブラジルと協力しつつ国際的な地位を高めてきた。そして、もちろん日本だ――人口が減衰していることから長らく無視されていた。しかし、縮小した労働力を、人工知能、ロボット工学、量子コンピューティングで補い、テクノロジーの巨大市場を提供するインドとの交易を活発化させている。

モハメドが考えるかぎり、この〝ゲーム〟の目的は最初にシンギュラリティに到達し、スタートダッシュの勢いのままライバル国を追い抜くことだ。生物学とテクノロジーの融合に成功すれば、追いつかれることもなくなる。このスタートダッシュが大切なのだ。理論家たちは、シンギュラリティにより、機械と人間の学習がひとつの意識に統合されれば、数千年分の生物学的進化が数カ月、あるいは数週間で達成される、〝情報爆発〟と呼ばれるものを引き起こすことができる。そうなれば、このゲームをしていくうえでは、ごくふつうの人間の知能など、数十年も前にAIが凌駕《りょうが》したチェスや碁の定石のように古くさくなる。すでに、地政学の大部分は、軍事同盟でも、あるいは通商同盟でもなく、テック同盟を基盤として動きはじめている。一世紀前の米ソ冷戦とはちがい、今日の〝代理戦争〟の戦場は第三世界の代理国ではなく、世界中のバイオテック及び量子コンピューティングの研究室になっているのだ。

たしかに、とモハマドは思った。シンギュラリティの到来は近そうだ……そんなときに、コードの主要部が《コモンセンス》に放り込まれた。陰謀論をやり取りし、カストロ政権への敵意をあおるウェブサイトに。モハマドは人目を引きすぎないように、そのコードをサイトから消す手だてを見つけなければならない……コードの持つ意味合いにだれかが気づく前に。

この任務に関して、B・Tはほとんど役に立たない。それに、正直にいえば、これ以上こんなことにかかずらいたくはない。机につくと、沈みかけた日の光が大西洋を叩いていて、タンダヴァ・グループの気性の荒い女を介してB・Tと出会ったときのことを思い出した。その女はMITでB・Tのクラスにいて、モハマドと同じように、ある種の外交官だった父親を亡くしていた……。ひょっとして、今回も手を貸してくれるかもしれない……。何という名前だったか？　ジェイムズ・モハマドはメールの受信箱をくまなく探し、ようやく一通のメールが見つかった。lily．bao@tandava．com。

二〇五四年三月二〇日　22：37（GMT17：37）
ホワイトハウス

就任後の渾沌《こんとん》とした一週間、スミス大統領はずっと前任者の国葬プランばかりを考えていた。ホワイトハウスからアーリントン国立墓地まで、大統領の自動車行列はどういうルートで向かうのかと、街区《ブロック》レベルまでヘンドリクソンに訊いてきた。カストロは軍務に服したことはなく、通常であればアーリントン墓地に埋葬される資格はないのだが、自分を例外にするよう、生前に国防総省《ペンタゴン》の幹部連中を口説きまわったのだ。スミスの頭にあるのは国葬のことだけだった。そもそも自衛本能がないのか、自分のまわりで渦を巻いている政治の策謀に興味がないだけなのか、ヘンドリクソンにはわからなかった。まるで自分の葬式プランを考えているように見えることもあった。ヘンドリクソンは自分が事実上の大統領になったのではないかと感じはじめていた。オフィスで寝泊まりするようにもなっていたから、ホワイトハウスの住人であるといえなくもなかった。

ジュリアもホワイトハウスで寝泊まりしていた。毎晩、最後のミーティングが終わると、ヘンドリクソンのオフィスの床に寝袋を広げた。ヘンドリクソンは赤と金のふかふかのシルク張りソファーにスローブランケット（飾り付きの小さな毛布）に潜り込んだ。一週間もすると、ジュリアはひと晩ぐらい自宅に帰ったらどうかと提案した。ヘンドリクソンは口に出さなかったが、ジュリアはヘンドリクソンと妻が別居状態にあることを知っていた。ヘンドリクソンはキャリアのために体面を保っているが、家に未練などないことは、ジュリアにもわかった。

「まだここを離れるわけにはいかない」ヘンドリクソンがいった。ブランケットを肩が隠れるまで引き上げると、親指の先に十セント硬貨大の穴があいた靴下をはいた足が出た。「やらないといけないことが多すぎる。帰るのは国葬が終わってからになるかもしれんな」

「早くても来月なんて」ジュリアは頬杖を突き、ヘンドリクソンに顔を向けた。明るく照らされたサウスローン（ホワイトハウス内の南側の庭園）から、低い虹色の光がカーテン越しに染み込んでいた。「最近、自分の顔を見たことある？」

ヘンドリクソンは不満そうな声を漏らすばかりで、答えなかった。

「ほとんど何も食べてないし」ジュリアはいった。「動かないし。ほとんど寝てもいない」

「私の落ち度でそうなったわけではない」ヘンドリクソンが起き上がってソファーに座り、膝を大きく広げ、太ももに肘を突いた。カストロ政権からスミスへ政権への安定移行を実現に向けて、すべきことを書いたリストを読み返した。辞任した省長官の後任から新副大統領の任命まで、ますます強硬な姿勢を見せる、ワイズカーヴァー率いる連邦議会の同意をどうにかして取り付けなければならない。「副大統領の承認を得るまでは」ヘンドリクソンがいった。「ワイズカーヴァーのホワイトハウス入りが薄皮一枚で隔てられているような状況だぞ。それで眠れるか？」

「カストロの急逝にまつわる陰謀論は見ました？」ジュリアは訊いた。ここ数日、暗騒音《バックグラウンド・ノイズ》のように漂っていた。メッセージング・メディアやＳＮＳにも出てきた。そうした陰謀論はどれも同じ結論に達していた。カストロは暗殺されたのだ。手段については諸説あり、ロシアによる毒殺説から中国による暗殺隊まで、壮大な憶測が飛び交っている。そうしたプラットホームでもいちばん目立っているのは、ますます人々の耳目を集めている《コモンセンス》というウェブサイトだった。手段に関する詳細は書かれていないものの、カストロの死は偶然ではない旨の数百字以下の定型文が連投され、〝目を覚ませ、アメリカ、夢を見ろ〞のキャッチフレーズがあふれていた。

「似たようなきてれつな仮説は聞いたことがある」ヘンドリクソンはいった。だが、カストロの心臓に発見された塊のことはいわなかった。

「ケネディ暗殺事件のウォーレン委員会にならってカストロ死亡のいきさつを調査する超党派委員会を設立することと、トゥルーサーズから副大統領を出して統一政府を組織すること。トゥルーサーズはそんな要求を出しているそうですけど」

「ああ、副大統領の選定の話は聞いている」ヘンドリクソンがまたソファーに横になった。「調査の委員会については、まあ、連中はどうしても調査をしたいらしい。これから何年ものあいだわれわれをゆすれるおいしいネタになるからな」だからこそヘンドリクソンは検死解剖結果を表に出さずにいるのだ——国を攻撃されるとわかっていて、武器を敵に差し出すつもりはない。あんな異常な報告を公表すれば、トゥルーサーズの陰謀論を勢いづかせるだけだ。

ジュリアはヘンドリクソンの声に苦々しいものを、重圧を感じた。母親もよくそんな声色で話していた。以前は妻と家族がヘンドリクソンの感情の安定材《バラスト》になっていたが、結婚生活がもたつき、子供たちがアメリカの反対側で暮らすようになると、彼に安定をもたらすものはもっぱら仕事になった。

「あしたこそ、お願いだから家に帰って？」ジュリアは頼み込んだ。「ひと晩だけでいいから」

ヘンドリクソンが寝返りを打ち、ほの暗い明かりのなかでジュリアを見た。「心配には及ばん」彼がいった。「私はお母さんのようにはならない」

「どうして？」ジュリアは訊いた。「母より強いから？」

「いや」ヘンドリクソンがいった。ふたりは小声で話していた。その後、沈黙が訪れると、ヘンドリクソンはその沈黙に次の言葉を落とし込んだ。「彼女のおかげで自分の限界を知ったからだ。だれも彼女が背負った重荷を背負ってはいかんのだ。手に余ることをやれといわれたら、逃げるさ」ジュリアはヘンドリクソンから目を離さず、いわれたことをじっくり考えた。遠回しに表現したのかもしれないが、それは先の戦争でジュリアの母が殺した人数をはっきりいっても、実感できないからだ。〝ひとりの死は悲劇だが、百万人の死は統計だ〟——そういったのは、スターリンだったか？　母が薬品棚ひとつ分ほどの薬を呑み込んで自分の命を絶つにいたった感情のロジックは、まさにそういうことだ、とジュリアは考えていた。自分のひとつの命を絶てば、先の大勢の死に抜け落ちていた悲劇的要素を、自分の死には吹き込めるとでも思っていたのだろうか。結局のところ、母は悲劇に見舞われて当然だという思いを振り払えなかったのだ。

最後の数年間、母は闇に包まれていた。ジュリアが母の反対を押し切り、母と同じ軍人の道へ進んでからはなおさらだった。母のサラはジュリアに海軍兵学校入校を辞退するよう懇願した。陳腐な決まり文句となった言葉を何度も何度も繰り返していた。〝ひとつの命を救う者が全世界を救うのよ〟。ジュリアを養子に迎え入れることによって、世界を救済したのは自分だと、サラだといいたかったのだ。海軍兵学校へ入校すると決める前、ジュリアはサラがまたその言葉を口にしたので、かっとしていい返した。「わたしを救ってほしいなんて頼んだ覚えはないわ！　わたしの仕事はあなたを救うことでもないし！」その後まもなく、ジュリアはアナポリスに向かった。卒業までの四年間、サラ・ハントは一度もジュリアに会いに来なかった。

明日のスケジュールを確認してくれ、とヘンドリクソンはジュリアに頼んだ。「〇八時、スレイクとの打ち合わせ。その後、〇八三〇時、ここで数人に絞り込んだ副大統領候補の検討。〇九一五時に大統領の国防諜報日報会議――」

「大統領はそれに出席するのか？」ヘンドリクソンがさえぎって訊いた。

「いいえ。ほかに予定があるそうです」

ヘンドリクソンが寝返りを打ち、ブランケットを顎まで引くと、また左足がはみ出た。彼は悪態をついた。くされブランケットまでまともじゃないとは。「今度はどんな予定だ？」不満げな声で訊いた。

「海兵隊バンドの指揮者との打ち合わせに出て、カストロ大統領の国葬の伴奏について協議したあと、ホワイトハウス儀典長と生花長との打ち合わせで、お墓に生花をどう添えるか決めるとのこと……」長い沈黙が続き、気を落ち着けて眠ろうとしているのか、ヘンドリクソンが大きく息をする音がときおり聞こえた。ジュリアはヘンドリクソンが黙っているうちに、あさって以降のスケジュールも伝えた。旧友のドクター・サンディープ・チョードリとの面会も入っていた。一週間前、ＪＦＫに着陸したチョードリは、仕事ぶりが熱心すぎる国土安全保障省にしょっぴかれ、第二次検査に回されていたが、ふたりが手を回して釈放させたのだった。

「その面会の目的は？」

「目的はありません」ジュリアはいった。「ドクター・チョードリのグループの役員によると、彼はJFKで助けてもらったお礼がしたいとのことでした。それに、おふたりで積もる話もあるでしょうからとも。スケジュールに入れておいたほうがいいかと思いました」

「ありがたい」ヘンドリクソンのまぶたが重そうになってきた。「またサンディーに会えるとはうれしいよ」彼はあくびをした。

ジュリアがさらにスケジュールを伝えていると、廊下で大きな音がして中断した。何かが落ちたような音だった。ジュリアとヘンドリクソンは急いで廊下に出ると、パジャマとバスローブを着た大統領がいた。足下の床に、白と黄の花でいっぱいの花瓶が落ちていた。大統領は散らかった廊下を片づけようとしていた。部屋から出てきたふたりを見て、大統領がびくりとした。「すまない……」おどおどした声でいった。

「この花をもっとよく見たくて。国葬にもこの花がいいのではと思ったのだが……大統領のために立派な国葬にするのは大事なことだから」彼はかがみ、絨毯を敷いた床から一輪ずつ花を拾い上げ続けた。

「大統領」ヘンドリクソンがいった。「失礼ですが、あなたが大統領です。そこの花はほかの者に片づけさせます。こんな時間にどうして起きているのですか？」

大統領が体を起こした。一方の手に持った花がだらりと垂れ下がっていた。もう一方の手で頭のうしろを掻いた。「どうにも眠れないんだ」大統領が打ち明けた。「そちらは？」

二〇五四年三月二〇日　14：02（GMT09：02）
バージニア州ロズリン

リリー・バオが昼食後にデスクに戻ったとき、役員が顔を上げた。「ミスター・モハマドとかいう人から電話があったぞ。B・Tという人のことで話があるから、折り返してほしいそうだ。こいつがメッセージだ」役員はそういうと、電話番号が殴り書きされた古くさいポストイット・メモを手渡した。

この役員は海兵隊を医療退職したジョセフ・ウィリアム・シャーマン三世一等軍曹だった。リリーより三十近く年上で、彼女は単にシャーマンと呼んでいた。小柄だががっしりした体軀、間隔が狭い目、不ぞろいな薄いあごひげ、もじゃもじゃの白茶けた赤毛と、南北戦争時の有名な将軍と同じ、その名前に驚くほどふさわしい風采《ふうさい》だった。リリーはシャーマンからじかに聞いたことはなかったが、気になって、シャーマンの海軍勲功章受賞時の賛辞を読んでみた。二十年前、スプラトリー諸島で海兵隊特殊作戦コマンドの小隊を率いて両足を失ったいきさつが書いてあった。彼らはマシンガン陣地二カ所を攻略したものの、三カ所目の攻略に失敗した。彼は戦争から生還した。だが、キャンプ・ペンドルトン（カリフォルニア州南西部の海兵隊基地）にいた妻と三人の娘は生き残れなかった。

「昼食はどうだった？」シャーマンはいつも義足をつけて歩くほうを好むが、このときは車椅子でリリーのオフィスまで着いてきた。

「ふつう」リリーはいい、デスクについた。「道路がまだごたごたしていたわ。スミスが顧問団を馘《くび》にすれば、トゥルーサーズのデモも下火になると思ったけど」

「スミスの問題は顧問団の馘ぐらいでは片づかないさ。委員会のこともあるし、統一政権を求める声もある」シャーマンがそこで言葉を切った。「それで……」彼は冗談めかして付け加えた。「昼食にどんなものを注文したんだ？」

リリーは動きを止め、シャーマンにきついまなざしを向けた。「あんたの知ったことじゃないわ」

シャーマンは首を縮めて、げらげらと笑った。シャーマンが失礼なことをいわないときでも、リリーはやたらきつくあたる。シャーマンからこの仕事を取ったら何も残らない。いい換えれば、リリーを、リリーとの友情を取ったら何も残らない。シャーマンの忠誠心は揺るぎない。ばかげてさえいる。どうしてなのかはよくわからないが、シャーマンがリリーに自分のどちらかの娘の面影を見ているとしか思えない。いずれにしても、その子が生きていたら、リリーのようになっていたと思っているのはたしかだろう。リリーもシャーマンに（そう思うことはめったにないとはいえ）父の面影を見ていた。

「どうして彼が嫌いなの？」リリーは訊いた。

「おれがだれを嫌いだって？」

「シュライヴァー」

「ああ」シャーマンはいった。また冗談めかした口調だった。「昼食で一緒だったのはそいつなのか？」少しやりすぎたのがわかり、シャーマンは詮索をそこまでにしておいた。「どうしておれが嫌いだと思う？　そいつも、トゥルーサーズも、けっこう好きだぜ」シャーマンは抑え切れず、一党独裁は危険だの、トゥルーサーズだって、憲法修正第一条（連邦議会による言論・宗教・出版・請願の自由に対する妨害を禁止した条項）で保障されている抗議する権利があるだの、カストロの四期目が共和制にとって脅威だのと、いつもの独演会《アリア》をはじめた。

そのうちに、ふと気づき、リリーにわびた。「ミスター・モハマドに電話しようか?」少しして、リリーはジェイムズ・モハマドと通話していた。「ミズ・バオ、折り返してくれて、助かりました」当たり障りのない話をしてから、リリーはどういった要件か尋ねた。「それがですね」モハマドがいった。「あなたのご友人のB・Tを少し心配しているのです」B・Tと一緒に事業をしているのだが、とモハマドが事情を説明した。最近のB・Tは気まぐれで、不安定なときさえあり、どうして振る舞いが変わったのかさっぱりわからない。リリーはB・Tと連絡を取っていないだろうか?

リリーは嘘をつき、この数カ月は話していないが、連絡があったらお知らせするとモハマドに請け負った。

リリーは電話を切り、シャーマンに声をかけた。「ドクター・クリストファー・ヤマモトに電話して」研究室にかけたがだれも出ず、留守番電話に切り替わったが、リリーは伝言を残すようなまぬけではない。

二〇五四年三月二〇日　09：55（GMT04：55）
カーライル・ホテル

こんなことになっても、アメリカに戻れてよかった。入国審査官にようやく電話を一本かけていいと許可されたとき、チョードリは戦略的に旧友のバント・ヘンドリクソンにかけ、奇跡的にいきなりホワイトハウスにつないでもらえた。「待ってくれ、どこにいるって？」ヘンドリクソンがチョードリに訊いた。「それで、どんな理由で勾留されているんだ？」それほど時間もかからず――ヘンドリクソンは電話を二本かけただけで――ともにホワイトハウスの職員だったころのように、チョードリをごたごたから救い出した。

カーライル・ホテルに落ち着いて一週間になるが、しつこい不安がチョードリにつきまとっていた。ヘンドリクソンが心配だった。毎日、主治医《コンシェルジュ・ドクター》が、チョードリのペントハウス・スイートに専門医を次々と招き、弱っている心臓に関して様々な角度から診療した。診察が終わり、夜になると、マディソン・アベニューをぶらぶらと歩いた。カストロが死んでから、高級品を売るブティックの店主はほとんどどこもガラス張りのウインドウをボードでふさいでいた。チョードリはまだタンダヴァ・グループの情報報告書を読むことができ、この二十年あまりで入念に開拓してきたネットワークによってまとめられたその報告書によると、カストロ政権からスミス政権への移行にあたっては、内戦に陥る確率が二十パーセントと評価されている。不正確とはいわないまでも、大仰な数字だ、とチョードリは思った。報告書内のカストロの死に関する特定情報では、暗殺だったと示唆されているわけではないが、自社の情報部にいわれるまでもなく、その可能性がなきにしもあらずということは、チョードリにもわかる。

テストや検査が続いたその第一週も終わりに近づいていたころ、チョードリは免疫学者に診てもらうことになっていた。経歴をざっと調べたところ、その女性の学者はナノロボティクスを研究していたことがわかった。カリフォルニア・ポリテクニック州立大学を卒業し、科学技術《テック》業界で働いていたが、医学界に転身していた。カーライル・ホテルに到着した彼女は、黒っぽい髪を短くページボーイ・スタイルにして、太い黒縁の分厚い眼鏡をかけていた。チョードリは不慣れな世間話をしようと、ハリー・ポッターにそっくりだねといってみた。相手はぽかんとした表情を浮かべていた。何のことかわからなかったらしい。ただ、居室の隅に置いてあるビロード張りのふかふかのクラブチェアに座るようチョードリにいい、ひととおりの診断テストをした。すべて主治医にもされていたテストだった。チョードリがそう説明したとき、法的責任の関係で、そうしたテストを独自にするよう会社側から義務づけられているのだと彼女は答えた。

「会社側というと?」チョードリは訊いた。

「ニュートロニクスです」携帯用３Ｄイメージャー(ハンドヘルド)で頸動脈を確認しながら、彼女が答えた。

「サンパウロに拠点を置いている会社か？」

「はい、ラゴスにもありますが。ここにも支社があります」彼女の目はイメージング装置をのぞいていたが、チョードリに視線を戻した。「当社をご存じなんですね？」

「個人投資家なものでね」チョードリはいった。「ニュートロニクスは私の初期のポートフォリオ会社のひとつだ」チョードリはニュートロニクスへの投資で、かなり儲けさせてもらった。二〇三〇年代後半に二度のパンデミックが起きたとき、ニュートロニクスは新世代スマート・ワクチンを真っ先に市場に投入した。それが、ウィルスの変異に適応する分子サイズ・ナノロボットをワクチンに組み込んだ初の試みとなった。

「御社に投資していたとき、レイ・カーツワイルと知り合った。彼はまだ御社と関係があるのかね？」チョードリは訊いた。

「多少はあるかもしれません」磁気ブレスレットをチョードリの手首に着けながら、

彼女がいった。「何年もお会いしてませんけど」

孤高の賢人ドクター・カーツワイルは、チョードリと知り合ったころも、とらえどころのない人物だった。カーツワイルに関していちばん驚いたのはその年齢だった。齢《よわい》百六にして、まだ生に執着していた。はじめて空飛ぶマシンを想像したダ・ヴィンチが、ライト兄弟が現れるまで死を拒んでいたように見えた。先見性を持つ人間と理屈屋のちがいは、当然ながら未来自体に、そして未来への道筋に現れる。カーツワイルの予言であるシンギュラリティはまだ現れていない。生物学的な進化と科学技術の進化が融合し、生物学を統合した量子コンピューティングの登場によって、ダーウィン的な意味での人類の知能と機能の進歩一千年分が、数カ月、いや数週間で達成できるようになるまで、カーツワイルは生き長らえ、予言が正しかったことを自分の目でたしかめたいのだろう。チョードリにいわせれば、意外でもない。

そんなことをつらつらと考えていると、例の若い免疫学者がチョードリの手首からブレスレットをはずした。「いい知らせです」彼女がいった。

「どんなことだね？」チョードリはシャツの袖のボタンを留めた。

彼女がチョードリの座っていた椅子の肘掛けに腰かけた。チョードリの脈打つ心臓のホログラムが、彼女の持っていたタブレットからチョードリの目の前に現れた。彼女が人さし指の先で3D軸を指定してホログラムを回転させはじめた。大動脈を拡大表示し、左右両心房を交互に前面に出しながら、心臓全体がどの程度弱っているかを説明した。筋組織の衰え。動脈硬化巣《プラーク》。業務形態に起因するシナプス応答システム全般の虚弱。チョードリもすでに知っている暗い事実の羅列《られつ》。弱まっている自分の心臓を見ながら、どこにいい知らせがあるのかと目を凝らした。

「いい知らせというのは」免疫学者が説明した。「あなたが新規臨床試験に最適な対象者だということです」そういうと、ホログラムに視線を落とした。チョードリの心臓が不規則に脈打ちはじめ、汗の玉が額全体に浮き出てきた。「大丈夫ですか?」

　チョードリの呼吸、浅くて苦しげな空気が口から漏れ、彼は目をつむった。少しずつ、手首にちくちくした感覚を覚え、セロトニン調整器が作動したことがわかった。胸の張りが収まってきた。「すまない」チョードリはいった。「たまにこうなる」

「わかります」免疫学者がいった。ホログラムを消し、残っていた機器をしまった。そして、あす署名が必要な書式をメールで送るとチョードリに伝えた。慎重さが要求される臨床試験に伴う免責同意書と守秘義務同意書だという。また、治療に際しては、サンパウロにあるニューロトロニクスの主要病院に飛ぶ必要があるとも。

「いつになる?」チョードリは訊いた。

「どのくらいで準備できますか？」

チョードリは日にちが決まったら連絡すると答えた。

スイートにひとり残されると、チョードリは二本、電話をかけた。一本目はホワイトハウスのオペレーターにかけ、ヘンドリクソンの個人スタッフに入っている海兵隊少佐につないでもらった。二本目は娘のアシュニにかけた。アシュニは最初の呼び出し音で出た。父親にもしもしといったときの声には、不安がにじんでいた。両親とも留守のときに自宅でパーティーをひらいていて、電話があるとは思ってもいなかった十代《ティーンエージャー》の子供のようだった。訊かれていないのに、様々なポートフォリオ会社の最新状況をチョードリに報告しはじめた。「順調だと確信している」チョードリは途中でさえぎった。「なあ、おまえに頼みがある」

「何、父《パ》さん？」

「当社の情報部の連中にある人の居場所を追跡してもらえると思うか？」

「ええ、もちろんよ」彼女がいった。「だれなの？」

「慎重にやってほしいが、レイ・カーツワイルを探してもらいたい」

二〇五四年三月二四日　23：47（GMT三月二五日07：47）
マカオ

B・Tはほとんど眠れずにいた。一週間前、ジェイムズ・モハマドが研究室まで会いに来て、《コモンセンス》にリークしたコードのことを訊いてきたとき、気持ちが落ち込んだのがはじまりだった。その落ち込みが眠れない夜になり、そんな夜が続くと、ちょっとした気晴らし《R&R》が――凝り固まった心をほぐす機会が――必要だとB・Tは思った。フライトを予約し、ベネチアン（ザ・ベネチアン・マカオ・リゾートホテルのこと）のスイートを取った。

カストロ大統領逝去のニュースだけでなく、特別委員会組織と統一政府樹立を求めるデモのニュースも飛び交っていた。B・Tに備わっているあらゆる本能が、そんなものでは終わらないと告げている。今週ずっと、バカラ、ポーカー、ファンタン、クラップス（二個のサイコロの出目を競うゲーム）のテーブルを渡り歩いていた。表層意識ではそういったゲームのパターンや確率を計算しつつ、潜在意識ではカストロの死にまつわるパターンと確率をはじき出そうとしていた。大統領の病歴はよく知られていた。再選運動の一環としてそうした記録を開示していた。どの検索エンジンを使ってもデータを引っ張ってこられるが、心疾患の兆候などひとつも記録されていない。たしかに、初老ともなれば、医者の太鼓判を押されていたとしても、急逝することはある。

だが、大統領なら暗殺されることもある。そのふたつの確率を比較すれば、後者の可能性のほうが高そうだ。カネを賭けるとすれば、何者かがカストロを暗殺したほうに賭ける。

この結論に至り——政治にそれほど関心があるわけでもなく、それをいうなら研究室の外にあるものに関心があるわけでもないが——B・Tの眠れない夜は続いていた。夜ごと、スイートで仰向けになると、街の明かりが窓からちらちらと染み入り、彼の顔に意味のない模様を描く。だんだんと、自分の研究がこのとんでもない事態にかかわっていたのではないかと思い至るのだった。

カジノに一週間近くいると、ますます不安が募った。かなりの大勝ちが続いていても、どこでも好きなところに行って人生をやり直せるほど儲かっていても不安だった。どこに行けばいいか考えられないのが唯一の問題だ。無限の選択肢があると、かえって判断力が麻痺して、身動きが取れなくなってしまうものだ。その夜、カジノのチップを指でナックルロール（片手の指の根本でコインを挟み、回転させるように隣の指に受け渡す技）させながらルーレット・テーブルで連勝していたときにB・Tが抱いていたのも、そんな感覚だった。そこそこの人だかりがまわりにできた。ひとり、またひとりと、B・Tに〝相乗り〟してきた。B・Tは飲み物をひとくち飲んだ。あくびが出た。また賭ける。どうやっても負けないような気がする。

こんなに負けたいのに。

すっからかんになるまでやられたかった。仕事に戻るしかない状況に追い込まれたかった。死のコードが研究室から漏れた件と向き合うしかない状況に追い込まれたかった。それなのに、勝ち続けた。小さなボールが踊りながらホイールを回り、彼の直感だけにしたがっているかのようにポケットに落ちた。B・Tがゲームに勝つごとに、さらに多くの人が集まって声援を送ってきた。連勝しているせいで、彼の身動きが取れなくなっているとも知らずに。幸運が巡ってくるたび、声援が大きくなり、トーテムの像に触れるかのように、B・Tの肩をつかむのだった。ツキが変わると思っている者などひとりもいないようだった。だが、B・Tはいずれそうなることを知っていた。この手のゲームでは、つねに胴元《ハウス》が勝つ——つねにだ。確率とはそういうものだ。

B・Tはそれまでの勝ち分をすべて黒に賭けた。

テーブルについていた人々も同じ色に賭けた。ディーラーがホイールを回し、ボールを入れた。ボールが踊った。B・Tはまたひとくち飲み物を飲んだ。そのとき、彼とはちがう色に、赤に賭けた者がひとりいることに気づき、グラスに苦いものが入っていたかのように、かすかに顔をしかめた。

　そして、ボールが止まった。

「ウィナー、赤」ディーラーが高らかにいった。

　集まっていた人々がうめき声を漏らした。

ディーラーがハウスの勝ち分を掻き集め、数多くのチップをわけたり、積み重ねたりしているあいだ、カネを——B・Tほど多額ではないが——擦った数人のプレーヤーが、相乗りさせてもらってありがとうというかのように、B・Tの肩をやさしく叩いた。ひとり、またひとり、ちらちらと輝くカジノの奥底へと消えていった。B・Tは擦ったことなど気にもしていなかったが、律義に会釈した。これですっからかんになった。そして、頭がはっきりした。明日の朝、沖縄行きの飛行機に乗る。ジェイムズ・モハマドが探し回っていることだろう。

　人だかりがあらかた散り、ディーラーは勝ち分を数え終え、ハウスに相乗りした唯一のプレーヤーの前にチップの山を置いた。その女はルーレット・テーブルの端についていて、B・Tから目を離さなかった。リリー・バオだった。

3

シンギュラリティ

The Singularity

2054

二〇五四年三月二三日　21：15（GMT16：15）
バージニア州ロズリン

　B・Tは簡単に見つけられた。姿をくらましたと聞いて、世界三大ギャンブル都市——ベガス、モンテカルロ、マカオ——のどれかにいるのではないかと、リリーは当たりをつけた。それぞれの都市に片手で数えるほどしかない五つ星ホテルに問い合わせるだけでよかったし、彼女の代わりにシャーマンが喜んでやってくれた。カストロの死から数日経ったころ、B・Tのことを心配するよう焚《た》きつけたのは、ほかでもないシャーマンだった。大統領早世の裏にだれがいるのか、あるいは何があるのかといったことについて、毎朝ちがった受け売り陰謀論を披露するのだった。車椅子のアメリカ海兵隊ステッカーの横に、#TRUTHNOTDREAMSのステッカーまで貼ってしまった。リリーはそのステッカーのことで文句をいいそうになった——会社の方針では政治的中立が謳われているのだから——が、やっぱりいい出せなかった。カストロの死については、リリーにも疑問はあるし、B・Tがかかわっているかもしれないとも思っていた。

リリーの出発前に、シュライヴァーが会いたいといってきた。一緒に昼食はどうかと提案したが、彼は夕食後に会えないかといってきた。いつものようにリリーはホテルの部屋を取り、シュライヴァーは夜遅く、十時すぎにやってきた。ドアをあけて出迎えたとき――しわだらけのスーツを着ていて、一日か二日、一睡もしていないかのようだ――彼はリリーにいつもの印象を与え、彼女も彼に同じ印象を与えた。先方には明らかにいいたいことがあり、こちらにもあるが、そういったことはあとまわしだ。ふたりは脚を絡め合ってベッドに倒れ込んだ。三十分後、一時間後かもしれないが――彼と一緒にいると、時の流れが見えなくなりがちだ――ふたりはセックスで疲れ果て、抱き合っていた。部屋は暗く、シュライヴァーがささやいた。「行かないでくれ……」

「どういう意味?」

体をぴったりシュライヴァーに寄せて、リリーは答えを待った。「マカオに行かないでくれという意味だ」

リリーはさっと体を起こした。「何日かしたら戻るのよ。せいぜい一週間よ」彼女は心配しないでと伝えた。彼がどれほど忙しいかは知っている。どんな圧力や制約があるかもよくわかっている。昨今の政治危機を考えればなおさら。時間があるときに会えばいい。一緒に楽しいひとときを過ごせる。戻ったら必ず連絡するから。

リリーがベッドから脚を下ろすと、シュライヴァーが手を伸ばし、彼女の手首をつかんだ。

「頼むからちょっと待ってくれ」シュライヴァーがいった。

リリーはそのまま動かずにいた。

「きみを愛してるんだ、リリー」

「どうしちゃったのよ」リリーはまたベッドから出ようとしたが、シュライヴァーは彼女の手を離そうとしなかった。

「きみにとってはどうでもいいことなのか?」

「あなたってしつこい政治家ね」

「どういう意味だ?」シュライヴァーもベッドから出て、着替えているリリーの目の前で裸のまま立った。

「口ばっかりって意味。あたしを愛してるって? ほんと? なら、行動で示してよ」

「示してるじゃないか」シュライヴァーがいった。「行かないでくれといってる」

「そんなの行動じゃない……あなたがあたしにある行動を頼んでるだけ」着替えもほぼ終わり、持ってきたものの残りをしまうと、リリーはドアに向かって歩きはじめた。

しかし、何かが引っかかった。振り返った。きれいな体――裸で引き締まってもいる――しかも、とてもきれい。愛してるというのは本気だったのだろうと思い、その気持ちに応えるかのように一歩戻り、さっきシュライヴァーにされたように彼の手首をつかんだ。「聞いて」リリーはいった。「きついのはわかるけど――」

シュライヴァーはすぐにリリーの言葉をさえぎり、再選されたら、いや、上院の獲得議席数差がさらに広がって楽になったら、もっと自由に動けるようになる。そして、最近は難しい局面だとか、〝共和制に対する危機〟だとか、〝シャーマンを思わせる重々しい口調で話した。「きみが行ったら、何かが起きてもう戻ってこないような気がして、心配なんだ」

ばかなこといわないでとリリーはシュライヴァーにいった。そして、キスして、出ていった。

二〇五四年三月二四日　09：30（GMT04：30）

その人は思っていたより背が低かった。ドクター・サンディープ・チョードリの話は、ジュリアも子供のころに母親や名付け親から聞いていたが、じかに会ったことはなかった。

実は、今回のアポをキャンセルしそうになった。カストロの死から二週間近くがすぎ、ラファイエット広場で毎日行なわれているデモは、当初の薄っぺらなピケラインから、大通りをふさぐ大群衆へと発展していた。デモ参加者――他州から来たトゥルーサーの活動家が集結してできた、〝真理の復讐《ベリタス・ベンジェンス》〟、〝真実の剣《ソーズ・オブ・トゥルース》〟、〝民衆の約束《ピープルズ・ワード》〟などと自称する団体――が、カストロの死がドリーマーズによるクーデターの一環であるという陰謀論を触れ回り、スミス大統領の正統性に疑問を投じていた。彼らの要求はふたつ。スミスがトゥルーサーズから副大統領を任命し、ただちに統一政府を組織することと、超党派委員会によってカストロの死を調査すること。デモ参加者数が増えるにつれて、彼らの行動もエスカレートしていった。チョードリが西側ゲートに向かっていたとき、ひとりのデモ参加者が、汚物を包んだおむつのようなぐっしょり濡れたものを投げつけ、ホワイトハウスを〝不法占拠している嘘っぱちの連中〟に会うようなやつは売国奴だと怒声を浴びせた。

「ほんとうにすまん、サンディー」ヘンドリクソンは自分のオフィスに招き入れると、そういった。チョードリはソファーの端に腰かけた。部屋の片隅の丸まった寝袋が目に留まった。ホワイトハウスの給仕係が一杯のコーヒーを銀のトレイに載せて持ってきた。布のナプキンも差し出した。

「どうってことないさ」チョードリがいい、スーツの袖についていたべとべとの白いものを拭き取った。苦笑いをした。「きみがここでどれだけ楽しんでいるか、忘れていたよ」彼がナプキンをトレイに戻すと、給仕係が立ち去った。ヘンドリクソンとチョードリはすぐにリラックスして冗談を交わしはじめた。チョードリがヘンドリクソンに対して、〝JFKで誤解された〟ときに助けてくれた礼をいうと、ヘンドリクソンはハント少佐にいってくれといった。ジュリアはソファーのいちばん端に座って静かにしていた。「国土安全保障省に力技を極めたのは彼女だ」チョードリがはっと驚いた。糊《のり》の利いた平常軍服姿の海兵隊士官がサラ・ハントの娘なのだと、そのときはじめて気づいたようだった。

「きみのお母さんはたいした人だったよ」チョードリがいった。「われわれは彼女にすべてを求めた――おそらく求めすぎた」ジュリアはただ礼をいった。

その後、ヘンドリクソンは、現政権における自分の業務をチョードリに教えた。新大統領による前任者の国葬計画（軍用機による一時間に及ぶナショナル・モール上空の儀礼飛行を含む）、期限が迫る副大統領の選定（スミスよりさらに弱いという唯一の条件付きで、ドリーマーズの候補者リストも含む）、そして、新顧問団を組織するうえで必ず直面する問題の数々（トゥルーサーズとドリーマーズ間での各候補者に関する詳細比較を含む）。

ジュリアはソファーの隅に座って自分の回りにバリアを張り、ほとんど何もいわなかった。名付け親とチョードリの話に耳を傾けながら、ふたりの親しさに驚いていた。ヘンドリクソンはチョードリに政治の話をしているだけではなかった。別のこともしていた。胸の内を旧友に打ち明けていたのだ。ジュリアが子供のころ、ヘンドリクソンはジュリアの養母にも同じことをしていた。ヘンドリクソンが訪ねてくると、サラとふたりでポーチに落ち着き、夜遅くまで話し込んでいた。話題などどうでもよさそうだった。話すこと自体がいちばん大切だった。ヘンドリクソンがやって来ると、よく母につきまとっていた重々しい雰囲気が軽くなるように感じられた。しかし、彼が帰ると、重々しさも決まって戻ってきた。ヘンドリクソンが来てくれると、ジュリアはいつもうれしかったし、当然、親しみを感じた。今日のチョードリの訪問をうれしく思い、チョードリに対して――ほとんど知らない人だとはいえ――親しみを感じているのとちょうど同じように。

話題がホワイトハウス周辺の市民暴動に移った。あるメディア評論家によれば、暴動はやりすぎであり、スミス大統領はそろそろシークレット・サービスの戦術部隊を動員し、デモ隊を四散させるべきであり、それでも足りなければ、反乱法を発動し、州兵、あるいは連邦軍を招集すべきだという。「ハント少佐」チョードリがいい、足を組み直し、ジュリアが座っているソファーの端に体を向けた。「きみはどう思う？軍の士官としては？」

「国民には集会の権利があります」ジュリアはいった。「平和的な集会であるかぎりにおいて」ジュリア・ハントは窓の外に目を向けた。スプリンクラーがサウスローンに虹を架けている。前日、結集していたデモ隊がコンスティテューション・アベニューを封鎖した。リーダーたちは一五番と一七番の両ストリートから同時にデモ行進を敢行し、ホワイトハウスを包囲しようとした。およそ中間点まで来たが、馬に乗った公園警察《パークポリス》が介入し、デモ隊をナショナル・モールの向こうへと追いやった。

「平和的デモはいいが」チョードリがいった。「今回はもっと暗いものを感じる」

「彼らはだまされたと感じています」ジュリアはいった。

「キーワードは〝感じる〟だ」ヘンドリクソンが割って入った。嚙みしめた歯の隙間からその言葉を吐き捨てた。「この若い世代は事実ではなく感情を信じる。だまされたと〝感じる〟――彼にいわせれば見苦しい言葉を吐き捨てた――「彼らの目には、実際にだまされていると映り、感情が事実になる」ヘンドリクソンはカストロの死にまつわる嘘に自分も手を加えたわけだが、そんなものは瑣末なことだとでも思っているかのような口調だった。一瞬のあいだ口をつぐんでから、もっと注意深く自分の言葉をつむいだ。「彼らがそんな感情になったからといって、スミス大統領の正統性が失われることはない。だが、彼らの要求のひとつは飲むつもりでいる。現政権はカストロの死の調査にあたる超党派委員会を組織する準備に取りかかっている。ちょうどウォーレン委員会のようなものをね……」

ウォーレン委員会の真の目的はケネディの暗殺者を突き止めることではなく――力を入れていなかったのはたしかだ――疑問の声を静めることだった。ジュリアは話を聞きながら、そう思わずにはいられなかった。当時のジョンソン政権は、ケネディ暗殺へのキューバかソビエトの関与が明らかになれば、核戦争を招きかねない。したがって、疑惑解明が国家安全保障問題になった。すなわち、緊急性がもっとも高い問題になった。ハントは今回の超党派委員会については懐疑的だった。ヘンドリクソンは同委員会にカストロの検死解剖結果を開示するだろうか？　それに、ロシア、中国、あるいはナイジェリアのような新興の敵対国がカストロの死の裏にいたとしても、超党派委員会にそういった国を非難できるだろうか？　戦争の引き金を引くだろうか？　おそらくそんなことはしない。逆に、外国の勢力ではなく、国内の勢力がカストロを暗殺したのだと同委員会で判明したら、どうするのか？　そうなっても似たような状況になりかねない。

話題がチョードリの計画と心臓の持病に移った。チョードリが現状を打ち明けると、ヘンドリクソンの顔にまた重苦しさが漂った。心配そうな旧友の顔を見て、チョードリが手を伸ばし、そっとヘンドリクソンの腕に置いた。「どうか心配しないでくれ」

「診断からすると深刻そうだが」ヘンドリクソンがいった。

「一時は深刻だったかもしれない」チョードリがいった。「だが、ニュートロニクスという、心疾患と遺伝子編集の最先端研究をしているバイオ企業がある。サンパウロの企業で、実際に助かっている命もある」ニュートロニクスという会社を知っている者はいるか、とチョードリが訊いた。

ヘンドリクソンが力なく首を横に振り、それ以上何もいわなかった。ジュリアはニュートロニクスという社名に聞き覚えがあると思ったが、どこで聞いたのか思い出せなかった。

短めの力強いノックが響いた。ヘンドリクソンが応答しないうちに、カレン・スレイクが入ってきた。すみませんが緊急事態なので、といった。彼女はヘンドリクソンの机のリモコンを取った。腕を組み、テレビに相対した。チャンネルをニュース番組に合わせると、前面に〝下院議長〟の札がついた演台にカメラが向けられていた。

「何事だ？」ヘンドリクソンが訊いた。

「あのばかがデモ隊に肩入れするようです。統一政府のため、自分の副大統領候補にするよう要求するつもりです」

「どのばかのことだ？」チョードリがスレイクに訊いた。

スレイクがこの部外者を一瞥《いちべつ》した。ばかげたことを訊くと思っているかのようでもあり、自分のいっているばかのほかに、この地球上にばかなどいるわけがないとでも思っているかのようでもあった。「ワイズカーヴァーよ」スレイクがいった。「トレント・ワイズカーヴァー……。あなたはだれですか？」チョードリは名乗り、きみは〝報道官《プレス・セクレタリ》〟かと訊いた。「セクレタリ・オブ・プレスです」スレイクが正した。どうちがうのかとチョードリに訊かれると、スレイクは答えた。「国務長官《セクレタリ・オブ・ステイト》を〝ステイト・セクレタリ〟とはいわないでしょ」すると、スレイクが言葉を継ぐ前に、国会議事堂の記者会見室の奥のドアが勢いよくあいた。ワイズカーヴァーが気取った足取りでステージに出た。うしろにナット・シュライヴァー上院議員をしたがえていた。上院議員の姿が見えたとき、ジュリア・ハントの記憶が呼び起こされた。彼女がシュライヴァーに渡した情報評価書だ。そこにニュートロニクスのことが書かれていたのだ。

二〇五四年三月二四日　22：15（GMT三月二五日06：15）
マカオ

リリーは豪勢に準軌道フライトに乗り、三時間足らずでダレス国際空港＝マカオ間を移動した。着陸したあと、だいたい同じ時間でB・Tを見つけられた。彼の姿を見たとき、来て正解だったと思った。体のサイズ・データを預けているサビルロウ（ロンドンにある高級紳士服の仕立屋が並ぶ通り）の仕立屋から通販で取り寄せたのだろうが、茶のチョークストライプ・スーツを優雅にまとっているものの、その下に着ているのは安っぽい白いTシャツで、垢で汚れた襟首がのぞいている。五千ドルのスーツを五ドルのTシャツに合わせるなんて――いかにもB・Tらしい。

カード・ゲームで勝ち、バカラで勝ち、クラップスで全勝しているのに、なぜか負け犬のオーラを漂わせつつ、B・Tがテーブルからテーブルへ逃げるように動くさまを、リリーは目で追った。ワシントンを発つ前、シャーマンにB・Tのビジネス・パートナー、ジェイムズ・モハマドの経歴を調べてもらった。リリーは調査結果が気にくわなかった。ナイジェリア政府とつながっていることはすぐにわかった。経済支援と軍事支援によって同国を、属国とまではいわないまでも、パートナーとして取り込んだ中国政府ともつながっていることになる。つまり、B・Tは事実上ナイジェリアとだけでなく、中国ともずぶずぶというわけだ。彼のコード――ということはつまり、両国のものでもあるコード――の一部がインターネットに漏れてしまったのなら、これ以上ないペアを裏切ったともいえる。

リリーは自分からB・Tに近づきたくなかった。あまりに前のめりだと思われるかもしれない。向こうに気づかせたかった。ルーレット・テーブルで、B・Tがチップを黒に置いたから、リリーは赤に置いた。それで充分だった。「リリー・バオじゃないか」B・Tがテーブル越しにリリーに気づくとそういい、笑みがゆっくりと口元に広がった。「ぼくを真っ先に見つけたのがきみだとわかっても、驚かないのはどうしてだろうね？」

リリーはまだ勝ち分のチップの残りを集めているところだった。「飲み物でもおごらせて？」

B・Tは身を乗り出してリリーのチップを二枚つかみ、ディーラーへの〝チップ〟として放ってやり、受け取ったディーラーが顎を引いて謝意を示した。その後、B・Tがリリーに顔を向け、いぶかしそうに片眉を上げていった。「ここの飲み物はただだぜ」

ふたりは腕を組み、カジノ・フロアを歩いてレストランに向かった。天井にはごてごてした中世イタリア風《イタリアンテ》のフレスコ画が描かれ、監視する黒い球体とでもいうべき何十個ものセキュリティ・カメラが点々と取り付けられている。給仕長がB・Tの頼みを聞き入れ、ふたりがちょっとしたプライバシーを確保できるよう、個室を使わせてくれた。「ここにはよく来るの？」リリーは感心し、そう訊いた。

B・Tは肩をすくめて答えた。「〝よく〟の定義しだいだな」そして、戦前につくられたボルドーのシャトー・ラフィット・ロートシルトをボトルで頼んだ。「二〇三一年ものがいい」B・Tが自信たっぷりの口調でいうと、給仕長が会釈して「すぐにお持ちします、ドクター・ヤマモト」と応じ、レストランの表側へ戻っていった。

リリーは笑いをこらえた。「すっごいじゃない」

「すっごいって何が?」

「〝二〇三一年ものがいい……すぐにお持ちします、ドクター・ヤマモト……〟」ナイフやフォークが整然と並べられたテーブルへと、B・Tが恥ずかしそうに視線を落とした。リリーは白いリネンのテーブルクロス越しに両手を伸ばし、B・Tの手を取った。「会えてほんとによかった」

「どうやってぼくを探し出した?」B・Tが訊いた。リリーが口をあけて答えようとしたとき、B・Tが質問を変えた。「いや、どうしてぼくを探し出した?」こっちの質問のほうがややこしい。長い答えなら、十年以上もさかのぼる。ひとりぼっちで、おどおどしたケンブリッジ大学の新入生だったふたりが出会ったころまで。当時、故郷を離れての暮らしと、MITの情け容赦ない学業上の要求というダブルの荒波に呑み込まれないように、ふたりは互いにしがみついていた。B・Tはリリーにとってはじめて《ファースト》のボーイフレンドだったが、関係は正味三カ月しか続かなかった。〝ファースト〟だらけの季節にあって、B・Tはリリーの寮の部屋のフトンで、リリーのはじめての男になった。B・Tはほかの子とも関係を持ったことがあるような嘘くさいことをほのめかしていたが、リリーは自分もB・Tのはじめての女だったのではないかと思った。Ｂ・Ｔが三週間のうちにバレンタイン・デイとリリーの誕生日を忘れ、埋め合わせに夕食に誘ったのに財布を忘れてきて、結局リリーが支払うことになったとき、リリーはもううんざりだと思った。それでも、Ｂ・Ｔの気持ちを考えて、恋人としてではなく友人としてのほうがうまくいくと思うといった。Ｂ・Ｔはそういわれて、見るからにほっとしていた。リリーが経験したなかでは、双方にとって都合のいい別れはこれだけだった。

別れたあと、ふたりはそれまでよりずっと多くの時間を一緒にすごした。リリー――父、国、その後は母も、二十歳を迎える前にすべて失った――にとって、Ｂ・Ｔがただひとりの家族のように感じられるようになった。ＭＩＴの学業上の要求がリリーにはきつすぎて、退学処分になりそうだったときには、Ｂ・Ｔが介入してくれた。リリーの個人教師となって、何時間も勉強を教えてくれたおかげで、かろうじて単位を取得できた。Ｂ・Ｔには〝楽勝〟教科だったが。リリーはリリーで、Ｂ・Ｔの姉とか相談相手の役割を担うようになり、長年にわたって、ほかの人々とのごたごた（成績をめぐって教授と激論を繰り広げたり、言葉を選ばずに同僚の研究を批判したり、Ｂ・Ｔの〝面倒な〟名声を耳に入れて、未来の雇用主が採用を思いとどまろうとしていたり）の始末をつけていた。究極的には、そういったことがＢ・Ｔの質問の理由だ。

「あなたがごたごたに巻き込まれているとわかったからよ、B・T」

「ごたごた?」彼がいった。何の話かよくわからないといった口調だった。給仕長がまた来て、ワイン・ボトルの栓を抜いた。そして、B・Tにホスト・テイスティングをしてもらおうとしたとき、B・Tは自分のグラスを手のひらで覆い、その役目をリリーに譲った。

「とてもおいしいわ」リリーはひとくち飲み、大きくうなずいた。

「おいしいだろ」ボトル選択がまちがっていなかったことを誇るかのように、B.・Tがいった。「ぼくの研究はごたごたなんかしてないよ、リリー。だれにいわれたんだ? 遠隔遺伝子編集は現実になろうとしている」そういったとき、B・Tが個室の出入り口に視線を投げ、だれも聞いていないことを確認した。

「ジェイムズ・モハマドが電話してきたわよ」リリーはいった。

「どんな要件で?」

「あなたを探しているといっていた」

B・Tがワインをがぶりと飲んでグラスを干し、手の甲で口をぬぐうと、自分でもう一杯注いだ。酔っぱらうつもりなのかとリリーは思った。「まあ、ここにいる」B・Tがいった。

「共同研究の一部がインターネットに出てしまったとかいっていたけど」

「いっていたのはそれだけか？」B・Tが訊いた。

「あなたの振る舞いが、いわれたとおりにいうと、〝不安定〟だとも」

「信じるのか？」

「わたしはあなたが大丈夫か確かめたかっただけ」

「ぼくなら大丈夫」B・Tがいった。「こんなところまでぼくの様子を見に来てくれたのは、ほんとうにありがたいけど、ぼくは大丈夫だ。そっちは？」

「ふつう、かな」テーブルクロスのしみが、急に気になった。

「ほんとか？」B・Tがいった。「ちょっと面倒なことになりそうだと思っていたが。きみの上院議員の友だちの関係でさ」B・Tがワイン・グラスをグラスの縁を目の高さまで掲げ、リリーを真正面から見つめて、ワインをひとくち飲んだ。「大統領が死んだというニュースを見たとき、きみとシュライヴァーのことを考えたよ。今ごろ彼のまわりはややこしい状況になっているんだろ」

一年以上前、秘密にしておくのにうんざりしてきたとき、リリーはシュライヴァーとの関係をB・Tに打ち明けた。なれそめも教えた。ケネディー・センターの慈善ディナーで、隣の席になった。一夜かぎりの関係になり、それが発展し、一夜かぎりの関係が同じ相手と連続しているような感じになった。リリーはだれかに話さないとおかしくなりそうで、当然ながら、B・Tがそのだれかになった。

「カストロの心臓がまいったのだということになっているが、カストロには心疾患の病歴も徴候もなかった……」B・Tが続けた。「大統領の政敵たちはやたら細かく調べられるはずだ。シュライヴァーはおそらく調査対象リストのトップに来る」リリーもそうかもしれないと感じてはいたが、まだ認めたくなかった。口のなかがからからになった。ワインをまたひとくち口に含むと、ほぼ同時にB・Tが付け加えた。「今回の面倒に巻き込まれているのは、きみのシュライヴァーだけじゃない。ぼくもだ。遠隔遺伝子編集に関連するぼくのコードの主要部が、《コモンセンス》というウェブサイトに出てしまった。だれかがカストロを殺すためにそのコードを使ったのだとして、その暗殺はふたつある問題のうち、小さなほうだ」

「もうひとつは？」

「シンギュラリティだ」B・Tがいった。「ぼくらは大きな転換点に到達していたかもしれないんだ」

ハードな離陸になるか、ソフトな離陸になるかで、その後が大きく変わるのだとB・Tは説明した。ソフトな離陸なら、テクノロジーと生物学がしだいに統合されていき、人間の能力が時間とともに増強していく。だが、ハードな離陸となると、事情は大きく異なる。人間の知能が爆発的に上昇する。上昇曲線をグラフにすれば、ホッケー・スティックのような形になるだろう。

「精神転送《マインド・アップローディング》のような技術革新が起こるだろう」B・Tがいい、ひとりの人間の知識、分析手法、知能、性格がコンピュータ・チップにアップロードできるようになるといった変化を説明した。「アップロードが済めば、チップを量子コンピュータと融合させることにより、生物学的知能と人工知能とがつながる。それができれば、現存するどの人間の精神に比しても、とてつもなく高い計算力、予測力、分析力、精神力を備えた人間の精神を創造できる。神の精神を持つことになる。すると、そのオンライン知能が物理世界に本物のインパクトを生み出す。神の精神もすごいが、神を神たらしめるものは、〝地上に降りて――〟」

B・Tが〝地上〟といったとき、うさんくさい説教師のように腕を横に広げたが、興奮のあまり、リリーのワイン・グラスを倒してしまった。すぐさま、ウエイターがナプキンをつかめるだけつかんでやってきて、こぼれたワインをナプキンで吸い取った。B・Tはそのウエイターが戻るまで待った。

「そんな顔をするなよ」

「どんな顔よ？」リリーは答えた。

「見かけとちがって、そこまで夢物語じゃないんだ」B・Tがだいぶ抑えた声音でいった。「シンギュラリティに到達した者なら、遠隔遺伝子編集によって細胞組織をつくり替えることができる。ある出来事の一部分を隠したり、強調したりして、認識を操作することもできる。人間の潜在意識の奥底のレベルをいじって、世界のとらえ方、あるいは、夢の見方まで変えることもできる。しかも、個人にとどまらず、全人類まで動かすようなことにはならないと信じる理由も……規模が大きくならないと思う理由もない……胸に手を当てて考えてくれ。個人、イデオロギーを信奉する集団、あるいは特定の国家が、シンギュラリティに到達するためにどんなことをするか？何だってするぞ」

B・Tと広大なワインのしみを隔てて、リリーはじっと座っていた。「あなたのコードの一部には、そういうことのやり方がすべてわかるの？」

「そういうわけじゃない」B・Tがいった。「あのコードの一部は、とても長い鎖のたったひとつの輪といったところだが、その輪を見れば、どういうものかはわかる。《コモンセンス》という例のウェブサイトは、ひとりだけでやっているところかもしれないし、集団でやっているところかもしれないが、わかる人が見ればすぐにわかるものを公開したわけだ。なんというか……まあ、いってみれば良識《コモンセンス》をさ」Ｂ・Ｔは顔をしかめて、最後の言葉をいった。

「つまり、何なの？」リリーは訊いた。「カストロは暗殺されたってこと？　そうかもしれないと思っているのは、まちがいなくあなただけじゃないわ」

「それはことの一端でしかない……」Ｂ・Ｔがいった。

「ほかはどんなこと？」

「ぼくはうかつにも、そんな物騒な武器を殺し屋の手に渡してしまったということさ」

二〇五四年三月二五日　03：37（GMT三月二四日10：37）
地下鉄コロンビアハイツ駅

ジュリア・ハントはようやく自分のアパートメントに戻って寝ることになった。北西一一番ストリート沿いの、路地に面した窓がひとつしかない冴えないワンルームを、家具付きで借りていた。前夜、帰ったとき、冷蔵庫を片づけなければならなかった

――ヘンドリクソンにつき合ってホワイトハウスで寝泊まりしていたあいだに、食料がすべてだめになっていた。くたくただったので、テイクアウトを注文した。一時間経って、《ヘッズアップ》からデリバリー・サービスからのメッセージ着信音が鳴った。予期しない道路閉鎖により、オート・カーがここまでたどり着けないので、注文をキャンセルせざるをえないとのことだった。ジュリアは戸棚をあさり、半分残っていたウィート・シンズ（モンデリーズ・インターナショナルが販売する全粒粉クラッカー）ひと箱を見つけ、グラス二杯の気の抜けたシャルドネで胃に流し込んで寝た。

よく眠れず、目覚ましが鳴る一時間前に目が覚め、時間を気にしながらアパートメントを掃除していると、出かける時間になった。五時発の始発列車に乗るなら、そろそろ家を出ないといけない。名付け親と大統領とで行なわれる朝の会議に遅刻したりしたらと思うと、ぞっとする。その会議は公式スケジュールには載っていない。ふたりで副大統領候補者リストを検討することになっているが、前日にワイズカーヴァーが統一政府を求めるトゥルーサーズへの支持を表明していたから、きわめてデリケートな議題だった。ジュリアもメモを取るために同席するつもりだった。現状を考えれば、信頼できる第三者が同席しないハイレベル会議には、ヘンドリクソンも出る気にならないだろう。

ワイズカーヴァーが統一政府の要求を明言したあと、トゥルーサーズのデモ隊がワシントンをはじめ、全国に動員され、州議会や裁判所を取り囲んでいた。軍事基地のゲート前にも集結し、制服組との連帯をそれとなく示していた。フロリダとテキサス両州の州兵の民主共和党系軍務局長たちは、〝正当な当局の要請があれば〟、ワシントンの治安回復のために州兵を派遣し、独自の委員会とともに大統領死亡事件を調査することもできるとすでに宣言していた。

　ジュリアのアパートメントの前の通りには、デモの残骸が散乱していた――ひっくり返ったくず入れ、ひん曲がった金属のバリケード、使い切った催涙ガスの缶。ジュリアの熟練した目には、ここで起きた混乱ぶりも、全米各都市で夜ごと起きている混乱ぶりも、ありありと見える。地下鉄駅の一街区《ブロック》手前のコロンビア・ロードと一四番ストリートの交差点に、一台のパトロール・カーが信号待ちしていた。ライトがひっそり静まった一角を曲がった。ひとりの警官が運転席に乗っていて、ゆっくり走り出した。毎夜、警察はデモ隊とかかわるのをためらっているのがわかる。事態を傍観するだけで、ルールのない試合の開始を告げようとしている審判のように無駄な存在だ。

　ジュリアも平常軍服を着ており、警官への連帯感から手を振った。警官はフロントガラス越しに彼女に目を向けたが、手を振り返さなかった。エスカレーターに乗って地下鉄に降りていくとき、ジュリアは職場に着替えがあったかどうか思い出そうとした。人前で軍服を着ているとドリーマーズ側だと思われ、トゥルーサーズの標的になったり、その逆もあったりするのかしらと思った。あの警官もそう思って手を振り返さなかったのかもしれない。だれかに共感を示しすぎるのはまずいと思っているのかもしれない。数十年前のパンデミックと同じように、政治も疫病神になっている。だれも、どの組織も逃れられない疫病神に。だれもが旗色を鮮明にしないといけない。

プラットホームは、車椅子に乗った男がひとりいるのをのぞけば、空っぽだった。列車が入線してくると、ジュリアは車両に乗り、車椅子の男も乗った。ネイビーのギャバジンのスーツ、白いシャツ、赤いネクタイという上品な身なりで、ズボンの脚をきれいに折って胴体下に留めていた。顔は細く、痩せこけているといってもよかった。禿げはじめている赤毛に、ちらほらと白いものが混じっている。ジュリアの向かい側に陣取り、彼女の軍服に目を向けた。ジュリアは男の車椅子に海兵隊のステッカーが貼ってあるのに気づいた。列車が駅を出発するとき、「特殊作戦コマンド第二大隊」と、男はまるで合言葉か何かのような口調でいい、自分の足があったはずのところに視線を落とした。「スプラトリー諸島」

「征服されざる精神《スピリタス・インビクタス》」ジュリアは答えた。彼女も部隊モットーと戦地という言語を解し、この見知らぬ男と同様、ひとつの家系図の別の枝に止まるふたりの親戚のように、血脈をしっかり受け継いでいることを示した。「軍服を着ているのがきつい時代でしたね」

男は眉間にしわを寄せ、あいまいにかぶりを左右に振った。「今のほうがきつい」

「そうですか？」

「はい、上官殿《マアム》」

〝マアム〟と呼ばれたので、ジュリアは訊いた。「除隊時の階級は？」

「一等軍曹で医療退職しました」そのとき、男はジュリアが自分の服装に気づいたことに気づいた。元下士官参謀より銀行家にふさわしい身なりに。「この〝制服《モンキーウエア》〟は仕事用です」

ジュリアはどんな仕事をしているのかと尋ねた。

「金融です」短くひと息で吐いた。そうやって吐き出すのがいちばん不快感が少ないかのように。

「いい分野ですね。地に足が着いているようですね」

ふたりのあいだに気まずい空気が流れた。

「海兵隊《コー》がとても恋しい」男がいった。「両足のほかにもいろいろと奪われましたがね」そういうと、窓の外に顔を向け、トンネルの渦巻く暗闇を見つめた。「これからもずっと海兵隊《コー》を愛し続けるでしょう」物悲しい声色でそういったあと、彼は付け加えた。「でも、あいつは売女でもあります……これまでもずっと。いくらでも愛せるけれど、向こうはこっちを愛したりしない。こっちは身を捧げる。向こうはこっちを家族から引き離す。そして、結局、こっちを捨てて若い男に走る。若い女かもしれないですが」ゆがんだ笑みが男の顔に広がり、その青い目の端にしわがいくつも走った。「この古いたとえは知っていますか？」

ジュリアは笑みを返した……知っていた。

「あなたのような海兵隊員には同情します」男が付け加えた。「もうじき、大きな選択を迫られるでしょうから……」

「大きな選択？」

男はジュリアを一瞥した。持っている力を充分に発揮できていない生徒にいらだっている教師のようだった。「ええ、大きな決断です」男がいった。「真実《トゥルース》か夢《ドリーム》か。中間はありません。そのふたつのいずれかでなければ、立つ瀬はない。軍服を着ているから、まだ選択を迫られてはいないのかもしれません。しかし、やがてその時は来ます。政治家は当然、選択を迫るでしょう——それが彼らの生計の糧《かて》ですから。しかし、軍服を着たまま選択するとなれば、まったくちがう意味合いを持ちます。賢明な選択を祈ります」

次の駅に入線するとき、そちらはどちらを選択したのかとジュリアは訊きかけた。現政権を支持するのか、反対するのか、真実《トゥルース》と夢《ドリーム》のどちらを選択したのか、と。しかし、訊くまでもなかった。男が降りようとドアに向かったとき、車椅子のフレームに貼ってあるもうひとつのステッカーに気づいた。

「あなたを探し出し、ちょっと話を切り出す方法を思いつくまで、しばらくかかりましたよ、少佐」そういうと、男は車椅子を自分で動かしてプラットホームに出た。「時が来れば、われわれの多くはあなたが正しい選択をするものと期待しております。お体に気をつけて」

男が降りたあとでドアが閉まり、列車がスピードを上げて走り出すと、男はジュリアに向かっておどけて二本指の敬礼をした。

二〇五四年三月二四日　19：15（GMT三月二五日03：15）
マカオ

頭のいい人々がどれほどまぬけに振る舞うものか、ジェイムズ・モハマドはそれを見るたびに驚かされる。Ｂ・Ｔが彼に会いたくないばかりに、しばらく身を隠したかったのだとしたら、なぜマカオに行く？　新聞を買ったり、過去十年ぐらいに出版された本を読みさえすれば、ラゴスと北京との特殊な関係がわかるというのに。国家がシンギュラリティを求めて連携し合うなか、バイオテック、人工知能、量子コンピューティングの分野で各国がしのぎを削るグレート・ゲームしだいで、一国の外交政策が大きく左右されるようになった。たしかに、Ｂ・Ｔは天才だ。研究内容を見れば、それが紛れもない事実だとわかる。だが、天才かもしれないが、ときどきばかなことをするのもたしかだ。

Ｂ・Ｔがベネチアンのスイート・ルームを予約したと、北京から連絡が入った。国安部（中国国家安全部の略）の平民の職員が、その予約情報にフラグを立ててくれてよかった。人民解放軍の秘密情報機関から出向している軍人の職員だとそうはいかない。国安部の一般職員とはいつも馬が合った。堅苦しい軍事諜報部門の軍人連中とはちがって、モハマドのようなビジネスマンにも通じる感性を持っている。Ｂ・Ｔを監視し、さらに、カジノ・フロアのゲームをＢ・Ｔに甘くして、モハマドがラゴスから急行するまで勝ち続けさせるよう要請すると、国安部はすぐさま了承した。こうして、モハマドはベネチアンのセキュリティ・コントロール・ルームにやってきて、カジノ・フロアをくまなく監視する何千台もカメラの一台に接続されたジョイスティックをいじっているのだった。

驚いたことに――正直にいえば、モハマドの見落としだったのだが――リリー・バオがB・Tに会うためにワシントンから飛んできていた。準軌道フライトを使ったとしても、三時間前後かかる。旧友が業務上の危機に面しているからといって、顔を見に行くにはだいぶ遠くはないか。モハマドの知らないことをリリー・バオが知っているなら別だが。前日、税関と入管の顔認証技術によって彼女が入国したとの通報があってから、モハマドは彼女がはるばるやってきた理由に関して、点と点をつなごうとしていた。北京から彼女の経歴などの情報を求めさえしたが、悲しくなるほど古かった。セキュリティ・コンソールを前に座ってジョイスティックを操作し、ふたりのテーブルの真上に設置されているピンホール・カメラに加えて、盗聴機器も調整すると、パズルの重要なピースがぴったりはまった。リリー・バオとナット・シュライヴァー上院議員との関係だ。

B・Tは彼女の大きな秘密を知っていた。彼女がこんなところまで来た理由が、これでようやくわかった。
〝ナット・シュライヴァー〟……これはモハマドにとってたなぼただ。ジョイスティックを握る手が興奮で震え、レストラン内の映像も揺れた。モハマドはこの発見をどうやって利用しようかと想像した。リリー・バオとB・Tが、カストロの死において遠隔遺伝子編集が果たしたかもしれない役割について、また、コードの一部が《コモンセンス》にリークしたことについて話しているあいだ、モハマドは盗聴を続けていた。ジェイムズ・モハマドはなかなか集中できなかった。これからどんな手に出るか考えていた。

二〇五四年三月一二五日　05：27（GMT14：27）
沖縄

リリーとの夕食を終えると、B・Tはスイート・ルームに戻り、かばんひとつに荷物をまとめ、沖縄へ帰るフライトに乗った。《コモンセンス》がどんな手を使って——それがどんなものなのか、どんな人がやったのかは知らないが——例のコードを盗んだのか、突き止めなければならない。朝早くに空港からじかに研究室に戻った。ドアの最初のロック、次のロックをはずしたとき、なかが荒らされているのではないかとも思っていた。ファイルが床に散乱し、ハードディスクがポートから引き抜かれているのではないかと。だが、出たときと何も変わっていなかった。

一陣の風がB・Tの気を引いた。研究室内を横切り、あいていた窓を閉めた。テーブルの真ん中の大きな金魚鉢に気づいた。色とりどりの蝶が戻っていて、手招きするかのように羽を動かしている。身をかがめ、金魚鉢の高さまで顔を下げた。もともといた数の半分以上はいる。すごいな、と思った。こいつらは戻り方もわかっていたのか。ばかみたいににやつき、大笑いしそうになった。コンピュータの前に座り、メールをひらいた。数え切れないくらいのメールが待ち受けていて、パーソナル返信フィルター――人工知能を利用したちょっとしたお役立ち機能――にかけ、ほぼ三分の二に返信させ、自分で返信する必要のあるものに優先順位をつけさせた。受信箱の中身がたちまち二十数通にまで減った。

そのなかの一通が目に付いた。はじめはフィルターをすり抜けたスパムかと思った。こんな題名だった。〝あなたの友だち？〟。送信者は真栄田岬ダイブ・ショップという企業のアカウントだ。数枚の写真がメールの下に貼り付けられていて、東京からやってきたダイビング・インストラクターが写っている。おもしろい刺青《いれずみ》を入れたかわいいインストラクターがビーチの近くの草地に立ち、色とりどりの蝶が彼女の指先、髪、両肩に止まっている。このうえなくエレガントなイブニングドレスのように蝶たちをまとい、きらきら輝き、B・Tの創造物のひとつを着飾っている。一連の写真の上に、一行のテキストがあった。〝ショップに寄って〟。こんな署名がついていた。〝ハグとキス《X・O》、ミチ〟

二〇五四年三月二五日　15：22（GMT23：22）
マカオ

ジェイムズ・モハマドは彼女のフライト・ナンバーをつかんでいた。出発ターミナルの窓のない会議室で待っていた。出発ターミナルの廊下の突き当たりで、エルメスとシャネルに挟まれた部屋だ。リリー・バオのフライトが出る三時間前、国安部の連絡将校ふたりが、それぞれ黒っぽいスーツと糊の利いたワイシャツという格好で、この会議室まで彼を案内し、待つようにといった。彼らはリリー・バオのフライトの詳細情報に加えて、写真と数多くの生体データも持っている。彼女がセキュリティを通ったら、彼らが会議室に連れてくることになっていた。モハマドはここで勧誘したのち、次のダレス行き準軌道フライトに乗せるつもりだった。遅れるのはせいぜい二、三時間だ。

モハマドはこれとはちがう、もっとソフトな手法も考えた。ベネチアンで偶然、彼女に会った風を装い、一杯どうかと誘い、そこで勧誘をはじめる、とか。だが、それではあまりに紛らわしいし、あまりに遠回しだ。この手の経験は充分にあり、勧誘する環境も勧誘それ自体に劣らず大切なのはわかっている。楽にできて、罪に問われないような、ささいなことを依頼するだけなら、まあ、酒を飲みながらとか夕食をとりながらしてもいい。一日、二日早く収益報告書を見せてもらうとか、そんなことなら。だが、すぐに自分を納得させられないようなことを依頼するなら、直接的な手法がいちばんだ。そこで、空港の会議室になったわけだ。

勧誘の理屈は充分にわかりやすい。ジェイムズ・モハマドはリリー・バオの来歴を把握していた。二十年前、母親とふたりで戦争難民としてアメリカに渡ってきたこと、北京の政権が、外交官であり軍部の上級士官だった父親をスケープゴートにして暗殺し、功績を汚したこと。国安部に協力すれば、母国内での家族の名誉を回復できるかもしれない。リリー・バオはそれに価値を見いだすだろうか？　彼女とその家族に売国奴のレッテルを貼った国による名誉回復など望むだろうか？　モハマドにはわからなかった。国家が恋人のようなものだということは知っている。恋人のさげすみは愛情を生むことも多いが、恨みを生むことも多い。

バオ家の名誉回復が飴《あめ》だ。だが、モハマドには鞭もある。ラゴスの上官（とりわけ彼のおじ）と彼らに対応する北京側の連中は、モハマドに飴と鞭の両方がなければ、この手法を承認していなかっただろう。モハマドにはわかるが、リリー・バオがいずれこちらの要求を何でも飲む理由になる鞭――彼女が心から大切にしているもの――はナット・シュライヴァー上院議員との関係だ。しかし、こちらがふたりの関係を知っていることを明かしたくはない。必要に迫られるまでは。シュライヴァーとの情事は、彼とリリー・バオのあいだの暗黙の了解のままにしておく。少なくとも当面は。

モハマドは腕時計に目を落とした。彼女のもともとのフライトはすでに搭乗手続きがはじまっている。彼は部屋のなかを行きつ戻りつして、テーブルの上座につき、真ん中に置いてあったピッチャーでグラスに水を注いだ。どうしてこんなに時間がかかっている？　国安部の職員ふたりに連絡しようかと思っていた矢先、彼らが戸口に現れた。リリー・バオを両側から挟んでいた。彼女は両手をうしろで拘束され、靴は片方しかはいていなかった——片方のヒールを棍棒代わりにして、国安部職員に抵抗したらしい。職員はふたりとも汗だくだった。リリー・バオも同じだった。顎が腫れていて、釣り上げられた魚のように口をぱくぱくさせている。

「あなたも逮捕されたの?」リリー・バオがジェイムズ・モハマドを見るなり、小声でいった。

モハマドは国安部職員ふたりに対して、彼女を座らせるよう北京語で命じた。ふたりが彼女を乱暴に椅子に座らせた。モハマドはふたりに毒づき、扱いに気をつけるよう注意し、うしろ手の拘束を解くよう命じた。彼女に一杯の水を注いだ。リリー・バオはためらいがちに水を飲み、周囲の状況を確認した。

「あら……」リリーがいった。肩を落とし、力なく椅子に背をもたせかけた。「このふたりはあなたの命令で動いているのね」

二〇五四年三月二五日　06:17(GMT01:17)
ホワイトハウス

ジュリア・ハントがヘンドリクソンのオフィスの閉まっていたドアをノックすると、入れとの声が聞こえた。あらかじめ結びをつくってあるネクタイの輪に首を通し、輪を絞り、机のそばの窓に映った自分の影を見ながら結び目を調整していた。ジュリアは紙コップのコーヒーを手渡し、ふたりで五、六冊のバインダーを集めた。陽光が地平線を突き破り、サウスローンと、ワシントン記念塔周辺の緑地を占拠するトゥルーサーズの野営地に当たっていた。

「用意はいいか？」ヘンドリクソンが訊いた。

ジュリアはうなずいた。

大統領執務室《オーバル・オフィス》に入ると、スミス大統領がドアに背を向けて座り、サウスローンに面した窓から外を見つめていた。ヘンドリクソンは大統領執務机《レゾリュート・デスク》の前に歩み出た。ジュリアに自分の左側に来るよう身振りで指示した。ジュリアは窓際のコンソール・テーブルに何も載っていないことに気づいた。ふつう、そこにはファースト・ファミリーのフレーム入り写真が所狭しと並べられる。スミスはここが自分のオフィスだという事実をまだ受け入れられないかのように、私的なものをテーブルにひとつも置けずにいる。窓の外をじっと見つめ続けている。「彼らはいつまでこんなことを続けられるんだ？」彼は訊き、息を吐くと、椅子の肘掛けに寄りかかり、顎を手のひらに載せた。

ジュリアは気まずそうなまなざしでヘンドリクソンを見た。ヘンドリクソンが、うしろのふかふかのシルク張りのソファー二脚に挟まれたコーヒーテーブルに向かって顎をしゃくった。ジュリアは副大統領候補のプロフィールが綴じられているバインダーを広げた。何百ページもの調査書――投票先、税金、雇用、財務記録など、政権を揺るがすかもしれないものすべて――が含まれている。「大統領」ヘンドリクソンがいった。現実逃避《フーガ》から解き放つかのように、語気を強めた。「副大統領の最終候補リストを持ってまいりましたので、ご確認ください」

「ゆうべ、連中はあそこで私の人形《ひとがた》を焼いた……私を焼いたのだ!」スミスがいった。ジュリアは苦痛のにじむ声音にどきりとし、大統領に顔を向けた。まだ彼女から顔をそらしたままだった。「トゥルーサーズは近くのデパートからマネキンを一体盗み、スーツを着せ、縄で首をくくり、灯油をかけ、焚き火で焼いたのだ」大統領がついに椅子を回転させてこちらを向き、続けた。「合法にしてはいけないだろう」

「市民には集会の権利があります」ヘンドリクソンがいった。今回の危機がはじまって以来、ヘンドリクソンは緊張緩和《ディエスカレーション》を進言してきた。一度のつまずき、一度のやりすぎで、スミスの政敵が図に乗ってくることはわかり切っている。公職に就いている民主共和党員だけでなく、トゥルーサーズのデモ隊の武闘派もそうだ。武闘派は不満を街路にぶちまけたくてうずうずしているのだ。

「彼らにはナショナル・モールで焚き火をする権利などない」スミスが答えた。椅子に座ったまま身を乗り出した。着ているのはいつもの紺のスーツではなく、ランニング・ショーツと、高校で人気の数学教師兼スカッシュ・チーム・コーチを務めていたころから着ている〝フェアビュー・ファルコンズ〟のロゴ入りTシャツという格好だった。「一時間もあれば、公園警察《パークポリス》にあの野営地を一掃させられる。もうすぐカストロ大統領の国葬だというのに。それもめちゃくちゃにされるままにしておくのか、偉大な男の功績を汚されるままにしておくのか？　こんな状況にあとどれくらい耐え忍ばなければならないのか？」

ジュリアは耳を傾けつつ、最後のバインダーを並べ終えた。ナショナル・モールが管轄に含まれる公園警察《パークポリス》の警官数百人では、ワシントンに集結している数千人のデモ隊にはとても太刀打ちできない。もちろん、大統領なのだから、必要なら、もっと多くの資源《リソーシズ》を招集できる。コロンビア特別区首都警察から州兵、果てはジュリアのような連邦軍まで使えるが、ヘンドリクソンは頑として忍耐と自制を進言した。エスカレートさせた者が負ける。一九三三年に国会議事堂に放火したドイツ共産党しかり、一九九一年の失敗に終わったクーデターで、クレムリンになだれ込んだソ連軍将軍たちしかり、三十年あまり前の二〇二一年のアメリカ国会議事堂の暴徒しかり、国家体制を最初に攻撃する側が賊軍となり、敵側にまさにその国家体制の防御力を使わせる口実を与える。やりすぎこそが敵なのだ。

窓の外の景色は見なかったことにしてはいかがかとヘンドリクソンは大統領に提案した。いよいよ副大統領を選定する必要がある。大統領がふらりとソファーにやってきて、バインダーをひらきはじめた。

二〇五四年三月二五日　15：55（GMT23：55）
マカオ

ジェイムズ・モハマドが片手を上げ、立ち去るよう手振りで示すと、ふたりの国安部職員が会議室からそそくさと出ていった。ひとりは、リリー・バオに引っかかれた顔についた〝溝〟を触り、顔をしかめた。

モハマドとふたりきりになると、リリーが訊いた。「それで、あなた、ほんとうはどこで働いているの？」リリーがナプキンをグラスの水に浸し、端っこを割れた唇にそっとつけた。

「知ってのとおり、私は個人投資家です」

リリーがいらだちも隠さず、目の端でモハマドを見た。

「ただ、政府系のクライアントもいくつか持っています」

リリーがモハマドをにらみ続けている。

「私が投資先から収集できそうな人目に触れることのない非公表情報に、彼らはつねに関心があります。たとえば、遠隔遺伝子編集には、多大な関心を寄せています。パートナーたちと私は、お友だちのB・Tととても大きなビジネスをしてきました。彼が成し遂げた躍進は――」

「パートナーたち？」リリーが口を挟んだ。「ナイジェリア政府のことかしら？」

「ほかにも政府との取引きはありますが」モハマドは、国安部職員が退出したドアを肩越しに振り返った。「戦争が続いています」彼はいった。「気づいていないかもしれませんが。気づかない人がほとんどです。勝者が生まれる一方、敗者も生まれます。そして、その結果によって人類の未来が決まるかもしれない……大げさに聞こえるでしょうが、大げさではありません。科学技術の進化と生物学の進化がひとつになろうとしています。この統合によって世界秩序《グローバル・オーダー》が大きく左右されます。アメリカで、カストロ大統領の身に起きたことを考えてください。世界ははじめて遠隔による暗殺を目の当たりにしたのであり、B・Tによって開発されたテクノロジーが使われたのです」

「証明できないでしょ」リリーがいい返した。

「あなたの友人を非難しているわけではありません」モハマドはいった。「彼の研究を盗み、あの暗殺を企てた者を、われわれは探しているのです。つまるところ、カストロが死んでもっとも得する者をあぶり出す作業にほかなりません……」モハマドはしばらく余韻を漂わせた。リリーとナット・シュライヴァーとの関係を知っていることを、ほんのかすかににおわせたかった。「つまるところ、アメリカにおける政治の混乱は副次的なもの、要するにオマケです。人類史を眺めれば、大統領の死がどうだというのか？　いや、私がいっている〝賭け金〟は一政治家の運命より、いや、一国家の運命よりはるかに大きい。だれが最初にシンギュラリティに到達するかという問題です。だれが進化し、だれが絶滅するか、種の進化の問題です。そこで、われわれはあなたの力を必要としているのです」

「〝われわれ〟ってだれのこと？」

「あなたの国です」

リリー・バオは〝わたしはアメリカ人よ〟とはいわなかった。いわないだろう、とモハマドは踏んでいた。リリー・バオは中国人だ。あの国の土が故郷だ。たしかにアメリカに住むことはできるし、価値観も受け入れられるだろう。だが、むしろ人々の集まり、彼らの血と土地が問題なのだ。崩壊しかけたアメリカの惨状を見るがいい。団結できない現状を見るがいい。自然淘汰と種の進化によって保たれてきた血と土地に勝るイデオロギーなどない。シンギュラリティは、ダーウィンが最初につけた道筋、つまり適者生存の次の道程にすぎない。最初にシンギュラリティに到達する者が生き残る。ほかは絶滅する。〝賭け金〟がこれだけ高くても、リリー・バオはほんとうに母国に背を向けるだろうか？　アメリカはキメラだ。これまでずっとそうだった。人類がみずからの本性を否定するつかの間の幕間劇のようなものだ。リリー・バオは故郷に引き寄せられている。

「わたしの国の何を知っているというの？」彼女が訊いた。

「私にはわかりますが、彼らはあなたに戻ってもらいたがっています」彼はいった。

「協力していただけるなら、対価が与えられるでしょう」

リリー・バオは腕を組んだ。くっきり描いた黒っぽい眉毛のあいだにしわが寄り、怒りにも似た険しい顔つきになった。彼女はこちらが金銭的な対価を差し出すと思っていたのだろう。買収を試みる、と。たしかに、彼女が望めば、多額のカネも出すが、本物の対価は彼女の想像を超えていた。そんなことができるとは思ってもいなかっただろうから。だから、モハマドはもっとはっきりいった。椅子に座ったまま身を乗り出して、いった。「北京政府はあなたのご家族の名誉を回復させてもいいそうです」モハマドははじめた。「お父さんと、お父さんが先の戦争で演じた役割に関する解釈の変更もやぶさかではないとのこと。そろそろ亡命生活を終わりにしてはいかがか」

これが〝飴〟だ。

リリー・バオは、国安部の職員が押収したハンドバッグの返却を求めた。職員のひとりが来て、ハンドバッグをテーブルに置いた。彼女は中身をかき回した。コンパクトを取り出し、顔の汚れを直しはじめた。口のまわりで干からびている血をぬぐい、髪を梳かし、うしろでまとめ、リップを塗り直した。鏡を見ながら無言で続け、ジェイムズ・モハマドには回答を待たせておいた。このちょっとした変身を終え、さっきの格闘の痕跡が完全に隠れてから、やっと答えた。「申し訳ありませんが、ミスター・モハマド」リリー・バオがいった。「そちらの申し出には興味ありません。わたしの所持品を戻して、別のフライトを予約していただけたら、母国に帰ります――アメリカ合衆国に」

モハマドにはまだ〝鞭〟が残っているが、ここでは使わないことにした。彼女はいずれ戻ってくる、と思った。思いつくかぎりの親切心をひねり出し、モハマドは一時間後に出発するダレス行き準軌道フライトのチケット一式を差し出した。そのなかには、ビジネスからファーストクラスへのアップグレード券も入っていた。そして、自分の電話番号も手渡した。「直通番号です。出るのは私だけです」彼は説明した。ふたりの国安部の職員が、リリー・バオの荷物を持って会議室の戸口に現れた。

リリー・バオは立って部屋を出ようとした。靴は片方しかはいていない。ふたりの職員がセキュリティ・エリアを探したが、もう片方は見つけられなかった。髪形とメイクを直し、さっきの諍《いさか》いなどなかったかのように見せようと、いろいろ手を尽くしてはみたものの、片方の靴しかはいていないから、ドアまで足を引きずらないわけにはいかなかった。彼女が出て行くさまを目で追いながら、ジェイムズ・モハマドはいずれ再会すると確信した。

二〇五四年三月二五日　06：58（GMT01：58）
ホワイトハウス

　スミス大統領は無表情を保ちつつバインダーをめくった。小さな州の知事ふたり、再選できなかった上院議員、除隊した比較的無名の海軍提督、元大使、十年ほど前に下院議員を一期務めた、中くらいの規模の企業のＣＥＯ。文書では、どの副大統領候補もそこそこの経歴で、何より、スミスの脅威になるものはひとりもいない。ヘンドリクソンが候補者の長所短所を説明しているとき――みなカストロ政権に忠誠を誓い、いかがわしい過去のある者はひとりもいない（とにかく弁解できないものはない）――大統領は賛成とも反対ともとれるかすかな声を漏らした。

　すると、大統領がジュリアに時間を訊いた。

「午前七時です」

　大統領がうなずいた。このときが来るのを待って自分の思いを話そうと考えていて、七時ちょうどになったから、もう核心を突いてもいいだろうと思っているかのようだった。「バント」大統領が話しはじめ、腹心の顧問の肩に優しく手を置いた。「この六人の候補者からひとりを選べば、あの連中は」――こらえ切れなかったのか、〝連中〟という言葉を吐き捨てるようにいい、デモ隊の野営地を身振りで示した――「帰ってくれるのか？」

ヘンドリクソンはしだいに高まる最悪の衝動から、大統領を守ろうとしていた。また重荷を背負い込み、安全な中道の候補者を副大統領に選ぶべき理屈を説明した。大統領が丁重にうなずくと、ヘンドリクソンはもう一度諭《さと》した。「大統領、ここに並べたバインダーの候補者なら、われわれはまた軌道に乗れます」

「統一政府はどこへ行った？」スミスが訊いた。

「何ですと？」

「統一政府だ。トゥルーサーズはこちらの妥協を求めている。ワイズカーヴァー下院議長は、こちらが協力するなら、先方も協力するし、こういったことはすべて解消させると確約している」そういいながら、大統領が窓の外を手振りで示した。トゥルーサーズの野営地だけでなく、もっと広く、国を二分している相違そのものを示しているかのようだった。

「ワイズカーヴァーと話したのですか？」ヘンドリクソンが突っかかるかのように一歩踏み出すと、大統領がとっさに一歩あとずさった。ジュリアは名付け親に手を伸ばし、そっと彼の腕に手を載せた。

ドアをノックする音が響いた。

おかしい。大統領執務室《オーバル・オフィス》にアポなしで人が来ることなどめったにない。室内の時間はかっちり管理されており、日々の会議予定が分刻みで決まっている。大統領はヘンドリクソンから目を離さず、声を上げた。「入ってくれ！」

ワイズカーヴァーが戸口をまたいで入室した。「おはようございます、大統領《ミスター・プレジデント》」ワイズカーヴァーはそういうと、軽く会釈した。一冊のバインダーを脇に抱えていた。

「おはよう、トレント」スミスがソファーの隣の席に座るようワイズカーヴァーに手振りで示し、ジュリアとヘンドリクソンは向かい側に座った。四人とも座ったとき、ワイズカーヴァーが競りの状況を確かめるかのように、コーヒーテーブルに広げられた六冊のバインダーを一瞥したことに、ジュリアは気づいた。大統領が咳払いをしていった。「ご存じのとおり、ワイズカーヴァー議長は私が議長の党から副大統領候補を選び、統一政府を樹立することが、我が国にとって最善の策であると信じておられる……」

ジュリアには、ヘンドリクソンが座ったままむずむずしているのがわかった。この件に関して、ワイズカーヴァーの胸に、むき出しの野心ばかりではなく、いくばくかでも国を思う気持ちもあるとは、どうしても思えないといった感じだ。大統領が話しているあいだ、ワイズカーヴァーは室内を見回し、壁に視線を走らせていた。下院議長なのだから、これまでにもカストロ大統領のゲストとして大統領執務室《オーバル・オフィス》には何度も来たはずだが、はじめて目にするかのようだった。家具をどう配置し直そうかと想像したり、文字どおり、カーテンの寸法を測ったりしているようにも見える。

スミスがいい終えた。ワイズカーヴァーが話す番だった。「カストロ大統領が亡くなり、我が国は大きな傷を負った。これからはその傷を癒すときだ。統一政府樹立はその治癒過程の重要な第一歩だ。国民も通りに繰り出し、われわれにそう語りかけている。これ以上、彼らの声に耳をふさいでいることはできない。実をいえば、この件に関してわれわれにはほとんど選択肢は残されていない。ともに治癒するか、身を引き裂くか」

「それは提案か？」ヘンドリクソンが訊いた。「それとも最後通牒《つうちょう》か？」

「現実だ、バント」ワイズカーヴァーがテーブルのバインダーに目を落とした。「この候補者から選べば、私の両手を縛ることになる」

「両手を縛るとはどういうことだ？」ヘンドリクソンが身を乗り出し、ソファーの端まで尻をずらした。

「そうだな、まず、彼らがすぐに家に帰ることはない」そういいながら、ワイズカーヴァーが窓の外の野営地を示した。「カストロ大統領の死を調査する委員会のことも考えないといけない。われわれ連邦議会がだれを院長に任命するかしだいで、長引かないともかぎらない。そのふたつ以外の理由も聞きたいなら、続けてもいいが」

「それには及ばない」大統領がワイズカーヴァーにいった。そして、過保護な親におねだりする子供のようなまなざしをヘンドリクソンに向けた。これほどの対立、全国各地でのデモ、政敵の策謀には、もう耐えられないのだ。表舞台で活躍する者はみなそうだが、スミスも人目をとても気にし、嫌われることに耐えられない。とにかく、これほどまでに嫌われることに耐えられないのはたしかだ。ずるさがみじんもないのに、政治家にありがちな愛情への渇望だけはある。絶望的だ。

ジュリア・ハントは、ヘンドリクソンがワイズカーヴァーの申し出を考え直しているのがわかった。統一政府なら危機的な現状が緩和される。とにかく短期的には緩和される。長期的には、トゥルーサーを担ぐのも狡猾な手といえるかもしれない。ワイズカーヴァーの党内での力を削ぐことになる。それに、だれが副大統領になるかにはよるが、揺るぎない指導力を持っているなら――とにかくスミスほど揺るがないのであれば――国を安定させる一助になるかもしれない。ワイズカーヴァーの言葉を借りるなら、〝身を引き裂く〟事態は避けられる。だが、すべてはワイズカーヴァーがだれを提案するかによる。

ヘンドリクソンは候補者名を尋ねた。

ワイズカーヴァーはコーヒーテーブル越しに持ってきたバインダーを差し出した。取扱い注意の文書だ。ジュリア・ハントは名付け親の肩からのぞき込んだ。当然か、と思った。最初のページに、ナット・シュライヴァー上院議員の公式な顔写真が見えた。

2054

4 キャッツ・ゲーム

Cat's Game

二〇五四年四月三日　18：12（GMT15：12）
サンパウロ

チョードリはホテルにチェックインした。クリニックに近いという理由でニュートロニクスのスタッフが予約した、代わり映えのしないグランドハイアットだった。受付係がチョードリの網膜をスキャンしたとき、「もうひとりのお客様がすでに到着し、お客様のスイート・ルームにチェックインしております」と伝えた。もうひとりのお客というのがだれなのか、彼にはまったくわからなかったが、訊かなかった。キャスター付きのスーツケースをごろごろ転がしながら、ずらりと並んだエレベーターに向かってがらんとした大理石張りのロビーを歩き、二十八階にたどり着いた。スイート・ルームのドア前で立ち止まり、息を吐いてからスキャナー・ロックに顔を向けた。チョードリのスイート・ルームは角部屋で、うねる泥色の曲線と化したリオ・ピニェイロを一望できる。その川は活気に満ちたダウンタウンを抜け、サンパウロはずれの貧民街《ファベーラ》の横を走り、またティエテ川と合流する。チョードリはスーツケースをドアのそばに置き、床から天井までのガラス張りの窓に面した組み合わせ式ソファーにどさりと座り込んだ。ネクタイを緩め、上着のボタンをはずした。だいぶ傾いた陽光を浴びて、川面が鉄のリボンのようにちらちらと光っている。

そのとき、まちがえようのない娘の声が、隣のベッドルームから聞こえてきた。チョードリが着いたことに気づいていないようだった。彼は耳をそばだてながら、娘はなぜ何もいわずにはるばるこんなところまで来たのだろうかと思った。「それがカーツワイルの目撃情報でまちがいないのね」彼女がいった。間が空いた。「スペリングを教えて」彼女が付け加えた。また間が空いた。「それじゃ、M－A－N－A－U－Sで……マナウスね。わかった、ほかに何かわかったら、すぐに連絡して。父は今日の午後到着する予定だから」通話が終わった。

アシュニがシッティング・ルームに入ってきた。

チョードリは立ち上がった。「ここで何をしている？」

「早かったのね」アシュニがいった。それが答えだというかのような口ぶりだった。「ロビーで出迎えるつもりだったのに」チョードリは立ったままでいた。「座って、お父さん《バブ》。座って？」

チョードリはしぶしぶ腰を下ろした。アシュニが隣に腰かけ、膝を寄せ、マニキュアを完璧に塗った指先でスカートの裾をいじっていた。チョードリは自分がいらだっているわけをなかなか特定できずにいて、そのうちに、いらだちは怒りにかぎりなく近づいていた。

「ニュートロニクスとドクター・カーツワイルのことを調べてほしいといっていたわよね」アシュニがいった。

チョードリは娘の話をさえぎった。「たしかにいったが、ここに来てくれと頼んだ覚えはないぞ。何か見つかったのなら、電話でいうか、メールで送ってくれてもよかった。アシュニ、タンダヴァを大きくしていきたいなら、人に任せるすべを身に着けないと……部下を信じて――」

アシュニがさえぎった。「パプ、聞いて、お願いだから！」アシュニが父親に向かって声を荒らげたことなど、ほとんどなかった。チョードリは思わず話を止め、首をかすかにかしげた。アシュニは続けた。「レイ・カーツワイルはニュートロニクスでの研究はしていない。もうしていないの。うちの情報部の者が少し調べたところ、同社をブラジルの裁判所に提訴したことがわかった。三年前、カーツワイルとニュートロニクスは同社の研究方針をめぐって膠着《こうちゃく》状態に陥った。ニュートロニクス側は、ナノロボティクスと遺伝子編集におけるカーツワイルの研究開発を心疾患から多様な癌の治療まで、あらゆる病気の治療に応用したいと考えていた。カーツワイルはちがった思いを抱いていた。特定の医療に注力するのは、時間とエネルギーの無駄だと信じて疑わなかった。シンギュラリティに到達し、量子コンピューティングの力と人間の意識とが融合されたら、子供が算数の問題を解く程度の時間で癌、心疾患――それをいうなら、すべての疾病――の治療法も次々に発見できるといって譲らなかった。カーツワイルにしてみれば、ただひとつの重要な進歩はシンギュラリティそのものだった。でも、ニュートロニクスは営利企業。カーツワイルが促してきた進歩を考えれば、ニュートロニクスは金鉱脈を持っているようなものだった。それをお金に替えて利益を出す前に、ほかの企業や国家に同様の研究をされてしまうかもしれないから、これ以上の時間を費やしたり、リスクを冒したりするわけにはいかなかった。そこで、カーツワイルに退職金を払って辞めてもらい、両者は別々の道を歩むことにした。カーツワイルは自由に研究を続けられ、ニュートロニクスも――彼に大金を支払ったあと――すでに彼が成し遂げていた研究をベースにした治療法を開発し、売り込むことができる。お父さんが受けようとしている、心臓の治療もそのひとつ」

「それで、カーツワイルは今どこにいるんだ？」チョードリは訊いた。

「だれも知らない」アシュニがメモの紙に視線を落とした。「最新の記録は二年ちょっと前のもので、マナウスのホテルの宿泊記録が残っている。ニュートロニクスからいくらもらったかを考えたら、すぐに水面に浮かび上がってくる必要はない――実際に浮かび上がるかどうかは別にして。研究結果を持って、姿をくらますこともできる。実際、そうしたように見える」

「それをいうだけなら、こんなところまで来る必要はなかっただろう」チョードリはいった。

「ええ」アシュニはいった。「そうよ」父親に顔を向けると、アシュニの下唇が震えていた。彼女はチョードリから顔を背けた。そうすれば、招かれざる感情が湧き上がるのを食い止められるかもしれないと思っているかのように。そんな娘の様子を見ていると、チョードリは昔の娘の姿がはっきりと見えるようだった。離婚する前、アダムズ・モーガン（ワシントンDCにあり他文化が混在する地域）のワンルーム・マンションに三人で住んでいたころ。ホワイトハウスでの仕事に就く前。ガルヴェストンの前でもある。アシュニが母親を亡くしたその街の名は、記憶のなかで永遠に災害と喪失と結びついている。ふたりは静かに座り、眼下でちらちらと光っている川を眺めていた。ひと筋の雲が太陽にかかり、ちらちらした光が消えた。アシュニが父親に顔を戻した。「こんなところまで来たのは、そんな治療をお父さんひとりで受けさせたくなかったから……それに、怖かったから。わかってくれる？」

今はチョードリが子供に、わがままな子供に戻ったように感じていた。ここのところずっと娘が父の体調に関してどんな気持ちでいたのか、ほとんど考えもしなかった。

「もちろんだ」チョードリはささやくような声でいった。

「ほかにも来た理由がある」アシュニが打ち明けた。

「ほかの理由というと？」

「レイ・カーツワイルを探してほしくないの」

二〇五四年四月九日　13：07（GMT22：07）
沖縄

B・Tは恋していた。彼女の名前はミチコ・タカギ。彼女は自分のことをミチといい、手紙にサインするとき、ミチ《Michi》の"i"の点の代わりにふざけてハートマークをつけるのだった。急展開だった。急展開すぎた。それはB・Tもわかっていた。二週間ほど前、ミチからメールをもらっていたから、B・Tは真栄田岬に訪ねていった。

ミチは色とりどりの蝶に感動していた。B・Tにお礼をしないといけないと思ったといい、その日の午後、ダイビングに連れていってあげると提案した。ふたりきりで。

その夜、B・Tは研究室に戻ったが、仕事をする意欲がほとんど湧かなかった。ベッドに横になり、目を閉じ、ミチに思いを寄せ続けた。鉛をつけた糸を垂らしたかのように、その日の記憶がB・Tを深く、静かな眠りへと誘った。

ミチはふたりですごした四日目に、B・Tを真栄田岬沖の深さ三五メートルのくぼみに連れていった。ふたりは青の洞窟近くで投錨《とうびょう》した。ミチがB・Tの装備を確認しながら――チェスト・ストラップを締め、ベルトのウエイトを確実に合わせた――ダイブ・プロファイルを説明した。水深一〇〇フィート（約三〇メートル）のダイビングを経験すれば、晴れてオープン・ウォーター認定となり、世界のどこでも単独でダイビングすることができる。

左手でマスクを顔につけ、右手でレギュレーターを持つと、B・Tは舷側からうしろ向きに海に入った。ミチも続いた。ふたりはブイまで泳いでいった。ブイラインが下に広がる漆黒《しっこく》の深遠へと伸びている。風が海面に貝形の飾りをつけ、ミチが親指を下に向けて合図した。水深が一〇フィートを超えると、すべてが澄み、静まった。B・Tに聞こえるのは、自分の規則的な呼吸だけだった。レンタルのフェイスマスクは古いモデルで、こめかみが締めつけられているうえに、端に結露の玉ができはじめていた。結露の取り方はミチに教えてもらっていた。顔を海面に向け、マスクを顔からずらして海水を入れ、鼻から息を吹いてマスク内の海水を排出するのだが、これだけ深いところで海水が顔に押し寄せてくると思うと不安で、曇ったマスクと万力をかまされているかのような締めつけに耐えていた。

ここまで来ると、思考がいちだんと鮮明になる。世界各地のカジノを歩き回る感覚に似ていなくもないと思った。どちらの場合も、今すべきことに全意識を傾けなければならない。コードの漏洩、ジェイムズ・モハマドの怒り、リリー・バオのアメリカでの問題。こうした心配事も、海に潜れば消えていくように感じられる。レギュレーターから吐き出される無数の空気の泡のように、海面へと離れていく。

B・Tと同じく、ミチも科学研究の経歴を持っていた。彼女の場合には、進化生物学で、もっぱら海洋種に関する研究をしていた。ダイビングに惹かれたのも、そうした理由からだった。ダイビング・インストラクターをして稼いだお金で研究費の足しにしていた。午前と午後にふたりでサンゴ礁へ行っているあいだ、穏やかな潮流に錨を下ろしたボートのデッキでくつろぎながら、ミチはこの分野に惹かれた理由を説明した。海洋種は地上種の六倍もあり、地上に存在する適応放散（同一起源の種が異なる環境に合わせて分化し、多くの系統に分かれること）が海中では存在せず、進化過程が緩やかになったおかげで、ミチのような生物学者は古代の進化パターンをかいま見ることができる。そうした最初の数日間で、ふたりは何時間も話し合った。B・Tはボートのデッキで、言葉が彼女の口から流れ出し、マンガの吹き出しのように彼女のまわりに浮かぶさまを見ていたが、頭のなかに浮かんでくるものといえば、この女《ひと》と恋に堕ちそうだということだけだった。

　四日目、海中のくぼみの壁を下りていくとき、B・Tはミチがうしろから誘導しているのを感じた。水深計が一〇〇フィートに達したとき、ミチはB・Tに止まるよう指示した。水深計の針がダイヤルに大きく弧を描いているのを確認したが、曇ったマスク越しではなかなか焦点を合わせておけなかった。そのとき、ミチが彼のダイビング・ベストのショルダー・ストラップをつかんだ。彼女の緑色の目がマスクで屈折し、さらに大きく、緑色に、そしてもっと魅力的に見えた。ミチは自分のゲージを指さし、所定の深度を超えたことをやさしく注意した。ふたりがブイラインにつかまってとどまり、くぼみの入り口あたりで浮遊していると、色鮮やかな魚が群をなしてふたりのまわりを泳いでいった。ミチが口からレギュレーターをはずし、B・Tにも同じようにするよう身振りで指示した。ほんの少しのあいだとはいえ、酸素を吸えなくなると思うと、B・Tは怖くて目を丸くした。首を横に振った。だが、ミチは譲らなかった。

B・Tはしぶしぶレギュレーターをはずした。

ミチがB・Tのベストをつかみ、引き寄せた。口に激しくキスした。彼女の唇は呼吸機器となり、深い海のなかで彼の命をつなぎ、不安を和らげた。ミチはしなやかで引き締まった体をぴったりつけて泳ぎ、水を蹴ってふたり一緒にくぼみの壁に移動した。その壁は底がないように見える〝虚空〟につながっている。キスは続き、B・Tの肺が熱くなりはじめた。子供のころに治した喘息のなごりだ。それでも、体を放そうとはしなかった。さっきまで感じていた不安や恐怖は消えてなくなった。この深い海で、いつまでも彼女と一緒にいられるのではないかと思った。

ミチがそっとB・Tを放した。しばらく、B・Tは宇宙飛行士のように漂った。その後、ミチはB・Tにレギュレーターを返し、自分のレギュレーターを口にセットした。好奇心に満ちたまなざしをちらりと向けた。B・Tのマスクの結露で彼の目が見えないから、キスの反応がよくわからないのだ。そういうことか、とB・Tは思った。さっきまで、マスクの曇りを取るのが怖かったが、そんなものは消え去った。マスクをずらすと、海水が顔に飛び込んできた。顔を上に向け、鼻から勢いよく息を吐き、マスクを戻した。ようやくミチの顔がはっきり見えるようになり、ミチもB・Tの顔がよく見えるようになった。ミチが手を伸ばし、B・Tはその手をつかみ、指を絡めた。そのとき、B・Tのマスクのゴム製ストラップが頭のうしろで切れた。ふたりははずれたマスクを追いかけようとしたが、指が絡みつき、マスクはふたりのあいだをすり抜けて落ちていった。そして、くぼみの底へと消えた。

B・Tは左右に体を揺すった。目をあけたが、影、光、かすかな色がぼんやりと見えるだけだった。海水で目が焼けるように痛くなってきた。海面に、安全なところに戻りたいという強烈な衝動を感じた。その衝動に突き動かされたとき、ミチに手首をつかまれたのがわかった。振りほどこうとした。ミチはB・Tをぎゅっと抱きしめ、彼の口からレギュレーターを引き離し、またキスした。麻薬をやりすぎた男が心臓にアドレナリン注射を打たれたかのように、B・Tはあたふたした状態から引き戻された。

こんな深い海から急に海面まで浮上すれば、命にかかわる。恐怖にとらわれて、このときのB・Tはそれを忘れていた。ふたりは時間をかけてブイラインをたどって上昇し、減圧を止めながら上昇しなければならないのだ。B・Tは目が見えない状況でそれをしなければならない。ミチにしっかりつかまり、全幅の信頼を置いて。

上昇するときの数分がゆっくりとすぎていった。ミチがB・Tのベストをつかみ、もう一方の手でブイラインを握っているのも、B・Tにはわかった。海面が近づいていると感じられるのは、ときどき目をあけて光の強さが増しているのを感じたときだけだった。海面に出ると、音がどっと押し寄せた。「大丈夫?」ミチがいい、レギュレーターをB・Tの口から引き離した。そしてもう一度、唇を強く重ねてきた。

ふたりは泳いでボートに戻った。陽光は肌に温かく、タオルで体を拭きもせず、船室に降りていった。

二〇五四年四月一三日 19:00(GMT20:00)
アブジャ

おじは夕食を一緒に食べようとラゴスにいた彼を首都へ呼んだ。もっとも、ジェイムズ・モハマドとおじは実際には夕食など食べない。会議をするのだ。食べ物を前にして。今夜の議題は推測する必要などなかった。マカオから戻ったときから、この連絡が来ると思っていた。おじの関心はリリー・バオに向けられていた。彼女を転向させられず、例の取引きにも失敗したのだから、おじは大いに失望している。おじのお気に入りの甥であっても、モハマドはその責任を取らないといけない。

ジェイムズ・モハマドとおじは同じ名前だった。実の父（家族でふたりめのベンジャミン）はしきたりを破り、我が子に自分の兄の名をつけた。クーデターで妻とともに命を落としたあとは、その兄がその子を育て上げた。おじの前では、ジェイムズ・モハマドは〝ジミー〟だった。大人になった今では、いやでたまらないあだなだった。これまで生きてきて、イートン校（イギリスのパブリック・スクール）から今まで、おじに手を差し出されるたびに、その手を受け入れてきたから、おじのジェイムズ・モハマドが甥を〝ジミー〟と呼びたければ、その権利はあるし、甥を首都に呼び寄せる権利だって当然ながらある。彼にとってはまるで魅力を感じない国の地理的な意味での真ん中に位置する、海なき、ほこり舞う大都市へ。

おじは食事の場所に近所の伝統料理の店を選んでいた。テーブルと椅子はプラスチックで、野外は頭上に裸電球があり、店内はエアコンとシーリングファンがうなっている。そこそこ裕福だというのに、おじのジェイムズ・モハマドはこの手のレストランでもてなすのが好きだった。この店は、甥がひいきにしているラゴスのヨーロッパ風のレストランとはちがい、彼が若いころによく食べていたでんぷん質たっぷりのヨルバ族（西アフリカの部族）の料理を出す。

甥のジェイムズ・モハマドは、同じ年格好の四、五人の男たちに囲まれてテーブル席に座っているおじを見つけた。おじがちょっとしたジョークを飛ばすと、まわりの男たちは、まるで世界中の人に自分の金歯を数えてみろと挑発するかのように、口を大きくあけ、頭をうしろにのけ反らせて、少しばかり大げさに笑っていた。おじは腕を振ってモハマドを呼び寄せたが、すぐに「ジミー、よく来たな」と大声を上げた。まるで甥に選択肢があったかのような口ぶりだ。

彼はおじの隣の席に着いた。まわりにいた男たちが席を立ち、ぶらりとポーチに出て、ラガーの残りを飲みはじめた。店内はほとんど空になった。スタッフが料理を運びはじめ、数分のうちにテーブルにご馳走が並んだ。山盛りの皿から料理がこぼれ、米やら肉やらがビニールのテーブルクロスに落ちた。モハマドは日中ずっと移動しておじに会いに来たので、腹ぺこだった。スプーンに手を伸ばし、すくおうとした。

「ちょっと待て」おじがいった。「じきに、客人がもうひとり来る」

二〇五四年四月一三日　17：55（GMT12：55）
ホワイトハウス

シュライヴァーの副大統領任命の発表は、カストロの国葬後に設定された。スミスはワイズカーヴァーに念を押した。国民の目をその日からそらすようなものは無用だ、と。アーリントン墓地での埋葬式は、ますますまれになっていた。何十年ものあいだ、軍の方針により、退役軍人や戦死者はあの神聖な土地に埋葬してもらえる資格が与えられていた。しかし、二〇年前、何万人もの戦死者が、南シナ海のあの諸島や大海から帰還しはじめると、軍の方針が変更され、アーリントンに埋葬されるのは、アメリカの武勲に対する三大勲章――銀星勲章、殊勲十字章（あるいは海軍や空軍における同様の勲功章）、名誉勲章――のいずれかに値する働きをして戦死した者にかぎられることになった。当時、それに当てはまらない金星章授与者の遺族にとっては厳格すぎる基準だと見られていたが、ほぼ受け入れられた。そんなわけで、アーリントンに埋葬されるのは、いつの世でも大いなる名誉だったが、今ではなおさらそうなっている。

カストロ大統領を批判する向きからすると、カストロにはそんな栄誉に浴する資格はないと考えていた。国葬の数日前、その情報が漏洩すると、そうした批判者たち――その多くは退役軍人だった――はしだいに怒りをたぎらせていった。アーリントンに埋葬されたアメリカ大統領はふたり、ウィリアム・H・タフトとジョン・F・ケネディだけだった。第二次世界大戦時に、タフトは陸軍長官を務め、ケネディは叙勲された海軍士官だった。カレン・スレイクはカストロの国葬のほんの数日前、ホワイトハウスのブリーフィング・ルームで、この問題に関して敵対心むき出しのマスコミの攻撃を浴びた。前例がタフトとケネディだけであり、さらに、カストロが軍務に就いたことがないという事実をかんがみれば、スミス大統領が前任者のアーリントン埋葬を認めたのは適切だったのか？

スレイクはケネディの例について切り返し、ケネディのアーリントン埋葬が認められたのは、何も兵役経験があったからではなく、暗殺されたからだと説明した。最高司令官でもあったから、戦争の犠牲者であるともいえる、と。スレイクがこの理屈を披露し、トゥルーサーズのカストロ暗殺説の火種を提供したとき、ジュリア・ハントはブリーフィング・ルームの奥で控えていた。すると、あぜんとした沈黙が降りた。大きすぎるファイルをダウンロードしようとして固まるコンピュータと同じく、その発言によって脳裏に浮かんできた疑問があまりに膨大で、すべてのジャーナリストが固まってしまったかのようだった。そして、一斉に手が上がった。

〝現政権はカストロの死が他殺だとついに認めるのですか？〟

〝仮にそうなら、どのような証拠をもって、この結論に至ったのですか、また、公表までになぜこれほど長い時間がかかったのですか？〟

〝容疑者――個人あるいは国家――は存在するのですか？〟

〝現政権はカストロの死に関する状況を調査する超党派委員会の設立を確約するのですか？〟

スレイクは事実と言葉をゆがめ、答えにならない答えで攻撃をかわそうとした。ディフェンスが得意とはいえ、彼女は口を滑らせてしまった。マスコミがこれほどの攻勢に転じるきっかけを与えたのはまずかった。これほどの集中砲火には耐えられなかった。結局、数々の質問に対する充分な答えを持ち合わせていなかった。「カストロの死に関して他殺の証拠はいっさい見つかっていないという現政権の立場は変わっていないのですか？」あるジャーナリストにそう問われたとき、スレイクは固まってしまい、思わず答えた。「はい、現政権の立場は変わっていません。カストロ大統領の死に関して他殺の証拠はいっさい見つかっていません」

スレイクはいそいそとステージから降り、さらに噴き出してきた質問の嵐に追われるように、ブリーフィング・ルームから出ていった。

二〇五四年四月一三日　13：07（GMT22：07）
沖縄

B・Tはミチとボートに乗ること以外、ほとんどどうでもよかった。数日が数週間になった。研究室にいる時間がますます減り、ジェイムズ・モハマドからの焦りのメールを避けるようになった。こういう関係になって三週間近くが経ち、ある日の午後、B・Tはボート上で自分が抱えている問題をミチに打ち明けた。

ミチも科学の素養があり、B・Tの研究がどういうものか、すぐに理解できた。mRNAワクチンの力、遠隔遺伝子編集の将来性、進展する分子及びナノテクノロジーの融合。そうした技術革新が人類をシンギュラリティへと駆り立てている現状。そして今、B・Tはミチに語った。彼が書いたコードの主要部がインターネットに流出し、それがB・Tのいう〝大きな政治イベント〟に発展するきっかけになったのだ、と。

「アメリカ大統領の暗殺のこと？」

ふたりはほんの数分前に海から上がっていた。ミチはビキニ姿で向かい合って座り、ウェットスーツを腰まで降ろしていた。

「まあ……そういうことになるかな」B・Tは少しいいよどんだ。

「つまり、あなたがカストロを殺したということ？」

「いや、ぼくが手を下したわけじゃない」Ｂ・Ｔは答えた。「ただ、ぼくの研究が殺したというか」

「あなたのコードの一部が《コモンセンス》とかいうウェブサイトに載ったから？」

Ｂ・Ｔはためらいがちにうなずいた。ミチが彼の懸念をいくらか取り去りはじめているとと感じているかのように。

「探し物は目の前にあるのかもしれないよ」ミチが腰に巻いていたタオルをはずし、濡れて背中に垂れた黒髪を拭きはじめた。「問い方がまちがっているのかもしれない」

そういうと、ミチはタオルをターバンのように頭に巻いた。

「正しい問い方って？」Ｂ・Ｔは訊いた。

「データが漏れた穴とか、サーバがハッキングされた形跡とか、そういったものは何も見つからなかったんでしょ？」

Ｂ・Ｔは見つからなかったと首を横に振った。

「それで、例のジェイムズ・モハマドという、あなたの研究資金を出している人が、腹を立てているというんでしょ。それでも、研究資金を提供したいと思っているの？」

　B・Tはうなずいた。

「なるほど……」ミチがいった。「それじゃ、リークしたコードの一部はあなただけが書いたものじゃないとは思わなかった？」

　B・Tはそれはないよと笑った。まずあり得ない。彼の研究は最先端で、何年もの思考の賜物で、超弩級《ちょうどきゅう》の躍進で、それに——口に出すことはないが——唯一無二の才能が反映されている。あれほどの発見ができるのは自分だけだと、B・Tは確信していた。ミチにもそのとおりのことを、言葉を和らげることもなく伝え、こう独白を締めくくった。「そういうわけだから、あのコードがぼくの研究室以外からリークするのはあり得ない、ない、あり得ない」

「あり得ないの？」

「わかった、あり得ないことなんてない。でも、あ、あり得るとは、と、とても思え、ない、ない」

「そのコードの一部があなたの研究室から流出しなかったからこそ、わたしたちが出会ったといったらどうする……？」

　B・Tは胃が沈み込むような感覚に見舞われた。

「ほかの人が、あなたとは関係なく動いている人が、あなたとまったく同じ結論に達していたといったらどうする……？」

B・Tは胸の前で腕を組み、口をつぐみ、むくれた子供のように横目でミチをにらんだ。「何をいってるんだ？」彼は小声でいった。

「一緒に東京に戻ってほしい、もっと詳しく説明できる同僚に会ってほしいといったら、わたしを信頼して来てくれる？」

「同僚？」

「ええ、わたしの国の政府の下で働いている同僚よ」

今までのことは、ぜんぶ計画されていたのか？　ジャイムズ・モハマド、リリー・バオ、そして、今度はミチか。彼の人生は、自分以外だれもがルールを知っているゲームになってしまったのか？

B・Tはうつろな目で水平線を見つめていた。

「すると、きみとぼくのことだけど」B・Tはようやくいった。「きみの政府の同僚とかいう人は、ぼくらのことを知っているのか？　〝同僚〟というと、きみも政府の下で動いているのか？」

彼に対する気持ちは本物だとミチはいった。その気持ちに気づいたために、思いがけずやりにくくなっているのだと。B・Tは水平線から目を離さなかった。ミチは立ち尽くしていた。B・Tにスペースを与えて、ひとりにしておくのがいいのか、横に座ってもっと言葉を尽くしたらいいのか、よくわかっていないかのようだった。そのとき、大型のダイビング・ボートがモーター音を轟《とどろ》かせて、海面に突き出た岩の陰から視界に入ってきた。ボートの船尾から力強い波が立ち、泡混じりのV字を海面に描いた。観光客たちがデッキにゆったりと座り、しゃべっていた。その波がふたりの小さなボートに押し寄せると、ミチの体が持ち上げられ、デッキにしたたかに叩きつけられた。

二〇五四年四月一三日　19：33（GMT20：33）
アブジャ

レストランのドアがあき、箱でもかぶっているかのようなグレーのスーツを着た小柄な男が入ってきた。汚い紙片に視線を落とし、また顔を上げた。奥の隅っこのテーブルに目を向けた。彼が近づいてくると、おじのジェイムズ・モハマドが立ち上がった。甥も立った。

その男は趙錦《チャオ・ジン》と名乗った。朝に北京から到着したという。この会合は、どうやらジェイムズ・モハマドのおじの呼びかけではなく、この控えめな男の呼びかけでひらかれることになったようだった。男は目の前の料理にちょっと手を付けただけだった。

「貴国の閣僚との適切な外交儀礼の取り決めを、おじさまにまとめていただきました」趙錦は話しはじめた。「これにより、繊細な問題も腹を割って話せるようになりました。北京では、あなたの仕事ぶりが、共産党執行部常任委員会の我が国最上位の意思決定集団の目に留まっています。とりわけ、最近、リリー・バオと顔を合わせた件です。こちらの考えでは——」

　おじのジェイムズ・モハマドが割って入った。「甥にはもっと断固たる態度を取るべきだったといっているのだ。飴を差し出したなら、鞭を与えるのをためらってはいけないとな」

「わかります……わかります……」趙錦はいい、片手を上げて制止した。「ただ、私は必ずしもあなたの甥がミスを犯したと思っているわけではありません。私たちが競っているゲームで勝つには、忍耐が必要になります。血と土（ナチス・ドイツの農業・植民政策のスローガン）、結局のところ、人々はそれに戻ります。夢物語《ドリーム》に浮かれることもあるでしょうが、必ずみずからの生存の真実《トゥルース》に立ち戻らざるを得ないのです。リリー・バオが自分でこの結論にたどり着けば、彼女の有用性は高まるばかりです。ですから、上院議員のもとに戻したらいい。これからいくらか取引きして、銀行口座をいっぱいにしてやればいい。あとしばらく夢《ドリーム》を信じ込ませてやればいい。自分に選択肢があると思わせてやればいい。やがて、夢《ドリーム》はしぼみます。生き残るのは真実《トゥルース》です。そして、故郷に、血と土に戻るのです」

趙錦が品定めするかのように甥のモハマドに視線を向け、モハマドは皿の上で食べ物を動かしながらいった。「彼がそれほど長く上院議員の座にとどまることはないでしょう」

「ええ」趙錦が答えた。「でしょうね」

「まもなくホワイトハウス入りします」

「そのようですね」

「リリー・バオは連れていかないでしょう」モハマドは付け加えた。

「ケネディはジャッキーではなく、ドイツ人と結婚していたら、大統領になっていたでしょうか？　ロンメルとかグデーリアン（いずれも第二次世界大戦時のドイツ帝国陸軍軍人）の娘と結婚していたら？　先の戦争でアメリカが負った傷はまだふさがっていませんし、シュライヴァーは憶病者ですから、リリー・バオのために政治生命を捨てる覚悟などありません。それだけではありません」

「というと？」おじのジェイムズ・モハマドがもどかしそうに訊いた。趙錦がおじと甥を交互に視線を向けた。最後までとっておいたこの情報を伝えていいものかどうか、見極めようとしているかのようだった。「《コモンセンス》に出ているコードの一部ですが。そちらのレポートによると、そちらが資金提供している、沖縄を拠点とするドクター・ヤマモトなる研究者から盗まれたのではないかと懸念されておられますね」

「ええ」モハマドはいい、うなずいた。「そのとおりです」

「リリー・バオは、独り立ちする前、タンダヴァ・グループで働いていました。同グループのことはご存じでしょう」

モハマドはまたうなずいた。

「バイオテクノロジー企業のニュートロニクスに、かつてかなりの投資をしていました。現在、その資産は売却していますが。リリー・バオはタンダヴァ・グループ創設者であるドクター・サンディープ・チョードリのもとで、同グループへの投資を管理していました。当時、ニュートロニクスはナノロボティクス、量子コンピューティング、遺伝子工学《バイオエンジニアリング》の最先端研究をしており、ドクター・レイ・カーツワイルの指導による遠隔遺伝子編集の初期研究なども進めていました」

甥とおじがそろってうなずいた。

「そのカーツワイルは、ニュートロニクスを去ったあと、数年前に姿を消しました」趙錦が付け加えた。「同社は彼の研究を利益化したかったのに対して、彼はさらに研究を深めたかったようです」

「それが甥とリリー・バオの件とどんな関係があるのかね？」おじのジェイムズ・モハマドが不満そうな声を上げた。

「アメリカのトゥルーサーズは、超党派委員会を招集し、カストロ大統領の死に関する調査を是が非でもさせたいのです」趙錦がいった。「犯罪があった——暗殺だった——という説が広まっています。カストロ暗殺に使われたとされるコードの一部、《コモンセンス》で公開されているものですが、そのコードがドクター・ヤマモトの研究室から盗まれたものではなかったとしたらどうでしょう？　ニュートロニクスからリークしたものだとしたら？」

「証拠でもあるのか？」モハマドが訊いた。

「必要ありますか？　シュライヴァーがもう少し高いところ、副大統領の座、あるいはもっと高いところに登れば、リリー・バオとニュートロニクスとの関係が、彼を動かすてこになります。意のままに動かす手段になります。すなわち、アメリカに対する計り知れない強みになります」

「すると、シュライヴァーを脅迫したいということか？」モハマドが訊いた。

趙錦が鼻で笑った。「ひどい表現ですね。それに、そうしたことは必要もありません」彼は国に伝わるたとえ話を紹介させてほしいといった。「昔々、ひとりの少年がいました。特別なおもちゃがほしかったけれど、買うお金がなくて、そのお金をどうやって稼ごうかと考えていました。学校の友人が彼のそんな事情を聞きつけ、こんな話をしました。大人には少なくともひとつは、深くて暗い秘密を持っているから、ほしいものがあれば、たとえ何も知らなくても、〝ぼくは真実《トゥルース》をすべて知っている〟というだけで、簡単にそれが手に入る、と。この手を使えば、必要なお金を両親に出してもらえるかもしれない、と少年は考えました。その日、学校から帰宅すると、腹案を試すことにしました。台所で夕食の支度をしている母親を見つけ、深刻そうな顔でこういいました。〝ぼくは真実《トゥルース》をすべて知っている！〟母親はすぐさまエプロンのなかに手を入れて千元札を一枚差し出し、〝お父さんには内緒だよ〟といいました。腹案がうまくいって気をよくした少年は、その夜、父親の帰宅を待った。少年は戸口で父親を出迎えて、〝ぼくは真実《トゥルース》をすべて知っている！〟といった。父親は左右をちらちら見て、財布を取り出し、二千元を少年につかませると、〝お母さんにはぜったいにいうな！〟といった。ますます気を良くし、新しいおもちゃを買える金額に近づいたので、少年は赤の他人にもこの手を試そうと考えました。翌朝、登校途中、郵便配達人が家の表の道を歩いているのを見かけると、郵便配達人に面と向かって、〝ぼくは真実《トウルース》をすべて知っている！〟といった。郵便配達人は思わず郵便配達かばんを落とし、両膝を突いて腕を広げ、大声で呼びかけた。〝息子よ！　ついに知ってしまったか！　お父さんを抱きしめておくれ！〟」

ジェイムズ・モハマドのおじがげらげらと笑い出した。ナプキンで目の端を拭いた。「おもしろい」彼が趙錦にいうと、趙錦が笑みを返した。しかし、甥のモハマドの反応は薄かった。おじがたしなめた。「どうした、ジミー、そんなにまじめに考えることもないだろう」

モハマドはうつむき、自分がペーパーナプキンの端をちぎっていたことに気づいた。細かい紙くずの小さな山が目の前に積もっていた。「とてもおもしろかったです」彼はいい、自分の手元を見た。「ただ、〝ぼくは真実《トウルース》をすべて知っている！〟とだれがいうのでしょう？……あなたではないし、私でもありません」そして、おじに顔を向けていった。「この問題には、もうずいぶん時間を取られてしまいました。私にも、経営に携わっている会社と、自分自身で管理している投資もあります。なおかつ

――」

おじがさえぎった。「私が政府とのパートナーシップをおぜん立てをしてやったおかげで存在している会社だろう。今はこうして別のことを頼んでいる。〝ノー〟という選択肢はないが」人さし指が甥の胸に向けられた。

趙錦がおじのジェイムズ・モハマドの腕に手を添えて落ち着くよう促してから、甥に顔を向けた。「有力者であるおじがいるというのがどういうことか、私にもわかります」趙錦がいった。「今お伝えした話、少年の話は、私のおじの十八番《おはこ》です。今回、ご協力いただけるのであれば、必ずお手間を取らせるだけの価値があったと思っていただけるでしょう。もっとも信頼できるパートナーだけにご利用いただける投資機会が、我が国にはあります。リリー・バオを首尾よく調教《ハンドリング》していただけたら、信頼でき、る、パ、ー、ト、ナ、ーと見なすにふさわしいと上に進言できます。趙錦は〝信頼できるパートナー〟という表現をとりわけ強い口調でいい、釣り糸の先につけた餌《えさ》のように余韻を垂らした。

ジェイムズ・モハマドはちらりとおじを見た。自分もそうだが、おじも趙錦の申し出を少しばかり疑っているようだった。

「少しお考えください」趙錦が付け加えた。ウエイターのひとりを呼び寄せ、タクシーを呼んでもらえないかと訊いた。「おふたりの時間をこれ以上邪魔するのは申し訳ないですから」彼がいった。「私もおじととても親しかったのですが、亡くなってしまいました。一緒に食事を楽しみたかったとよく思います」

趙錦が去り、ふたりだけになった。料理をほんの少し食べ、ふたりとも黙っていたが、やがて、モハマドは趙錦のおじというのはどういう人なのかと訊いた。

「当たりはついているかもしれんな。彼のおじは趙楽際だ」

甥のモハマドはうつろなまなざしでおじを見た。

「二〇年前、アメリカと戦争していたとき、趙楽際は中国共産党のための国内治安を取り仕切っていた。中央規律検査委員会書記であり、かつ政治局常務委員会の委員でもあった」

ジェイムズ・モハマドは肩をすくめた。

甥の無礼な態度に怒りもあらわに、おじが語気鋭く付け加えた。「趙錦のおじはリリー・バオの父親の処刑を命じた人でもある」

二〇五四年四月一五日　18：46（GMT13：46）

アーリントン国立墓地

その夜、ジュリア・ハントは自分のアパートメントで寿司の出前を取り、リビングルームのソファーに座って、スレイクがしくじった記者会見の映像を見ていた。あれから何日も経っているが、カストロの死について訊かれたスレイクが、まずい回答をしてうろたえた場面は今でも流れていて、ニュース番組ではますます見栄えが悪くなっていた。

ジュリアはサーモンの刺し身ひと切れを箸でつかみ、次のニュースのテロップを読んだ。〝カストロ検死結果《コモンセンス》流出、暗殺確定、政府隠蔽〟。彼女は刺し身を膝に落とした。

検死結果を非公表にしていたという報道が爆発的に増えた。どのチャンネルでも、プライムタイムのニュース番組のキャスターが、カメラに向かって検死結果報告のコピーを振りかざした。すべての条項を読み上げ、カストロの大動脈に不可解なビー玉大の細胞の塊ができていたことを説明し、検死結果報告から直接引用し、チーフ内科医が「画像と同じ心臓なわけがない」と結論づけていたことを紹介した。

それから一時間も経たないうちに、トゥルーサーズが全国各地の都市部にあふれ出した。ジュリアがチャンネルを順繰りに変えてみた。ラファイエット広場の取材班が、さらに増えていくデモ隊にインタビューをしていた。ジュリアはインタビューを受けていたひとりに見覚えがあった。地下鉄で出会った車椅子の男だ。あれ以来、その男のことをよく考えるようになっていた。そして今、男の素性がわかった。退役一等軍曹のジョセフ・ウィリアム・シャーマン三世。画面上に出てきた彼の名前の下に、〝トゥルーサー志願世話人《ボランティア・オーガナイザー》〟と出ていた。検索エンジンで彼の名前を検索すると、彼はスプラトリー諸島で両足を失い、中国によるサンディエゴ核攻撃で、近郊のキャンプ・ペンドルトンに住んでいた妻と三人の娘を失ったことがわかった。生前、政権にしがみついて四期目を狙うなど憲法規範を破った前大統領には虫酸《むしず》が走るし、後任のスミスも、検死結果を隠蔽して前任者の死に関する透明性の確保を拒絶するなど、またしても憲法規範を破っているというシャーマンの声が聞こえた。

「これを映してくれ」シャーマンがいい、親指を下に向け、失った両脚を指した。「私は母国のために両脚を捧げたというのに、おまえらは私に嘘をつく……全国民に嘘をつく」そういうと、彼は大きく腕を広げ、自分を取り囲むように集まっているトゥルーサーズの群衆を示した。群衆の中核は退役軍人で、古い迷彩服を着て、胸ポケットから勲章を提げている。「スミスはカストロの殺害に関係していたのは明らかなのだから、正当な大統領だというのは嘘だ。アメリカはこんな国になってしまったのか？　独裁大統領率いる権力に陶酔するドリーマーズ。少数者が権力を保持できるなら、大多数に嘘をついてもいいというのか」シャーマンは揺るぎない青い目でカメラを見つめている。

その語気はとても強く、取材班の記者は答えないわけにはいかないと感じたらしい。その女性記者はか細い声でいった。「わかりません……」

「わからなくて当然だ」シャーマンはカメラに身を乗り出した。「スミス大統領」彼は呼びかけた。「あんたは正当な大統領ではない。全アメリカ国民――あんたの犯罪とドリーマーズの行きすぎた行為に関する真実《トゥルース》を求めるわれわれ愛国者――は、泥棒に率いられるわけにはいかない。大統領の座を盗んだ者に率いられるわけにはいかない。われわれはこれまで母国に奉仕し、これからも奉仕する。前任者をアーリントンの神聖なる地に埋葬するなど言語道断だ」シャーマンは車椅子の向きを変え、カメラに背を向けてその場を去った。

ニュースがコマーシャルに切り替わった。

ジュリア・ハントはまだ画面から目を離せないまま、ソファーの肘掛けに頭を載せた。何週間も溜まっていた疲労に飲み込まれた。画面がニュースに戻るのを待っているうちに、眠りの黒い荒野へと落ちていった。朝早く、この深い眠りに入り込み、夢を見はじめた。今、夢のなかで、ジュリアは子供のころの寝室で眠っていて、まだ夜も明けていないときに物音で目が覚めた。何かが床に落ちる音。周囲の景色はよく知っている。サラ・ハントに育てられたニューメキシコの日干し煉瓦《れんが》造りのランチハウス。ナイトガウン姿で寝室を出ると、そっとドアを閉め、暗い廊下に出る。突き当たりのドアの下から、一条の光が漏れている。廊下を歩きはじめる。裸足で踏むタイル張りの床がひんやりしている。近づくにつれて、争っているような音が聞こえる。

突き当たりの部屋に入ると、床に男がうつぶせで横たわっている。泳いでいる途中で動きを止められたかのように、両腕を広げている。髪はふさふさで黒く、背中は力強さを感じさせるが、ジムに通ったり、スポーツをしていたというよりは、ずっと肉体労働をしてきてがっしり引き締まった感じだ。この死んだ男は彼女の父親だ。ベッドの上で何かに覆いかぶさっている養母が見える。軍隊の迷彩服を着ている。サラは枕を持ち、ベッドで馬乗りになっている女の人の顔に押し付けている。女の人が脚をばたつかせている。その人はジュリアのと同じ白いレースのナイトガウンを着ている。

自分のと同じナイトガウンを見て、ジュリアはベッドで押さえつけられているのが、本当のお母さんだと思い、サラに飛びかかり、ひっかき、かみついた。追いつめられた動物のように。ジュリアはサラをどうにかベッドから引きずり下ろし、死んだ父親をまたいでドアのほうへ後ずさりながら、ぶつぶつと何度もいう。「そんなことをしちゃだめ……しちゃだめだったのに……」今、ジュリアは部屋にひとり取り残されている。枕を顔から引きはがし、自分の髪と同じ、汗でべとつく黒髪をかきわけて、母の顔をあらわにしようとした。ところが、出てきたのはサラ・ハントの顔だ。唇は紫色、顔は蠟《ろう》のような土気色、呼吸もしていない。ジュリアは廊下に駆け出す。だれもいない。自分の寝室のドアが少しだけあいているのに気づく。素早く廊下を移動する。寝室をのぞくと、サラ・ハントがいる。軍隊の迷彩服を着て、背中をこちらに向けてシーツをかぶって眠っている。ジュリアは足音を立てないように、そっと近づき、すぐそばで立ち止まる。ジュリアは手を伸ばす。しかし、手が触れる前に、迷彩服を着てベッドで寝ていた女が寝返りを打ち、ジュリアに顔を向ける。サラ・ハントではない。だれの顔か、ジュリアにはすぐにわかる。自分の顔だ。

ジュリアはリビングルームのソファーで目覚め、いつものぐったりした不安に包まれていることに気づいた。テレビを消した。何度この夢に苦しまされてきただろうか？　何百夜？　何千夜？　波のように何度も押し寄せてくる。サラ・ハントが死んだ数週間後、ジュリアは毎晩、何度もこの夢に耐え、自分を縛るなじみ深い恐怖心から目を覚まし、またうとうとしても、結局はじめから悪夢を見る羽目になるのだった。夢は変わらなくても、時間の経過とともに、出てくる人の顔は老けていった。何十年も前になるが、はじめてこの夢を見たとき、目覚める直前に見えたのは十代の反抗期の自分の顔だった。身に着けている迷彩服には似合わない幼い顔だった。しかし、ちょうどサラが年老いて迷彩服を脱いだように、今ではジュリアが大人になって迷彩服を着ている。

ジュリアはソファーから起き上がり、目に残る眠気をぬぐい、キッチンに入った。紅茶をポットで淹《い》れはじめた。検死結果の流出があっても、ヘンドリクソンとスミスは国葬を強行するのだろうかと思った。外では、陽光が地平線に染み出している。ホワイトハウスにいるヘンドリクソンとスミスの姿を思い描いた。それでなくともいろいろ抱えているのだから、雨に降られずに済んで、ふたりで安堵の溜息をついているだろうか。

サラ・ハントは葬式を望まなかった。自分の亡骸《なきがら》は研究のために使ってほしいと、遺書で明言していた。救急救命隊が遺体を引き取りにきたとき、サラが飲んだ薬物カクテルは肉体があまり損傷しないように入念に調整されていたようで、研究のために遺体から臓器などを摘出できる状態だったと、ひとりの救命士がいっていた。あの人らしい。死ぬまで、死に方も含めて、いつだって思いどおりにする。

養子になったのは九歳のときだったが、ジュリアは実の両親のことをあまり覚えていなかった。彼女の意識は、苦痛に満ちた夢でしか母と父を登場させてくれなかった。両親はエルサルバドルからの移民で、アメリカ合衆国に入国後すぐに職探しに奔走した。ふたりは夢《ドリーム》を求めてやってきて、まるでちがう真実《トゥルース》を見つけた。月曜から土曜まで、バスで片道二時間かけてサンディエゴまで行き、日銭を稼ぐことになった。それで、あの核攻撃があったとき、ジュリアは生き延び、両親は生き延びられなかったのだ。

ジュリアはテレビをつけた。ドローンによる空撮で、法執行機関――制服のシークレット・サービス、コロンビア特別区首都警察と公園警察《パークポリス》の混成――の護衛が縁取る大統領国葬ルートが映し出されていた。別のカメラがホワイトハウスに向けて固定されていた。スミス大統領とその側近たちが、二時間後にアーリントンに向けて出発することになっている。ジュリアはテレビの音を消してニュースを流し、しだいに大規模になっていく〝見世物〟を見ていた。

実の両親ならカストロをどう思っただろうかと思った。ふたりの物語はカストロの物語とはじまりこそよく似ているが、終わり方はまるでちがう。いや、それも似ているといえるのか？　結局、ジュリアの両親と同じく、カストロもアメリカに殺された。サラ・ハントはどうだ？　ドリーマーだったのだろうか？　サラもアメリカに殺されたのか？　ジュリアにはわからなかった。

ドローン映像がまた画面に映し出された。デモの群衆がポトマック川の両岸から膨れ上がり、アーリントン国立墓地に続く六レーンのメモリアル橋へとあふれ出している。群衆は軍隊的な規律を保って行進し、ゆっくり移動していた。歩調をつける先頭集団のなかに、車椅子の男の姿が見えた。

二〇五四年四月一六日　11：18（GMT06：18）
バージニア州ロズリン

リリー・バオは自分が見ているものが信じられなかった。大統領の自動車列が三度ホワイトハウスのゲートを出たが、ルート上で妨害されて戻ってくるしかなかった。アーリントン国立墓地のゲートでは、カストロの国葬をさせまいと、数人のトゥルーサーズが集まっていた。リリーがいちばんびっくりしたのは、政権側と反対勢力との対立ではなかった。オフィスからそうした状況の推移を見ていたとき、デモ隊の最前列にシャーマンの姿が見えたことだった。

その朝早く、当局がルートを確保する前に、デモ隊が何千人も集結し、ポトマック川の両岸に忍び寄り、メモリアル橋に出た。隊形を組み、六レーンの橋を封鎖し、天然の隘路《あいろ》として使い、墓地へのアクセスを制限した。正午に近づくにつれ、警察が催涙ガス、ゴム弾、ペッパースプレーを組み合わせて、五、六度もデモ隊を四散させようとしたが、いずれも失敗に終わった。シャーマンは古い戦闘迷彩服に身を包み、排除されまいと徹底抗戦した。争いの真ん中にとどまり、塩ビ《PVC》パイプにくくりつけた星条旗を振っていた。

リリーは午前中の会議をキャンセルし、電話にもいっさい出なかった。ニュースから目が離せなかった。画面を見ていると、警察がトゥルーサーズのデモ隊を解散させようと最後の試みに出て、騎馬警察隊を出動させた。カメラがシャーマンをとらえていると、一頭の馬が怯《おび》えてうしろ脚で立った拍子に、シャーマンを車椅子から突き落とした。カメラマンがこのときの出来事を連続写真に収めた――脚のない退役軍人が星条旗をつかんだまま地面に倒れ込み、馬に蹂躙《じゅうりん》され、星条旗のパイプを松葉杖代わりにして車椅子に戻ろうとしたが、騎馬警官がまた突進してきて、シャーマンを踏みつける場面を。

リリー・バオはぞっとしつつ見つめていた。

シャーマンは身動きしていない。デモ参加者数人が急いで彼を助けにいった。アスファルトにできはじめているどろっとした黒い血溜まりが見えた。

カメラ映像が切り替わった。まるでそう指示されたかのように。

リリーは慌ててチャンネルを変えた。

「ホワイトハウスの自動車列が再びアーリントンに向けて出発するもようだとの知らせが入っています」キャスターが機械的にいった。自分の発する言葉ではなく、耳に着けている送受信機から流れるメッセージに気を削がれているかのようだった。画面の映像がまた橋での大混乱に変わった。肉体が交錯している。煙とガスの雲が渦巻く。デモ隊は馬上の警官ふたりを引きずり下ろし、乗り手を失った馬が橋の向こう側のリンカーン記念館のほうへギャロップで戻っていった。「先ほど馬に負傷させられた人に関する最新情報を収集しているところです」キャスターがいった。番組では、シャーマンが蹂躙されるシーンがまた流されていた。スポーツ番組のリプレイ映像のように何度も繰り返された。

リリー・バオは背後を振り返った。シャーマンの電話にかけた。だれも出ない。急いで上着を着た。たいへんだ、行かなきゃ。オフィスから出るとき、最後にもう一度ニュース映像に目をやった。墓地の南端で、黒塗りSUV三台からなる車列を群衆が取り囲み、マクネア・ロードの裏ゲート前で足止めしていた。そこに集まっていたのはメモリアル橋を封鎖していた数千人規模ではないものの、シークレット・サービス・エージェントの人数とは少なくとも十対一で圧倒している。それ以上進めないので、一、三台目のSUVからエージェントが降り、群衆を抑えようとした。アーリントン国立墓地前の整然としたデモ隊とはちがい、ここに集まっているのは、やじを飛ばす暴徒と化していた。十数人のエージェントたちは拳銃と身分証を振り回していた。トゥルーサーズが二台目のSUVを揺すりはじめ、タイヤをきしませて横に揺らした。シークレット・サービス・エージェントたちは車列一、三番目の車両を暴徒に譲り、この真ん中の車両のまわりに防御線を張った。暴徒たちがうち捨てられた二台のSUVを破壊しはじめ、シートを引きはがし、防弾のフロントガラスめがけて煉瓦を投げつけたりした。シークレット・サービスは明らかに二台目の車両に乗っているものを守っているらしく、懸命に守ろうとすればするほど——暴徒に向けて拳銃を向けたり、ペッパースプレーを吹きかけたり——暴徒はますます熱狂していった。

リリーは空撮映像を見ていた。ひどい結末しか予想できない、と思った。シークレット・サービス・エージェントのだれかがトゥルーサーズに殺されるか、その逆になるか。どうしてこんなことになったのか？　たしかに、トゥルーサーズのデモ隊は何週間もこの国をかき乱しているし、カストロの検死結果が《コモンセンス》に流出し、スミス政権は透明性の欠如を露見した。しかし、大統領自動車列をこんな風に攻撃するのはちがう。はるかに野蛮なエスカレーションだ。今回の大混乱は、度重なる経済崩壊、パンデミック、アメリカの日常と化したどうしようもない機能不全と、何年も前から溜まっていた暴力のマグマが噴出したものだ。実際、リリーが思うに、父親の命を奪ったあの戦争にまでさかのぼる。先の戦争に起因することがわからないというなら、古い軍服を着た数え切れない退役軍人が、集結したトゥルーサーズに混じっているさまを見てみればいい。リリーには彼らの気持ちがわからないでもない。もう嘘をつかれるのに耐えられないのだ。

　自動車列まわりの膠着状態が広がっている。どちら側も緊張を緩和するつもりはなさそうだが、かといって、全面戦争をするつもりもなさそうだ。リリーがシャーマンを探しに出ようとしていたとき、真ん中のSUVのサンルーフがあいた。「車内を映します」キャスターが興奮気味にいい、カメラがSUVにズームインした。「車内で何が起きているのか、はっきりとは見えません……」リリーは首を前に伸ばした。あいたサンルーフからいくつかの人影がおぼろげに見えた。すると、ひとりが立ち上がり、サンルーフから体を出した。「はい」キャスターがいった。「だれかが出てきます……もっと見やすいアングルに移動できませんか?」

カメラがSUVの真上から側面に移動した。ひとつの人影が現れ、まるで演台に立っているかのように激しく身振り手振りをまじえて、群衆に向かって呼びかけた。それを受けて、群衆がやじったり、なじったりした。だが、だれかは知らないけれど、その人は呼びかけをやめず、やじる群衆を前にしても黙らなかった。分割画面のライブ中継に出ていたキャスターが耳に手を当てた。「お待ちください……ホワイトハウスの確認を取っております。このSUVは大統領が乗っている車両です。確認が取れました。この車両に、スミス大統領が乗っています。お待ちください、さらにズームします……ただ、映っているのは別の人のようですが……見たところ、あれは……」

キャスターがそういう直前、リリー・バオには、群衆に向かって声を上げているのがナット・シュライヴァーだとわかった。

マカオから戻ってから、彼には会っていなかった。二度ばかりテキスト・メッセージを送ったが、返事はなかった。そのときは何とも思わなかった。なにしろ、シュライヴァーとの関係は遊びなのだから。しかし、シュライヴァーがこの暴徒と交渉している場面をテレビで見ていると、自制など消えてなくなった。シュライヴァーは一世一代の演説をぶっているのだ、と思った。

しだいに暴徒の態度が和らいでいることに気づいた。トゥルーサーズのひとりがシュライヴァーに向かって何事かを叫んだ。シュライヴァーも何事かを叫び返し、子供の集団にお菓子を放っているかのように、手を大きく振った。彼がどんなことをいったのかは知らないが、笑いが沸き起こった。笑いの波となってまわりに広がり、群衆が自動車列から一歩下がった。この隙に、シークレット・サービス・エージェントたちが、ぼろぼろになったほかのSUVに慎重に乗り込んだ。シュライヴァーはサンルーフから話し続けていた。群衆のなかの数人を身振りで示した――スネークスキンのベルトを通した黄色いズボンをはき、〝踏みつけるな《ドント・トレッド・オン・ミー》〟の文字が入った黄色いTシャツを着て、さながら歩くガズデン旗（独立戦争時の軍人クリストファー・ガズデンが考案した海兵隊の旗）になっている中年女性。〝真理の復讐《ベリタス・ベンジェンス》〟のトゥルーサーズTシャツを着た上に、ビーズで装飾されたベルトを巻いた二十代はじめのアメリカ先住民。そして、革のベストを着た〝バッファロー・ソルジャーズ〟という米軍シンパのアフリカ系アメリカ人バイク・クラブのメンバー。そのクラブ・メンバーの一部は、トゥルーサーズのデモ隊に協力していた。シュライヴァーの発する言葉は響き渡っているようだった。群衆が割れ、一本の道ができた。自動車列は引き返せることになった。こうして、彼らはホワイトハウスに戻った。

カメラが三台のSUVを上空から追尾する一方、キャスターがコメントした。

「ナット・シュライヴァー上院議員が驚くほどの勇敢さを発揮しました。さっきの状況がちがった結末を迎えていた可能性は容易に想像できます。先ほども申しましたが、大統領ご自身がシュライヴァー上院議員とともにあの車両に乗っていたことが確認されており……」

このときには、キャスターのほかにも局の専門家のひとりがスタジオに入っていた。

「はい、シュライヴァー上院議員の冷静な対応ぶりは見事でした。平和的な収束を目にして安堵していますが、こんな疑問が浮かんできます。こんなときに、大統領はどこにいたのか？　なぜ大統領の声が聞こえてこないのか？」放送中にもかかわらず、キャスターは眉根を寄せたまま黙っていた。やがてコマーシャルになった。金《きん》を売る会社の広告だった。画面に映し出された金価格の推移グラフが上昇を続け、直近はほぼ垂直になっている。

リリー・バオはもうたくさんだと思った。テレビのスイッチを切り、オフィスから走って出ると、最寄りの病院へと急いだ。シャーマンを探さないと。

二〇五四年四月二三日　20：23（GMT17：23）
サンパウロ

チョードリは二通のパスポートを持っていた。インドとアメリカのパスポートだ。アメリカのパスポートでブラジルに入国し、ニュートロニクスに登録された国籍もアメリカになった。どの医者と顔を合わせても、一連のテストや治療をしてもらいながら、アメリカで現在進行中の危機をどう思うかと訊かれた。チョードリはそうした話に失礼にならないように耐えていたが、何週間も精密検査と生体サンプル採取、遺伝子検査とマッピングが続くと、さすがに疲れ果てた。弱った心臓を修復する治療がほんとうにはじまるのだろうかと思うようになった。

〝手術前最終問診、心臓編集科長ドクター・アーイシャ・バカリ〟の診察予約が入っているのを見て、チョードリはうれしくなった。ニュートロニクスが手配したほかの予約とはちがい、今回は滞在していたホテル・スイートで行なわれる。アシュニがアフタヌーン・ティーを注文し、ルーム・サービスがスイートから出ていったすぐあとで、ドアベルが鳴った。アシュニがドクター・バカリをソファーに案内し、チョードリもベッドルームからやってきた。

ドクター・バカリを見るなり、チョードリははっと驚いた――ちょっと長くなったような気はするが、同じ黒髪、そして、フレームが少しだけ細くなったような気はするが、同じ黒縁眼鏡――ニューヨークのカーライルに来てくれた若い免疫学者ではないか。チョードリは前にも会ったことを話してみた。「ニューヨークで」彼はいった。「覚えていませんか?」ドクター・バカリが何かを思いついたような表情を浮かべた。「双子の妹ですね」彼女はいった。「ニューヨークで会われたのは」

チョードリはわびた。

「それには及びません」ドクター・バカリがいった。「よくあることですから」

「おふたりはニュートロニクスにどれくらいおられるのですか?」

「わたしは四年目で、妹は二年目ですが、ニュートロニクスとの関係はもっとずっと長いのです」ドクター・バカリは、数十年前、自分と妹がまだ幼い子供だったころにレイ・カーツワイルの目に留まったのだと説明した。姉妹は珍しい先天的心疾患を抱えていた。心臓組織の急激な悪化を引き起こす遺伝病だ。「ドッグイヤー(人間の寿命に対して七倍速いとされる犬の寿命)で老いる心臓を持って生まれたとしたらどんな感じか、想像してみてください」ドクター・バカリがいった。「そちらもご面識はあるかと思いますが、レイ・カーツワイルは、当時、悪化する心臓組織を回復する遺伝子編集療法の研究を行なっていました。そして、妹とわたしのカルテを見つけたのです。ニュートロニクスは、人間を対象とした試験をはじめたばかりでした。妹とわたしはその試験にもってこいの被験者候補でした。遺伝子的に、わたしたちの心臓は事実上まったく同じです。双子を対象として研究すれば、素早く成果が得られます」

「というと、試験は成功だったのですね？」チョードリは訊いた。

「成功していなければ、こうしてあなたとお話しすることもなかったでしょう」ドクター・バカリがいった。「ニュートロニクスがわたしの命を救った……」ドクター・バカリはそこで一瞬だけ間を置き、前言を変えた。「実際には、わたしの命を救ったのはドクター・カーツワイルです」

アシュニが居心地悪そうに座ったままもぞもぞしていた。娘がカーツワイルに関してある種の不安を抱いていることは、チョードリも知っていた。手首に《ヘッズアップ》を埋め込むのとはわけがちがう。カーツワイルはガジェットをつくったりしない。人間という存在をいじくっているのだ。こんなところまで来たのは、チョードリがごく普通の余生を送れるように、心臓の治療を受けてすぐにここを去るためだ。カーツワイルが――科学技術《テクノロジー》と生物学《バイオロジー》の交差点で――もたらす命は、まったく普通ではない。父がこの科学技術《テクノロジー》に惹き付けられるのではないかと、アシュニは心配していた。濁っている川に飲み込まれたり、内陸部に姿を消したりするかもしれないと思っていた。

ドクター・バカリが医療用かばんに手を入れ、いくつかの薬瓶を取り出した。テーブル上のアフタヌーン・ティーの横にそれらを並べた。「遺伝子編集は何日にもわたって進行します」ドクター・バカリが説明した。「あなたの肉体が治療に反応するには時間がかかりますし、その間《かん》、鎮静状態を保つことが重要です。遺伝子編集には精密性が必要となりますが、体がフル稼働している肉体では困難なのです。道路を走っている車のなかでカリグラフィーを書くようなものです。そんなことはできません。これからわたしたちがするのは、あなたの体を路肩に寄せることなのです。これらの薬を飲むことで、そういう状態になります。今夜、夕食後に飲んで、いつもと同じように眠ってください」ドクター・バカリがアシュニに顔を向けていった。「朝までには、お父さまの生命徴候《バイタルズ》は検出できなくなります。実際に、心停止します。でも、心配しないでください。お父さまは大丈夫です。当社の医師団が病院に移送して、残りの治療をします」

その夜、アシュニとチョードリはルーム・サービスで夕食を注文した。ふたりは窓を向いて食べた。眼下に川が広がっている。チョードリは娘と話をしようとしたが、アシュニは無言で隣に座り、眺望から目を離さなかった。やがて、アシュニはいった。

「ママにはさよならもいえなかった」

チョードリは皿の端にフォークを置いた。テーブル越しに手を伸ばし、娘の腕に置いた。一瞬、前妻サマンサの二十年前の姿が見えた。最後に会った夜、デュポン・サークルの中華レストランの隅のブースに座り、前妻は娘をニューデリーに避難させてもいいといっていた。数週間後、サマンサは死んだ。ガルヴェストンの核爆発の白光を浴びて跡形もなく消えた。「すまない」チョードリは娘にいった。「いう機会があったらな」

アシュニが川の眺めから顔をそらし、父親に視線を向けた。チョードリは母親にいえなかったさよならを自分にいうつもりだろうかと思った。しかし、アシュニは身を寄せ、父親の頭にキスして、こういった。「少しは寝てね、バプ。目が覚めたら、また会いましょう」そういうと、アシュニはチョードリをテーブルに残し、自室に戻ってドアを閉めた。

チョードリはひとりで残った料理を食べ終えた。急いでもしかたなかった。まもなく、パジャマに着替えた。ドクター・バカリが置いていった十種類あまりの薬瓶を、シンクの端に並べた。大きなグラスに水を注ぎ、ドクター・バカリに処方されたとおり、次々と、この〝カクテル〟を飲んだ。

ベッドに向かった。しかし、歩いていると、足が砂を踏んでいるかのように感じられてきた。視界の端が凝縮し、ベッド自体も、まるで双眼鏡を反対側からのぞいているかのように見えた。意識はとてもはっきりしていて、床に倒れたくないと思った。アシュニにも、ほかのだれにも、みっともない格好の自分を見られたくない。前へ進めと自分にいい聞かせ、枕に覆いかぶさり、足を懸命に蹴ってシーツに潜り込んだ。

寝返りを打って横向きになると、カーテンを引きわすれていたことに気づいた。かまわないさ。夜が明けてもわかりゃしない。夜の闇を見つめ続けた。漆黒に包まれたリオ・ピニェイロを。チョードリを飲み込んだのは、睡眠という言葉で連想される暗闇ではなかった。その対極だった。激しく圧倒する光の洪水だった。

二〇五四年四月二四日　09：35（GMT18：35）
東京

B・Tはミチと一緒に東京に行き、彼女の〝同僚〟に会うことに同意した。ミチはその人物を〝同僚〟としかいわなかった。沖縄からの機内でも、空港から目黒区のこぢんまりした彼女のアパートメントへ向かうタクシーのなかでも、その夜、彼女のベッドで一緒に寝ていたときもいわなかった。B・Tはミチを信用すると腹に決めていた。その得体の知らない同僚に会ってほしいというなら、会うまでだ。

翌朝、ミチはベーコン、卵、コーヒーの〝アメリカン・ブレックファスト〟をつくり、食べたあとふたりでバスに乗った。二度ばかり乗り換え、半マイル（約八〇〇メートル）ほど歩くと、これといった特徴のないオフィスビルの前に来た。B・Tは出入り口手前で立ち止まり、ガラス張りの正面を見上げた。「ミチ」B・Tはいった。「これからどんなところへ行くんだ？」

「わたしの同僚に会うのよ」

B・Tはその場に立ち止まり、一歩も動かなかった。

ミチは出入り口のミラーガラスのドアに目をやった。ドアには看板もなければ、ビルの目的を外に示すものもついていない。ミチが溜息をついた。「ここは総合研究所で、全国に数十カ所ある文部科学省の研究振興局が資金を拠出した研究所のひとつ。わたしの指導者の阿川公平博士のオフィスがここに入っている。あなたに会いたがっているのは阿川博士よ」

阿川公平博士の名前を知る者は、日本以外ではほとんどいない、とミチは説明した。しかし、この国では、信頼され、全国民に知られている公衆衛生当局者だ。五〇年近いキャリアを積み上げ、必要不可欠な存在になっている。政府が国民に集団での対策――実験的なワクチン接種や大きな犠牲を払う経済閉鎖《ロックダウン》など――を取ってもらう必要が生じると、阿川博士がテレビに出て、公式見解を表明する。被曝二世であり、自分の体に核の遺産を宿している。遺伝子異常を持って生まれ、腰から下の両足が不自然に曲がっているので、これまでは車椅子から離れられない人生だった。B・Tとミチがオフィスに入ってきても、立って挨拶せずに、机を挟んで座ったままだったのも、それが理由だった。

「ドクター・ヤマモト、お座りください」そういうと、阿川は二脚のクラブチェアを身振りで示した。「おわびをさせてくれ。ミチに今日の顔合わせのことをあまりいわないようにと頼んでいたのも、きみと彼女の関係をおぜん立てしたのも私だ」阿川博士はこの六週間の出来事をびっくりするほど詳しく話した。ミチが真栄田岬のダイビング・ショップにやってきたこと、蝶が逃げ出したこと、最近ふたりで海中のくぼみに出かけたことまで。阿川の謝罪は誠実そうではあるものの、自分が狙われていたのではないかという思いは強まるばかりだった。一、二度、ミチが気まずそうにもぞもぞした。B・Tを操っていたことでやましさを感じているからなのか、ふたりが親密な関係になっていることに阿川博士が気づいていないからなのか、B・Tにはわからなかった。

阿川博士が横の戸棚の鍵をあけ、書類でぱんぱんに膨れたマニラ封筒を取り出した。「前世紀、核の力が人類滅亡の危機をあおったとすれば、今世紀の危機はシンギュラリティに由来する。生物学的進化と科学技術の進化との融合にはじめて成功する社会こそが――量子コンピューティングと人工知能の力を借りて――ほかの全社会より速く進化し、それによってほかの全社会を消滅させる。当然ご存じだろうが……」忘れてくれとでもいうかのように、彼は片手を振った。「核の時代、日本人はシンギュラリティと同等の破壊力を秘めた科学大躍進の成果に、人類史上はじめて苦しめられることとなった。それは今日までわれわれに残っていて、消えることのない遺産だ。このゲームがゼロサムだということを、われわれはだれよりも理解している……だが、そうならない道がひとつだけある……あるプレーヤーがゲームのルールを消すことができればいい」

阿川博士はノートと削った鉛筆二本を机の引き出しから取り出した。そして、ノートのページに三目並べの升目を描いた。「さあ、ドクター・ヤマモト、私の意図を示させてくれ。プレーしよう」

　B・Tもミチも阿川博士のそばに寄った。三目並べがはじまり、B・Tが片隅に〝X〟《バツ》を書いた。阿川博士は真ん中に〝O〟《マル》を書いた。その後、升目がすべて埋まると、阿川博士が九つの升目全体に大きな〝C〟を書き、「上がり《キャッツ・ゲーム》だ。もう一度どうかね？」といった。再戦しても同じ結果になり、升目はすぐさま埋まった。「ほお、ずいぶん強いね」阿川博士がいった。

「からかっているんですか？」さらに一度、対戦を終えると、B・Tは答えた。

「三目並べというゲームにおいて、強くなることは可能だろうか？」阿川博士がさっきと同じわかり切った疑問を投げかけた。

「いいえ」B・Tはきっぱりいった。

「それはなぜかね？」阿川博士がまた升目を描いた。少しいらいらしてきたものの、B・Tはまたもプレーしはじめた。

「先手が真ん中と四隅の升目から埋めていくという定石にしたがっていれば」B・Tはいった。「必ず勝てます。負けたくないなら、プレーしないしかないですよ」

「頭の回転が速いんだな？」阿川博士がミチに向かっていった。彼はふたりにクラブチェアに戻るよう身振りで示し、ついさっき引き出しから取り出した膨れたマニラ封筒を手に取った。「このなかの書類には、別のゲームの定石が記されている。中国、ナイジェリア、それにアメリカの一部までが、科学的優位性を求めてしのぎを削る一方で、我が国はまったくちがう戦略を取ってきた。日本はシンギュラリティの獲得には興味がない。それを消し去ることによって、だれかが秘密の鍵をあけてこのテクノロジーを悪用しないようにすることがわれわれの目的だ。今アメリカで起きていることを見てみなさい。大統領の暗殺によって政治混乱が広がっている現状こそが、生物学と科学技術との融合の直接的な結果なのだ。ドクター・ヤマモト、あなたならそれが理解できるはずだ」

B・Tは自分が犯罪に加担したといわれているように感じた。「カストロ大統領の命を奪ったのは、ぼくが開発したコードの一部だ」

「イエスでもあり、ノーでもある」阿川博士はマニラ封筒の中身をぱらぱらとめくりはじめ、ホッチキスで留めてある数枚の書類を取り出した。その二ページ目をあけ、B・Tに向かって机の上を滑らせた。「これに見覚えはあるかね？」

αΩ

イフ・一条の光／エネルギー／オープン＋／クローズ－／リオープン＝／リピート／ストップα

ゼン／彼女／彼／それ／彼ら／彼ら／人間！＠／マシン＃＊＊／まばたき／ビー⌫

⁇シンギュラー／ワン／ユニーク／ヒア＞／ナウ＜／ゼン／まもなく／すぐ／

無限のパスを超えて展望がひらける／＝無限×パイ／＠＃⌘……

何行にもわたってコードが書き連ねてあるが、B・Tはそのすべてをよく知っていた。遠隔遺伝子編集に関する自分の研究とまったく同じであり、《コモンセンス》に流出した部分よりもはるかに長かった。「これをどこで入手したんです？」

「われわれは数多くの私企業における研究の進み具合に目を光らせている」阿川博士がいった。「そのひとつであるニュートロニクスが、近年、目覚ましい成果をあげている。おわかりのとおり、遠隔遺伝子編集の分野でもだ。コードのこの部分は同社の元研究部長が書いたものだ。その後、彼は同社を去った。だが、その前に研究における大躍進を遂げていた。このテクノロジーがもたらす脅威を認識しているのは、われわれだけではない。さっきもいったが、アメリカの一部はシンギュラリティを追求したいと考えている。だが、ホワイトハウスの少数グループはちがう。われわれとの協力に前向きだ」

「目的は？」

阿川博士が車椅子に背をもたせかけた。「キャッツ・ゲームにすることだ」

そう聞いて、B・Tは最初のページをあけた。コードの一部が添付された電子メールだった。個人サーバとリンクした匿名アカウントのデータをプリントアウトしたものだった。日付は三年前で、〝コモンセンス〟というタイトルがついている。メッセージはなく、〝SH〟とサインがついているだけだった。

2054

5

ナイチンゲールの歌

The Nightingale's Song

二〇五四年五月一日　08：38（GMT03：38）
ザ・ヘイアダムス・ホテル

ナット・シュライヴァー上院議員の七階のスイート・ルームからは、ラファイエット広場を挟んでホワイトハウスが見下ろせる。この二週間というもの、彼はそんなホテルで隔離され、副大統領候補として公表されるときを待っていた。流出した検死結果をめぐる論争とカストロの国葬に関する大失態のせいで公表が遅れていたが、午後には公表される予定だった。スミス大統領がホワイトハウスのイーストルームで記者会見をし、シュライヴァーの指名だけでなく、ワイズカーヴァー率いるトゥルーサーズが長らく主張してきた統一政府の組織も発表する。シュライヴァーの政治生命でもっとも重要な日になり、これ以降の生活があらゆる面で一変する。リリー・バオから会おうと何度も連絡を受けていたが、今になってようやく会うことにしたのも、それが理由だった。

リリーもこの二週間で、世界が内側から崩壊した。カストロの国葬の日、自分のオフィスで、シャーマンが警察に蹂躙された場面を見た。その映像は、行政に不満を持つアメリカ市民の意識に対して、リリーの想像を超えるほど大きく響いた。一枚の写真に一千文字の価値があるとすれば、障害を負い、勲章をもらった退役軍人であるシャーマンが、自分が奉仕してきたその国家の機関によって踏みつぶされる映像は、トゥルーサーズの怒りの象徴になったといえる。カストロ政権とその行きすぎた行政に対する怒り。真実《トゥルース》を捨てた国に対する怒りだ。

スイートでの会合に最初に到着したのは、上院議員ではなかった。彼のスケジュールには、〝個人投資アドバイザーとの利害相反〟という三〇分間の項目が設定されていた。彼の時間はもう彼のものではなく、リリーに会うにも名目が必要だった。先にやってきたのはカレン・スレイクだった。たびたびテレビ出演し、しだいに好戦的になっていった姿を見ていたので、リリーにもそれが彼女だとわかった。「副大統領はスケジュールから五分ほど遅れています」スレイクが告げ、品定めをするように視線を向けてきた。靴からはじまり、肩口まで走らせた。まだ議会に任命を承認してもらっていないのに、すでにスレイクがシュライヴァーを新しい肩書きで呼んでいることに、リリーは気づいた。

その後、シュライヴァーが、だれかと意見がちがったかのように首を横に振りながら、部屋に入ってきた。五、六人の側近をしたがえているが、見覚えのある顔はなく、だれもがシュライヴァーに話を聞いてもらおうと、ほかの人の声に負けない声を出して、競うように話しかけている。リリーの姿を見て、首を振るのをやめた。足を止めると、側近たちが互いに折り重なるようによろめいた。シュライヴァーはうしろを振り向き、側近たちと向かい合い、席をはずし、邪魔しないようにと指示した。最後に出ていく側近に、出たらドアを閉めるようにいった。

スレイクがソファーに腰かけ、メモをとる準備をしていた。

シュライヴァーはいった。「きみもだ、カレン」

スレイクは〝標準プロトコル〟がどうの、〝すべての会合の公式記録〟がどうのと不平をいった。シュライヴァーはわかっているとうなずいただけで、スレイクをドアのほうに追い払った。じきに彼がホワイトハウスでどれだけの権力を振るうことになるか、まだピンと来ていなかったとしても、スレイクが黙ってしたがったのを見れば、これからシュライヴァーが采配を振るうことは——すでに振るっているのかもしれないが——リリー・バオの目には明らかだった。

スレイクが出ていったあとドアが閉まり、ふたりきりになった。

シュライヴァーはリリーに向かいのソファーに座るよう合図した。よそよそしさにリリーの胸がちくりと痛んだ。

「元気にしてたか?」彼がいった。

「元気にしてたか、ですって?」

彼が自分の両手に視線を落とした。苦しい沈黙がふたりのあいだに漂い、やがてシュライヴァーがその沈黙を破った。「シャーマンのことは残念だった。わかっていたから……」彼の声がすぼんでいき、しばらく消えた。「きみらふたりが仲が良かったことはわかっていた」

「四つも病院を回って、やっと彼を見つけた」リリーはいった。「そばにいたのよ、わたし。彼が息を引き取ったとき」リリーはつかえながら、その後のいきさつを伝えたところで、口を閉じた。感情の壁に、乗り越えられない壁に当たったかのようだった。あの狭い病室に戻り、苦しい思いがよみがえり、耐えがたいひとつの事実が脳裏に浮かんだ。「電話したのよ、ナット……あの週、何度も電話したのに……あなたは出てくれなかった……来てくれなかった」

彼は着信履歴があったことは知っていた。か細い声で「気づかなかった」と答え、自分の手を見つめていた。その答えは嘘のように感じられる。着信に気づいていたとしても、出なかっただろう。それに、来ることなど絶対になかっただろう。あまりに大きな懸案を抱えていた。上目遣いに彼女をちらりと見た。「すまない」

リリー・バオは感情を無理やり抑え込んでいたせいで、感情が固まって中核となった。胸の内に秘めた冷たい石にも似たものに。

シュライヴァーは彼女に手を伸ばし、手のひらをそっと彼女の腕に添えた。

彼女はその手を振り払った。「やめて」

「そんなときに力になれなくてすまない」

「今だってなってないわ」

シュライヴァーはソファーから立ち上がり、窓際に歩いていくと、ホワイトハウスを見下ろした。黒い服を着た重装備のシークレット・サービス・エージェントたちが、屋上を見回っている。警棒を振り回している機動隊、高圧放水銃を搭載した装甲車両、一五番と一七番の両ストリートとペンシルバニアとコンスティチューションの両アベニューの交通を遮断する、とぐろを巻く新しい有刺鉄線。彼の目はそういった状況を見渡した。

「私にどうしてほしいんだ、リリー？」

「あなたにどうしてほしいか、ですって？」リリーは耳を疑った。

「ああ」彼はいい、彼女の口調に合わせて続けた。「私にどうしてほしい？」

「正直にいってほしいわね、一度でいいから」

「正直にいう？」彼はいった。「いいとも……愛してるよ。そのことについては、真実《トゥルース》しかいっていない。そうじゃないふりをしてきたのはきみのほうだ。自分の気持ちははじめからはっきり伝えている。なあ、リリー、こんな状況じゃなかったらどんなにいいか。今日これからどんなことが起こるかわかるか？」

もちろんリリーは知っていた。彼の暮らしや仕事をあとに回して何かをしてほしいと頼むのは、彼の職務をないがしろにしてほしいというに等しい。また、これまでのような関係を続けてほしいと頼むのも同じこと。彼の政治生命を危険にさらすことになる……まあ、シュライヴァーの胸の内では、反逆罪を犯してほしいと頼むようなものなのだろうとリリーは思った。

シュライヴァーは、午後にイーストルームで発表されたあとで自分が直面する数々の大問題のことをまだ考えていた。あの日、アーリントンの手前まで来て、ＳＵＶのなかで縮こまっていたことで、スミス大統領は苛烈な批判にさらされてきた。しかも、批判の声はますます大きくなっている。メモリアル橋で悲劇的な事件が起きたというのに、スミスがカストロの亡骸を私的な葬式という形でアーリントンに埋葬したことが明らかになると、トゥルーサーズからのそうした声はひときわ大きくなった。スミスの支持率は、一桁台という記録的な低さにまで急落した。大統領のぐらつくイメージを回復させるのは、副大統領になるシュライヴァーの双肩にかかってくる。スミスは弾劾、あるいはもっとひどい事態を恐れるあまり、統一政府を組織することばかりか、カストロの死の真相を調査する超党派委員会の招集まで認めた。それでも足りないかのように、ワイズカーヴァー下院議長がその超党派委員会の委員長になろうと画策している。現政権が抱える幾多の難題を数えていると、シュライヴァーは息が切れそうになった。「今の私には、たいしたことはできないんだ、リリー。人生が変わろうとしているから。だが、きみを愛している。それだけは変わらない。正直にいってほしいといったな？　真実《トゥルース》がほしいといったな？　それが真実《トゥルース》だ」

シュライヴァーはふらりとソファーに戻った。ふたりは無言のまま、長く感じられるあいだ向かい合って座っていた。いいたいことはすべていった。こんなに長く、こんな沈黙に耐えてだれかと一緒にいたのは、シャーマンに別れを告げたとき以来だとリリーは思った。病院のスタッフが病室に来て、シャーマンの命をつなぎ止めていたたくさんの複雑な機器の電源を切るまでのあの数分間。このひとときも似たような気持ちになった。生命維持装置をはずす前にさよならを告げるような気持ち。リリーは沈黙を破り、訊いた。「それで、現政権は委員会の設立に同意したのね？　そして、ワイズカーヴァーが委員長になるのね？　知らなかったわ」

そう訊かれて、シュライヴァーははっとしたようだったが、それでも答えた。「それはだれも知らないはずだが。委員会の招集は月曜日に発表される予定だぞ。ワイズカーヴァーが委員長になるつもりだということなど、大統領でさえ知らないぞ」

リリーはシュライヴァーが真実《トゥルース》をいっていると思った。ほんとうに愛されていると思った。でも、裏切られたとも思った。仕事より彼女を選んでくれなかった。だから、ひとつの事実を明かさなかった。息を引き取るシャーマンを見守っていたとき、病室にいたのはリリーだけではなかった。ジェイムズ・モハマドもいたのだ。

二〇五四年五月四日　06：45（GMT01：45）
地下鉄コロンビアハイツ駅

午前七時少し前。ふつうに感じられる。オフィスに到着するふつうの時間、ふつうの月曜日の通勤、ふつうの一日。メールに返信し、ミーティングをスケジュールに組み込み、いつもの管理業務を処理する。そうなってほしい、とジュリア・ハントは願った。

それに、そう願う理由もあった。先週の金曜日、海兵隊バンド、生花のブーケ（すべてスミスが選んだもの）、この日のために書いた詩を朗読したアメリカ合衆国を代表する詩人をイーストルームにそろえて執り行なわれた手の込んだ式典で、スミス大統領はナット・シュライヴァー上院議員が副大統領候補であると発表した。ジュリアは発表時にスタッフとして立ち合った。予期しない問題——来るはずのない高官が来たり、トゥルーサーが大騒ぎしようと紛れ込んだり、実際にはあらゆる問題——が生じそうになったら踏みつぶそうと、式典の裏側で控えていた。

しかし、発表は滞《とどこお》りなく終わった。式典のあとオフィスに戻る途中、名付け親がいった。「我が国の長い悪夢は終わる」ジュリアがぽかんとした顔でヘンドリクソンを見ると、八〇年前、フォード大統領がまさにあの部屋で宣誓の演説をしたときにいったことだと彼はいった。「ウォーターゲートのあとでな」ヘンドリクソンが付け加えた。「ニクソンが、民主党本部に運動員が侵入した件をもみ消そうとした——」

ジュリアは名付け親をさえぎった。「ウォーターゲートがどんな事件かは知ってるわ、バントおじさん」

ヘンドリクソンはわびた。「当然知っているか」彼はそういい残してオフィスに入り、ジュリアは外の机についた。コンピュータに向かうと、あの日のフォード演説の残りを検索した。国民に向けた八五〇字だけの簡単な演説で、こんな一節もあった。

〝私が投票によってみなさんに選ばれたのではないことは重々承知していますから、祈りによって大統領として承認していただけるようお願いします。そうした祈りはこれから増える事例の最初になるでしょう……。我が国の憲法は万全です。私たちの偉大なる共和国は人ではなく法によって支配されます。この国の主権は国民にあります。しかし、さらに高次の力もあります。私たちがどのような御名でお呼びするにせよ、その方が徳のみならず愛も、正義のみならず慈悲も定められる〟

愛……正義……慈悲……そういったものは足りていないようだ。シュライヴァーの承認の問題も残っている。トゥルーサーズが上下院の多数派を占めている。ジュリアはシュライヴァーならきっと問題ないと思っていた。そんな確信を抱いているのは、ジュリアだけではなかった。前日の日曜日、ジュリアはナショナル・モール近くまでジョギングに出かけた。リンカーン記念館からキャピトルまでさえぎられずにたどり着けたのは、何カ月かぶりだった。トゥルーサーズのデモ隊は解散し、全国各地のそれぞれの家に戻っていた。

しかし、その朝、ジュリアの列車が地下鉄駅から出発し、ふと目を上げてトンネル内で暗い窓に映る自分の姿を見たとき、さっきの希望的観測が消え去った。亡霊が横に立っていた。ジョセフ・ウィリアム・シャーマン三世一等軍曹だ。ただ、一カ月以上も前、彼女を探し出したときとはちがい、スーツ姿で車椅子に座っているわけではなかった。先の戦争に出征していたときのように、自分の二本の足で立ち、迷彩服と装備を身に着けている。若く見える——ジュリアより若いのはたしかだ——が、薄汚れてひげも生え放題、ボディアーマーを着け、チンストラップをだらりとはずしてヘルメットをかぶり、ライフルを胸の前で斜めに提げ、両手をポケットに突っ込んでいる。笑みを浮かべているが、ジュリアの知らないことを知っているかのような陰気な笑みだ。彼の死に関しては、かつて目覚ましい武功をあげたのに、メモリアル橋であんなことになってしまったという記事が新聞や雑誌に数多く載り、そのなかにむかしの写真が掲載されていたから、ジュリアは彼のこの姿を見たことがあった。亡霊は列車が次の駅に入線するまで、そこに漂っていた。そして、消えた。

ジュリアが自分の机にたどり着いたとき、彼女の思いは細切れになり、気が散っていた。こういう幻影——白昼夢としかいいようがない——は、物心がついたときから日常の一部に組み込まれてきた。自分というもの、自分を織りなすものが、喪失によって縫い合わされている。ときどき、その縫い目が表に出てくる。

その日、ヘンドリクソン、スレイク、それに新任の副大統領が次々とジュリアの机の前を通りすぎるたびに、午前中の業務が山積みになっていった。午後には、ワイズカーヴァーが、カストロの死を調査する委員会を率いる人物を発表することになっている。ホワイトハウスは議会主導の委員会招集には同意していたが、シュライヴァーの副大統領任命を受けて、ウエスト・ウイングにいる者たちのあいだでは、当然ドリーマーが委員長に任命されるものという期待が広まっていた。ヘンドリクソンなどは、ジュリアとふたりで副大統領候補者ファイルの写しをバインダーにまとめて、ワイズカーヴァーのスタッフに提供したほどだった。候補者は全員がドリーマーで、だれがなってもかまわなかった。

正午すぎ、ジュリアがヘンドリクソンのオフィスに入っていくと、ヘンドリクソンはスレイクとシュライヴァーに挟まれて、机についていた。三人そろって、キャピトルでのワイズカーヴァーの発表を見ていた。マスコミ関係者で混み合っているブリーフィング・ルームで、ワイズカーヴァーが演台に向かって歩いていった。カメラのシャッター音が響いた。

うわ、老けてる。ワイズカーヴァーが発表をはじめる前に意味深な間をあけていたとき、ジュリア・ハントが思ったのは、それだけだった。八〇年を超える人生のうち、六〇年にわたって国に奉仕し、持ち上げられ、たたき落とされ、また持ち上げられてきたのだから、ワイズカーヴァーは酸いも甘いも嚙み分けられるのだろうが、そんな経験は想像すらできない。今日、彼は権力の絶頂に立つ。テレビでその姿を見ていると、しぶしぶながら、この年老いた男に敬意を抱かずにはいられなかった。この人は絶対に投げ出さない。いまだにここにいる。

「アメリカの同胞のみなさん」ワイズカーヴァーは切り出した。「今日、われわれの国は危機に直面しています。われわれの暮らしが脅かされています。過去において、われわれアメリカ人は経済崩壊、母国への攻撃、疫病禍に耐えてきました」ワイズカーヴァーはまるで祈りの言葉をつぶやくかのように、しばらく頭を垂れたが、数十年前、二〇二〇年のコロナウィルス・パンデミックで免疫システムが弱っていた我が子を失ったことを聴衆に告げた。「今日の危機は真実《トゥルース》の危機です。だから、私はみなさんの前に立っているのです。真実《トゥルース》こそ、政府をひとつに束ねるものです。我が国の政府だけでなく文明そのものも束ねるのです……」

この最後の文を聞いて、ワイズカーヴァーのオフィスでシュライヴァーと顔を合わせた日を思い出した。ナイチンゲールという鳥は、別のナイチンゲールの鳴き声が聞こえて、はじめて自分も鳴く、とワイズカーヴァーはいっていた。真実《トゥルース》はナイチンゲールの歌と同じなのだろうか？　単に鳴き声がわかるかどうかの問題なのだろうか？　ソファーに座っているシュライヴァーに目をやった。上の空のように見える。

ワイズカーヴァーが演説の核心にさしかかった。「カストロ大統領が逝去したあと」彼は続けた。「調査委員会の招集は立法府に任されました。さて、調和の精神で招集されるこの委員会が、調査される側と利益が一致する者たちによって率いられてもいいと考える向きもあるようです。しかし、そんなことが真実《トゥルース》のためになるでしょうか？　真実《トゥルース》がわれわれの文明をひとつに束ねるのだとしたら、それがみなさんのために、アメリカの人々のためになるでしょうか？　私は真実《トゥルース》を守るという責務を放棄するわけにはいきません。したがって、私がこの手で委員長になることにしました。即時有効で、委員長の職務を引き受ける所存――」

　ドアが乱暴にあけられたかのような、けたたましい音が大統領執務室《オーバル・オフィス》のほうから聞こえてきた。その後すぐに、怒声が響いた。「シュライヴァーはどこだ！」ヘンドリクソンとスレイクがシュライヴァーに目を向けた。非難のまなざしだった。ゆっくりとシュライヴァーがソファーから立ち上がった。そのとき、スミスがドアを勢いよくあけた。「さっきのはいったい何だ？」彼がいい、片腕をテレビのほうに振った。

「大統領、おそらく――」

「くそ、このことを知っていたな……?」

シュライヴァーがヘンドリクソンをちらりと見たが、ヘンドリクソンは肩をすくめた。〝自分でどうにかしてくれ〟とでもいうかのような身振りだった。スレイクもお手上げだと両手を広げた。「冗談だろうな。知っていたのか?」

「大統領……」シュライヴァーは少し間を置き、敬称に余韻を持たせた。そこからどうつないだらいいのか、言葉が見つからないかのようでもあった。「私の一存では――」

「だれのために働いている?」大統領が彼の言葉をさえぎって訊いた。

「アメリカの人々のためです」シュライヴァーがいった。

スレイクはまた両手を宙に上げた。「ああ、もう」彼女は前後に体を揺らしはじめた。「もうめっちゃくちゃ……めっちゃくちゃ……めっちゃくちゃ……」

「カレン!」ヘンドリクソンが鋭い声でいった。

スレイクが彼を見た。

「やめろ」

「ワイズカーヴァーはこ、こっちの、こっちの候補から選ぶはずだったのに」スレイクがいった。

「そういう約束だったのに。こっちは彼を」――彼女はそういい、中古品でも見るようなまなざしで、シュライヴァーに向かって顎をしゃくった——「取り入れて、委員会はこっちの人間が仕切る。そうじゃなかったんですか？……ワイズカーヴァーはこの委員会を使ってわたしたちを打ちのめすつもりです。現政権を少しずつ解体するつもりです。最後に残るのはだれです？

スレイク、ヘンドリクソン、そして大統領がシュライヴァーに目を向けた。

〝最後に残るのはだれ？〟。残るのはシュライヴァーだ。

「はじめからそういう計画だったのではないのか？」スミスが訊いた。「あの日、アーリントンで暴徒に囲まれたとき、きみは自分に任せろといって譲らなかった。私が立ち上がって、彼らに訴えかけてもよかったが、シークレット・サービスが許してくれなかった。それで、きみがやるといった。ぜんぶ仕組んでいたんだな、私に対する不信感を植え付けようと？　きみとワイズカーヴァーとトゥルーサーズとで、ぜんぶ仕組んでいたんだな？　それから、あの男、殺された退役軍人も、何という名前だったか——」

「シャーマン」ジュリアは強引に割って入った。「シャーマンという名前です」

大統領は自分の独白に気が入りすぎて、ジュリアのいらだちに気づかなかった。

「そうだ、シャーマンだ」スミスが続けた。「おおかた、そいつもそこに連れてこられたんだろう。それもこれも、国民に、私に対する不信感を植え付けるために。現政権に対する不信感を植え付けるために」スミスが部屋全体に視線を走らせた。スレイク、ヘンドリクソン、ジュリアにまで目を向け、それが最近の出来事の真相だろうと訴えかけていた。ぎこちない沈黙の幕が下りた。「バント」やがて大統領がいった。「どう思う？」

ヘンドリクソンは机に片肘を突き、手のひらに額を載せた。片頭痛を抑えようとしているかのように。顔を上げ、ソファー横に丸めておいた寝袋を指さした。「しばらくここに泊まることになりそうだと思います」

「まじめに訊いている」スミスがいった。

「私もです」ヘンドリクソンがうんざりした声でいった。

「なら、委員会にはいっさい協力しない」スミスはいった。訊かれてもいない質問に答えたかのようだった。「ワイズカーヴァーが参考人召喚や文書提出を要請してきても、すべて拒否すると発表する。スレイク、どのくらいあればブリーフィング・ルームにマスコミを集められる？ 時間のめどが立ったら教えてくれ。ハント少佐、一緒に大統領執務室《オーバル・オフィス》に来てくれ。声明文を自分で書きたい」

大統領が部屋を出ようと合図を送った。

「大統領」ヘンドリクソンがいった。「委員会に対する協力拒否などできませんよ。政権の座にとどまりたいなら、できません。アメリカ国民の支持が得られません」

スミスは無視した。「さあ、ハント少佐、行くぞ」

「大統領」ヘンドリクソンが強い口調でいった。「お座りください」

大統領に対する指示が銃声のようにこだました。スミスを含め、だれもが固まった。

「ふたりきりにしてくれ」ヘンドリクソンがジュリア、シュライヴァー、スレイクに向かっていう一方、まなざしだけで大統領を座らせていた。ジュリアはオフィスから最後に出たが、ドアを閉めるとき、最後に一度、ヘンドリクソンの様子をちらりと見た。机の前に立ち、胸の前で腕を組み、その前のソファーにアメリカ合衆国の大統領が座り、行儀の悪い子供がしかられるのを待っているかのように、ヘンドリクソンを見上げていた。

ヘンドリクソンのオフィス・ドアは、閉めればなかの物音が漏れないように重厚だった。それでも、ジュリアにはくぐもった声が聞こえた。聞きなれた抑揚。聞き分けがないといって何度もしかりつけられたことがあるから、痛いほどよく知っている声。ジュリアはコンピュータの前に座り、暗くて空っぽなモニターに目を向けた。その暗闇のなかに、またシャーマンの姿が現れた。ジュリアはモニターの電源を入れた。

シャーマンの姿が消えた。

二〇五四年五月七日　13：57（GMT10：57）
サンパウロ

チョードリはゆっくりと目が覚めた。数週間の旅に出ていた。死出の旅、いや、それにかぎりなく近い旅に出ていた。ニュートロニクスの医師団に処方された混合薬によって、身体機能が検知できないレベルまで抑制されていたが、ようやく元に戻りかけていた。

自分がどこにいて、何をしているのかがわかるようになるまで、しばらくかかった。ほの暗い照明の術後回復室の壁に、時計がかけてあった。ぼんやりした人影が部屋に出入りしているが、時計にしか焦点を合わせることができなかった。ずんぐりした短針。長針。その動きに意識を集中させようとしたが、凍りついているかのように見える。時の経過を測るには、いったん顔を背けてまた目を戻さなければならなかった。分……時……日……どれだけ長く時計を見つめているのか、よくわからないまま、身体能力が戻ってきた。

　彼の名を呼ぶ声が聞こえた。

「ドクター・チョードリ……」目にきらりと光が飛び込んだ。痛くて、強烈だった。びくりとしたとき、首の裏側の筋肉が引きつった。「ドクター・バカリです」声がいったが、水中で響いているように聞こえた。「ここは回復室です。聞こえていますか？」

　ああ、と彼はいったと思った。だが、声が出てこなかった。

　彼女が質問を繰り返した。

「ああ」チョードリはいった。乾いたかすれ声が出た。

　彼女は彼の頭をそっと持ち上げ、水の入ったプラスチック・カップを彼の唇に着けた。カップを前に傾けると、チョードリは喉に詰まらせてむせはじめた。その後、身体が我に返り、チョードリは口に含んだ水を飲み込んだ。「そうよ」ドクター・バカリがいい、顎から胸に垂れた水を拭き取った。チョードリはやっとのことで、彼女に微笑みかけた。疲れ切って、目を閉じた。

　次に目をあけたときには少し時間が経っていて、部屋の様子がちがって見えた。もうほの暗くはなかった。ぎらついたまばゆい光に照らされている。時計はまだ壁にかけてある。夜ぐっすり眠って目覚めたかのように、チョードリはすっきりした気分だった。ベッド脇の椅子に、アシュニが座っていた。アシュニに顔を向け、名前を呼ぶと、アシュニがびっくりした。「意識が戻ったのね」安堵のあまりむせび泣きながら、彼女はいった。父の手を取り、医師団が静脈ポートにつなげていたあたりの、オニオンスキンのようなぱりぱりの皮膚にキスした。そして、父のベッドの向こう側に手を伸ばし、付き添いの医師団のひとりを呼ぶナースコールのボタンを押そうとした。

チョードリはアシュニを制止した。

「何日経った？」彼は訊いた。

「二週間よ、バプ」

「そんなに？」

アシュニが目をそらし、泣き出しそうな顔になった。「先生を呼びましょう」

アシュニがそういって、またボタンに手を伸ばすと、チョードリはまた制止した。

「彼らから聞きたくない」彼はいった。「おまえの口から聞きたい。どうだったんだ？」やっとのことで、ベッドで体を起こした。

「治療はうまくいかなかった」アシュニがいった。

チョードリは苦しげに息をした。これだけ息が浅いという一点からしても、アシュニのいっていることがほんとうだとわかる。「だろうな」

「ドクター・バカリはいろいろがんばってくれた。だから父さんはこんなに長く眠っていたのよ。ドクター・バカリの話では、心臓組織が再生するはずだった。生体データ——血液型、mRNAワクチン接種歴、赤血球・白血球・ナノロボット血球比——を見るかぎり、治験候補として申し分なかった。ドクター・バカリも理由がよくわからないそうよ。これまでニュートロニクスで働いてきて、父さんのようなケースは知らないといっていた。あんな生体データなのに、遺伝子編集療法が効かないなんて、と。うまくいかなかった理由については、まだ答えらしい答えはもらっていない。正直にいって、わからずじまいだと思う。医師団はまだあきらめていないといっているけど」

「どういうことだ?」チョードリは訊いた。

「ドクター・バカリは、父さんに何日か回復の時間を取ってもらって、再挑戦してもらいたいそうよ」

「再挑戦する?」

「続けるしかないでしょ」アシュニがいった。

チョードリはベッドで上体をすっかり起こしていた。怒りが大きくなるにつれて、蒼白の顔色が赤らんでいった。「二週間かけてどうにもならなかったのなら、さらに二週間かけてどうにかなるとどうしてわかる？　連中の実験台になるつもりはない」

アシュニが父に手を触れ、なだめようとした。「だれも実験台になってほしいなんていってないわ。ここで治療しないとしたら、どこに行けばもっといい治療ができるというの？」

チョードリは黙っていたが、アシュニは父のまなざしに何かを感じ取った。

「何……だめよ。カーツワイルはだめ」

「マナウスまで移動するくらいの体力はある」そういったときにはじめて、チョードリはそれが本当だと思えた。

「それじゃ、カーツワイルの実験台にならなってもいいの？」

「大本《おおもと》に行くべきなんだ」チョードリはいった。「この治療については、カーツワイルこそが大本だ」両足を病院のベッドから投げ出した。裸足を冷たいリノリウムの床に降ろし、細っていた力を奮い起こして立ち上がった。ベッドを取り囲む医療機器ネットワークと自分の体とをつないでいたチューブやノードを、ひとつずつはずした。

「いかれてる」アシュニがいった。

「一緒に来ないのか？」

「いいから急いで」彼女がいった。「ドクター・バカリが二時ちょうどに来るわ」

ふたりとも壁の時計を急いで見た。

二〇五四年五月一〇日　22：55（GMT17：55）
ジョージタウン、フォーシーズンズ・ホテル

リリー・バオはいつも時間を守った。ジェイムズ・モハマドはその態度に感心するようになっていた。五分後、一一時ちょうどに、きっとこのスイートのドアがノックされる。ふたりは座って話をする。リリー・バオはすでにモハマドと彼の同僚に協力し、アメリカでますますエスカレートしている政治危機、さらにその危機がシンギュラリティを巡るテクノロジー競争に及ぼす影響に関する情報を提供してくれた。

ふたりの二重生活は、ふたりがはじめてスパイ活動をするずっと前にはじまっていたともいえる。今回のことがスパイ活動といえるかどうかは微妙だが。モハマドの両親が死に、ひそかにおじに義理を感じ、それが国への義理につながったことで、ふたつの世界で生きざるをえなかった。リリーも同じだった。あるいは、リリーにそう思わせたのはたしかだ。彼女の父親の死、アメリカへの亡命、母親の死、そういったことすべてが、二重生活を送っているという感覚を強めている。この国で、本当の意味で受け入れられていないこともそうだが。シュライヴァーは彼女が受け入れられるよう確約したようだった。彼女を愛しているといってつなぎ止めようとした。だが、モハマドが病院でリリーを見つけた夜、シャーマンが死にかけていたとき、シュライヴァーはその場にいなかった。

モハマドは彼女と一緒にシャーマンの死を悼んだ。全力で彼女の力になった。だから、その後まもなく彼女も力になってくれた。ヘイ・アダムスでシュライヴァー上院議員と会ったときのことをモハマドに教えた。ワイズカーヴァーがカストロ大統領の死に関する調査委員会の委員長になるのが事実だということも。

リリー・バオが分単位まで時間どおりにこのスイートに到着したとき、ジェイムズ・モハマドは封筒をひとつ手渡した。

「これは何?」リリー・バオが訊いた。

「あけてみてくれ」モハマドはいった。

ふたりはスイートの片隅にあった二脚の椅子に座った。リリー・バオが封筒をあけた。公式だと思われる、裏に粘着材のついたシールが、手のひらに滑り落ちた。「どういうこと?」

「きみの母国の複数回入国ビザで、有効期間は四年だ」モハマドはいった。「時間ができたときに、行きたくなるかと思ってね」そういって、彼女の反応を見た。野性の動物に手で餌をやるような感じがした――しぐさをひとつまちがえれば、逃げられそうだ。

ジェイムズ・モハマドのおじは、リリー・バオが一度、情報を提供したからといって、これほど価値のあるビザを与えるのは時期尚早だと考えていた。趙錦の考えはちがった。大胆な行動が好みだという。アメリカ合衆国における政治情勢は急変している。激変しているといったほうがいいかもしれず、長たらしい転向《リクルートメント》手順を踏んでいれば、大魚を逃すかもしれない。結局、モハマドはおじの反対を押し切り、趙錦の意見に賛同し、方針が決まった。

「とても気前がいいのね、そちらは」リリー・バオは最後の言葉に余韻を持たせ、この贈り物が本当はどこから来たのか知っていることをモハマドに伝えた。「ありがとう」と彼女がそっけない礼をいってビザを受け取り、ハンドバッグにしまったのを見て、モハマドは大きく安堵の息をついた。そして、もうひとつ、力を貸してもらいたいものがあると告げた。

「タンダヴァ・グループ時代の業務に関することだ。ニュートロニクスという会社はおそらく知っていると思う」

リリー・バオがうなずいた。

「まあ、きみのかつてのボス、ドクター・チョードリが、サンパウロにある同社関連施設で心疾患の治療を受けているようなのだ」リリーには意外でもなさそうだった。彼女はモハマドが話を続けるのを待っていた。

「損傷した心臓組織を再生するという遠隔遺伝子編集の実験治療を受けていたらしい。だが、治療はうまくいかなかった。数日ほど前、ドクター・チョードリは病院を去った」

「去って、どこへ行ったの？」リリー・バオが椅子に座ったまま身を乗り出した。

「こちらでもわからない」モハマドはいった。「だが、別の事情もある。きみの友人のB・Tも関係している」

「ああ、もう。今度は何をしたの？」

「何も……まだ。ただ、四日前に東京からサンパウロに向かうフライトの搭乗者名簿に載っていた。マナウス行きの国内便も手配してあった」モハマドは、リリー・バオのビザが入った封筒を取り出したのと同じブリーフケースに手を入れた。タブレットを取り出し、マナウスに関する基本情報を表示して見せようとしたが、リリー・バオは丁重に断った。タンダヴァ・グループの出世階段をよじ登ることもできなかったし、無知ゆえに自分の未公開株式投資会社を設立することもできなかった。ブラジルは西半球最大の市場に成長している。マナウスは同国で七番目に大きな都市だ。「B・Tがそこへ行った理由をどう考えているの？」
「わからない」ジェイムズ・モハマドは正直にいった。「その点についても、きみの力を借りられたら」

二〇五四年五月二一日　12：17（GMT07：17）
ホワイトハウス

シュライヴァーは毎日ホワイトハウス・メス（イーストウイング地階にある食堂）で昼食をとった。スミスとヘンドリクソンはシュライヴァーのオフィスにほとんどスタッフをつけなかった。ワイズカーヴァー委員会の調査が進むにつれて、ふたりはしだいにシュライヴァーを厄介者だと、仲間内の裏切り者だと見なすようになっていった。シュライヴァーには、自分のオフィスに昼食を運んでくれるスチュワードがいるが、これほど孤独だと、階級の低いホワイトハウスのスタッフでもいいから交わりたかった。とにかく、交わるはずだった。だが、相変わらずひとりで食べていた。

来る日も来る日も、ジュリアは奥の席に居座っていた。食堂は狭く、低い天井の部屋に十あまりのテーブルしかないので、昼食時はとても混み合う。スチュワードに案内される席で食べることになる。ジュリアは席が空くのを待っていると、前に並んでいたスタッフがスチュワードに副大統領と同席を提案されて尻込みする場面に何度か出くわした。そんなスタッフは、「いや、副大統領の邪魔になるのはちょっと……」とか「別の席が空くまで待ってます」などというのだった。この日も、ホワイトハウスのインターンが副大統領との同席を避けたいがために、電話がかかってきたのを装って食堂の外に出て、電話を受けるふりをして、また列の最後尾に戻ってきた。

ジュリアはもうたくさんだと思った。自分の番が来たとき、ジュリアはスチュワードにいった。「あそこに空席がありますね」

スチュワードがメニューを持ち、ジュリアを案内した。

「ご一緒してもよろしいですか？」ジュリアはいった。

シュライヴァーが横の席を示した。スタッフが皿を片づけ、シュライヴァーはコーヒーを飲みながら読んでいた分厚い本を閉じ、カバーに両手を載せた。別の本もテーブルの横のほうに置いてあった。ジュリアは紙の伝票に鉛筆でオーダーをマークし、スチュワードに手渡した。スチュワードはキッチンへ急いで戻った。気まずい沈黙が降りた。「けっこう混んでいますね」ジュリアはいった。

「私のまわりはそうでもない」シュライヴァーが答えた。二冊の本を指さした。ジュリアには、一冊目が小説だとわかった。安っぽいスリラーで、ロングセラーだ。ナショナル空港やユニオン・ステーションのようなところで、ハウツー本やフィットネス雑誌と同じ棚に並んでいるような本だ。二冊目はトクヴィルの『アメリカのデモクラシー』で、何年も前に兵学校のゼミで読んだ記憶がうっすらと残っている。

「その小説はおもしろいですか？」

「まああだ」シュライヴァーがいった。「プロットは少しゆっくりしている。ここの展開に比べてゆっくりしているのはたしかだ。もっとも、こっちの読書時間を減らして、トクヴィルのほうを増やしたほうがいいのだろうが」そういうシュライヴァーの声には疲労が感じられた。

「わたし、副大統領の本を借りています」ジュリアはいった。

「そうなのか？」

「はい、あの日、オフィスに伺ったとき、副大統領がいらっしゃる前に、ワイズカーヴァー議長が持っていっていいとおっしゃっていたので。『ナイチンゲールの歌』という本です。副大統領なら、なくなっても気にしないと」

「きっと読んでもいないとも思っていたんだろうな」

ジュリアは読み終わったとシュライヴァーにいった。

「感想は？」シュライヴァーが訊いた。

ジュリアが答える前に、ウエイターが彼女の注文していたハンバーガーとフレンチフライを運んできた。この中断で、少し時間をかけて言葉を選ぶことができた。「ワイズカーヴァー議長がナイチンゲールの歌を歌っているのではないかと思いました」

「そうかもな」シュライヴァーがいった。

「副大統領も歌っているのかもしれませんね」ジュリアはフレンチフライを一本食べた。

「私も？」

「かもしれませんよ」彼女はもう一本食べた。

シュライヴァーはあざけるように笑った。中位のスタッフが副大統領に対して述べるにしては、いささか生意気な意見だ。メディア出演もしていないし、公の場にも出ていないが、と彼はいった。副大統領に就任してからというもの、政権を批判することなどひとこともいっていないし、アーリントン国立墓地前での一件にはじまり、今このときまで、できるかぎりの威厳を保って振る舞ってきた。だが、統一政府を組織するために呼ばれたというのに、スミスとヘンドリクソンには、まさにその統一政府から閉め出されている。「私は蚊帳《かや》の外に置かれていて」シュライヴァーは嘆いた。「昼食を一緒に食べてくれる人すらいない。きみをのぞけば、だが」彼は横に手を伸ばし、ジュリアのフレンチフライを一本くすねた。

「単に行儀が悪いからかもしれませんよ」

「きみには私の行儀より気にかけないといけない大問題があるだろう」

「どういうことですか？」ジュリアは訊いた。

シュライヴァーは肩をすくめた。

彼がまたフレンチフライに手を伸ばすと、ジュリアは皿を遠くに引いた。「どういうことですか？」

シュライヴァーは食堂内を素早く確認し、ジュリアに顔を寄せた。「本当に教えてやらないといけないのか？　上院情報特別委員会の副議長だったときに……遠隔遺伝子編集に関する報告書を私とワイズカーヴァーに見せてくれた……カストロが死ぬ直前に送ってくれたやつ……《コモンセンス》に出ていたのと同じコードが入っていたやつを……」

ジュリアは力が抜けていくような感覚に襲われた。

シュライヴァーが続けた。「そのおかげで、きみは超党派委員会の十字線にまともにとらえられ、前政権内のだれがいつ何を知っていたのかという論争に巻き込まれようとしている。スミスはそんな情報があることを知らなかったし、きみの名付け親も同様の主張をするだろう。彼がホワイトハウスで仕事を続けたいのならな。実際、前政権内では、あの報告書からたどれる人物となると、きみしかいない」

「ほかにも知っていた人はいました！」

ジュリアが声を上げると、シュライヴァーはたしなめるように彼女を一瞥した。

「そこが大切じゃないですか」ジュリアはいった。

「なぜだ？」シュライヴァーはいった。「なぜ大切なんだ？」

「真実《トゥルース》だからです。副大統領は民主共和党員、つまりトゥルーサーですよね。だったら、大切じゃないですか」

シュライヴァーはそっけない笑い声を漏らした。「トゥルーサーズ……ドリーマーズ……実のところ、きみだってそんなものは気にしていないのではないか？　この国には分断があるとよくいわれる。まるでわれわれが大きな裂け目を隔てて対峙してるかのように。現実には、裂け目を見下ろしているのだ。そこに渡された橋の上から。全員をどちらか一方に動かすことなどできはしない。どうあっても受け入れられない人たちもいる。そんな人たちは、全員を一方に動かせないなら橋を爆破するほうがましだと思ったりする。そうなったら、何も残らない。われわれが堕ちる奈落が口をあけるだけだ」

「副大統領はどちら側なのですか？」ジュリアがシュライヴァーに訊いた。

「私の話を聞いていなかったのか？　橋の端にいるのだ」

シュライヴァーがまた一本、フレンチフライをつまんだ。ジュリアは皿を彼のほうに押しやった。「残りはぜんぶあげます」

「いいのか？」

「ええ、もともとそんなにおなかは減っていなかったので」ジュリアは席を立った。

自分の机に戻ったとき、ジュリアはどんな小説なのかシュライヴァーに訊きそびれたことに気づいた。

二〇五四年五月二二日　16：13（GMT12：13）
マナウス

マナウスには着いたものの、B・Tとミチはどこへ行けばいいのかほとんど情報を持ち合わせていなかった。わかっているのは、カーツワイルがかつてテナントとして登録されていた解体済みオフィスビルのオフィススイート番号くらいだった。ふたりはその界隈を歩き回ったが、やはり解体を待っていると思われるほかの廃ビルだらけだった。

ここの住所は阿川博士に教えられた。ある逸話と一緒に。はじまりは三年前、シンギュラリティ争奪戦で、日本政府が上がり《キャッツ・ゲーム》を達成する戦略――テクノロジーの破壊方針――を定めたときだ。阿川博士の使命は、このテクノロジーを母国の利益のために育てることではなく、どこでこのテクノロジーがもっとも発達しているかを特定し、そのテクノロジーの矛先がそれ自身に向けられるように誘導することだった。

この争奪戦で先頭を走っていたのは、レイ・カーツワイルだった。阿川博士はカーツワイルの協力が必要だと考えた。彼を説得するにはどうするのが最善か？　企業に自分の研究を指図されてけんか別れしたこともあり、彼が従順にどこかの政府のために働くとは思えなかった。外国政府となれば、なおさらだ。

カーツワイルがオフィスと研究室を構えていたマナウスでささやかれていた噂では、彼は精力的に研究しはじめているという。果ては自分自身を実験台にしているという噂まであった。カーツワイルは晩年に健康問題を抱えていた。心疾患のようだったが、彼は血液の分子構造を修正し、mRNAを改変することによって、それを治療しようとしていたらしい。カーツワイルが進めてきた研究のほんの断片から、人間の意識、おそらく自分の意識をコンピュータにアップロードする試みの初期段階にあったと想像された。生物学とテクノロジーの高次統合を達成する手前まで来ていたのだ。おかげで阿川博士の使命には緊迫感が漂った。覆水は盆に返らない。

阿川博士がサラ・ハントに出会ったのはこのころだ。核拡散防止運動は長年のあいだに世間の注目を集めたり、しぼんだりしてきたが、阿川博士はその運動にずっと積極的にかかわり続け、大きな会議に出席して広島、長崎、そして、ガルヴェストンや上海といったその後の被爆地を代表して発言してきた。そうした会議のひとつにサラも現れ、残念なほど少ない聴衆を前に演説した。彼女はまず〈エンタープライズ〉空母打撃群の司令官の任務を詳細にわたって説明した。乗組員たち、長年に及ぶ海の暮らし、海に浮かぶ都市ともいえる空母そのものを管理する際の豆知識を披露した。精緻な話しぶりに、阿川博士はいささか退屈だと思った。小都市の市長が下水管ルートや交通パターンについて話しているかのようだと思った。二度にわたる核攻撃を開始し、何千、何万の人々を殺すにいたったいきさつに話題が移ったころには、阿川博士はすでにうとうとしていた。はっと目を覚ましたとき、サラ・ハントは上海を壊滅させた状況を話しているところだった。

どうでもいい話だと思っていたわけではない。その逆で、重大な話だと思っていた。どちらかというと、サラが自分の行ないを単なる軍事的な文脈でしか考えていないように思われたのだ。しかし、やがて聴衆のひとりが、人類はまたみずから滅亡の危機に突き進むと思うかと質問すると、阿川博士の印象も変わった。「お子さんはいますか?」サラ・ハントが質問者に尋ねると、質問者がうなずいた。「わたしにもおります。娘がひとり。娘が受け継ぐ世界は核兵器のある世界です。つまり、人類がみずからを滅亡させる道具が少なくともひとつはある世界です。ほかの道具はどうでしょうか? 新しいテクノロジーはどうでしょうか? 道具があるからこそ、私たちは人間でいられます。動物とのちがいはそこです。しかし、道具の創造と道具に秘められたわたしたちを滅ぼす力が、人類を分裂させてきたのです。ですから、〝人類はまたみずから滅亡の危機に突き進むか?〟というご質問に答えるなら、人類はずっとさまざまな滅亡の危機に瀕した状態で存在してきたのだと思います。各世代が人類の滅亡を必死に防ぐしかないのです」

その夜のレセプションで、阿川博士はサラ・ハントと話し込んだ。サラの娘ジュリアが最近になって家を出て海軍兵学校に入ったことも知った。鼻が高いことでしょうと阿川博士がいったとき、彼女は力なくうなずいただけだった。「ジュリアはとても意思の強い娘です。きっと向こうでもうまくやると思います」ふたりが打ち解けてくるにつれて、阿川博士はサラ・ハントが、自分の足跡をたどっている娘に対して複雑な感情を抱いているのだとわかった。ジュリアもいつか自分の人間性のかなりの部分を押し殺して殺戮《さつりく》行為に加担せざるをえなくなるのではないかと恐れているのだ。軍人の職務とはそういうものだ。

ジュリアがその道を歩みはじめたことで、サラは打ちひしがれていた。軍人を辞めたあと、親になることで罪をあがなおうとしてきたが、贖罪《しょくざい》は見つからなかった、と阿川博士に打ち明けた。阿川博士は彼女に別のチャンスをやろうと申し出た。

結局、阿川博士の勘は正しかった。カーツワイルはすぐにサラ・ハントを気に入った。阿川博士は社会的評価の高い科学者同士のよしみで紹介状を持たせただけで、彼女をマナウスに送り出した。ただし、阿川博士にはわかっていた。カーツワイルは核兵器同様、人類を破滅の危機に追いやりかねない生物的存在の新システムを構築するにあたり、ハントの経験が自分の意思決定にどのように影響するか本能的に理解するだろう。彼（創造主）は彼女（破壊者）と手を取り合う。

こうして、カーツワイルはハントを顧問として雇った。初年、そして二年目と時が経つにつれて、彼女がマナウスですごす時間は長くなり、阿川博士への報告も広範になっていった。彼女はしだいに消耗していくように感じられた。カーツワイルの研究の進み具合を目の当たりにすると、阿川博士の広義の使命に沿う方向に研究を導こうと、いっそう奮闘した。シンギュラリティが――スタートダッシュと、その後の知能爆発によって――達成されたのち、それがどういうものか完全に理解したうえで消し去るのだ。

数年を経て、阿川博士は自分のオフィスでB・Tとミチにこうしたいきさつを詳しく語った。サラ・ハントとふたりで成し遂げたことを誇りに思っていることが、よくわかった。それだからこそ、阿川博士の大きな見落としがいっそう苦々しく感じられる。その任務が彼女にどれだけの犠牲を強いていたか、博士は考慮していなかった。もしもっと気にかけていたら、徴候はあったのに。サラ・ハントは家を空けることが多くなった。マナウスにいるあいだは、連絡がなかなか取れなくなり、電話したりメールを送ったりしても、何週間も返事がないこともあった。彼女が送ってきた貴重な研究結果――コードの一部、人間とそれ以外を対象とした実験の中間結果――について、阿川博士が問い合わせると、よく腹を立てた。カーツワイルの実験の一部に被験者として参加したこともあると、ハントが口を滑らせたとき、阿川博士は激怒した。相談もせずそんなリスクを冒すとは、自分を何者だと思っているのか？　たった一度のミスで、ふたりで成し遂げてきたことがすべて水泡に帰すかもしれないというのに。今度そんな無謀なことをしたら、呼び戻すしかない。帰国して家族に会い、しばらく休みをとったほうがいいと阿川博士が促したとき、彼女は渋ることもなかった。翌日にはアメリカ行きの飛行機に乗った。その数日後にサラ・ハントは死んだ。

「自分の命を絶った」阿川博士はB・Tとミチにいった。「カーツワイルが姿を消したあとだ。これが最後に確認された住所だ」そういって、小さな四角い紙をふたりに手渡した。

二〇五四年五月二二日　16：13（GMT12：13）
サンパウロ発マナウス行きの船内

エンジン・トラブルのため、四日間のフェリー乗船が十日間になった。チョードリ父娘はしょっちゅう口論していた。船室は狭苦しかった。あまり隙間もなくふたつの寝台が置かれ、空調は入ったり止まったりしている。空調が止まるたびに、どうしてこういう移動方法にしたのかとアシュニに訊かれた。タクシー、バス、フェリーを組み合わせて、マナウスまで陸路で行くといい張ったのはチョードリだった。ニュートロニクスのスタッフは権限の及ぶかぎり、チョードリをサンパウロにとどめておこうと手を尽くすだろうから、チョードリは目立たないように長距離を移動するほうがいいと思ったのだ。

ある夜、オイスター・クラッカーと摩訶《まか》不思議なシチューの夕食のあと、チョードリは娘に船室をしばらく占有させてやることにした。そして、フェリーのデッキをぶらつき、操舵《そうだ》室にやってきた。フック状に曲げた釘にかけてある電気ランタンが室内を照らしている。ランタンは潮流のリズムに合わせて揺れている。フェリーの船長であるマノロが操舵輪を握り、ひとりで鼻歌を歌いながら川船を操縦していた。野球帽のつばをうしろに回し、夜の闇に目を凝らしている。マノロはいつも同じ白と紺のピンストライプの入ったヤンキース・キャップをかぶっていた。調整ベルトとつばに汗染みと垢がついている。チョードリはマノロの横に行き、好きなヤンキースの選手はだれかと訊いた。

「ベイブがいちばんさ」マノロがいった。その目は水平線に向けられたままだ。

チョードリはそれほど野球に詳しくはないが、話を続けておきたかった。彼は記憶を探り、ほかの有名選手の名前をいくつか出した――ディマジオ、ロドリゲス、マッティングリー……

マノロが首を横に振った。「いや、いや、いや、そういう名前はベイブと同列には並べられないね。史上最高のチームである一九二七年シーズンのヤンキースでプレーした者は、そのなかにいないじゃないか」チョードリにはお手上げだった。だが、マノロのスイッチは入ったようで、チョードリがほとんど何もしなくても話は続けられそうだった。一九二七年シーズンのヤンキースがフランチャイズ史上最高のチームだったのだから、フランチャイズ史上最高の選手はそのチームのメンバーでないといけない、とマノロは説明した。マノロの口の片側にくわえていた葉巻を反対側に転がし、確かな統計学データという基礎――ホームラン数、打点、防御率、打率――の上に自説を組み上げていった。やはり一九二七年シーズンのラインナップに名を連ねていた、ルー・ゲーリックを推す声にも一理ある、とマノロは認めた。「だが、ゲーリックの数字はベイブには及ばない。だから、ちがう。ベイブがいちばんだ。史上最高だ」

「その帽子は試合観戦のときに買ったのか?」チョードリは訊いた。

マノロはそんなばかげた推測を一笑に付した。彼がはるばるブロンクスへ行って試合を観るなんて、アマチュア宇宙飛行士が宇宙空間の暗黒の天体に行くのと同じくらいばかばかしい。「いや」マノロがいった。「試合を観にいったことはない。この帽子はもらいものだ。何年か前にアメリカ人の乗客にもらった」

それがチョードリの興味をかき立てた。「アメリカ人の乗客は多いのか?」

「あんたと娘さんのほかにか?」マノロがそういいながら目玉を上に向けた。数学の難問を解いていて、天井に解法を示さないといけなくなったかのようなしぐさだった。

「ひとりだけだな」

チョードリの顔が明るくなった。〝カーツワイルか〟。かもしれない。

残念なことに、ブラジル内陸を移動するアメリカ人はほとんどいないのだとマノロがいった。「最近はみんな飛行機で行き来するから、この国をちゃんと見ようとしないし、内陸に入ろうともしない。この川は……何ていうんだっけ……〝手付かず《アンタッチト》〟か? アマゾン川は白い川。ネグロ川は黒い川。そのふたつが交わるところをさらにたどれば、この国の奥底に、まるでちがう土地に踏み込める。さっきのアメリカ人乗客にもいってやったんだが……」この時点で、チョードリはその人物がカーツワイルにちがいないと思った。マノロに名前を訊こうとした。だが、その前にマノロが付け加えた。「あの女の人はとても気前がよかった。ものをくれたから覚えているんだ」

そして、メジャーリーガーよろしく派手な身振りで、帽子を取った。史上最高のプレーヤー、ベイブがホームランをかっ飛ばしたかのように、窓の前に見える広大な川を応援する観客に見立てて手を振り上げた。

二〇五四年五月二二日　19：45（GMT14：45）
ウィラード・ホテル

ジェイムズ・モハマドはベッドの上でスーツケースをあけ、服の最後の一枚を畳んだ。リリー・バオはその朝のフライトで出発し、サンパウロ経由でマナウスに向かった。ワシントンまで来たのは正解だった。このあとしばらくラゴスに戻りたいというモハマドの申し出にも、おじと趙錦の許可が得られた。モハマドはずいぶん長いあいだビジネスをほったらかしにしていた。

ダレス発のフライトは翌朝九時すぎに出る。ラゴス行きの準軌道フライトはなかった。大気圏内のフライトに乗らないといけないが、そうなると日中の大半は乗っていることになる。さらにあいにくなことに、コンシェルジュには、早めに空港に向かうことを勧められ、午前五時にオートタクシーを手配された。いつもならありえないことだが、迂回指示や道路封鎖だらけのワシントン市街を縫って進むのだから、控えめにいっても予測不能だ。ワイズカーヴァー委員会の発表以来、トゥルーサーズのデモ隊が定期的に市街各地に現れ、集会をひらくようになっていた。宣伝が行き届いて、全国から支持者が集まっている。首都に移動できない支持者たちによる地元集会と連携して行なわれるものもある。軍事基地近辺での集会もますます増えていて、休暇中の軍人もトゥルーサーズのデモ隊にちらほらと混じっていた。全国規模であろうと地元限定であろうと、こうしたデモ隊の訴えははっきりしていた。ワイズカーヴァー委員会には実力組織があり、トゥルーサーズのデモ隊がその実力組織だということだ。

前夜、文書が新たにリーク、また《コモンセンス》に投稿されたというニュースが流れた。〝国家及び非国家主体における遠隔遺伝子編集の進展〟と題された機密度の高い情報報告書で、カストロ大統領が亡くなるほんの数日前に作成されたものだった。

政府関係者が遠隔遺伝子編集についても、その技術が招きかねない有害事象——大統領の死因に直結する有害事象——についても把握していたことを示す内容だった。

そのとき、窓の外でしだいに大きくなる騒音が静かな部屋に漏れてきた。一五番ストリートに群衆が集結し、ホワイトハウスの東側の境界となっている四車線の大通りを封鎖していた。ほんの少しだけ窓をあけると、下の大混乱ぶりが聞こえてきた。もはや〝夢《ドリーム》などないのが真実《トゥルース》！〟のシュプレヒコールではなくなっている。統一政府、超党派委員会、政策的処方の要求でもない。何をいっているのか聞き取れないが、ときどき〝嘘つき！〟という怒声が響いてくる。モハマドはテレビをつけた。窓の外のシーンがニュース番組で生中継されていた。

電話が鳴った。おじからだった。

「おまえもこれを見ているか、ジミー？」

「窓のすぐ外で起きていますよ」

「明日のフライトの出発時間を教えてくれないか？」

モハマドが教えると、おじはまたかけ直すといって切った。この悪化の一途をたどる状況をかんがみ、モハマドをラゴスに戻す余裕があるかどうか、おじは趙錦と相談するのだろう。この政治危機を受けて、アメリカが国境を閉じたらどうする？　あるいは、国内移動を制限したらどうする？　まずまちがいないだろうが、おじたちはモハマドをワシントンにとどめておきたいのだ。意のままに動かせるコマとして。ジェイムズ・モハマドは、まとめていた荷物をまた出しはじめた。それほど長くスーツケースに入っていなかったから、服の折り目はまったく乱れていない。ホテル・ルームの小さなクローゼットにシャツをかけ直しながら、そう思って自分を慰めた。

二〇五四年五月二二日　20：07（GMT16：07）
マナウス

B・Tとミチは手を尽くしていたが、捜索はほとんど進展していなかった。B・Tは真新しいトロピカーナ・ホテル&カジノの部屋にいて、阿川博士にもらった四角い紙を指でいじっていた。うしろでは、ミチがベッドでうたた寝をしている。ぱりっとした白いシーツを背景に、髪が黒い後光のように扇形に広がっている。ドクター・カーツワイルの足跡を探して、渋滞のひどいマナウスの薄汚い通りをさまよい、また長い徒労の一日がすぎた。カーツワイルが口座を持っていた銀行、事業許可を取得した公文書館、かつてのオフィス近辺のレストランなどを回った。手がかりなし。

B・Tもくたくただったが、眠れる気はしなかった。四角い紙を指でつまんでひらひらさせながら、次の手を考えていた。テレビをつけ、音を消した。ニュース番組に合わされていた。B・Tはホワイトハウス前で発生している暴動のような場面を見た。ものすごい数の群衆が集まり、手に負えなくなっている。過激な者たちが隣の財務省ビルを取り囲むフェンスをよじ登り、ホワイトハウスの防御線を今にも破りそうだったが、シークレット・サービスと海兵隊がゴム弾の掃射で暴徒を散らした。B・Tはテロップを読んだ。遠隔遺伝子編集に関する情報報告書が新たにリーク、スミス大統領辞任の声が再燃。キャスターが映像を切り替え、同日にトレント・ワイズカーヴァー議長がひらいた記者会見の様子が流れた。スミス大統領は辞任すべきかと問われたときのワイズカーヴァーの返答場面が、繰り返し流されていた。「アメリカ国民の意思に耳を傾けるべきだ」。続けて、下院でスミスに対する弾劾手続きが開始されるかとの質問に対して、「私の調査の結果しだいで、すべてのオプションが残されている」

B・Tはニュース番組を消した。とりあえず、カーツワイルを探し出さないといけない。カストロの身に起きたことについて、真実《トゥルース》がわかるだけでもその甲斐はある。その真実《トゥルース》は、現在進行形のアメリカの危機を抑えられるだろうか？　B・Tにはわからない……だが、とにかく真実《トゥルース》がわかって悪いことはない。

頭をすっきりさせる必要がある。まだトロピカーナ一階のカジノには行っていなかった。ポーカーを何ゲームかするか、クラップスで何度か賽《さい》を振れば、すっきりできるかもしれない。ミチに目をやった。しばらく目を覚ますこともないだろう。B・Tはスポーツコートをつかみ、部屋を出て静かにドアを閉めた。

カジノ・フロアを歩いていると、もう気分がよくなった。気が楽になった。集中しつつもリラックスしている。ジャックポットを知らせるスロットマシンの効果音。チップがぶつかる甲高い音。B・Tはポーカーをやり、その後ブラックジャックをやった。勝ち分はそこそこで、片手で持ってテーブルからテーブルへ移れるくらいだった。彼はカジノ・フロアをうろつき、喉から手が出るほどほしいツキが流れ込みそうなゲームを探した。

結局、ルーレットに落ち着き、込み合っていたテーブルについた。勝ち分を手に取り、最後の勝負に出る頃合いだと思った。勝ち分すべてを黒に賭けた。ディーラーがホイールを回した。ボールも音を立てて回った。そして、ポケットに落ちた。

「ウィナーは赤」ディーラーが高らかにいった。

B・Tはテーブルを離れた。部屋に戻り、少し休むしかなくなった。そのとき、だれかに腕をつかまれた。彼はくるりと振り向いた。

リリー・バオだった。

「ここにいれば、見つけられると思ったわ」リリー・バオがいった。彼女はディーラーにちらりと目をやった。ディーラーはB・Tのチップをすべて掻き集めていた。「こんなのはあなたの得意な〝ゲーム〟じゃないでしょ？」

二〇五四年五月二二日　20：21（GMT15：21）
ウォーターゲート・レジデンシズ

バントおじさんにアパートメントで夕食を一緒に食べないかと誘われたときには、ジュリアは感動し、驚きもした。食事会に特別なものを持っていくといい張った。カップケーキがおいしいと有名なベーカリーが地元にあり（レッド・ベルベットがジュリアのお気に入りだ）、例によって客が列をなし、街区《ブロック》にはみ出ていた。もう遅れそうだった。

フォギーボトム駅から出て、時計を見ると――二〇分以上も遅れていた。ジュリアは走り出し、つまずき、ヒールを脱ぎ、最後の四分の一マイル（約四〇〇メートル）は裸足で走った。カップケーキの入った箱を片手に、靴とハンドバッグをもう一方の手に持ち、脚をまともに広げられるように黒いカクテルドレスを太ももまでたくしあげて、バージニア・アベニューを駆け抜けた。

ウォーターゲートの出入り口の半ブロック手前で立ち止まり、身なりを直した。何度か深呼吸してから、ハンドバッグからティッシュを取り出して額の汗を拭き、パーキング・メーターに片手をついてバランスを取りながら、裸足の土を払い落とした。そしてヒールをはき直した。身なりが整うと、ウォーターゲートのガラス張りの正面に向かって、自信に満ちた足取りで歩いていった。近づいてくるジュリアを見て、黒と灰色の制服を着たドアマンが出入り口のドアをあけた。ドアマンが首を前に倒し、歓迎の会釈をした。ジュリアも会釈したとき、片足のヒールが歩道の継ぎ目材にめり込み、彼女は前にのめった。

とっさに両腕を前に伸ばし、転んだ衝撃を受け止めようとした。しかし、カップケーキの箱を持っている。〝遅刻のいいわけ〟も持たずに、遅刻するわけにはいかない。ジュリアは箱を胸の前で抱えたまま、膝をしたたかに地面に打ち付けた。

ドアマンが駆け寄ってきた。「大丈夫ですか、ミス?」そういって彼女を立たせた。

「大丈夫、大丈夫です」

転んだけれど、カップケーキは胸に抱えたままだった。中身が大丈夫か見てみようとしたが、血が向こうずねを伝っているのに気づいた。ドアマンがティッシュと一本のミネラルウォーターを差し出し、ジュリアはそれを使って血を拭き取った。また時計を見た。ああ、もうこんな時間だ。

エレベーターに乗ると、擦りむいた膝を隠そうと、ドレスの裾を下に引っ張った。呼び鈴を鳴らし、カップケーキの箱のしわくちゃになった上部をじっと見て、顔をしかめた。

バントおじさんがドアをあけた。ジュリアはすぐさま、こんなに弁解できないくらいに遅れてごめんなさいと謝りはじめた。「わびるまでもない」彼はいい、ジュリアをなかに入れた。「この街での移動は悪夢だ。それは何だ?」ジュリアは箱を手渡した。

ジュリアはバントのあとからアパートメントに入っていった。リビングルームに入るときも、彼女は遅れたわけをいっていた。「……今日は尋常じゃないくらいお客さんが並んでいて、ブロックを二周、いえ三周は並んでいたのよ……」やがて、ジュリアの小刻みな足取りが止まった。ほとんど空になったワイン・グラスを前に、カレン・スレイクがソファーに腰かけていた。

スレイクが立ち上がった。「お会いできて光栄です、ハント少佐」

ジュリアはドレスの裾をしたに引っ張った。「あら、こんにちは」

「カレンも同席したほうがいいと思ってな」ヘンドリクソンが肩越しにいい、リビングルームに続いているキッチネットのカウンターにカップケーキの箱を置いた。飾り気のない壁、中身のほとんどない戸棚と、アパートメントは質素で、よくある独身者向けの物件だった。スーツケースがドアのそばに置きっぱなしだ。テレビが載っているキャビネットには、フレーム入りの写真がごちゃごちゃと置いてある――ヘンドリクソンの子供たちの卒業写真、彼の将官階級昇任式、孫の誕生。ヘンドリクソンとサラ・ハントとジュリアが並んで撮った写真もあった。ジュリアが九歳のときだ。長い黒髪は手入れされておらず、枝毛だらけの先が腰のあたりまで垂れ下がっている。ヘンドリクソンはジュリアの養子縁組みが決まると、すぐにニューメキシコのサラの家に泊まりに来て、受け入れに手を貸した。二週間ほどいて、毎日午後になると、ジュリアを近くの小川に連れていき、一緒に釣りをした。ヘンドリクソンが帰ったあとも、ジュジュリアがひとりで釣りを楽しめるように、黒っぽい石をひっくり返して餌の虫を見つけることも教えてもらった。この写真はヘンドリクソンが帰る日、サラ・ハントのアドベ煉瓦造りのランチハウスの前で撮ったものだ。その日のことはよく覚えている。ジュリアは泣きじゃくり、名付け親に捨てられるのかと思って取り乱していた。

「ぜんぜん変わっていないのね」スレイクがいった。そして、フレームを手に取り、写真をつぶさに見た。

「あのころに比べたら、ずいぶん大きくなったさ」ヘンドリクソンがワインを注いだばかりのグラスを名付け娘に手渡した。三人はコーヒーテーブルを囲んで座り、ワインを飲んだ。打ち解けて、心地よい雰囲気で話が進んだ。昨今の危機の話もしたが、自分がくぐり抜けてきた苦難を笑えないなら、泣いてしまうと思っている退役軍人のように、軽い会話に終始した。

スレイクがある記者会見の話をした。全国放送中、当時副大統領だったスミスの髪に蝿が止まったことがあった。その後、スミスがテレビカメラの前で話すときには、その部屋に殺虫剤をまくよう、スタッフのひとりに命じた。殺虫剤散布を命じられた若い側近は、化学薬品中毒になって体調を崩してしまった。スミスは労災の申請書を自分で記入し、提出するといって譲らなかったという。

ヘンドリクソンは、カストロの死後、現大統領がホワイトハウスの廊下を歩き回り、国葬の花飾りを自分で考えていたという話をした。

ジュリアもふたりの年上の同僚の話に勝るとも劣らない話を披露した。最近、シュライヴァー副大統領と一緒にランチを食べたときのことを話した。「毎日ホワイトハウス・メスでひとりで食べているのよ」ジュリアはいった。

「知らなかった」ヘンドリクソンがいった。

ヘンドリクソンはサラダとアントレを用意していたが、シチュー、キャセロール、ラザーニャを掛け合わせた感じだ、とジュリアは思った。まずひとくち食べた。スレイクも食べた。ふたりはそれぞれワインをがぶりと飲み、パンに手を伸ばした。

「わたしもよくそこで彼を見る」スレイクがいい、皿の上で料理をかき混ぜた。

「テーブルについて、昼休みのあいだずっと本を読んでいるわよね」

「トクヴィルを読んでるみたい」ジュリアはいった。「それから小説も」

スレイクが笑った。ヘンドリクソンがいった。「もっとましなことをして手持ちぶさたを紛らせばいいのにな」

「おじさんと大統領に煙たがられていると思っているみたいよ。ワイズカーヴァーがホワイトハウスに置いた観葉植物だと思われているって」気まずい沈黙がテーブルを包んだ。ジュリアは付け加えた。「統一政府でもっと大きな役割を任せてもらえなくて落胆している」

ヘンドリクソンが鼻で笑った。「いくら副大統領でも、自分の仲間がおとしめようとしている政府内で大役を果たすのは難しいさ。そうは思わんか？」ヘンドリクソンがスレイクに一度うなずくと、スレイクが手首の《ヘッズアップ》を操作した。ホログラム・スクリーンがジュリアの前に投影された。遠隔遺伝子編集に関する機密情報報告がリークしたという内容の新聞記事が浮かび上がった。ワイズカーヴァー委員会が〝カストロ暗殺の確たる証拠《スモーキング・ガン》〟と表するこの報告書は、ホワイトハウスでもただひとりの人物によって取り扱われてきた。記事内の自分の名前が目に入ったとき、ジュリア・ハントはフォークを皿に落とした。

「このジャーナリストに二四時間だけ記事の配信を待つよう説得した」スレイクがいった。「それ以上は無理だった」

「あの情報報告書には、《コモンセンス》にリークした、カストロ大統領暗殺に使われたとされるコードの一部が含まれていた」ヘンドリクソンが説明した。「この記事では、おまえが追跡調査できる唯一の人物になっている。ジュリア、すまないが、おまえはこの政権《ホワイトハウス》の障害にもなっている」

「どういう意味？」

ヘンドリクソンがスレイクにちらりと目を向けると、スレイクが視線で背中を押した。だれも食べていなかったから、ヘンドリクソンは立ち上がり、皿を下げはじめた。シンクの前で名付け娘に背を向けたまま、こういった。「おまえをすぐに異動させないといけない。明日、この記事が出るときには、おまえはホワイトハウス・スタッフの現メンバーではなく、元メンバーだといえるようにすることが絶対に必要だ」

ジュリアは昔からよく知っている恐怖に胸をつかまれた。また捨てられる。

「どこへ異動させられるの？」ジュリアは訊いた。

ヘンドリクソンは皿を洗い終えたが、シンク前で振り向かなかった。「八番ストリートとIストリートの交差点に戻ってもらう」

「海兵隊兵舎に……？」ジュリアは信じられないといった口調でいった。「またドーザーの下で働かせる気なの……くそったれのドーザーの下で……ドーザーの下で？」

あのスケベ大佐の名前をいい続けた。ヘンドリクソンがせっかくそこから救い出し、ホワイトハウスに引き入れたというのに。名付け親の耳のなかでこだまさせようと、あの男の名前をいい続けた。どんなところにジュリアを捨てようとしているのか、忘れさせないように。ジュリアは出ていこうと立ち上がり、椅子の脚が激しく床をこすった。

ようやくヘンドリクソンが振り返った。「ジュリア」とても穏やかな声で、彼がいった。「座りなさい」親としての——あるいは名付け親としての——威厳がまだ多少は残っていた。ジュリアは座った。ヘンドリクソンはカップケーキの箱を持ってテーブルに戻ってきた。テーブルの中央に箱を置くと、彼は説明した。「ドーザーには電話を入れておいた。おまえを困らせるようなことはしない。兵舎の海兵隊はワシントン各所のトゥルーサーズのデモ隊への対応で、人出が足りていない。実のところ、士官が不足しているから、おまえの力を本当に必要としている……もうはじまっているんだ、ジュリア。多くは語らないほうがいいんだ」

ジュリアは座ったまま、皿をじっと見つめていた。さっきいわれたこと——〝もうはじまっているんだ、ジュリア〟——が頭のなかでぐるぐる巡っている。思えば、これまでの人生——実の両親の死から養母の自殺まで——は、似たようなことをいわれて思わず口から出る言葉にだいたい集約されるのではないか？

「ああ、くそ」ヘンドリクソンがいった。カップケーキの箱をあけたときに名付け親のいった悪態が、ジュリアを現在に引き戻した。「見たところ、原形をとどめておけなかったようだな」

ジュリアは箱のなかをのぞいた。カップケーキが潰《つぶ》れていた。「失礼します」彼女はいい、席を立った。

ヘンドリクソンはスレイクのために崩れたカップケーキをフォークでどうにか皿に載せながら、ジュリアに向かって行かないように懇願した。「頼む、こんな形で終わらせないでくれ」

しかし、ジュリアはここにはいたくなかった。感情の波が押し寄せるのを感じた。悲しい気持ちと裏切られたという思いが入り交じったものが胸の内に湧き上がり、今にも乗っ取られそうになった……ヘンドリクソンとスレイクの前でわっと泣き崩れそうになった。そんなのは耐えられない。ジュリアはそれだけはいや、と首を振った。

廊下に出ていき、ドアを閉めた。膝が痛む。また血が出ていた。

2054

6

ふたつの川

The Two Rivers

二〇五四年五月二三日　10：46（GMT06：46）
マナウス・フェリー・ターミナル

B・Tがコーヒーを買ってくるといって離れているあいだ、リリー・バオとミチはゲートで待っていた。ドクター・サンディープ・チョードリとその娘を乗せたフェリーは、もう三時間も遅れている。ターミナルは洞窟のようなところで、ほかの乗客たちも彼らと同じように煉獄《れんごく》に突き落とされたような気分で待っていた。毎時、数隻のフェリーが到着しているが、時刻表のたぐいにはまったくしたがっていないらしい。リリーはB・Tが小さな売店の列に並んでいる様子を見ていた。自分ひとりでもドクター・チョードリを探し出せていたと思いたかった。でも、ジェイムズ・モハマドの手助けがなければ、無理だったと思わないわけにはいかなかった。

ただし、ミチだけはジェイムズ・モハマドの情報網から漏れていたようだ。リリー・バオはミチがいることをナイジェリアの調教師《ハンドラー》には伝えていなかった。ミチがどういう人間なのかよくわからなかったから、ミチに探りを入れられるこういうふたりだけのひとときは貴重だった。

「あなたの手首」リリーはいい、そこに彫られている色とりどりの蝶の刺青《タトゥー》を指さした。「それってなかなか――」次の言葉に詰まり、こういった。「いいじゃない」

「ありがとう」ミチがいい、手のひらを上に向けた。「ずいぶん前に入れたの」

「生物学者にはぴったりなタトゥーね」リリーは最初の言葉を強くいった。

前夜、B・Tが部屋に電話をかけてきて、三人で夕食を食べた。四品コースとワイン二本を楽しみながら、リリーはミチとB・Tが出会ったいきさつと、なぜふたりがマナウスに来たのかという話を聞いた。色を変えた蝶を真栄田岬で放したこと、B・Tが海底の溝の奥にダイビング・マスクを落としてしまい、ミチが助けなければならなかったこと、そして、どういったいきさつでふたりが恋に落ちたのか、ミチがどれだけ本気でB・Tのカーツワイル探しにつき合ってきたのかといったことだ。

「蝶はちょっとありきたりよね、わかってる」ミチがいった。「でも、若気のいたりというやつで」二〇歳になったばかりだったからと言い訳した。そして、生物種がひとつの生態からまったくちがった生態へとどのようにして変わるのか、どうしても知りたかったのだと。

「ありきたりとは思わない」リリーはいった。「生態が変わる。それが大自然というものなんでしょ？　そんな変態を研究しているのね。だから、蝶を彫った」ミチが袖口を引っ張って手首を隠した。「まあ、みんなそれぞれ何かに興味がある。あなたが好きなのはビジネス？」

「お金を稼がなきゃいけないとずっと思っていた」リリーは淡々といった。「だからといって、きれいなタトゥーを入れたりはしなかったけど」その声に冷たいものがにじんでいた。ミチ――いとも簡単そうにB・Tを誘惑した、このタトゥーのあるダイビング・インストラクター兼生物学者――が、純然たる愛情と心配からこんなところまではるばる来たという話を、果たしてほんとうに信じていいのか？　リリーはミチが何かを隠していると、裏の思惑があると思えてならなかった。すると、不穏な思いが浮かんできた。その裏の思惑というのが、ミチだけが隠していることでなかったら？　ミチとB・Tの両者が隠していることだったら？

リリーはターミナルをざっと見た。

B・Tが列の先頭に近づいていた。

リリー・バオがこんなブラジル内陸の奥深くまで来た理由はたくさんある。シュライヴァーに対する憤り。一世代前に彼女の家族はすべてを失ったが、ジェイムズ・モハマドがそれを取り戻す手助けをしてくれるかもしれないという希望。カーツワイルがどんなものを発見したのかを知りたいという純粋な好奇心。それに、B・Tを守りたいという願望からでもある。

アメリカで起きていることからすると、B・Tを守るには、カーツワイルと《コモンセンス》とのつながりを探り、カストロの死と旧友《B・T》が無関係だと証明するのがいちばんだ。ジェイムズ・モハマドと連絡を取ったとき、彼はワシントンの状況が急激に悪化していると力説していた。力説してもらうまでもなかった。権力闘争のニュースがブラジル・メディアを席巻していた。両陣営ともエスカレーションの階段を上り、扇動のレベルを高め、毎週、そのレベルを更新している。専門家と呼ばれる連中が、どこまでエスカレートすれば内戦に分類されるのかといった議論をしている。〝銃撃戦がはじまれば、止まらなくなる〟。リリーもどこかでそんな記事を読んだ。そのとおりだと思った。

その朝、ワイズカーヴァー委員会は、〝カストロ大統領暗殺に関する超党派委員会〟という最終報告書を発表した。同報告書では、スミス大統領率いる現政権がアメリカ国民に対し、カストロ大統領の死因をごまかすことにより陰謀を企てたと断定されていた。同委員会は、スミス大統領とその政権がカストロの死に関与していたと明確に主張しているわけではないものの、そんな暗示が霧のように立ちこめる書き振りで、トゥルーサーズ活動家の拠点では、弾劾裁判に加えて刑事事件としての調査を要求する声が高まっていた。

スミス政権も押し戻した。カレン・スレイクがホワイトハウス担当記者たちとの長時間に及ぶブリーフィングを開始し、大統領自身も日曜のテレビ番組にできるかぎり出演した。大統領首席補佐官であるヘンドリクソン退役提督までが論争に加わった。まさに政権を挙げての被害対策《ダメコン》が繰り広げられていた。

ひとりの重要人物《キーパーソン》だけは、存在感がなくて逆に目立っていた。シュライヴァー副大統領だ。彼はもはや現政権を擁護していなかった。

リリーはそれに気づいた。だが、気づいたのは彼女だけではなかった。

B・Tがコーヒーを持って戻ってきた。

「こっちがきみので」B・Tがいい、ミチにひとつ目のカップを手渡した。「それから、こっちがきみのだ」リリーにふたつ目のカップを手渡した。「ちょっと待ってから飲んだほうがいい。とても熱いから」

三人は身を寄せ合っていた。気まずい沈黙の一瞬がすぎた。

やがてB・Tがいった。「ふたりの話を邪魔したりしてなきゃいいんだけど」

「そんなことないわ」ミチがいった。「ぜんぜん。わたしの研究の関心についてちょっとリリーに説明していただけ」

「とてもおもしろいだろ？」B・Tがいった。

「ええ」リリーはいった。「とてもおもしろい」

リリーがそういったせいで、B・Tは調子づいたようだった。「海洋生物学と進化生物学が交差する領域は、あまり人気のない分野だ。海面下に目を向ければ、陸生種について参考になることも多い。たとえば……」リリーはB・Tのいっている中身ではなく、いい方に気をつけていた。この女に、どこのだれともわからない女に、これほどの熱の入れようとは。

「……だからさ」B・Tがいった。「その分野はぼくの研究にも関係があるから、ミチはぼくが思考を拡げる手助けもしてくれているんだ」

役者が共演者のせりふを待っているかのように、B・Tがリリーをじっと見ていた。リリーは律義にそのせりふをいった。「よかったわね」

ちょうどそのとき、カスタマー・サービスの担当者がやってきて、三人の待っているフェリーが一〇分後に到着すると伝えた。そして、もうすぐ乗客が下船するターミナルの反対側のゲートを指さした。B・T、ミチ、リリーはそちらのほうへ歩いていき、さらに待った。

二〇五四年五月二五日　05:55（GMT00:55）
リンカーン・パーク

戦没将兵追悼記念日だった。前夜、ワイズカーヴァー議長が前触れもなく、下院の緊急議会を招集していた。休日をうまく使い、できるかぎりひっそり招集した。政界のライバルを出し抜きたかったのは明らかだった。その目標はたしかに達成した。その日、連邦政府は休みだった。ワイズカーヴァー委員会の最終報告書が公表され、緊張が高まったことを受け、地元の法執行機関は、ワイズカーヴァーの要請が安全に実行されるように休暇中の法執行官を呼び戻さなければならなかった。議事堂警察、公園警察、コロンビア特別区の首都警察、バージニアとメリーランド両州の警官、そして、八番ストリートとIストリートの交差点にある兵舎に駐屯している数百人の海兵隊などがその任にあたった。

ジュリア・ハントは兵舎に来たばかりで、連休で延びた週末のあいだに着任していた。夜遅く、海兵隊二個中隊に国会議事堂周辺の群衆整理の要請が入ったとき、ジュリアは机で本を読んでいた。眠りはますます訪れにくくなっていて、読書で気持ちを落ち着けようとしていた。彼女が選んだ本は五〇年近く前のものだった。遠隔遺伝子編集と生物学と科学技術の進化が統合されるという予言の書で、最近になってそれが現実のものとなっている。彼女が首を切られる原因となった情報報告書もそうした理論に関するものだから、もっと包括的な知識を得ておくほうがいいと思ったのだ。時間もできたことだし。

その本、『シンギュラリティは近い——人間が生命を超越するとき』の著者はドクター・レイ・カーツワイルで、百歳を超えて存命であり、聞いたこともないブラジルの僻地《へきち》で暮らしているという。読みながら、数多くの箇所に下線を引いた。〝もうひとつ興味をそそる——そして、推論の色合いがたいへん強い——可能性は、コンピューティングのプロセスを、時空の「ワームホール」を通して時をさかのぼらせる〟という非現実的な一節から、〝同時に、バーチャル環境であなたが自分の体として選ぶものは、パートナーがあなたの体として選ぶものとはちがうかもしれない〟といった不穏な一節まで、いろんな箇所に。そして、こんな一節を読んで、はっとした。〝人間の脳をアップロードするというのは、脳のおもだった特徴をすべてスキャンして、充分にパワーのあるコンピューティング基板にインスタンスを取り込み直すことだ。このプロセスによって、ひとりの人間の性格、記憶、技能、履歴がキャプチャされる〟

自分の解釈は合っているのだろうか？　カーツワイルは人間の心がアップロードできるようになるといっているのだろうか？　ジュリアは《コモンセンス》に投稿されたもの、この危機的状況のきっかけになったものを思い起こした。あのコードの一部がカストロ暗殺と結びつけられている現状を見れば、シンギュラリティは新手の殺傷兵器なのだろう。ひとりの人間（あるいは集団）を標的にできるし、カストロの場合のように、心臓を止めるなどして殺害することもできる、人を支配する道具だ。しかし、それが人を支配するだけの道具でないとしたらどうか？　人間の心をアップロードできれば、永遠に生きられる。シンギュラリティが破滅ではなく救済だとしたら？　人々をよみがえらせられるとしたら？　ジュリアはさらに読み進めた。読み進めるにつれて、母のことを考えた。ふたりのあいだにわだかまりを残したままにしていたことを思い出した。別の思いも、ゆっくり浮かびはじめた。実の両親はどうか？

ちょうどそのとき、電話が鳴り、海兵隊本部から動員令が発せられた。オンラインの交信記録《チャター》からすると、五、六団体、合計何千人ものトゥルーサーズのデモ隊が、ワイズカーヴァー議長との連帯を示そうとワシントンに押し寄せる段取りができているようだった。緊急の下院議会に先立ち、海兵隊が治安維持のために議事堂の近くで根拠地を設営することになった。兵舎の海兵隊はほかの連邦軍部隊とちがい、大統領が反乱法を発動しなくてもワシントンDC内に派遣できる。ジュリアの名付け親は大統領に反乱法を発動しないよう一貫して口うるさく進言してきた。トゥルーサーズとドリーマーズの政治的緊張が高まっているなかで、大統領が反乱法を発動し、トゥルーサーズが多数を占める州に連邦軍を派遣したりすれば、軍部内にまで分断が生じ、トゥルーサーズ側を支持している制服組が命令にしたがわなくなるかもしれない。

要請が入ってから数分内に、ドーザー大佐が現れた。ジュリアは状況を報告したが、報告することはあまりなかった。ドーザーは警戒した様子でジュリアとの距離を保っていた。運悪く兵舎に戻ったとはいえ、ジュリアにはまだ上層部に友人がいる、とにかく今はまだ残っていることを理解しているのだ。ドーザーにとってはあいにくだが、ジュリアを政権内に閉じこめておけず、自身が束ねる三個中隊のひとつの指揮をジュリアに委ねるしかなくなった。士官不足だった。三個中隊のうち、ふたりの指揮官がデモ関連事件で捜査されていた。ひとりの指揮官にいたっては、トゥルーサーズの集団が財務省ビルのフェンスをよじ登ろうとしていたとき、海兵隊員に実弾を撃てとさえ命じた。数日前、《コモンセンス》が遠隔遺伝子編集に関する情報報告書をリークした夜の事件だった。デモ隊の三人が死んだ。だが、シャーマンの場合と比べたら、まったく騒がれなかった。大衆が暴力に慣れてきているようにも感じられる。

それで、戦没将兵追悼記念日の午前六時を回ったころ、兵舎のゲートが勢いよくあいた。完全装備――ボディアーマー、ヘルメット、フェイスシールド、暴徒鎮圧用の盾、すね当てを身につけ、ライフルを胸の前で斜めにかけ、警棒を脇に留めている――で二列縦列の海兵隊部隊が、八番ストリートを行進し、右折し、さらに北へ向かい、リンカーン・パークを目指した。ドーザーは先頭だった。ジュリアの中隊はドーザーの中隊のうしろについていた。彼女は中隊の先頭にいた。計三百人近くの海兵隊の真ん真ん中だった。

二〇五四年五月二五日　10：12（GMT05：12）
トロピカーナ・ホテル

あと一日ホテルで休む。二日になるかもしれない。それだけ休めば、長旅を締めくくる力を絞り出せるだろう。フェリー・ターミナルに着いたのは二日前だが、静かな到着とはならなかった。それは意外ではなかった。意外だったのは、タンダヴァ・グループのかつての従業員、リリー・バオが待っていたことだ。しかも、B・Tとかいう男と、かしこそうで魅力的な彼のガールフレンドまでいた。その三人は、カーツワイルを探したいから来たとチョードリにいった。

くたびれる長旅ではあるが、この三人にマナウスで邪魔されなかったら、そのまま上流への移動を続けていたかもしれない。まだ彼らの正体が判然としていない。ニューデリーのネットワークに連絡して探らせるよう、一応アシュニに頼んでおいた。そして今朝、アシュニがベッド脇の椅子に座り、生命徴候（血圧、体温、呼吸数など）を確認するかたわら、集まった情報を前にふたりで話し合った。

「上が一七二、下が一一〇」アシュニがいい、上腕に巻いた血圧計のマジックテープをはがした。「きのうよりはましだけど、まだ高すぎる」

チョードリはやっとのことで起き上がった。袖を下ろし、カフリンクを留め直した。

「こんなところにいても体がよくならない。カーツワイルを探し出さないと」

「横になって、バブ」アシュニがいった。彼女の《ヘッズアップ》がメールを表示すると、彼女はホログラフ・スクリーンをスクロールした。

「何か入っていたか？」

「何も」アシュニが部屋を横切ってトレイの前に行き、冷たい皿からひと切れのベーコンをつまみ上げた。

「それはやめておきなさい」チョードリはいった。「気をつけていないと、私と同じようになるかもしれないぞ。同じ遺伝子を持っているのだから」

父と同じ心臓を持っていると思って、がっかりしているように見える。アシュニはゆっくり息を吐き、手の甲で目をぬぐった。チョードリは人の感情をうまく制御できたためしがない。自分の娘となればお手上げだった。二〇年前にガルヴェストンで亡くなったアシュニの母親、彼の前妻のことを思い出した。アシュニはずっと母を亡くした悲しみを背負ってきた。「ひとつだけ、腑に落ちないことがある」チョードリは娘にいった。

「何？」アシュニがベッドの足下に腰かけた。

「フェリーのマノロ船長は、実のところカーツワイルに会ったとはいっていない。川の上流でひとりの女を降ろしたから、カーツワイルがどこにいるのか知っているといっただけで、その女を乗せて川を下ったとはいっていない」

「その女の人がサラ・ハントだということ？」

「そこがわからない」チョードリはいった。「サラ・ハントはアメリカで自分の命を絶った。カーツワイルのところに行ったという女は、カーツワイルのもとを離れていない。何者なのか？」

「そんなに重要なこと？」

「かもしれん」

「その女の人のことを、ここにいた三人にもいった？」

「いや」チョードリはいった。「いうつもりもない。今のところは。カストロを殺害した人間、あるいは〝もの〟が、上流にいる。彼を殺したものを探し出せば、私の命が救われるかもしれない」

「連絡もしないで行くことになるけれど、それがうまいやり方だと思う？」アシュニが訊いた。「カーツワイルがカストロを殺したのだとしたら、訪問客を歓迎するとは思えない。それに、殺したのがカストロだけにとどまらないとしたら？」

「何をいっているんだ？」

「マノロがいっていたというその女の人だけど、その人も《コモンセンス》の背後にいるとしたら？　その人がサラ・ハントの死にもかかわっているかもしれない。わからないわよ」

「たしかにな」チョードリはいった。「わからない。実をいえば、ひとつだけ確実にわかっていることがある。カーツワイルを探し出せなければ、私が死ぬということだ」

反論の余地がない結論を聞いて、アシュニが沈黙した。父のベッドの脇にしばらく腰かけ、考えたあと、立ち上がって部屋を横切った。かばんのなかを手で探り、心電計《EKG》モニターを持って戻った。テレビのリモコンよりひと回り小さい機器だ。今度は別のテストだった。アシュニはそれをチョードリの膝に載せた。「さあ、バプ。どんな調子か見てみましょう」

チョードリはミニチュアのピアノを弾くかのように、機器の上に指を置いた。生命徴候がアシュニの《ヘッズアップ》に表示されるとき、肩の力を抜こうとした。

一分がすぎた。EKGから大きな電子音が鳴った。

アシュニが眉根にしわを寄せて結果を読んだ。

「どんな感じだ？」チョードリは訊いた。

「よくなってる」アシュニがいった。

「何と比べてだ？」

「きのうと比べて」

「頃合いだ」チョードリはいった。「明日ここを出よう」

「すぐよ」アシュニがいった。「すぐに出ましょう」

二〇五四年五月二五日　10：52（05：52）
リンカーン・パーク

装備を身に着けた海兵隊員が足並みをそろえて行進するときのカタカタという音が、キャピトルヒル住宅地の軒続きの家々と歴史ある煉瓦敷きの歩道に響き渡った。今日、何かが起こる。ジュリア・ハントにはわかった。うしろの海兵隊員の険しい表情からすると、彼らにもわかるのだろう。指揮を取ってまだ一週間ということもあり、ジュリアは部下の名前を覚えるのに苦労していた。

はるか昔、この歴史的な地区には地役権が設定され、リンカーンの時代からほぼ変わらない姿を保ってきた。今日、ジュリア・ハントは部下を率いて戦闘に突入するかもしれない。ただ、戦う相手は思い描いてきた敵ではない。ずっと以前、アナポリスの兵学校で誓った、〝国の内外を問わず、すべての敵から憲法を守る〟という就任の宣誓文が頭のなかでぐるぐる回っていた。重視されていたのは、つねに国外の敵であり、国内ではなかった。母のサラは南北戦争の二〇年以上も前にリンカーンがした演説が好きだった。その演説で、リンカーンはこう宣言している。〝ヨーロッパ、アジア、アフリカの軍勢をすべて合わせ、地上のすべての宝物（我が国のものは除く）を軍資金にし、ボナパルトに指揮をとらせたところで、千年試みても力づくでオハイオ川の水を飲むことも、ブルーリッジ山脈に足を踏み入れることもできはしない……破壊がわれわれの運命なら、われわれがその創造主となり、終わらせるものになるよりない。われわれは自由の民として、あらゆる時代を生き、自分の手で死んでいかなければならないのだ〟。ジュリアの目に映るアメリカは、国家の体《てい》をなさず、自分の手で死んでいくように感じられている。

リンカーンの名を冠した公園の中央には、かつてこの第一六代大統領の像があった。フリードマン記念碑ともいわれ、鎖につながれて地面にひざまずいている男を解放するリンカーンが、銅像の形で表現されていた。かつての奴隷たちだけから集まった資金により、リンカーンが暗殺された一〇年後に建てられたが、のちの世代になると、奴隷だった男が卑屈な姿勢を取っているという理由で論争の的になった。以来、記念碑撤去を求める要求が定期的に出てくるようになった。カストロ大統領が就任すると、公的記念碑委員会がフリードマン記念碑を含む国有地のすべての像について再検討し、同記念碑の解体が僅差で採決された。今では、リンカーンと彼が解放した男がかつて載っていた台座だけが残っている。

　海兵隊が公園の周囲に広がり、ドーザーはこの花崗岩の台座の下に指揮所を置いた。ジュリアと、もうひとりの中隊指揮官のバーンズ少佐に無線を入れ、指揮所に呼んだ。下士官海兵隊員からのたたき上げであるバーンズは、ドーザー大佐より長い軍歴を積んできた。二〇年前のスプラトリー諸島の戦いでは、伍長として中国軍と戦った。身長六フィート（一八三センチメートル）をゆうに超え、筋骨たくましい堂々たる巨軀だから、目立つ式典参列の任務にも申し分ない典型的な兵舎海兵隊員だ。しかし、玉に瑕《きず》がひとつある。顔だ。スプラトリー諸島の戦いで顔に傷を負ったのだ。三角州を切り裂く数多くの支流のように、額から両頰までいくつもの裂け目が走っている。前妻が六歳の息子とメリーランド州の東海岸で暮らしている、とジュリアは聞いていた。バーンズは息子とすごす時間を増やそうと、兵舎勤務の希望を出していた。バインダー一冊分の希望撤回を経て、見苦しい傷跡があっても、希望はやっとのことで承認された。ジュリアはバーンズの物静かな物腰が好きだった。バーンズはたいていひとりでいて、口をひらいても、ひとことだけのことが多く、ときどき文章になることはあっても、パラグラフまで長くなることはなかった。ドーザーが――バーンズより若く、実戦経験もないからか――あからさまにバーンズにびびっているのもよかった。

ジュリアは黙ったままバーンズと並んで立ち、台座に埋め込まれた銅の銘板の文字を読んだ。〝最初の寄付である五ドルはシャーロット・スコットによってなされた。解放されたバージニア州の女性が自由の身になってはじめて稼いだお金であり、リンカーン大統領の訃報を聞いた日に、彼女の提案と要請により、非業《ひごう》の死を遂げた大統領の記念碑を建てるために捧げられた〟

「おもしろい」バーンズがいった。

バーンズも銘板を読んでいたことに、ジュリアは気づいていなかった。「何が?」

「リンカーンは暗殺され、銅像を建てられた。カストロはその銅像を解体した。そして暗殺された。おもしろい」バーンズはもっと広範な見識にもとづく見解を披露しようとしているかのように言葉を切ったが、そういったことはなく、カーゴ・ポケットに手を入れてコペンハーゲンの缶を取り出し、ひとくち分の噛み煙草を指ですくい、下唇の内側に押し込んだ。そして、糸を引くような汚い茶色の唾液を舗装された地面に吐き出した。「たしかに」バーンズがいった。「おもしろい」

ドーザーがジュリアとバーンズを身振りで呼び寄せた。三人はドーザーが自分の装備から取り出したタブレットを見た。上空のドローンから公園のライブ映像がタブレットに送信されていた。ドーザーが映像を解説しつつ、指示を出した。「ワイズカーヴァー議長は一時間以内に下院議会で演説することになっている」彼がいい、時計を確認した。「午前中ずっと、トゥルーサーズのデモ隊がワシントンDCの各地に散らばっていた。号令が出れば、彼らは数分のうちに支持者を議事堂に集められる。したがって、われわれも準備を整え、適切な位置についている必要がある。ハント少佐、きみの中隊には予備隊として、ここ、公園中央にいてもらう。バーンズ少佐がこ こと、ここと、ここのバリケードに兵員を配置し、いつでも支援できる態勢を整えておく」そういいながら、ドーザーが指先で地図を示した。バーンズ少佐麾下《きか》の各小隊を、議事堂正面から危険なほど離れた位置に配置するつもりのようだった。

バーンズが地図に目を落とし、眉間にしわを寄せ、ひとこともいわずに、上官に示された位置とはちがう位置を自分の指で示した。

「わかった」ドーザーがいった。「その位置でもいいだろう。質問は？」

ジュリアはいった。「ありません」バーンズはただ首を横に振った。

一時間がすぎ、二時間がすぎた。海兵隊員たちはカーゴ・ポケットに詰め込んできた携帯糧食で昼食をとった。ワイズカーヴァーは、票決に必要な数の議員が集まりしだい、議場に入ることになっている。午後になるまで必要最低限の議員は集まらなかったが、やがて集まった。海兵隊員は持ち場で二、三人ずつ身を寄せ合い、投票のライブ映像を見ていた。午前中は車も人もあまり出ていなかった通りが、今ではほとんど空っぽになっていた。

二〇五四年五月二五日　13：40（GMT09：40）
トロピカーナ・ホテル

B・Tは自室のドアをあけ、廊下に首だけ突き出した。「まだ出てる？」ミチが訊いた。ミチは室内のツインベッドの足下で右膝を胸に着けて座っている。退屈しのぎに、二日で二度目のペディキュア塗りをしている。

B・Tにはよく見えなかった。デッドボルトを出し、自分が外に出たあとでドアが勝手に閉まらないようにしてから、廊下の少し先まで走っていくと、それが見えた。〝DO NOT DISTURB〟のサインが、ドクター・サンディープ・チョードリが娘と泊まっているジュニアスイートのドアノブにまだぶら下がっていた。

B・Tは急いで部屋に戻った。

「まだ出てる」

「もう二日だけど。体力の回復が必要なのはわかるけど、ちょっとかかりすぎよ」

B・Tは何をしたらいいのかとミチに訊いた。

「ドアをノックしてきてよ」

B・Tは酸っぱいものを口に入れたかのように、渋い顔をした。「自分で、ドアをノックすればいいじゃないか？」

「手がふさがってるから」ミチがいい、まだ塗っている途中の足の指に視線を向けた。

B・Tは息を吐き、あと一時間待とうと提案した。

「いいわ」ミチがいった。

B・Tはテレビをつけた。

ミチが音を低くしてほしいといった。

B・Tは音を低くしないで、スイッチを切った。「サラ・ハントはどうして自殺したのかな？」彼は唐突に訊いた。

まだ塗り終わっていない指が三本残っているのに、ミチはペディキュア液のキャップをひねって閉めた。「どうしてそんなことを訊くの？」

「その話をまともにしたことがないから」

「そうだっけ?」

B・Tはそうだと首を横に振った。

ミチは体を起こし、ベッドの端っこで上体をぴんと伸ばしていた。「そうね、カーツワイルとの協力にのめり込みすぎた。それが理由だと思う。阿川博士がカーツワイルから離れるようにいわれたとき、その仕事なしで生きていくのがつらすぎたとか。限界に達したのよ。だれにだって限界はある。そう思わない?」

「そう思わないって?」B・Tは訊いた。

「だれにだって限界はあるってこと」

「ああ、だれにだって限界はあるだろうね。でも、限界に達したからといって、サラ・ハントが自殺するとは、ぼくには思えない。二度の核攻撃を命じて、上海と深圳《しんせん》を消滅させた女《ひと》だ。何百万人もが、パッと一瞬で消え去った。そんな負い目を背負って何年も生きてきた。そんなの背負う気持ちが想像できるか? だから、ちがう。阿川博士にたしなめられたくらいで、自殺願望の螺旋《らせん》階段を駆け降りていくとは思わないね」

「なるほど」ミチがいった。「それなら、どうして自殺したの?」

「わからない……ただ、どんな理由だったにしろ、カーツワイルと一緒にいて見聞きしたことと関係があるはずだ」B・Tは両足をベッドから床に投げ出した。ミチに顔を寄せ、目の高さを同じにしていった。「あの川をさかのぼったところに何があるのかは知らないけど、カストロを殺したものがそこにある。サラ・ハントも殺したのかもしれない。そう思うと怖い。きみは怖くないのか？」

ドアがノックされ、ふたりの話をさえぎった。リリー・バオだった。

「ここで何をしてるの？」彼女が訊いた。

「待ってる」ミチがいった。「ドクター・チョードリと娘さんが〝DO NOT DISTURB〟のサインをドアに出しているから」

「いいえ、出てないわ」リリーがいった。

B・Tは廊下に出た。サインがなくなっていた。

「アシュニと話した」リリーがいった。「アシュニとお父さんをここまで乗せてきたフェリーの船長と、上流へ向かう話をつけたそうよ」リリーがベッドの足下のリモコンを手に取り、テレビをつけた。アメリカ海兵隊が議事堂を確保している映像がちらりと流れた。スクリーン下部のテロップには、下院の緊急議会の説明が出ていた。リリーはしばらく部屋にとどまり、テレビを見ていた。「こんなことになった原因のようなものが、上流で見つかることを期待しましょう」リリーがいい、自室に戻っていった。

B・Tはテレビのスイッチを切り、ぶらりとチェストに歩いていった。スーツケースを出し、持ってきたものを詰め直しはじめた。ミチは両膝を体に引き寄せてベッドに座ったまま、B・Tを見ていた。やがて、いった。「さっき訊かれたことに答えていなかったわね」

「何て訊いたっけ？」B・Tは部屋の中央に立って、顎と胸でシャツの襟をはさみ、袖を折り畳んでいた。

「上流でどんなものが見つかるか、怖くないかって」

「それで？」

「怖い」ミチがいった。「ものすごく」

二〇五四年五月二五日　13：41（GMT08：41）

リンカーン・パーク

ワイズカーヴァーはすぐには姿を見せなかった。議場の奥から、ドリーマーズ側の議員席に座っていた女性の一年生議員が発言を求めた。ニューメキシコ州の選挙区で選出された議員だ。同選挙区は歴史的に民主党候補者が選出されていたが、一〇年以上前にカストロがはじめて政権の座に就くと、多くの選挙区と同様にドリーマーズ側に転向した。彼女はわりあいに若いというのに、する必要のない無駄な説明に明け暮れるできの悪い学校の女教師のように、悲しげな目をしていた。

その日の立法手続きはまだはじまっておらず、今後もワイズカーヴァーが到着するまではじまらないので、この時間を使って一分間の短い演説をした。彼女であっても、ほかの議員であっても、その日の公式議事がはじまる前にひとりの議員に割り振れるのは、最長で一分間というのが決まりだった。もっとも、一分もあれば充分だろう。伝えることは簡単なのだから。彼女は感情をまじえず、ポケットから取り出した一枚の紙を見て発言した。「この戦没将兵追悼記念日前の週末、わたしは〝カストロ大統領暗殺に関する超党派委員会〟、別名ワイズカーヴァー委員会報告書を隅から隅まで読みました。道義上、このような大統領に率いられた政党の一員として、このまま議事に参加することはできません。この立法府にスミス大統領に対する弾劾手続き、そして、刑事事件としての速やかなる捜査を要請します。また、今このときから、アメリカン・ドリーム党の党員としての地位を捨て、無所属を宣言し、今後は民主共和党集会に参加します」

彼女は紙を折畳み、ジャケットのポケットに戻した。墓の前で祈りを捧げるときのように、一瞬だけ動きを止めた。きびすを返したときには、数十人のドリーマーズ所属議員がうしろに列をなしていた。そのひとりひとりが演台に立ち、まったく同じ文面を読み上げ、各自の席に戻っていった。

ジュリア・ハントは、C-SPAN（議会中継で有名なケーブルテレビ・チャンネル）にチャンネルを合わせた《ヘッズアップ》で海兵隊員ふたりとリンカーン・パークでこれを見ていた。しばらくすると、一緒に見ていたひとりが、どんな状況かと訊いてきた。「ドリーマーズの議員が離党している」ジュリアはいった。ふたりの若い隊員がぽかんとしていたので、さらに続けた。「だれかが彼らを抱き込んだようね。所属政党を変えるといっている。これですべてが変わる」

すると、ワイズカーヴァーが議場に入ってきた。

議長席に向かってゆっくりと歩いていく。予約がなかなか取れないレストランのお気に入りのブース席に着こうとしているかのようだ。最後の離党議員が席に戻ると、ワイズカーヴァーが小槌を打った。そして、開会を宣言した。この日の議事の時間だ。

ワイズカーヴァーも上着のポケットから一枚の紙を取り出して、話しはじめた。ゆっくり時間を使い、これから発言する内容を最後にもう一度たしかめた。万年筆のキャップをはずしさえし、単語をひとつ横線で消し、代わりに別の単語を書き、これ見よがしに万年筆のキャップをつけた。その間《かん》だれも話をしなかった。最後の最後で書き直しは、文言の校正ではなく、ちょっとした政治の小芝居だ。この立法府を完全に支配しているから、好きなだけ時間を使うことができることを示したにすぎない。

「われわれの大統領は」ワイズカーヴァーは話しはじめた。「亡くなりました。ほかに大統領はいません」しばらく聴衆に目を走らせ、まだ与党側にとどまっている数少ない議員を視線で射ぬいてから先を続けた。「現在の政権を握っているのは、言葉を選んでいっても怠慢職務によりその資格のない者たちであり、選ばずにいうなら暗殺を共謀した者たちであります。現政権はちがうというでしょう。悪意を秘めた勢力がカストロ大統領の命を奪ったのだというでしょう。彼らは得体のしれないウェブサイトにアップロードされたいかがわしいコードが悪いのだといいつつ、自明の事実を見ないでほしい、隠蔽を忘れてほしい、アメリカの人々についた下劣で露骨な嘘を忘れてほしいといっているのです。われわれはそんな嘘を忘れることはなく、証拠も手放しません！」

ワイズカーヴァーが演台の下に手を伸ばした。厚さが数インチ（一インチは二・五四センチメートル）もある書類を取り出した。あらかじめスタッフに用意させておいたのだろう。彼の委員会が作成した報告書だった。ワイズカーヴァーはそれを武器のように振り回し、左から右へ議場全体を掃くように動かしつつ、さらに大きな声で続けた。「スミス大統領は、カストロ大統領が死んでもっとも大きな利を得たのがほかでもない自分自身だという事実を考えないでほしいとさえ、みなさんにいっているのです。共和国である我が国が夢《ドリーム》としてはじまったことにちなんで、彼らはドリーマーズと自称しています。建国の父によって想起され、何世代ものアメリカ人の精力と犠牲によって現実となった夢です。しかし、夢が事実ではなく、虚偽に根を張っているとき、その夢は悪夢になるのです。まず真実《トゥルース》を。夢《ドリーム》はその次なのです」

ワイズカーヴァーが目の前の透明なグラスに入った水をひとくち飲んだ。この中断——沈黙——を使って、ドラマチックな効果を出した。それが議場から低い肯定のつぶやきを引き出し、支援者たちが互いに顔を見合わせ、彼が最後にいったふたつの文を繰り返し、完璧な——入念に仕組まれた——結果が生じた。〝まず真実《トゥルース》を。夢《ドリーム》はその次〟

ワイズカーヴァーが片手を上げた。議場に沈黙が戻った。「われわれの政府は真実《トゥルース》を求める道具を与えます。その道具の使用を私はためらってきました。今にいたるまで。両党の同僚の決意は」——ワイズカーヴァーが、最初に転向したニューメキシコ州選出の女性議員を身振りで示した——「そうした道具を使う勇気を与えてくれます。この数カ月のあいだ、われわれの委員会で事実の調査を行なってきました。下院議会が適切な証拠をすべて集め、第一条で定められた権限をあますところなく行使すべきか考えられるように。今日、憲法で規定されているもっとも重要な手段を行使することを宣言いたします。今日、スミス大統領に対する弾劾の条項をご照会します」

「来たぞ」ジュリアの横に立っていた海兵隊員のひとりが、生中継を見ながらいった。軍人の家系に生まれた男にありがちな、現実を見据えたもの悲しい語り口だった。弾劾条項によって、現在進行中の危機がエスカレートすることは、だれかに教えてもらわなくても、みんなわかっていた。暗殺の実行犯が動かしがたい犯罪の証拠を持って当局に出頭したとしても、カストロの死をめぐる誹謗中傷合戦のほうが、暗殺そのものより国に悪い影響を及ぼすだろう。ジュリアには、それがはっきりわかる。大統領が殺されるとき、アメリカの未来像《ビジョン》も一緒に死ぬのだ。

はじめは聞き取れなかったが、公園の反対側のイースト・キャピタル・ストリートのほうからシュプレヒコールが上がった。ジュリアが携帯していた無線機経由で、ドーザーが彼の位置まで後退するよう命じた。切迫した声音だったので、ジュリアは素早く移動した。ジュリアが駆けつけたとき、ドーザーはドローンのライブ映像と議場の映像を同時に見ていた。ドーザーの目が一方からもう一方へ、不安そうに行き来している。下院議員たちが投票していた。C‐SPANの〝賛成〟対〝反対〟の票数掲示板が疑う余地のないほど〝賛成〟に傾いている。弾劾条項は通過する。また、ライブ映像側には、どこからともなく現れたかのような、人の群れが映し出されていた。とんでもない大群衆が、ジュリアが見たこともないほどの大群衆が、議事堂に向かって移動している。ジュリアの予想に反して、西側からモールを通って近づいてくるのではなく、東から押し寄せていた。彼らの行く手を阻むものは、海兵隊二個中隊だけだった。

ジュリアにはまだ群衆は見えないが、音はよく聞こえていた。聞き取れなかったシュプレヒコールがはっきり聞こえるようになってきた。数千人の声が融合している。「まず真実《トゥルース》を！　夢《ドリーム》はその次！」群衆が一斉に声を上げている。ドーザーのポケットの奥底にしまってあった携帯電話が鳴り出した。ドーザーがきびきびした声で「はい」と応答した。完全に一方方向の通話だった。ドーザーはその短い返事を繰り返すだけだった。指示を受けたとき、目を見ひらいたが、やはり同じ返答をした。

今、事態は急変していた。バーンズからの無線連絡が入った。彼は冷静に状況を説明した。「少なくとも数千の群衆です。われわれの手には負えません。過激なものではありません。今のところは。通したほうがいいと思われます」

「だめだ」ドーザーが行った。「だれひとりこの公園を通過させてはならないという指示だ」そういうと、まるでイエス・キリストの聖なる遺骨の守護者にでもなったかのように、険しいまなざしを電話に向けた。だれからの電話だったのか、ジュリアには想像するしかなかった。トップにかなり近い人物だろう。大統領その人ではなくても、危機のときに大統領が頼りにできる人物だ。おそらく、ジュリアがいくら電話しても折り返してくれない名付け親だ。腹の奥底で怒りが沸々とたぎりはじめた。

バーンズがまた無線で連絡してきた。「群衆が私の位置に集まってきています。押しとどめておけません。退却の許可を求めます」

ドーザーがライブ映像を見た。声を殺して悪態をつき、バーンズに許可を出した。各中隊を配置する際、距離をあけすぎたのだ。三個中隊を一列にして、群衆を食い止めるように公園を分断するしかない。

海兵隊員は二、三人でひと組となり、バレエのように精確な動きで防御線を後退させた。そして、防護盾の後ろで肩を寄せ合った。群衆は東端から公園に突入して西へ進み、海兵隊の防御戦に向かって、そして議事堂に向かってまっすぐ迫ってきた。両陣営を隔てているのは、五〇ヤードの草地だけだった。

そこで、群衆が動きを止めた。

議事堂内では、最後の一票が数えられようとしていた。

弾劾条項は通過した。

群衆から耳を聾《ろう》する歓声が沸き起こった。トゥルーサーズ――タクティカル・ギアに身を包んだ民兵組織の中核グループ、旗やプラカードを持った政治活動家、スリルを追い求める若者の混成部隊――が、「まず真実《トゥルース》を！　夢《ドリーム》はその次！」とまたシュプレヒコールを上げ、それを何度も何度も繰り返し、小気味よいリズムの歌に仕立て、その歌に合わせて即興のジグのようなものがはじまった。彼らの抗議――アメリカ合衆国の大統領の正統性という重大問題に関する政治的意思の表出――は、午後のテールゲート・パーティー（フットボールの試合前に駐車場でステーションワゴンのテールゲートをあけて行なう飲食物を振る舞うパーティー）のような雰囲気を醸《かも》していた。

ドーザーは風変わりな光景がうまく飲み込めなかった。海兵隊の防御戦の背後で心配そうに行きつ戻りつを繰り返していた。そのとき、四人の若いデモ参加者が、だれもいない空白域に走ってきた。「用意！」ドーザーが叫んだ。この指示を聞いて、顔を引きつらせる海兵隊員もいた。何を用意するのかよくわからなかったのだ。走ってきた若いデモ参加者がシャツを脱ぐと、それぞれの体に、青い縁取りのある赤字でひとつの文字が書かれていた。

「ルース《ＲＵＴＨ》」ドーザーがいった。「ルースというのはいったい何者だ？」

ドーザーのうしろにいたバーンズがいった。「大佐、それは――」

ドーザーがバーンズの言葉をさえぎった。「あいつらがこのくされ空白域を突っ切ってきたら、おれは――」

群衆の奥から五人目のデモ参加者が飛び出した。未舗装の地面に足を取られてよろめいた。ぎこちない足取りで、ほかの四人と並んだ。スーパーヒーローのような派手な動きでシャツを脱ぎ去り、胸に描かれていた巨大な〝Ｔ〟の文字を見せた。群衆からやかましい歓声が沸き起こった。〝真実《ＴＲＵＴＨ》〟のアルファベット男五人は、囃《はや》し立てられて、決勝戦のフィールド内に飛び降りてストリーキングでもしているかのように、海兵隊とデモ隊のあいだの空白域でふざけ回っていた。ドーザーが重装備の海兵隊員に五人を捕縛するよう命じると、五人がバラバラになって海兵隊員から逃げ、また並んで〝ＴＲＵＴＨ〟となったりと、派手な見せ物になった。

ドーザーは恥ずかしさのあまり困り果て、もう耐えられないと思った。「バーンズ、ハント！」彼は大声で命じた。「非殺傷弾を使え！」

ジュリアは、部下たちがそわそわした様子で、ゴム弾が装塡《そうてん》されたライフルを見ていることに気づいた。腰に取り付けてあるガスマスクにおずおずと手を伸ばしている。

「大佐」ジュリアはいった。「ほかの手段を――」

「指示が出ている」ドーザーが語気鋭くいい、電話を持った手を振り上げた。「非殺傷弾を使え」

「だれの指示ですか？」バーンズが割って入った。

意地の悪そうなにやつきがドーザーの顔に広がった。バーンズがまんまと罠にはまったとでも思っているかのようだった。「アメリカ合衆国大統領から直々の指示だ」

「大統領がその電話で指示を出すのですか？」

ドーザーが敵意もあらわに目を細めた。「大統領の首席補佐官からだ」

バーンズがジュリアに顔を、ドーザーには背を向けた。そのひとつの身振りだけでも、ドーザーの権威ばかりか、彼が代弁する上からの権威までも否定しているように感じられた。「ここに集まっている人々は違法なことはひとつもしていない」バーンズがジュリアにいった。「憲法は平和的な集会の権利を保障している。不法な指示にしたがういわれはない。政権の座を追われる手続きに入っている大統領の指示なら、なおのこと。おれはこの群衆に銃口を向けるつもりはない。絶対に。ありえない」

一度にこれほど長い話をするバーンズを見たのは、ジュリアの知るかぎりこのときがはじめてかもしれなかった。そういうと、バーンズはヘルメットをはずし、ライフルを背中に回した。

ジュリアも同じことをした。

ドーザーがさらなる指示を出したり脅しをかけたりする前に、防御線のあちこちの海兵隊員が続いた。ヘルメットがはずされた。ライフルがうしろに回された。

トゥルーサーズのデモ隊から歓声が上がった。

さっきシャツを脱いで、胸に燦然《さんぜん》と輝く〝T〟を見せつけた若い男が、真っ先に空白域を突っ切った。塩ビパイプに星条旗をくくり着けたものをしっかりつかんでいた。旗が風に打たれてバタバタとなっている。彼のうしろから、ほかのデモ隊の大群が押し寄せた。そして、たちまち海兵隊員に合流した。第二次世界大戦時のワンシーンのように、一緒に写真を撮ったり、抱き合ったりしていた。海兵隊が占領軍から彼らを解放してくれたかのようだった。ジュリアはこの大混乱のなかで、すぐにバーンズの行方を見失った。最後に彼の姿を見たときには、群衆の肩に担がれていた。スポーツの試合でヒーローとなったかのように、議事堂へと運ばれていった。ドーザーの姿も見えないが、近くにいるのはわかっていた。彼の電話の呼び出し音が聞こえている。

ジュリアがかつてのフリードマン記念碑の台座の下にいると、胸に〝T〟を書いた若い男がジュリアに目を留めた。まだ星条旗をつかんでいたが、銅像がなくなった台座に軽々と飛び乗った。そして、上からジュリアを見下ろし、呼びかけた。「来いよ！」彼がいった。「ここに上がってこいよ！」

ジュリアはためらった。

「来いって！」

ジュリアは登りはじめ、手がかりをつかみ、足で台座を蹴った。だが、装備が重すぎた。手がかりや足がかりが足りず、すぐにあきらめた。だが、若い男はあきらめさせなかった。上から鼓舞し続けた。「がんばれよ！　こんなのなかなか見られないぜ！」ジュリアは装備をはずし、ボディアーマーを脱ぎ、ライフルを台座の根元に置いた。男が手を下に伸ばした。その目ははっきり見ひらかれ、澄みきっている。重荷を下ろしたジュリアは登りはじめ、すぐに台座の上にたどり着いた。

若い男の手を握りしめたまま、ジュリアはそこに立った。すると、男は勝ち誇ったように握った手を頭の上に掲げ、もう一方の手で、ずっと持っていた旗を振った。眼下では、一面を埋め尽くす群衆が、西へ押し寄せる洪水のように議事堂へと流れていく。ジュリアは男に顔を向けた。男は喜びの雄叫びをあげた。いかれてたがはずれたような表情が浮かんでいる。ジュリアは自分の顔にも同じ表情が浮かんでいることに気づいた。
こんな高いところに立っていると、不意に高所恐怖症になりかけているような気がした。街、群衆といった眼下に広がるものすべてが、ここにいると、台座に立っていると、まったく別物に見えた。

二〇五四年五月三〇日　22：12（GMT17：12）
ウォーターゲート・レジデンシズ

ジェイムズ・モハマドは自分のアパートメントで二台のテレビを見ていた。一台目はニュースだった。二台目のスクリーンは四分割され、四カ所の定点ライブ映像が流れていた。アパートメントのロビー、二基のエレベーター、そして、隣に住むジョン・〝バント〟・ヘンドリクソン退役提督と共通の廊下の四カ所だ。

趙錦と国安部の同僚は、ウォーターゲート・レジデンシズでだれも入居していなかった、寝室がひとつだけのアパートメントを短期で借りる契約を結んでいた。モハマドがヘンドリクソンに近づき、こちらの条件を提示する手はずだ。弾劾関連の公聴会がはじまり、スミス政権は炎上していた。そんな状況で、モハマドはこれからヘンドリクソンに出口戦略を示す。彼はアパートメントにいて、斜陽のスミス政権内で、また一日、憂鬱な業務を終えて戻ってくるヘンドリクソンを待っていた。

〝斜陽〟という表現はやさしすぎる、とモハマドは思った。〝内部崩壊〟のほうが実情に近い。一方のテレビで流れているニュースが、おおよその内部崩壊ぶりを伝えている。ワイズカーヴァーが弾劾条項の発動に成功したことは、スミス大統領と彼のスタッフには寝耳に水だった。スミス自身の政党内にどれだけ深い失望が生じているか、スミス政権は理解していなかった。ワイズカーヴァーの勝ちは不可避に見える。

しかし、スミスは上院でも確実視される〝有罪判決〟を受け入れようとしなかった。トゥルーサーズが議事堂に向かってデモ行進したとき、近くに駐留している海兵隊が、デモ隊を食い止める手段として非殺傷弾の使用さえ拒み、役に立たないことが明らかになった。海兵隊が兵舎に戻ったあと、大統領は戻った海兵隊員をすべて逮捕し、軍法会議にかけると断言した。その後、反乱法を発動し、何万人もの兵員の首都動員を命じた。表面上、そうした兵員は首都の治安回復のために派遣される。だが、実際には、権力にしがみつこうと、スミス大統領が性懲《しょうこ》りもなく持ち出してきた政争の具になっていた。

ニュース番組のキャスターがスミスの最新の指令を紹介した。下院議会の一時閉鎖を含む政府機能を一時停止するという内容だった。ホワイトハウスの声明では、連邦政府の機能が回復されるのは、首都全土の治安が回復されたあとになるとされた。反乱法によって動員された兵員のうち、集まったのは約半数だけだった、とニュース・キャスターが指摘した。残りの半数がどこにいるのか、だれにもわからなかった。

「数万人ものアメリカ軍兵士が無許可離隊したかのようです」

モハマドはつかの間の興味だけでそのニュースを見ていた。彼にとってもっとも切迫した情報は、前日にリリー・バオから入っていた。

リリーは期待を超える働きをしている。B・Tの足取りも、すんなりとつかんだ。B・Tはミチという日本人女性と一緒に移動していた。モハマドがミチの名前を調教師《ハンドラー》に伝えたところ、博士論文（深海のクセノフィオフィラの分子研究）から、日本の研究振興局との関係まで、その女性に関する詳細なファイルが送信されてきた。研究振興局の主任研究員阿川公平博士はサラ・ハントとの関係もあった。サラ・ハントとつながっていたのなら、ヘンドリクソンともつながっているはずだ、とモハマドは思った。

リリーはドクター・サンディープ・チョードリも見つけていた。マナウスのフェリー・ターミナルでチョードリを出迎えたときの様子も、モハマドに伝えていた。チョードリは、リリーがタンダヴァ・グループ時代の部下だとすぐに気づいたが、リリーはチョードリがだれかほとんどわからなかった。ひげも剃っておらず、かなり痩せていて、難破事故から救出されたばかりのようだったという。

チョードリの体調が悪化の一途をたどっているのがわかり、リリーは心配になった。チョードリはとある施設の位置を知っていた。マナウスから半日ほど川をさかのぼったところにあり、サラ・ハントがアメリカで死んだあと、カーツワイルが移り住んだところだという。チョードリはそこまで移動するほど体力が回復していないから、リリーをはじめほかの者たちはトロピカーナのひと並びの部屋を借りて待っていた。もうすぐ最後の旅程に出発する、とリリーはモハマドに請け合った。モハマドは出発日時を教えるようさらに迫った。「ドクター・チョードリが出発できるようになったら」とリリーは答えた。ジェイムズ・モハマドはそれ以上何もいわなかった。

彼はセキュリティ・モニターに目を戻した。

一台目のカメラ映像にヘンドリクソンの姿が現れ、ロビーの滑らかな大理石貼りの床を横切っている。ふたりのシークレット・サービス・エージェントがアパートメント・ビルの正面で入り口を固めている。ヘンドリクソンはしわだらけのスーツの上着を脇に抱え、足を上げるのもたいへんなのか、足を引きずるようにして歩いている。

ジェイムズ・モハマドは急いでソファーから立ち上がった。広い歩幅で十数歩、アパートメント内を移動した。ドアの前に置いていた、古いブランケット二枚でぱんぱんに膨れたゴミ袋をつかんだ。ゴミ袋をダストシュートに捨てるついでに、廊下でヘンドリクソンを待ち受けるつもりだ。スパイ活動と、それに必要な技術など――モハマドはとうの昔に見透かしていた――今回と似たようなばかばかしい子供だましばかりの青くさい芝居であることが多い。片手でドアノブをつかみ、ドア枠に顔をつけてエレベーターの到着音に耳を澄まし、モハマドは待った。

ピン。

練習してきたせりふを伝える前に、ヘンドリクソンがなかに入ってしまったらまずいと思うあまり、モハマドは最初の数歩を急ぎすぎた。ヘンドリクソンは玄関ドアの六歩ほど手前を歩きながら、顔を下に向けて鍵束を探っていた。ジェイムズ・モハマドが足早にまっすぐ近づいてきても、ほとんど気づかない様子だった。「長い一日だったようですね？」

ヘンドリクソンがちらりと目を向け、弱々しい笑みを浮かべ、鍵穴に入れた鍵を回した。

「ものすごいプレッシャーを受けているのでしょうね」モハマドはヘンドリクソンの横で立ち止まり、メトロノームのようにゴミ袋を横にぶらぶらさせていた。

「お会いしたことがありましたかな？」

「共通の友人がいます」

「友人？」

ヘンドリクソンのドアがかすかにあいた。「入れてもらえませんか？」

ヘンドリクソンはまったく動かなかった。モハマドは付け加えた。「お好みならここで話してもかまいませんが、多少のプライバシーがあったほうが私たちにとってはいいかもしれませんよ」モハマドは天井を見上げた。

「とりあえず、われわれの共通の友人がだれなのか、教えてもらおう」

「シュライヴァーです」ジェイムズ・モハマドはいった。「失礼……シュライヴァー副大統領です」

ヘンドリクソンが大きく息を吐いた。アパートメントに入り、ドアを押さえてあけておいた。「ゴミは外に置いておいてくれ」

二〇五四年五月三〇日　05：19（GMT00：19）
八番ストリートとIストリートの交差点、海兵隊兵舎

ジュリア・ハント少佐は今や最先任士官だった。ドーザーがいなくなっていた。リンカーン・パークのあと、ジュリアの指揮する海兵隊はここに、兵舎に退却し、まるで包囲されているかのようにじっととどまっていた。だれもなかに入れず、外にも出さなかった。ハントは最先任士官にだけはなりたくなかった。しかし、バーンズと同階級だから、今の階級にいる期間がいちばん長いのはどちらかという問題になる。バーンズは海兵隊下士官としての経歴は長いものの、ジュリアのほうが一年早く今の階級に就いていた。したがって、最先任士官はジュリアになる。

バーンズはドーザーが使っていたオフィスに移るようジュリアを説得した。「あんたが海兵隊兵舎の指揮官だ」彼は説明した。「若い下士官には、あんたがあの席に着いている姿を見せる必要がある。彼らには継続性が必要だ。継続性が確信をもたらす……海兵隊を、あるいは国を、裏切ったわけではないという確信をもたらす」

オフィスの窓から、分厚い赤煉瓦の壁に囲まれた、手入れの行き届いた練兵場が見える。一八一二年の米英戦争から今日にいたるまで三世紀近くにわたって、海兵隊はこの兵舎からアメリカの首都を守ってきた。ふと気づくと、そんな歴史に思いを馳せていた。自分もその防衛の系譜に入れてもらえるのか？　ジュリアにはわからなかった。歴史のどこに自分が置かれるのかは、彼女の手には負えない出来事によって大きく変わる。ジュリアにしてみれば指揮官になるのは不吉な徴候でしかないが、海兵隊司令官の住居は兵舎に隣接する白いポルチコのある屋敷だが、その指令官はジュリアが指揮権を取るようになってから帰っていない。それも不吉な徴候だ。しかし、司令官も、ジュリアの指揮系統下にあるほかのだれも、ジュリアに連絡してきていなかった。政府が混乱しているのはまちがいない。それでも、いつどんな要請が来るのだろうかと思っていた。やっと来たと思ったら、司令官からでも、現政権からでもなかった。下院議長からだった。ワイズカーヴァーからだった。

ジュリアが机に向かい、バーンズに勧められた一連の修正警備態勢――監視カメラ・ネットワークの更新、兵器庫の兵器利用手順の変更――を見直していたとき、正面ゲートの警備についていた軍曹から連絡が入った。ワイズカーヴァーが入舎を求めているという。ジュリアはオフィスの窓際に行った。紺青《こんじよう》の夜が明けようとしている。一台のSUVがゲート前でアイドリングしていた。ワイズカーヴァーが歩道に降りて、海兵隊員に向かって話しかけている。海兵隊員の手がライフルの銃把《じゆうは》に添えてある。SUVに戻るようにいっているが、ワイズカーヴァーはあまりまじめに受け取っていない様子だ。

彼が顔を上げた。この時間に明かりがついているのは、三階にあるジュリアのオフィスだけだ。照明を受けて窓にできた影で、ワイズカーヴァーがすぐにジュリアだとわかったようだった。彼が手を振った。

警備の軍曹はまだ電話を切っていなかった。「どうします、少佐?」

「ここに通して」ジュリアはいった。「通すのはひとりだけ」

二〇五四年五月三〇日　08:45（GMT04:45）
マナウスの北西、アマゾン川とネグロ川の合流点

その朝、マノロがフェリー・ターミナルで彼らを出迎えた。彼は二基の船外機がついた平底の小型モーターボートを用意していた。ドクター・チョードリ、アシュニ、ミチ、B・T、リリーが船尾にぎゅうぎゅう詰めで座ると、上流のネグロ川とアマゾン川の合流点に向けて発進した。マノロがボートを操縦し、恰幅のいい年かさの女性が彼の手伝いに回り、綱の舫《もや》いをほどき、止まった船外機の再始動などをしていた。この女性はマノロの祖母で、この日は彼らの船旅の手伝いに呼ばれたのだろうとリリーは思った。マノロは〝アヴォジーニャ〟、おばあさんと呼んでいた。一緒に住んでいるのかとリリー・バオが訊くと、マノロは吹き出した。

「いや、ミズ・バオ」マノロが答えた。「アヴォジーニャはドクター・カーツワイルの家の世話人です。われわれを案内してくれます。彼の家は、ほら、見つけやすくはないので」

アヴォジーニャがリリーに顔を向け、口を閉じたまま笑みをむせた。この人は何歳なのだろうかとリリーは思った。

彼らはほとんど無言で移動した。船外機の轟音で、雑談などとてもできなかった。それぞれが物思いにふけっていた。ドクター・チョードリと彼の娘にとって、カーツワイルが最後の希望だということは、リリーも知っていた。ドクター・チョードリはボートに乗るときさえ、人の手を借りなければならなかった。帰りの旅程はどうするのだろうかとリリーは思った。ミチとB・Tは別の問題だった。カーツワイルの研究に対して、B・Tが純粋に科学的な興味しか抱いていないのはわかるが、ミチの動機については、リリーは疑いの目を向けていた。何かがおかしいような気がしていた。

彼らはまもなく本流から支流のひとつに入り、航跡も残らないほどゆっくりとさかのぼっていった。昼すぎには、川底の泥に鉄柱を打ち込んだだけのようにも見える埠頭に到着した。カウボーイ並みの腕を持つアヴォジーニャが投げ縄を鉄柱にかけ、ボートを引いて、岸と平行に着けた。マノロが簡潔にアヴォジーニャに指示を出し、彼女もただうなずいた。そして、日が暮れるまでせめて二時間はないと、帰路につくことはできない、とほかの者たちに伝えた。それまでに出発できなければ、真っ暗な川で操船するのは危険すぎるから、ここで夜を明かすことになる。異議を申し出た者はいなかった。カーツワイルと一時間は一緒にいられる。それぞれ、何を探しに来たのかは知らないが、一時間もあれば充分だろう。

一列縦隊でやっと歩けるような小道がジャングルに延びている。太陽はほぼ真上にいたが、小道をたどっていくにつれ、漏れてくる光が小さくなっていき、やがて完全に消えた。気温が下がった。人工の雑音が消えていき、姿の見えない動物の鳴き声がその空白に侵略してきた。アヴォジーニャが一列に並んだ彼らの先頭にいて、歩くペースを調整し、チョードリはそのうしろを歩いた。歩くペースは耐えがたいほどゆっくりだった。何度も休憩を入れ、五分から十分ほど小道の脇に腰を下ろし、息を整え、心拍数を落ち着けなければならなかった。

一時間も経っていないというのに、三回目の休憩を取ったあと、リリーは最後尾から先頭に移動した。チョードリが地面にへたり込み、上体をのめらせ、両肘を膝について体重を支えていた。もっと体を起こして深く呼吸するよう、娘に励まされている。リリーはチョードリの苦悶の表情をちらりと見た。リリーはアシュニの肘をつかんだ。そして、小道の脇に連れていくと、小声でこういった。「お父さん、具合が悪そうね」

「大丈夫よ」アシュニがいった。「どのみちもうすぐ着くから」

「帰りはどうするの?」

アシュニが冷たいまなざしを向けてきた。

「行こう」チョードリがかすれた声でいった。

「さあ」リリーはいった。「一緒に立たせましょう」

チョードリが胸まで水に浸かるときのように両腕を上げた。リリーが片腕を取り、アシュニがもう一方を取った。ふたりでチョードリを立たせ、小道をさらに進んだ。

引き続きアヴォジーニャが先頭を歩き、ときどき肩越しに振り返り、「そんなに遠くないから」とか「すぐそこよ」といって、ほかの者たちを励ました。そしてようやく、アヴィジーニャが告げた。「着いた」

小道が途切れ、目の前に見えるのは、木々が生い茂るジャングルだけ、揺るぎない青々とした木々の壁だけだった。間隔をあまりあけずに植えてある二本の木のあいだに、アヴォジーニャが片手を伸ばした。そのときやっと、リリーにも見えた。その二本の木はドア枠になっていて、ジャングルがこのドアをほぼ完璧に偽装していた。

二〇五四年五月三〇日　22：33（GMT17：33）
ウォーターゲート・レジデンシズ

ヘンドリクソンがリビングルームのソファーの背にスーツの上着をかけ、ジェイムズ・モハマドに座るよう促した。アパートメントの間取りはモハマドのアパートメントと同じだが、ヘンドリクソンの人生の残滓《ざんし》が詰め込まれているせいで狭く感じる。この質素なアパートメントに入っている男は、アメリカ国家権力が宿る、とてつもなく入りにくい殿堂にも入っている。ヘンドリクソンがキッチネットをあさっていた。

戸棚があけられ、閉められた。角氷がグラスに転がり落ちる。やがてヘンドリクソンが訊いた。「おたくはウイスキー派か？」ウイスキー派ではないが、モハマドはそうだと答えた。

ヘンドリクソンがポテトチップスの大袋、温め直したピザの箱、ピンク色のケーキの箱、ナッツの入った缶、そして最後に、琥珀《こはく》色のウイスキーが入ったふたつのグラスを抱えて、アパートメントをよろよろと横切ってきた。モハマドはソファーから腰を上げ、つまみや飲み物をコーヒーテーブルに置くヘンドリクソンを手伝った。「さて」ヘンドリクソンがいい、ウイスキーをひとくち飲んでから椅子に腰を下ろした。「はじめるとするか。シュライヴァー副大統領とはどんな知り合いだ？」

「実をいうと、副大統領の知りあいは、私の同僚で……まあ、彼女とミスター・シュライヴァーは、少し前から秘密の関係にあります」

「秘密の？　ビジネス関係か？」

「親密で秘密な関係と申しますか」モハマドは付け加えた。

「そうなのか？」ヘンドリクソンがピザの箱に手を伸ばした。すぐにひと切れをつかみ、半分に折り、がぶりと頬張った。「あんたは副大統領のガールフレンドと友だちだというために、ここまで来たのか？　どういった話なのか、よくわからんのだが、ミスター・モハマド」ヘンドリクソンがピザの箱を差し出し、ひと切れどうかと勧めた。

「けっこうです。ありがとうございます」モハマドはグラスを口に持ち上げたが、ほとんどウイスキーを飲まなかった。「その人はリリー・バオといい、私の同僚です」

「そうか、そこまでは聞いた。で、あんたは何者だ？」

「私は情報業界にいます、ミスター・ヘンドリクソン」

「ああ、そういうことか」ヘンドリクソンがピザを食べながらいった。「どういった情報を扱っているのかね？」

「非民間の情報です」

「それで、クライアントは？」

ジェイムズ・モハマドはグラスを置いた。ソファーに深く座り、足を組み、片腕をソファーの背に沿わせた。「あなた、あなたの政府、シュライヴァー副大統領が関係を公にしたくないところです」

ヘンドリクソンがソファーに反り返った。「私を脅迫しようというのか？」

「ひどい言葉ですね」

「もっといい言葉があるか？」

「共通の利益に関する話をしたほうがいいと思っているだけです」モハマドはソファーから立ち上がった。部屋を横切ってキッチネットに行くと、ウイスキーをシンクに捨てた。水道水を注いだグラスを持ってさっきまで座っていたソファーに戻り、ひとくち飲み、こう続けた。「質問に答えるなら、いいえ、もっといい言葉はありません。脅迫といいたいなら、そういうことにしてもかまいません。ただ、こちらの関心の対象はあなたではなく、シュライヴァー副大統領です」

ヘンドリクソンがナプキンで手を拭き、胸の前で腕を組んだ。「そうなのか？ニュース番組をつけたことがないのかもしれないが、この国は副大統領がだれと寝ているかといったことよりはるかに大きな問題を抱えている。しかも、彼は結婚もしていない。スキャンダルなどどこにもないと思うが……」

「敵対国のエージェントと寝ているのですよ」

ヘンドリクソンが歯を食いしばった。

モハマドは続けた。「ミスター・シュライヴァーは、こちらのエージェントに機密情報を伝えたのです。たとえば、ワイズカーヴァー議長がカストロ大統領の死に関する調査委員会を仕切ることを明かした記録もあります。この情報がアメリカ国民に公表される前に、こちらのクライアントに、リリー・バオを通じて、漏洩しました」

「そ、ち、ら、の、ク、ラ、イ、ア、ン、ト、……あててみよう……ナイジェリア……中国といったところか」

モハマドは肩をすくめた。

「ほかには？」

モハマドはかぶりを振った。

ヘンドリクソンが目を閉じた。片手の親指と中指で額を揉みはじめた。「リリー・バオ……リリー・バオ……」忘れた言葉の意味を思い出そうとしているかのように、その名前をいい続けていた。そして、目をあけた。「その人の父親は海軍にいなかったか？」

モハマドはうなずいた。

「中国海軍に？」

モハマドはまたうなずいた。

「すると、林保《リン・バオ》提督の娘か」

「そういうことですから、もしこれが表に出れば……」モハマドはしばらく探したのち、ふさわしい言葉を見つけた。「〝厄介〟ですよ」

「何が望みだ？」

「カストロ大統領の命を奪ったコード、《コモンセンス》に投稿されていたコードです。あなた方はシンギュラリティに到達していますね」

「われわれがあの出来事の裏にいると思っているのか？」信じられないといった口調だ。「ワイズカーヴァー委員会の報告書にはああ書いてあるが、われわれは大統領を暗殺などしていない……現政権が彼の死の余波の処理をまちがえたのはたしかだが、彼を暗殺などしていない。我が国ではそういう解決方法を取らない」

「それを私に信じろと？」モハマドもヘンドリクソンと同じく信じられないといった口調でいった。スミス大統領、シュライヴァー副大統領、ヘンドリクソン。カストロが死んで、それぞれが得をした。ジェイムズ・モハマドの母国の歴史において——祖父母の死、そしてそれ以前から——暴力と国内政治は切っても切れない関係だった。母国ナイジェリアがそうだとしたら、趙錦の母国である中国でもそうに決まっている。とすれば、なぜアメリカ人はいつも、自分の国では、自慢の〝民主主義〟という制度では、ちがうといい張るのか？　カストロが国民に負託される以上の権力をほしがったために、取り巻きが彼に自身の命を代償として払わせた。モハマドは事実を述べているだけだ。ほかの国々では見慣れすぎたパターンであり、それが人間の本性だというものさえいるというのに。ヘンドリクソンの取り澄ました物言いには耐えられそうもない。アメリカ人ときたら、自己欺瞞の気取り屋ばかりだ。自分だけはちがうという例外論が——そんなものが本当に存在するかどうかは知らないが——はるか昔に例のない現実離れした自己認識へと進化したのだ。

「シュライヴァー副大統領はカストロ大統領の死とは無関係だ」ヘンドリクソンがいった。揺るぎない土台に立っているかのような口ぶりだった。そして、こう付け加えた。「むろん私も無関係だ」ヘンドリクソンが大きく息を吐いた。「こうは思わなかったのかね、ミスター・モハマド。我が国が、貴国が、いや世界のすべての国が、すでにシンギュラリティに到達しているとは？　とうの昔に生物学的進化と科学技術的進化が融合していたとは思わなかったのかね？　われわれが暮らしている社会を見てみるがいい。さまざまな形で分断され、いい暮らしに資することはないとわかっていながら、テクノロジーを後生大事にしている。われわれを傷つけるとわかっていながら、後生大事にしている。だれが、あるいは何が、そう仕向けているのか？　テクノロジーはすでに勝ったのだ。とうの昔に勝っていたのだ。われわれ人間は負け、テクノロジーの奴隷となった。とうの昔にな」

「レイ・カーツワイルはどうなんですか？」モハマドは口を挟んだ。「彼のシンギュラリティ研究はどうなんですか？　彼も成功したというのですか？　未来像《ビジョン》を実現したと？」

「彼の『シンギュラリティは近い』を読んだようだな」ヘンドリクソンがいった。「先見性を示した《ビジョナリー》研究だ。だが、一点だけまちがっていた。シンギュラリティは〝近い《ニア》〟わけではない。シンギュラリティは〝ここ《ヒア》〟にある。あとは最新のテクノロジーの使い手がわれわれを食い尽くしに来るだけだ」

「すると、手を貸していただけないということですか？」

「私には手の貸しようがわからんが」ヘンドリクソンの声がうつろで、か細くなった。

モハマドはそのとおりだと思った。ヘンドリクソンにできることはなく、さまざまな出来事に、ずいぶん前から手に負えなくなっているさまざまな出来事に巻き込まれて、身動きが取れないのだと思った。おじと趙錦にこの展開を知らせたら、どんな反応が返ってくるのか、シュライヴァーの件を暴露して別のスキャンダル、別の危機をつくり出すのか、あとで利用するためにシュライヴァーとリリー・バオを温存しておくのか、モハマドには読めなかった。

モハマドはソファーに反り返って座った。彼の視線は窓の外へ、ウォーターゲートの向こう、ジョージタウンのほうへと移ろった。ポトマック川の、ヨットの群れが埠頭に舫いであるあたりに、光がちらちらと反射している。川をずっと下り、だれも手の届かないところに行ったらどうなるだろうかと想像した。

「あなたの立場を同僚に伝えておきます」

ヘンドリクソンが礼をいった。

モハマドはテーブルに載っていた派手なピンク色の箱を見た。中身が気になってあけると、ごてごてと砂糖をまぶし、トッピングを振りかけられたいろんなカップケーキが入っていた。上部が少し潰れていた。「名付け娘が先週持ってきてくれたものだ」ヘンドリクソンがいった。「まだ食べられるはずだ」ヘンドリクソンがひとつをペーパーナプキンに包み、客に手渡した。そして、ドアまでついていって見送った。「どうか誤解しないでほしいのだが、ミスター・モハマド、きみに会うのは、これで最後にしたい」

ジェイムズ・モハマドは玄関口の手前で立ち止まった。カップケーキをかよわい小鳥のように両手で包んでいた。「私もそう願います」彼はいった。そのとき、ドアのすぐ外にゴミ袋を置いていたことに気づいた。それを持って廊下を伝い、ゴミ捨て用のシュートへ投げ入れた。自分のアパートメントへ歩いて戻ると、カップケーキのパラフィン紙の包みをはがし、ひとくち食べた。ぱさぱさだった。引き返し、シュートの前に戻ると、それも投げ入れた。

二〇五四年五月三〇日　05：32（GMT00：32）
八番ストリートとIストリートの交差点、海兵隊兵舎

ジュリア・ハントは窓から一歩下がり、机についた。未明の静けさに包まれて、耳を澄まして待っていると、だれもいない長い廊下に足音が響いてきた。そして、ノックが聞こえた。

「どうぞ」ジュリアは怒鳴るような声でいった。

「ハント少佐……元気そうでよかった」部下の海兵隊員にドアをあけてもらい、ワイズカーヴァーが入ってきた。ジュリアは海兵隊員に向かって軽く顎を引き、持ち場に戻っていいと伝えた。ワイズカーヴァーが、彼女の机の前に置いてある二脚の椅子のひとつに座った。首を巡らし、四方の壁に視線を走らせた。きらびやかで血にまみれた海兵隊の歴史を見る者に思い起こさせる、何世紀分もの記念品——戦旗、陳列ケース、油絵——できらめいている。「私のほかにも、新しい役職就任を祝いに来た者がいればいいのだが」

ジュリアは机に両手を置いた。指を組み、身を乗り出した。「お越しいただけるとは光栄ですが、どういったご用件でしょうか、ワイズカーヴァー議長?」

ワイズカーヴァーの目は数々の記念品に向けられたままだった。「いつか」彼がいった。「きみの行動もこの壁のどこかに飾られる日が来る。きみと麾下の海兵隊員による共和国への奉仕は、すぐに忘れられることはない。勇敢な行動だった。おかげで私たちは救われたのかもしれない。だが、そういってきた者はいないのだろうな?」

「失礼ながら、わたしたちの行動に関して、だれかにおほめの言葉をいただく必要はありません」

パテで固定したような笑みが、ワイズカーヴァーの口の片側に広がった。「ああ」彼がいった。「そうだろうな。だが、別のことで私の力が必要になるぞ、ハント少佐。きみだけではない。きみの麾下の海兵隊員もだ。みんな、私の力が必要になる。手錠をはめられてここから出てもいいなら別だが」

「こんなとっ散らかった状況を収める手だてがあるということですか?」

「私ならそんな表現はしない」ワイズカーヴァーがいった。片腕をさりげなく椅子の背に乗せた。ワイズカーヴァーがジュリアに会いに来ているのではなく、その逆だったかのように。

「それなら、どんな表現を使うのですか？」ジュリアは訊いた。

「目下のところ、きみは歴史上のまさに正しいときに正しいところにいて、正しい手段を持っている。それがどれほど稀有《けう》なことか、わかるかね？　こんな機会はこの先千年は来ない」

「それで、わたしに何をしろと？」

「海兵隊を引き連れて」ワイズカーヴァーがいった。「議事堂に来てくれ。同僚の上院議員が議場に入ることができれば、投票もできる。投票できれば、大統領を弾劾することができる。そうなれば、大統領の権限は消える。きみなら私たちの共和国を守れる」

「だれから守るのですか？」ジュリアは訊いた。

ワイズカーヴァーが両手を宙に振り上げた。「共和国そのものからだ、ジュリア。もうわかっているはずだ。私たちはアメリカをアメリカそのものから守らなければならないのだ」

ワイズカーヴァーは手順を説明した。すでにトゥルーサーズ・シンパが多数いる議事堂警察が相手なら、ジュリア率いる海兵隊は容易に制圧する。ジュリアとワイズカーヴァーはこれ以上の接触を続ける必要はない。ジュリア率いる海兵隊が議事堂に向かえば、ニュース番組などで広く報道され、ワイズカーヴァーはそれを見ればいいのだから。彼は状況を見極め、大統領を弾劾する最終投票に必要とされる上院議員の招集を行なう。時間がない。連邦軍部隊がすでにアンドルーズ統合基地に着陸しているが、大半はまだ首都各地に散開していない。それにはあと二、三日はかかる。

ワイズカーヴァーは明らかにジュリアの決断を求めていたが、ジュリアは保留した。そっけない言葉で、この会合を終えた。「考える材料をたくさんいただきました」

ワイズカーヴァーがジュリアをじっと見返した。しかし、彼もバカではないから、これ以上押してもいい結果は得られないことはわかっていた。打ち合わせに遅れそうだといいわけし、いとまごいした。「きみのお母さんのことを覚えている」彼はいった。「この国を愛し、このうえなく高潔な女性だった」

「あなたのいう高潔とはどういうものですか、ワイズカーヴァー議長?」

ワイズカーヴァーがまた壁の記念品に目を向けた。「だれもいないところでどんな振る舞いをするか、というところか。だれも見ていないところで、どんなことをするか。ウエストポイントではそう習った。そう思わないか?」

ジュリアはかすかにうなずいた。

ワイズカーヴァーが時計を見た。「本当に遅れてしまう」

彼が急いでドアの外に出ていき、ジュリアは足音が消えるまで耳を澄ましていた。その後、窓際に行った。日が昇りつつあり、だれもいない練兵場に斜めの光を投げている。母はこの国を愛していた。その点については、ワイズカーヴァーのいうとおりだ。彼も愛しているのだろうかと思った。国のために動いているのか、それとも、おのれのためか？

階下のワイズカーヴァーの姿をまたちらりと見た。練兵場を横切ってＳＵＶへと急いでいる。遠くで、国旗掲揚の『トゥ・ザ・カラーズ』のラッパが鳴りはじめた。ワイズカーヴァーが足を止めた。これから国旗が掲揚されるが、外にいる者はだれであれ、足を止め、敬礼するか手を胸に当て、掲揚塔に顔を向ける決まりだ。まわりにはだれもいないのに――しかも、打ち合わせに遅れていても――ワイズカーヴァーは決まりにしたがった。掲揚塔は兵舎の反対側でかなり離れているから、旗は見えていない。それでも、ワイズカーヴァーはひとりきりで、一分近くその場に立ち、見えない旗が掲揚されているあいだ、音楽の聞こえてくるほうに顔を向けていた。

二〇五四年五月三〇日　16：37（GMT12：37）
マナウスの北西、アマゾン川とネグロ川の合流点

彼らはかがんでドアをくぐった。ドアの奥は広大な空間だった。航空機の格納庫のように大きくて、がらんとしている。左右の壁を覆う、息づく青々した草木の隙間から、リリーがなかをのぞくと、ところどころに金属の上部構造がかいま見えた。コンピュータ、試験管、ビーカー、バイアル、実験の残骸が乱雑に置かれた机が、板張りの床にところ狭しと並んでいる。

ほかの者たちがなかに入ってぶらついているとき、リリーは片隅の質素な居住スペースにあるふたつのシングルベッドに気づいた。そのひとつには、その日の朝にだれかがそこで目覚めたかのように、くしゃくしゃのシーツが置いてある。もうひとつはきっちりベッドメイクされ、シーツの隅に四五度の角度で三角形の折り目がつき、ブランケットの頭側の折り返しに六インチ（約一五センチメートル）のシーツをあまらせている。

リリーは残り時間を大いに気にしていた。カーツワイルはどこにいるのかと、彼女はアヴォジーニャに尋ねた。

「ドクター・カーツワイルですね、ええ、小川の近くにいますよ。行きましょう。案内します」

アシュニは、もう歩けそうもない父親と残ることにした。ミチとB・Tも、カーツワイルの戻りを待っているとのことだった。リリーはひとりでアヴォジーニャについていった。それほど歩くこともなかった。建物の裏手に回り、急な峡谷に降りていった。足下のジャングルの下生えをつかまないと、降りられないほど急峻だった。水音やせせらぎが聞こえた。

「もうすぐです」アヴォジーニャがいった。ふたりは最後の茂みを抜け、砂地の岸に出た。足下に小川が流れ、背後の茂みが近くて、枝葉がふたりの肩に垂れ下がっている。

リリーは川岸を左右に視線を走らせた。風に揺られた木々の影が水面で踊っている。

「どこにいるの?」

「あそこです」アヴォジーニャがいった。そして、小川にちょっと突き出た岩場を指さした。

リリーは五〇フィートほど歩いていき、岩場に出た。「どこ?」彼女は水音に負けない声で訊いた。

「そこよ！」

リリーはアヴォジーニャが指さしているほうに目を向けた。足下に大きな黒い石があった。その濡れた石に碑文が刻まれているのに気づいた。別のもっと固い石で削られたかのようなブロック体の文字だった。彼の名前〝R・KURZWEIL《カーツワイル》〟と、生年と没年。そして、墓碑銘も。〝わたしの友〟

小川がジャングルを切りひらき、そこから太陽が見えた。西の地平線に沈もうとしているが、その不屈の光はまだまばゆく美しく輝いている。戻ってほかの人たちに伝えなければならない。それに、〝ホーム〟にも、カーツワイルが死んでいるというメッセージを持ち帰らないといけない。今夜中にマナウスに入れるなら、朝のフライトで翌日のうちにアメリカに帰れる。アヴォジーニャのいるところを目指して、川岸から急いで急斜面を上った。そのとき、そこにあるとは思わなかった石につまずいて転びそうになった。それも、大きくて黒い石で、カーツワイルの墓石とほとんど同じ形、碑文の文字も同じブロック体だった。表面には、生年も没年も、墓碑銘もなく、イニシャルと名前だけが刻まれていた。〝S・HUNT《ハント》〟

7
大海
The Ocean

2054

二〇五四年六月一日　02：27（GMT六月一日21：27）
ウィラード・ホテル

ジェイムズ・モハマドの元にようやくリリー・バオから連絡が入った。電話してきたとき、リリーはあまり多くを語らず、カーツワイルを見つけ、ワシントンへの帰途についたとだけいっていた。電話では細かいことは明かさず、「そっちに到着したら話し合うことがたくさんある」とだけいった。抑揚のない疲れたような声だった。フライト・ナンバーを伝え、着陸後すぐに連絡すると約束した。電話を終えたあと、モハマドはおじと趙錦に連絡した。

「カーツワイルを見つけたそうです」モハマドは伝えた。彼の《ヘッズアップ》から趙錦とおじのホログラムが投影された。

「場所は？」趙錦が訊いた。

「マナウスの上流です」

「シンギュラリティは？」おじがそっけない口調で訊いた。

「聞いていません」

「聞いていない？」おじが顔をしかめた。甥っ子が平均点にも届かない点数しか取れなかったテスト結果を持ち帰ったかのように。

「聞かなかったのは正解だ」趙錦が割って入った。「こういったことは、じかに会って処理するほうがいい」

「あす彼女に会えます」モハマドはいった。「あさってになるかもしれませんが」

「あいにくだが、そんな時間はない」趙錦がジェイムズ・モハマドのおじに目配せした。

「ジミー」おじがいった。「リリーが帰国したら、われわれが探している情報を持っているかもしれないし、持っていないかもしれない。持っているなら、彼女を――それに、おまえも――ワシントンから出す必要がある。彼女がカーツワイルの研究の核心部を発見したかどうか、アメリカ国内で詳細な確認作業をするようなリスクは冒せない。彼女が発見したものをただちにこちらに持ち帰ってもらう必要がある。送信するリスクは冒せない。そして、リリーが情報を持っていないのであれば、せめておまえだけはワシントンから出さなければならない」

「リリーは？」モハマドは訊いた。

「探し物を持ち帰っていなければ、ワシントンにとどまってもらう」モハマドのおじはそういうと、甥のために予約したフライトの情報を伝えはじめた。モハマドは窓の外に目を向け、一五番ストリートのさらに向こうにあるホワイトハウスを見つめた。

「何か問題でも？」趙錦が訊いた。「リリー・バオが任務に失敗したのであれば、人民共和国への帰還許可などとても出せません」

「血と土の話はどこへ行ったのですか？　アメリカでの暮らしは意味がないとか、夢にすぎないといった話は？」

「やめろ、ジミー」おじがいった。

「そちらのほしいものを彼女が持ってきたときにかぎった話なのですか……あるいは――」

「ジミー、やめろ！」おじが語気鋭くいった。

趙錦が車の流れを止める警官のように、片手を伸ばした。「どうか」彼はいった。「声を荒らげることもないでしょう」

「アメリカは沈みかけている船です」趙錦がいった。「だれかれかまわず救命胴衣を与えることは、われわれの仕事ではありません。今後の数日間は混乱を極めるでしょう。下院議長が議会掌握と弾劾投票の実施を画策しているとの報告を受けています。

上院でスミス大統領の弾劾が決まれば、シュライヴァー副大統領が大統領の座に就くことになります」

「そのときには、どうなると考えているのですか?」モハマドは訊いた。

「現場にいるのはあなたですよ。窓から外を見て、私たちに教えていただきたいものだ」趙錦が表情をまったく変えずにいった。「ニュース報道によると、反乱法によって動員されるはずの将兵の半分が、招集を拒否したそうです。海兵隊兵舎ももはや政府の制御が利いていないとの報告も入っています。つまり、千人からなるトゥルーサーズ・シンパの精鋭部隊が議事堂の一マイル(約一・六キロメートル)以内に控えていることになります。こちらの分析家の推定では、危機が展開するペースしだいですが、今後二四から四八時間のうちに、アメリカ国境が閉じられそうです。だから、あなたを国外に出す必要があるのです」

モハマドのおじが付け加えた。「ホワイトハウスのスタッフが文書を焼却しているとさえいわれている」

趙錦が疑いのまなざしを向けた。「本当に……文書を焼却しているのですか? 確認情報なのですか?」

おどおどした様子で、年長のほうのジェイムズ・モハマドが首を横に振った。「未確認だ」

「お気になさらず」趙錦がいった。「あなたとリリーのフライト情報はわかりましたね。リリーを空港で出迎えてください。彼女の持っているものが持ち帰る価値のあるものなら、彼女も連れてくる。そうでなければ、おひとりでお帰りください」

「それから？」モハマドは訊いた。

「それから、何ですか？」趙錦が訊いた。

「われわれの取り決めがありましたが」モハマドはいった。「私を〝信頼できるパートナー〟にすると、私のビジネスに手を貸してもいいといっていましたよね」モハマドがおじをちらりと見ると、だんだんいらついてきているのがわかった。だが、モハマドはどうでもよかった。何カ月もこの仕事に費やし、個人としての大きなリスクを冒してきたのだから、何らかの報酬を得られるという確証がほしかった。趙錦はモハマドに対して、惜しみない報酬が与えられると確約した――成功しさえすれば。

モハマドはホテルのクローゼットから、数少ない所持品の取り出しに着手した。ぎゅうぎゅうに詰め込んでいたスーツケースをドアのそばに置き、ダレス行きのオート・カーを呼んだ。遅い時間だし、首都各地で道路閉鎖があることを考えれば、到着するまで少なくとも二〇分はかかる。部屋の窓の下枠に座ると、モハマドはこの次はいつアメリカに戻ってこられるだろうか、そのときはどれほど変わっているだろうかと思った。

眼下の街は静かなままだ。さっき夜のうちに雨が降り、モハマドは信号機が切り替わる青－黄－赤の光が濡れたアスファルトに映るさまを眺めて暇を潰した。しばらくして、また北の一五番ストリートからホワイトハウスに目を向けた。遅い時間だが、そこは明かりがいくつかついている。なかで何をしているのだろうかと思った。そのとき、変わったことに気づいた。十あまりある煙突の半分ほどから、煙が立ち上っている。今は夏だ。ホワイトハウスは寒いのか？　そして、ピンと来た。ホワイトハウスのスタッフが文書を廃棄しているということを、おじと趙錦がいっていた。

ジェイムズ・モハマドは窓枠からするりと腰を下ろし、部屋を歩いて電話をかけようかと思った。だが、足を止めた。またさっきの通りを見た。何かを焼いているのはまちがいない。それでも、受話器を置いた。もうすぐオート・カーが到着する。結局のところ、と彼は思った。おじと趙錦がすべてを知る必要はない。

二〇五四年六月一日　03：00（GMT五月三一日22：00）

ジュリアのオフィスの電話が鳴った。バントおじさんからだった。

「寝てなかったのか?」彼が訊いた。

「ええ」

「おれもだ」

「わかってる」彼女はいった。「電話しているんだから」

「たしかに……」

沈黙が訪れた。電話がかかってきたとき、バントおじさんからだろうと思った。いずれかかってくるだろうとは思っていて、三桁の市外局番を見て、ホワイトハウスからだとわかった。「仕事をするにはだいぶ遅いと思うけど、バントおじさん」

「お互いさまだ」

また沈黙が訪れた。

「ねえ」ジュリアはいった。「電話をもらったのはうれしいけれど、こっちはちょっと忙しいの」彼女は窓の外に目を向けた。ふたり一組の重武装の歩哨が、下の暗い中庭を横切っている。

「それは知っている……いや、何をするのに忙しいのか、あるいは何をすることにしたのかは知らないが……いいたのは……まあ、理解するということだ。いいたいのはそういうことだ」

「何を理解するというの？」

「現状がおまえにとって困難だということ……」また気まずい沈黙が訪れた。「それに、おまえをこんな状況に追い込んだのがおれだということも」

「これからどうするか、まだ決めていない。それを訊くために電話してくれたのかもしれないけれど」ジュリアは自分の口調が冷たいことに気づいたが、名付け親の身から出た錆《さび》だと思った。

「おまえと海兵隊がどうすべきかいうために電話したわけではない」

「それじゃ、なぜ電話してきたの？」

「悪かったと思っているからだ、ジュリア。ほんとに悪かった」

「もういいわ」そうはいったものの、ジュリアは喉が締めつけられ、息が詰まっているように感じた。

ヘンドリクソンはどうにかするとジュリアにいった。ジュリアが何をすることにしても、しないことにしても、海兵隊を議事堂に集結させても、兵舎にとどめておいても、必ずジュリアをかばってやる、と。ジュリアは聞いていたが、ほとんど何もいわなかった。ヘンドリクソンには、ジュリアをかばう力はない。今も昔も。ふたりとも大好きだった彼女の母を亡くしたときも。ジュリアは他人の約束を信じるほどうぶではないが、それでもヘンドリクソンは約束し続けているから、彼女も信じる振りをし続けて、この電話を切った。

一冊の本が机にひらいて置いてあった。もう読みたくもないが、眠れそうもない。ジュリアが名付け親にいったことは真実《トゥルース》だ。翌朝、兵舎の海兵隊を議事堂へ移動させるのかどうか、まだ決めていなかった。決断までの猶予は狭まっている。スミス大統領が反乱法によって動員した部隊が、全国から――タブマン（南北戦争時、アメリカ初の女性指揮官となったハリエット・タブマンにちなんだ架空の基地）、ドラム、ノックスの各基地《フォート》、レジューン、ペンドルトン、トゥウェンティナイン・パームズの各基地《キャンプ》、さらにそれ以外のあらゆる基地から――ワシントンに集まってきている。翌日になれば、首都各所に配置される。ジュリアの機会は今しかない。

ドアをノックする音が聞こえた。バーンズだった。

「廊下の並びのオフィスにいたら、あんたが電話する声が聞こえたから」

ジュリアはバーンズをなかに入れた。バーンズが机の前の椅子に座った。二日前にワイズカーヴァーが座ったのと同じ椅子だ。だが、ワイズカーヴァーとちがい、バーンズは壁の記念品を見回したりはしなかった。後世のことは眼中になかった。眼中にあるのは今日のこと、迫られている決断のことだ。

ジュリアはバーンズの意見を求めた。

「どんな決断をしようと、おれはあんたを支持する」バーンズが窓の外、兵舎へと目をやった。もうすぐ起床ラッパとともに照明がつく。「海兵隊員も同じだ。決めるのはあんただ」

忠誠心の表明はありがたいが、今必要なのはやみくもな忠誠心ではなく、助言だった。「聞いておかないといけない」ジュリアはいった。「あなたがわたしの立場なら、どうするのか？」

バーンズが座り直した。オフィスを照らしているのはたったひとつのデスクライトだった。その明かりが奇妙な効果を醸していた。バーンズの顔の傷が浮き立ち、まだふさがっていないかのように揺らめいて見えた。バーンズが「真実《トゥルース》」というひとつの言葉を吐き出し、その後、やはり辛辣な口調で「夢《ドリーム》」と吐き捨てた。そして、かぶりを振りながら続けた。「選ばなければならないんだろ？　まあ、おれならどっちも選ばん。息子を選ぶ。同じアメリカ人を撃ちたくないから、にっちもさっちもいかない状況に追い込まれている。打って出れば、ドリーマーズと大いにもめる。トゥルーサーズの英雄にはなるが。ワイズカーヴァーなどどうでもいいが、彼が大統領を引きずり下ろせば、おれはまた息子に会える。ワイズカーヴァーが失敗して、スミスが大統領の座にとどまれば、おれは軍法会議にかけられ、刑務所行きだ。あんたも。それに、部下の海兵隊員も。それは真実《トゥルース》でもなければ……夢《ドリーム》でもない……事実だ」

イデオロギーという制約を超えて吟味すれば、ハントの選択は単純だった。むしろその考え方は、政治のもっとも基本的な形にぴったり添っている。生存の現実政策《リアルポリティーク》だ。ワイズカーヴァーがすでに指摘しているとおり、ジュリアと海兵隊には――今このとき――歴史の道筋を変える力がある。その点については、ワイズカーヴァーのいうとおりだ。歴史というものはイデオロギーの文脈にはめ込まれることが多いが、バーンズのいう非イデオロギーの力によって、歴史をどれだけ変えられるのだろうか、とジュリアは思った。あるイデオロギーより優れた別のイデオロギーを採用した――夢《ドリーム》をやめて真実《トゥルース》、共産主義をやめて資本主義、独裁をやめて民主主義――からではなく、決断を迫られた人々が、愛する母、父、兄弟、姉妹、あるいは子供にまた会おうと――これからもずっと一緒にいられるようにしようと――がむしゃらにもがいたために、国家の浮き沈みが決まったことが、どれくらいあったのだろう。純粋な強さという話なら、世界のどんなイデオロギーでも、我が子と一緒にいたいという親の願いのような、人としての根源的な思いにはかなわない。ジュリアにはそれがわかる。それに、親を失うということがどういうことかもわかる。バーンズの息子に会ったことはないが、その幼い子から父親を奪うわけにはいかないと思った。

ジュリアは決心した。夜明けと同時に議事堂に移動を開始する。海兵隊員に暴徒鎮圧用の装備をさせ、練兵場に集合させるようバーンズに命じた。その指示を聞くと、バーンズは椅子からさっと立ち上がった。それまでジュリアの前では見せなかった礼儀を示し、彼女の机の前で直立不動の姿勢を取り、鋭い語調で「アイアイ、マアム」と返答すると、ダンサーのように完璧な回れ右をし、勢いよくドアから出ていった。

数分後に起床ラッパのけたたましい音が響いた。ジュリアは机に着いたまま、数百人の海兵隊が集合するときの抑制の利いた混乱の音に耳を澄ました。緊迫感あふれる重低音の悪態で勢いをつけた下士官の声が、兵舎の長い煉瓦敷きの通路にこだましている。各二百名弱の三個中隊が、まもなく彼女の窓の下の芝生が生えた練兵場に密に整列する。小隊長たちはすでに、任務の〝だれ〟、〝何〟、〝いつ〟、〝どこ〟の打ち合わせをはじめている。ジュリアが彼らの前に出るとき、彼らに対して残された説明は〝なぜ〟だけだ。

〝なぜ〟は何か？　ジュリアはなかなか言葉にできずにいた。これからの行動はワイズカーヴァーを助けることになるが、〝真実《トゥルース》〟のような言葉を使って、自分たちの行動を正当化するつもりはない。それに、〝夢《ドリーム》〟という言葉を使う気はさらさらない。彼らの成功はアメリカン・ドリーム党の終焉を意味する。

麾下の海兵隊員の前に立つときには、もっとふさわしい言葉が必要になる。

そして、思いついた。

〝家《ホーム》〟だ、と思った。それが〝なぜ〟であり、ジュリアの言葉だ。海兵隊員の前に立ち、彼女を信頼してくれるなら、必ず家《ホーム》に帰すと約束しよう。

二〇五四年六月一日　04：57（GMT五月三一日23：57）
ユナイテッド・アメリカン八七二三便

ダレスへの降下がはじまると、機内灯がついた。リリー・バオはびくりとして目覚めた。自分がどこにいるのか、しばらくわからなかった。真ん中の席でサンドイッチのように挟まれて、左右をきょろきょろした。しだいに周囲の状況がはっきり見えてきた。こんなにぐっすり眠っていたのだから、相当疲れていたのだろう。トレイ・テーブルを見た。スパークリング・ウォーターの入ったプラスチック・カップが置いてあり、離陸後まもなく頼んだことを思い出した。眠っていたこの六時間ずっと、手を付けずに放置してしまった。

リリーが持っている情報は単純だった。レイ・カーツワイルは死んだ。この知らせを、ジェイムズ・モハマドに電話で伝えたくはなかった。リリーの見立てでは、取り決めのこちら側の義務は果たした。カーツワイルの研究室を急いで調べたところ、遠隔遺伝子編集や精神転送《マインド・アップローディング》の詳細情報も、リリーがよく耳にしてきた量子コンピューティングを原動力とする情報爆発をカーツワイルが達成していたことを示すものも出てこなかった。カーツワイルに関するこの最新情報には価値がある、とリリーは思った。中華人民共和国への一回かぎりの入国ビザ以上の価値があるのはたしかだ。これまでのところ、その報酬しか提示されていない。しかし、その価値を認めさせ、取り決めを守らせるには、ジェイムズ・モハマドと彼の調教師《ハンドラー》たちを説得しないといけない。

機体が下降し続けるにつれて、リリーの耳の内側で圧力が高まった。顎を動かしてみたが、圧力は下がらなかった。目を閉じ、鼻をつまみ、強く鼻をかむと、涙管から湿ったものが漏れるのを感じた。それでも、圧力は高まっていった。苦痛を頭から閉め出そうと、思考を無理やり仕事に向けた。

モハマドと彼の調教師《ハンドラー》たちと交渉するうえで、リリーの立場は彼女が集めたもうひとつの情報によって強固になっている。リリーも全容を理解したわけではないが、おそらく先方の興味をそそる情報だ。サラ・ハントがカーツワイルと一緒に埋葬されている。ハントはアメリカ合衆国でみずからの命を絶ったとされていた。しかし、どうもそうではなかったようだ。

アヴォジーニャにふたつの墓石を教えてもらったあと、リリーはアヴォジーニャと研究室に戻った。ドクター・チョードリは休んでいて、B・Tとミチは戸棚、机の引き出し、ハードディスクをのぞき、研究の断片が残っていないかと探した。ハントの墓があったという新情報は、ほんの少し好奇心をくすぐられる程度のものだとリリーは思った。しかし、ほかの者たちは強い関心を示した。だからこそ、ジェイムズ・モハマドも興味を向けるかもしれないとリリーは感じたのだ。

耳の奥の痛みが耐えがたくなってきた。客室乗務員がやってきて、トレイ・テーブルを畳んだあと、背もたれがまっすぐの専用座席に戻った。リリーが見るからに苦しそうにしているのを見て、その客室乗務員がスパークリング・ウォーターの入ったカップを指さしていった。「ひとくち飲むと、楽になりますよ」リリーはいわれたとおりに飲んだ。水を飲み込むと、耳に甲高い音が響き、すっきりした。すぐに楽になった。

リリーは前かがみになり、隣の乗客越しに機窓の外を見た。だれかが鋭く研ぎ終えたばかりのようなほっそりした白い月が空に浮かんでいたが、漆黒の夜空に太陽が極薄の地平線を引きはじめると、ゆっくり消えていった。そして、巨大な手が夜の帳をつかみ、地表から引き上げるかのように、地平が広がっていった。すごい、と思った。リリーの目が窓の外に釘付けになっているうちに、飛行機が着陸した。

飛行機は速やかにゲートに移動した。リリーとほかの乗客はターミナルに出ていった。入国管理に通じるまばゆく輝く通路に、自動でモップやワックスをかけたり拭いたりする機械を管理している数人の用務員がいるほかは、ほとんどだれもいなかった。リリーは車輪のついたスーツケースを引きながら、到着ボードの前を通った。フライトの三分の二が欠航になっていた。リリーは運よく乗れたが。スミス政権は国をまたぐ移動を制限しはじめているようだ。

リリーとほかの乗客が、ひとりずつ、広大な入国審査のコンコースの移動に使う動く歩道に乗った。世界最大の大聖堂並みの天井の高さと音の響きのせいで、ダレス空港の入国審査のコンコースは宗教色のない教会のようだと、リリーはいつも思う。耳慣れた顔の見えない声が、リリーたち乗客に頭上のスクリーンに顔を向けるように指示している。そのスクリーンが乗客の顔をとらえ、入国資格を確認する。そういうスクリーンには、よくニュースが流れる。しかし、今日はだいぶ前にネットワークで放送されていた、『サバイバー』というリアリティ番組が流れていた。凝視したがる乗客はいないが、やたら大きなマジックミラーが、動く歩道の近くの壁に張り巡らされている。裏側には国土安全保障省の局員がいて、全国の国境警備システムを一手に担っているAIからの指示を待っている。通ってはいけない顔が通ると、そうした局員が、犯罪に関係するその人物をマジックミラーの背後の厳重な取調室へ連れていき、第二次検査を受けさせられる。

リリーはなるべく頭上のスクリーンに意識を向けていた。人目を引くことだけは避けたかった。スパイ活動にかかわり、外国政府に雇われて、国益に反する働きをしてきたのだ。たしかに、結果は功罪入り交じるものだったし、彼女の国の政府は国益が何かも定められていないが、それでも不安をぬぐい去れないまま、動く歩道はごろごろと彼女を運んでいた。ずっと頭上のスクリーンに目を向けていた。ふと気づくと、コンコースの中間地点を越えていた。突き当たりの二連の両びらきドアがあいたり閉じたり、あいたり閉じたりしている……。前に並んでいるのは、もう六人ほどだけだ。

歩く歩道が止まった。

制服を着た国家安全保障局員が現れた。「ミズ・バオ」彼がいった。「ご同行願います」

リリーの体が固まり、思考だけがフル回転していた。自国に対する反逆罪を問われるのだろう……。父が自国に対する反逆罪を問われたように……。父の汚名をはらしたかった……。はらそうとして、自分に汚名を着せることになる……。しかも、父の名を汚したのとまったく同じ犯罪で……。

局員がリリーを歩く歩道から降りるように促した。ほかの乗客から見えないところに出ると、局員がリリーに手錠をはめた。「安全のためです」といったが、いった本人さえ信じていない様子だった。局員が肩に留めていた無線機に向かって英数字のコードをいった。空電音混じりの声が応答した。「B22で用意ができている」。うしろ手に手錠をはめると、局員はリリーを連れて、ふたりの人間がやっと通れるくらいの狭くて入り組んだ通路を進んだ。取調室が並ぶこの迷宮のような建物はとても大きくて、勾留された乗客を連れた局員でいっぱいだった。

リリーたちは、閉まっているスライドドアの脇のキーパッドにB22とステンシルで記された部屋にたどり着いた。局員がかがみ、網膜認証式ロックのスキャナーの高さに顔を合わせた。空気が漏れるような音がした。それとともに、ドアが滑り、壁に消えていった。

リリーが連れてこられたのは監房ではなく、聴取室のマジックミラーの背後にある、聴取室内からは見えない回廊だった。局員はリリーに向き直り、向こう側に何があるのか、リリーがよく見て、じっくり考えられるように、彼女の肩をつかんでマジックミラーに向けた。聴取室中央の机の前に座っていたのは、体の前で手錠をはめられたジェイムズ・モハマドだった。

二〇五四年六月一日　05:10（GMT01:10）
マナウスの北西

予備のブランケット以外、ほとんど何も見つけられなかった。ほかの者たちが寝ているあいだ、B・Tはカーツワイルの研究室の床に横になって、見つけた毛布の一枚をかぶったまま、落ち着かない気持ちで起きていた。ミチとふたりで研究室をくまなく探してみた。捜索の成果はがっかりするものだった。見つかった文書は、どれも研究所の管理に関するものばかりだった。ハードディスクの中身を《ヘッズアップ》に映し出してみたが、どれもすでに消去されていた。カーツワイルは死んだだけではなかった。跡形もなく消えたかのようだ。研究のなごりさえひとつもなかった。さっぱりわからない。

B・Tの脳裏では、疑問が縦横に走りはじめていた。カーツワイルが死んだいきさつも、その縦横に走る疑問のひとつにはちがいないが、いちばん大きな疑問ではなかった。いちばん大きい疑問は、サラ・ハントにまつわるものだった。彼女の自殺はたしかな記録が残っている。自分の遺体を科学研究に捧げるという記録まである。もしそうなったのなら、彼女はどうしてここで眠っているのか？　それに、《コモンセンス》との関係はどうなっているのか？　カストロを殺した遠隔遺伝子編集技術が、彼女も殺していたのか？　カストロ、サラ・ハント、カーツワイルは、みんな《コモンセンス》の犠牲者なのかもしれない。

マノロがあとで午前中のうちに彼らを迎えに戻る。もうすぐ手ぶらで帰るわけだから、だまされたと感じないわけにはいかなかった。これまで何度も世界最大級のカジノで多額のカネを賭けて遊んできたB・Tは、いかさまを見破る目を持っているのが自慢だったのに。寝返りを打った。隣でミチが寝息を立てている。ミチと阿川博士にマークされていたのだろうかと思った。B・Tとミチが互いに惹かれあっていたのは、嘘ではない。最近になって、カーツワイルに迫っていたとき、ふたりの関係にちょっとしたひびが入りはじめていたとしても、ミチと阿川博士にはめられた証拠にはならない。放射線の影響で四肢がねじれ、車椅子に乗っている阿川博士のイメージが、B・Tの脳裏に浮かび上がった。シンギュラリティを潰したいという日本政府の切なる願いは、説得力のある論理にもとづいている。日本国民の悲劇的な過去と結びついた論理に。そうした力は、B・Tとミチとの個人間の力関係よりずっと大きい。

B・Tの思索はドクター・チョードリとアシュニにも向かった。家業であるタンダヴァ・グループは、グローバルな展開を見せている。管理下にある資産は、小国の国内総生産《GDP》に匹敵する。国家と同様に振る舞い、シンギュラリティを手中に収めようとしのぎを削っている可能性もなきにしもあらずだ。ただし、そうだとすれば、カストロ暗殺の陰謀にもかかわっていることになる。しかし、B・Tはすぐにその考えを払いのけた。タンダヴァ・グループについては、長年、マスコミ報道でいろいろと読んだり見たりしてきたが、リリー・バオを通じてドクター・チョードリの人となりはよくわかっていた。リリーはかつての雇用主の話をするときには、いつだって敬意を込めていた。ドクター・チョードリは——阿川博士と同じく——核戦争という文明が消滅するほどの破壊を経験している。それだけでなく、彼の娘はそのときに母親を失っている。そのドクター・チョードリが、死にかけている。彼とアシュニがシンギュラリティを求めているのは、政治とは無関係であり、あくまで個人的な問題だ。チョードリの命を救おうとしているだけだ。

それでもB・Tはだまされているのだと思っていた。確信していた。だましているのがミチと阿川博士でないにしろ、ドクター・チョードリとアシュニでもないにしろ、自分の勘を無視するわけにはいかない。残っているのはリリー・バオだけだが、そうなると理解の範囲を超える。そう考えただけで胃がよじれる。これまで生きてきて、リリーほど彼を理解し、誠実に接してきた人はいない。

ようやく、B・Tにも浅い眠りが訪れた。その後、朝早く、研究室の反対側から奇妙な物音が聞こえてきた。

B・Tは体を起こした。

足音ではない。もがいて何かを蹴っているような音だ。ドクター・チョードリのベッドがあるほうから聞こえてくる。悪い夢でも見ているようだった。そして、鋭いあえぎ声とともに目を覚ましたのがわかった。

アシュニもわかったようだ。「パプ……大丈夫……よくなるから……」チョードリは息を整えようと、あえぎ続けていた。ベッドで左右に向きを変えてもだえていた。

懐中電灯の細いビームが研究室の四隅をさっと照らした。薬瓶が何かとぶつかる音がした。アシュニがかばんを手で探っているのだろう。

「みんな起きてる」B・Tはアシュニにいった。「照明をつけてもかまわないよ」

アヴォジーニャが研究室の反対側にある大きなスイッチを入れたとき、ミチはすでに体を起こしていた。ひとつずつ、天井に並ぶハロゲン・ライトがまばたきしながらついた。アシュニが父親の横でしゃがんだ。チョードリは横向きに寝ていて、体を起こす力もなさそうだった。アシュニは父親の口にひとつずつ薬を押し込んでいるが、チョードリはひとつずつ水で胃に流し込もうと奮闘しつつ、咳き込んで吐き出していた。彼の肌は青白く、汗でぐっしょり濡れていた。白目に血管が浮き出て赤くなっている。とてもしんどそうに話した。

「私の夢」チョードリはいった。「とても生々しかった……」そこで言葉を切り、息を継いだ。「川べりにいた。私たちがここに来るときのように。舟にはモーターも、オールもなく、操るすべがなかった……。おまえも舟に乗っていたんだ、アシュニ。

おばあさんも、おじさんも……そして、お母さんも……。ああ、お母さんも一緒だった。私が愛していた人が、みんなその舟に乗っていた。だが、操船できないし、流れが強くて、いつひっくり返ってもおかしくなさそうだった。まわりにはほかの舟もいた。何千もの舟が、私たちと同じように、やはり人が、家族がびっしり乗っていた……」

夢の話をしていると、チョードリの声に強さが戻った。横向きになり、自分の体を押し上げ、ベッドで体を起こそうとしていた。娘の目を真正面から見て、夢の光景《ビジョン》の回想を締めくくることが、彼にとっては大切なのだろう。「私たちの舟の前方から叫び声が聞こえてきた。別の川が流れていた。こっちの川と同じくらい広くて、力強い流れだ。これまでずっと見えていなかったが、こっちの川と平行して流れていた。その二本の川が、すぐ先で、轟音をあげて交わっている。別の川から合流する舟を入れてあげようとする者もいたが、多くは慌てふためいた。すると、向こうの川の連中が私たちの舟を沈めようとしてきたんだ、アシュニ。人々が私たちに突っ込んできて、引きずり、舟を揺らした。最初におまえのお母さんが舟べりから落ち、次におばあさんが落ちた。すぐに私たちふたりだけになり、私はおまえだけは失ってたまるかと思った。前方では、隙間もないほど込み合っていた川が、凪《な》いだ果てしない海につながっている。その海が見えた瞬間、私たちの舟が何かにぶつかり、転覆した。私は頭まで水に浸かった。水面に出て空気を吸おうとするが、出られなかった。懸命に足を蹴ったが、水面にはたどり着かない。もがけばもがくほど、あたりは暗くなって……」

ドクター・チョードリは背中に枕を当てて座り、上掛けを腰のあたりに巻き、両脚を前に伸ばしていた。しわだらけのシャツの袖で額の汗を拭いた。どこかで夢から覚めたくなかったと思っているかのように、がっかりした表情を浮かべている。そのまなざしはずっとアシュニから動かなかったが、今はときどきほかの者たちにも向けられていた。みな彼の話に聞き入っていた。チョードリは彼らに向かっていった。「こんなに生々しい夢は見たことがない。一度も。まるで――」

そのとき、不思議なことに、電話が鳴った。すると別の電話も鳴った。さらに三つ目、四つ目の電話も鳴った。全員の電話が一斉に鳴っている。だれもが困惑の顔を互いに見合わせた。携帯電話の電波は、このはるか上流まで届いていない。衛星の信号も密に茂ったジャングルの林冠でさえぎられる。電話が鳴るはずはない。まして一斉に鳴ることなどありえない。きのうの午後、リリー・バオは突然帰ったが、そのときのいいわけが、これ以上オフラインですごすことなんかできないというものだった。

B・Tはかばんに手を入れた。前夜、《ヘッズアップ》のバッテリーが少なくなっていたので、電源を切っていた。今はなぜか電源が入っていた。そして、呼び出し音を鳴らし続けている。バッテリーがフル充電されていることにも気づいた。インターフェイスは黒いままで、着信番号も表示されていない。ただ、呼び出し音がけたたましく鳴り続けていた。B・Tが《ヘッズアップ》に触れると、呼び出し音が止まった。通信がつながった。研究室の中央にホログラムが現れた。

サラ・ハントだった。

二〇五四年六月一日 15：23（GMT10：23）
アメリカ合衆国議事堂

ジュリア・ハントはアサルトライフルを胸の前にかけ、上院議会の議場の奥に立っていた。腰に留めてあるホルスターにも拳銃を入れて携帯している。ワイズカーヴァーが隣に来た。彼はジュリアに対して、投票が終わるまで議場にとどまるよう主張していた。上院議員たちが机のあいだをいそいそと歩いていくさまを見ていると、ジュリアの思考があちこちに移ろいだ。数年前、兵学校のクラスメイトの結婚式に出たときのことを思い出した。教会の階段で剣《ソード》でアーチをつくる役目を果たした。その儀式の少し前、海兵隊に支給されていたマムルーク剣を腰に着けたまま、うっかり教会の身廊に入ってしまった。司祭がジュリアを追い出し、きっぱりと注意した。そして、礼拝の館に武器を入れるところなどないから、剣を戸口に置いてくるよう、長々と〝説教〟した。結婚式があったその日、神聖な場所に武器を持ち込んでしまって、強烈に恥ずかしかった。アサルトライフルと拳銃を持って上院議会の議場に立っている今も、同じように恥ずかしかった。

ジュリアは時計に目をやった。

「そろそろ出席を取るはずだ」ワイズカーヴァーが小声でいった。

この日ずっと、ワイズカーヴァーは「そろそろ」あれやこれがはじまると請け合っていた。出だしはスムーズだった。朝、ジュリアと海兵隊が到着すると、数でかなわない議事堂警察はすでに引っ込んだか、味方になっていた。海兵隊が議事堂警備を引き継いだとの知らせを受け、ワイズカーヴァーは一時間もしないうちにやってきた。遅延の原因は上院議員たちだった。ワイズカーヴァーが電話をかけ、議事堂まで来るようにいいくるめたあとで、やっと三々五々やってきた。ワイズカーヴァーがジュリアをドアに配置したのは、怖じ気づいた上院議員がいるかもしれないからだ。そのくらいはジュリアにもわかる。

上院議員たちが投票準備を整えるあいだ、ジュリアは傍聴席に出て、無線でバーンズに状況を確認した。ふたりは円形広場に指揮所を設置していて、バーンズは議事堂を中心とした同心円状に海兵隊員の防御線を敷いていた。規約に真っ向から反すると知りつつ、バーンズはいくつかの海兵隊分隊に軍服を脱がせ、私服に着替えさせた。そして、西はワシントン記念塔、東はリンカーン・パーク、北はユニオン・ステーション、南は海軍造船所まで偵察に送り出した。こうした斥候が早期警報の機能を果たす。問題は、スミス政権が海兵隊を制圧するために現役の分遣隊を派遣するかどうかではなく、いつ派遣するかだ。

異常なしとの報告をジュリアにしたあと、バーンズが付け加えた。「あんたのお友だちのドーザー大佐が、今朝のテレビに出ていたぞ」

「本当なの？　どの局？」

「どこかのケーブル局の番組だ」

「まったく、さっそくあの連中をテレビに出すのね？」

「ああ、そういうことだ」バーンズがいった。「それで、あいつにいわせると、おれたちは〝ならず者分子《ローグ》〟ということらしい」

「へえ、そうなの、ナニでもくわえさせてやるわ」

「そうか……〝ローグ〟ってのは悪くないと思うが。新しいコール・サインにしてもよさそうだ」

「上院議員たちがそろそろ投票する」ジュリアはいった。

「ワイズカーヴァーはさっきからずっとそういっているが」

「今度は本当だと思う」

「投票が終われば、このあたりも静かではなくなる」

「そうね」ジュリアはいった。「きっと。全員に準備させておいて」

「了解、ローグ・シックス」

「やめなさい」

ジュリアは傍聴席を出て上院議会の議場に入り、そっとドアを閉めた。胸の前で腕組みをして立っていたワイズカーヴァーの隣に行った。「防御線は変わりないか?」議場から目を離さずに、彼が訊いた。

「はい、変わりありません」ジュリアはいった。「異常なしです。投票が終われば、現政権から大きな反応があると思われます。こちらの予想では――」

ワイズカーヴァーが二本指を立て、ジュリアに黙るよう伝えた。「はじまる」息を殺していった。モンスターが生きていると明かすフランケンシュタインのように。ワイズカーヴァーの目が見ひらかれた。上院議員たちが厳めしい顔つきで通路を歩き、票を投じはじめた。ジュリアは、〝弾劾動議〟をはじめ、〝上院規則〟及び、〝憲法で規定される責務に則り〟といった手続きを、断片的に追ったが、手続きよりもワイズカーヴァーの様子に注意を払っていた。彼から目を離せなかった。声を殺して口だけを動かし、増えていく〝賛成〟の票数を数えている。ついに、最後の票が数えられた。

禿げ頭に星座のように肝斑《かんぱん》が点々とつき、読書用眼鏡をちょこんと太い鼻に載せた、やたら老けたよぼよぼの上院議員が、最多当選回数の上院議員として、したがって上院議長代行として、今回の投票を仕切っていた。ジュリアは彼の顔をおぼろげに覚えているが、どの州の選出なのかはわからなかった。彼が投票の結果を読み上げた。

「この投票について、賛成七一、反対一、棄権三一。上院は有罪と判断します」

小槌が打ち下ろされた。

ジュリアは反対票が投じられた場面を見逃していた。いくら弾劾に反対とはいえ、この投票に水を差すためだけに、個人的なリスクを押して今日やってきたのはどの議員だろう、と思った。彼女はワイズカーヴァーに訊いてみた。ワイズカーヴァーが上院議長代行を指さすと、彼の声が議場全体に届いた。「あの、あの男だ」

指をさされた年かさの上院議員がにらんできた。そして、小槌を打ち鳴らした。「静粛に願います！」

「静粛に！」上院議長代行が物音ひとつしなかった議場に声を轟かせた。

ほかの上院議員たちが不安そうにうろうろしていた。どうやって議事堂から無事に出られるのか見当もつかないと、はじめて気づいたかのようだった。ワイズカーヴァーがジュリアに顔を向けた。そして、手短に指示した。「だれひとり帰すな」彼がいった。「新大統領が決まるまでは」

ジュリアは上院議員たちのいる議場のドアの前に移動した。

二〇五四年六月一日　07：05（GMT03：05）
マナウスの北西

サラ・ハントがB・Tを真正面から見た。「こんにちは、ドクター・ヤマモト」ほかの者たちにも顔を向け、ひとりひとり名前を呼んで挨拶した。ハントは二〇年ほど若く見え、海軍の軍服を着ていた――礼装軍服ではなく、艦橋にいるときに着ていた青いカバーオールだ。B・Tも一等兵曹の息子だから、ハントの階級章には気づいた。退役時の階級は海軍少将で、襟に提督の星を着ける資格があるのに、海軍大佐のイーグルの記章を着けている。B・Tはカーツワイルの本の一節を思い出した。将来的には、自分の見た目を修正し、いちばんいい自分の姿をアバターとしてほかの人に見せられるようになる、とカーツワイルはその本で予言していた。カーツワイルの予言していたひとつの未来が、実現していたらしい。ほかの予言はどうなっているのだろうか、とB・Tは思った。

ハントは最後にアヴォジーニャに言葉をかけた。「ありがとう、わたしの長い友。わたしたちのためにここを手入れしてくれて、友人たちを連れてきてくれて、ありがとう。あなたがわたしとドクター・カーツワイルのためにすべきことは、これで完了した」アヴォジーニャはうなずき、目に溜まっていた涙をぬぐった。「そろそろ」ハントは付け加えた。「わたしたちがここで発見したものすべてを、ジャングルに戻すころあいね」

その言葉、〝発見した〟という言葉。

B・Tが割り込んだ。「あなたは死んだと聞いていますが」

「そうなの？」ハントが答えた。

「小川のそばに、あなたの名前が彫られた黒い石がありますよ」

「知っているわ」

「そこに何が埋まっているのですか？」B・Tは訊いた。

「わたしの体」

彼女の個性、知性、人生そのもの、サラ・ハントそのものであるものすべてが、肉体を離れて存在している。量子コンピュータを動力源として、生物的知性と融合した科学技術の知性として、存在している。B・Tも何年も前から同じことを成し遂げようとしてきたが、できなかった。これこそ、彼がずっと思い描いてきたシンギュラリティだった。完全に理解できる者は、いないとはいわないまでも、ほとんどいないだろうが。前夜、眠らずに横になっていたとき、だれかに出し抜かれたのだと悟った。そのだれかはミチでも阿川博士でもないし、チョードリでもアシュニでもない。もちろんリリー・バオでもない。ちがう。サラ・ハントだ。彼女に出し抜かれたのだ。全員が出し抜かれた。B・Tは感服した。しないわけにはいかなかった。

B・Tは心が浮き立ち、矢継ぎ早に質問を投げかけた。「あなたは特定のサーバに入っているのですか……？《コモンセンス》とはどんな関係にあるのですか……？

ドクター・カーツワイルの知能も同じように増強されて保存されているのですか……？　アメリカで自分の命を絶ったあと、どうやってこの研究室に戻ったのですか……？　ドクター・チョードリの容体がとても悪いです。助けてあげられないのですか……？」

「少し時間をいただけたら、ドクター・ヤマモト、すべてにお答えします」

「お願いします」B・Tはいった。「それから、友だちはみんなぼくのことをB・Tと呼びます」

サラ・ハントが微笑んだ。「知ってるわ、B・T」

二〇五四年六月一日　21：42（GMT16：42）
ダレス国際空港

リリー・バオは窓のない白い部屋でデスク前の椅子に座っていた。両手に手錠をはめられ、机に取り付けられている鉄の腕木につながれている。デスクは床にボルトで固定されている。リリーは何時間もこうして座っていた。正午、国家安全保障局員がサンドイッチを持ってきた。夜になると、同じ局員が容器に入ったパスタを持ってきた。どうして拘束されているのか、いつ釈放されるのかと尋ねても、局員はこういうだけだった。「食べ物は要るのか、要らないのか？」

まずいことになった、いや、やばいことになった。それはリリーにもわかる。ジェイムズ・モハマドの様子を見せるために、彼女をマジックミラーのうしろに連れてきた局員は、何も教えてくれなかった。彼女の調教師《ハンドラー》であるモハマドを逮捕したことを見せつけられたあと、彼女は取調室に入れられ、ひとりでもんもんとしていた。国家安全保障局員が——ほかにも、もっとこわもてのアルファベット三文字の政府機関も——ジェイムズ・モハマドを尋問しているのだろうと思った。時間がすぎていくにつれ、ますます多くの彼女の秘密がモハマドの口から漏れていくのだろうとも。時そのものが尋問者のように感じられる。まだ何も訊かれていないうちに、尋問に心を折られることもあるという。今になって、リリーはそれが理解できた。

恐怖で神経がすり減っていた。気づけば居眠りしていた。今夜のうちに釈放されないなら、そのうちに別の監房に連れていかれて寝ることになるのだろう。朝までぐっすり休めば、すべてが解決しているような気もする。監禁されはじめてから、二度の食事があり、二度の監視付きトイレ休憩も許されたくらいだから、まばゆい部屋でこの机に手錠でつながれたまま放置されたりせずに、せめてブランケットと枕、そして横になれる暗いスペースを用意してくれないものかと願った。とはいえ、リリーはこれまでアメリカ政府の不興を買った経験がないから、何ともいえなかった。

ドアのロックがはずされる音が聞こえたとき、どっと希望が湧いた。ドアがあき、黒いスーツとイアホンを身にまとったふたりの男と、同じような格好の女性ひとりが音もなく入ってくると、希望は新たな不安に変わった。そのうちのひとりが鍵束を持っていた。彼がリリーの手錠をはずしたあと、リリーに対して、立って壁に手のひらをつけるよう指示した。女性のエージェントが——国家安全保障局員もすでにしたが——リリーをボディーチェックするあいだ、ほかのふたりの男が数歩離れたところで待機していた。リリーが突きつけられているスパイ容疑が深刻だということはわかっているが、これほど徹底したセキュリティ対策があるとは思わなかった。リリーは本当に価値のある秘密情報をジェイムズ・モハマドに流してはいなかったが、入ってきたばかりのこのエージェントたちはあらゆる対策を講じ、リリーを犯罪組織の黒幕のように扱った。

ほどなく女性エージェントがボディーチェックを終えた。リリーをまた椅子に座らせ、また手錠で机につなぐそばで、男のひとりが外の廊下に首を突き出し、部屋が問題ないことをだれかに伝えた。

シュライヴァーがなかに入ってきた。

二〇五四年六月一日　16：12（GMT12：12）
マナウスの北西

チョードリは死ぬ。日中ずっと、サラ・ハントがチョードリ本人とほかの者たちに、何にもまして説明したのは、そういうことだった。チョードリはその知らせを受け入れた。ハントとカーツワイルがシンギュラリティを止め、その科学技術を葬り去ると決めたのなら、多くの派生技術も葬り去るということだ。そのなかには、チョードリの弱っている心臓を再生できるかもしれない、遺伝子編集を用いた治療も含まれる。だが、チョードリが受け入れたからといって、彼の娘が受け入れるとはかぎらない。

「助けられるのに！」アシュニが声を荒らげた。

「助けられない」ハントが繰り返した。

アシュニが声を抑えていった。「お願いだから助けて……」

「ドクター・カーツワイルは死にたかったと思う?」

「何の話かよくわからない」アシュニがいった。

「彼は命を永らえることもできた。彼の健康上の問題は、率直にいって、あなたのお父さんより複雑ではなかった。人生を賭けて進めてきた研究、ニュートロニクスで発見した治療法、そういったものを駆使すれば、きっと助かった。でも、彼は自分が朽ちるに任せただけでなく、生涯を賭けた研究も葬ることにした。なぜ? ドクター・カーツワイルのような人が、なぜそんなに大きな犠牲を払うと思う? どんな道義的な思いに駆られて、そんな決断をしたのか?」

アシュニはハントの問いかけには答えなかったが、反論することもなかった。それ自体があきらめた証拠だった。娘の代わりに、チョードリが答えた。「自分の研究に秘められた破壊力を理解していたからだ」

サラ・ハントのホログラムが、そのとおりだというかのように明滅した。「正解です」ハントがいった。「だから、あなたがニュートロニクスで受けた治療は失敗したのです。ドクター・カーツワイルとわたしが行ない、その後、わたしがひとりで仕上げた研究は、知識の激流をせき止めるダムをつくることだった。シンギュラリティに到達すれば起こると予言されていた知能の爆発を未然に防ぐことだった。上流に障害物を置けば、生物としての存在と科学技術としての存在が融合することはない、とわたしたちは考えた。あるいは、その二本の〝川〟が交わるとしても、激しくではなく、緩やかに交わると考えた」

昼に近づいていた。ほかの者たち――B・T、ミチ、アヴォジーニャ――はそばにたたずみ、黙って見守っていた。ハントがシンギュラリティの知識を遮断したと、B・Tが何年もかけて追い求めてきた知識を遮断したと話したとき、ついにB・Tが口をひらいた。「それは不可能です」

「何が不可能なの？」

「知識は破壊できませんよ」B・Tはいった。「発見したことは隠すことしかできません。そのうちだれかが、あるいは何かが、あなたとドクター・カーツワイルが上流に置いた障害を回避する方法を見つけます」

「そうかもね」ハントがいった。「でも、わたしは自分たちの力を過小評価したりしない」

チョードリが口を挟んだ。「記録によると、きみは自殺したことになっている。遺体を科学の発展にために寄付までしたと。川のそばに黒い墓石があるそうだが、あれがきみか？」

「わたしの遺体です」ハントはいった。「でも、わたしはここにいます。あなたと同じところに。これまでもそうでしたが。わたしの肉体については、ドクター・カーツワイルの治験に志願したとき、阿川博士がわたしをここに戻さないことが明らかになりました。あなたがニュートロニクスで受けた鎮静療法では、治療のために身体機能が死ぬ手前まで弱められましたが、わたしも同じ処置を受けたのです。救急救命士がわたしを自宅で見つけたとき、わたしが死んでいるように見えました。わたしの経歴からすると、死んだ原因も明らかでした。わたしの自殺は額面どおりに受け入れられました。わたしは遺体を科学の発展のために寄付していたので、カーツワイルがわたしの遺体を引き取り、わたしはここに戻った。わたしたちの研究を邪魔する者がいない場所に」

午後もずっと、チョードリはその研究に関する質問をサラ・ハントにし続けた。ハントとカーツワイルは、各国政府にシンギュラリティを悪用されないように、いち早くシンギュラリティに到達しようと競っていた。ふたりのすぐうしろを走っていたのはB・Tだったと、ハントは認めた。B・Tが研究を大きく前に進ませ、ハントたちとの差は、ほんの数週間、ときには数日まで縮まっていた。姿を消す前、ハントは旧友のヘンドリクソンと共謀することにした。シンギュラリティがどんな脅威となりうるか、とりわけカストロのような気鋭の独裁者が権力基盤を固める道具になったならどんなことになるか。そういったことを理解していなかったら、カストロ政権に不満を抱いていたヘンドリクソンは、とうの昔にホワイトハウスから去っていただろう。ヘンドリクソンはその脅威には気づいていたが、シンギュラリティがカストロの手中に落ちるのを確実に防ぐために、どこまでやるかという点では、ハントと哲学的なレベルでちがっていた。ふたりが最後に交わした会話は、その話題をめぐって激しい口論になった。

「そのときか？　きみがカストロ大統領の暗殺を決断したのは？」チョードリはベッドに横になった。そのときには、アシュニが近くのライトをつけていて、サラ・ハントのホログラムが人工の光を受けて、ところどころ輪郭がぼやけていた。

「そういうわけじゃない」ハントがいった。「そのとき、わたしは自分の命を絶つ決断をした。まあ、一度目の死を決断したのはたしか。カーツワイルのいるここに戻って、実質的にはひとつの人生を終わらせ、新しい人生を歩みはじめた。わたしに残されていたのは、この最後の任務だけ。シンギュラリティの破壊力、わたしたちを永遠に変える威力を理解するようになってからよ、カストロにも、あるいはほかのだれにも、その知識がえられないようにする決断をしたのは。それを理解しているのはわたしだけ。わたしがその知識だから」

「小川のそばの墓だが？」チョードリがいった。

「リリーが黒い墓石を見たそうだが」

「それがどうかした？」

「きみの遺体がそこにあるのか？」

「わたしの遺体はどうでもいい」ハントがいった。自分が肉体という制限のない存在になったことをチョードリに受け入れてもらえず、がっかりしているように見えた。その後、それを証明するかのように、ハントはこう続けた。「ゆうべ、あなたは夢を見た。あなたと家族が、流れの速い川で舟に乗っていた。その川が別の急な川と交わり、激流になっている。多くの舟が転覆して沈みはじめる。人々は沈まないように互いにしがみつき、かえって大勢が溺れてしまう。二本の川の先には海が広がっているのに、だれもそこまでたどり着けない。アシュニのお母さんとあなたのお母さんが舟べりから落ち、あなたが目覚めたときには、アシュニだけは守ろうともがいていた……」

「私の夢をほかの人たちに話していたのを聞いていたのか？」

「聞く必要などなかった」

「それなら、どうして知っている？」

「わたしがその夢を仕込んだからよ、サンディー」

「きみの夢だったのか？」

サラ・ハントが声を上げて笑った。「わたしたちの夢は脳内で生まれる。だから、科学技術に生物学が支配できるのなら――カストロが死んだときに見たように――夢だって支配できる。しかし、二本の川の夢はわたしがつくったものではない。わたしたちが寝ているときに見るのは集合の夢。ひとりだけが見るものはめったにない。何人の人が底なしの穴に落ちる夢を見たことがある？　勉強していないのにテストを受けさせられる夢も？　心が揺さぶられて、夢から覚めたときに泣いていたことはない？　その夢はそれを見て流した涙よりリアルではないの？　わたしは肉体から離脱した――実をいえば、あなたが今肉体から離脱しようとしているそのベッドで離脱した。そのあとわたしの肉体を小川のそばに埋めたのが、アヴォジーニャよ。今のわたしの姿――このアップロードされた知能――は、肉体を備えた生身の人間とはちがって、思考、思い、あるいは夢に近い」

夜が訪れ、疲労の波がチョードリに押し寄せた。もうサラ・ハントに訊くことは何もない。この間《かん》ずっと――上流へ移動してくるときも――答えを知りたい一心で、かろうじて命をつなぎ止めていたかのようだった。その答えがすべてえられ、この旅が終わった今、肉体の力がついに尽きようとしている。地球がそれまでより強い引力をかけてきたかのように、手足が重く感じる。目も閉じたくなった。そして、呼吸が緩やかになった。唾を飲み込むこともできそうもない。これまでずっと意識しないで動かしてきた、いちばん基本的な機能を、今では意識してしなければならない。まったく新しい、骨の折れる意識だ。とにかく眠りたかった。

娘がチョードリの手を握り、髪をやさしくなでていた。まるで風邪でも引いたかのように、彼の呼吸が浅くなり、音が聞こえなくなった。アシュニの声は聞こえるが、うつろだ。長い廊下を歩いて去っていくかのようだ。かすかに聞こえる。「大丈夫よ、パプ……。疲れたわね……もう休んでいいわ……大丈夫……わたしは大丈夫だから……」

そのとき、ある思いがチョードリの脳裏に聞こえてきて、鐘の音のように大きく響いてきた。前夜の夢に、あの夢に戻れたら？　自分が見ている夢のなかで死ぬことはない。それはずっと前に、まだ子供のころにわかっていた。眠りを回避することはできないのだろうが、その眠りに夢を呼び出すことができるなら、朝まで命を保てるかもしれない。体調は最悪だった。夢を呼び起こすことだけに意識を集中した。川、舟、その舟に乗っているアシュニの母、自分の母を思った。体がほとんど動かない、もう呼吸もほとんどできない。それまで出せるとも思っていなかったようなものすごい集中力で、夢の世界を懸命に再生しようと、しがみつこうと……離すまいと……。

翌朝、父を起こそうとして、起こせなかったとき、アシュニは父の手に気づいた。強くこぶしを握っていた。

二〇五四年六月一日　21：50（GMT16：50）
ダレス国際空港

不安、恐怖、怒り――ここにいるあいだにリリー・バオの胸の内で入り乱れ、ますます大きくなっていく感情の塊――が、もう抑え切れなかった。シュライヴァーの姿が見えたとき、目を閉じ、顎を胸元に引いた。両肩が上下しはじめ、彼女は身を震わせて、声を殺してむせび泣いた。

「鍵束を貸してくれ」シュライヴァーがいった。

女性エージェントが難色を示した。

シュライヴァーがまた要求すると、鍵束が彼の手のひらに置かれる音がリリーに聞こえた。

「外で待っていてくれ」

エージェントたちはドアのすぐ外にいるといい残し、しぶしぶ部屋を出た。

「なるべくじっとしていろ」シュライヴァーがいった。リリーの身震いが激しくて、鍵を手錠になかなか差し込めなかった。

不意に、両手が自由になった。

リリーは涙をぬぐい、大きく息をして、シュライヴァーを見上げた。「人でなし！」リリーは彼の頬を目一杯の力で平手打ちした。エージェントたちがドアから慌てて入ってきた。

「何でもない！」シュライヴァーがいい、リリーとエージェントたちのあいだに自分の体を入れた。「私は大丈夫だ……頼む、外で待っていてくれ」

三人のエージェントが心配そうに顔を見合わせたが、結局は折れ、廊下に戻った。

リリーのまなざしはずっとシュライヴァーに向けられていた。また人でなしとなじったが、今度はずっと抑えた声で、食いしばった歯の隙間からその言葉を絞り出した。

「そのとおりだな」彼はいった。

「あなたのせいでこんなことになった」

「愛していると、ずっといってきたし、今でも愛している。その言葉を信じて、待っていてくれたら、こんなことにはならなかったかもしれない」自分のいった言葉が真実かどうか吟味するかのように、シュライヴァーがそこで話をやめた。「きみのいうとおり、私のせいでこんなことになった……いつまでともいわずに待ってくれなんて、厚かましかった……現実的とはとてもいえなかったかもしれない。だが、そんなことはどうでもいい。私はきみをここから出す、いいな？」

「どうやって？」リリーは訊いた。

リリーがニュースを見ていないことに、シュライヴァーはそのとき気づいた。彼は事情を説明しはじめた。兵舎の海兵隊が議事堂を占拠した。ワイズカーヴァーが上院議員三分の二の多数票をえた。この投票により、スミスの弾劾が決まった。スミスはもはや大統領ではない。

「それじゃ、だれが大統領なの？」しかし、その疑問はすぐに消えた。答えがじっとリリーを見つめているのだと彼女は悟った。シュライヴァーが大統領になったのだ。

「まだだ」リリーがそう察したあとで、シュライヴァーがいった。「就任の宣誓をしていない。きみが釈放されるまで宣誓するつもりはない。それに、その地位に長くとどまるつもりもない」

「わたしはいつもあなたのお荷物だった」

「いや、それはちがう」シュライヴァーがいった。「その話をするためにここに来たんだ。私こそ、きみのお荷物だった。愛している、リリー。その点では嘘をついたことはない。だが、ほかのことについては誠実ではなかった」そういうと、シュライヴァーは片膝を突いた。プロポーズするときか、平伏するときのように。シュライヴァーはその両方の意味を少しずつ込めているようでもあった。彼の声がささやくように小さくなった。「きみといられるとわかっていたら、喜んで政治から手を引いていた。そうできなかったのは、出会ったときには、もうほかの——」

リリーはシュライヴァーをさえぎった。「女《ひと》と付き合っていた？……そんなことは聞きたくない……」

「きみという人は！　今だけでいいから最後までいわせてくれないか……？」シュライヴァーはリリーの手を取り、両手で挟んだ。「そうできなかったのは、カストロを引きずり下ろす動きにもうかかわっていたからだ。カストロの三期目が決まってまもなく、日本の政府高官が接触してきた。彼はニュートロニクスからアメリカ政府に流れた革新的な研究に関する、一連の秘密情報を持っていた。その高官が懸念していたのは——その懸念は情報報告で確認されているが——カストロがそうした研究を使い、国内外で自分の権力基盤をさらに固めようとしているということだった。

上院情報特別委員会の委員だったから、私もその情報にアクセスできるはずだったが、政権側がアクセス権を許可しなかった。さっきの日本の政府高官も含めて、だれもルールどおりにプレーしていないかのようだった。その高官は退役した海軍少将のサラ・ハントをリクルートし、ニュートロニクスに潜入させた。さらに、ホワイトハウス上層部にも情報提供者がいた。その情報提供者がだれなのかは明かさなかったが、あとで突き止めた。まあ、サラ・ハントが自殺したとき、そのホワイトハウス内部の情報提供者が私を徹底調査した」

「で、何かいわれたの?」リリーは訊いた。

シュライヴァーは首のうしろを揉んだ。「サラ・ハントは死んでいないといわれた。ハントがどこに行ったのかは知らないが、かつてあるプログラムを統率していたレイ・カーツワイルの元に戻り、ふたりではじめたことを仕上げようとしているのではないかとのことだった」

「そのプログラムというのは?」

「シンギュラリティを葬り去る計画、カストロを政権の座から引きずり下ろす計画だ。その計画のせいで、きみはこんなところに連れてこられ、私は大統領候補になった。

リリー、どんな結末になるかはわからないが、ハントとカーツワイル――生物としてなのか、人工のものなのか、そのふたつをある程度掛け合わせたものなのかは知らないが、ふたり分を組み合わせた知能――は、つねにこっちの数歩先を行き、こっちの次の動きを察知していた。世界を動かしているのは私たちではなく、ふたりがつくりあげた知能なのだ。換言すれば、世界を動かしているのはシンギュラリティであり、《コモンセンス》なのだ」

どうしようもない絶望がリリーを飲み込んだ。シュライヴァーに手錠をはめられてデスクにつながれるくらいの絶望だった。「これからどうするの?」リリーは訊いた。

「わからない……」シュライヴァーはいった。「ハントが姿を消す前、私たちのプロジェクトにはふたつの目標があった。ひとつはカストロを除去すること。もうひとつは、暫定の大統領を据えること。共通の場に立てる人物を。それで、こうして私が役目を果たす番が回ってきた。来てくれるか?」

シュライヴァーが手を差し出した。リリーはその手を取ったが、シュライヴァーのあとからドアを出る前に、こう訊いた。「わたしが犯した罪はどうなるの? なかったことにしてもらえるの? それにジェイムズ・モハマドは? 彼はどうなるの?」

シュライヴァーが笑った。「私ならミスター・モハマドのことはあまり心配しない。

いつもうまく切り抜けるタイプのように見受けられるが。それに、切り抜けられるように手を尽くしてやれる」

「わたしは国を裏切ったのよ」リリーはあきらめたような声でいった。

単純極まる感情をぶつけられて、シュライヴァーがいらだっているように見えた。

「私も同罪だ」

リリーとシュライヴァーは取調室を出た。シークレット・サービスのエージェントに挟まれて、廊下を足早に歩いた。リリーがどこへ行くのかと訊かれ、シュライヴァーは答えた。「議事堂へ」。到着ターミナルを出ると、一台のSUVが路肩でアイドリングしていた。通常、大統領にお供する仰々しい自動車列とは似ても似つかない。付き添っているエージェント三人は、今やスミスではなくシュライヴァーを支援する護衛団の一部だった。この三人を除けば、政権の座からカストロに続きスミスを引きずり下ろす計画においてシュライヴァーを支援してくれているのは、リリーの知るかぎり、現政権内にいるという名前を明かされていない高官ひとりきりだ。だれなのだろうかとリリーは思った。信頼できる人であってほしいと願った。

SUVに乗ると、ジョン・〝バント〟・ヘンドリクソン退役提督の出迎えを受けた。しわだらけのスーツ、緩めたネクタイ、無精ひげでわかりにくいとはいえ、リリーは記者会見を見ていたから、ホワイトハウスの首席補佐官だとわかった。

二〇五四年六月二日　03：17（GMT六月一日22：17）
アメリカ合衆国議事堂

ジュリア・ハントは、夜明け前によく覚えていない夢から覚めた。細かい点が思い出せそうで思い出せない。ワイズカーヴァーのオフィスのソファーで寝たが、眠っていたのはほんの数時間だ。ブーツさえ脱がなかった。重たいボディアーマーを身につけ、ライフルを胸の前にかけながらも、夢の断片をつなぎ合わせようとした。その夢のおかげで頭がすっきりしたような気がした。長いあいだ答えがわからなかった問題の答えを見つけたような気分だった。

ワイズカーヴァーのオフィスから出たあと、ジュリアは彫像ホールを抜け、指揮所のある円形広場へ向かった。折り畳み式テーブルにずらりと並んでいる無線機を見張っていた上等兵の横で、バーンズがオフィスチェアに座ったまま寝ていた。声の響く広大な円形広場で聞こえるのは、うつろな空電音だけだった。二時間ほど前、ジュリアがここを離れて休憩を取ったときも、ワイズカーヴァーはシュライヴァーを探していた。新大統領は就任の宣誓をする必要があるのだが、どこにも姿が見えないというのだ。シュライヴァーが議事堂に着いたら、必ず起こすようにと、ジュリアは部下の海兵隊員に指示していた。持ち場に着いていた上等兵によると、シュライヴァー到着の知らせはまだないということだった。

バーンズが椅子でもぞもぞした。いびきをかき、がらんとした円形広場内に反響した。「バーンズ少佐は夜のあいだずっとこうだったの？」

「はい、少佐」上等兵がいった。不安げではあるが、どうにか笑みを見せた。

ジュリアには彼の怯えが手に取るようにわかった。この上等兵は高校を出て、せいぜい一、二年といった年格好だ。前途が広がっているというのに、今日の展開しだいでは、その数十年の人生を連邦刑務所で送るかもしれないのだ。

「バーンズ少佐があやっていびきをかいているとすると」ジュリアはいった。「あなたはあまり眠っていないのでしょうね」

「はい、少佐」上等兵がいった。「まったく寝ておりません」

議事堂の周囲や離れたところなど、各所に配置された斥候隊や歩哨が、ひとつずつ、一時間おきの状況報告を入れてきた。上等兵がラップトップをあけ、〝任務ログ〟というタイトルの表計算ソフト《スプレッドシート》に書き込んだ。ジュリアは彼の隣に座り、海兵隊員からの報告に耳をそばだてていた。そして、不安そうな上等兵が記録するさまを見ていた。ジュリア同様、この上等兵は心配になって当然であり、ジュリアは自分の落ち着きをいくらかわけてやりたかった。かわいそうに、と彼女は思った。バーンズのいびきと無線機の見張りに挟まれて、一睡もできていないとは。

　上等兵が最後の報告を記録し終えると、ラップトップのウインドウを最小化した。そのうしろに別のウインドウがあいていた。投稿されてまもない一連のニュース記事だった。あるヘッドラインが目に入った。〝無許可離隊《AWOL》部隊とトゥルーサーズのデモ隊が各地の兵器庫を占拠〟。

「それはいつのニュース？」ジュリアは記事の本文をざっと読みながら訊いた。上等兵は一時間前にその記事を読んでいたが、新情報が次々とSNSに投稿されていた。きのうの弾劾投票のあと、上院でスミス大統領の弾劾が決まると、何万人もの将兵——政権の動員令を拒み、ＡＷＯＬになった者たち——が突然また現れ、トゥルーサーズ幹部とともに集結した。地元の基地に集まり、東海岸から西海岸まで、エグリン空軍基地からフォート・ライリー、さらにフォート・アーウィンまでの兵器庫を占拠したのち、シュライヴァーに忠誠を誓った。彼らはシュライヴァーこそ正当な大統領であり、正当な最高司令官だと考えていた。こうしたAWOL部隊にいわせれば、自分たちは反乱に乗じて兵器庫を占拠しているのではなかった。反乱を鎮圧するために、基地の兵器庫を占拠しているのだ。弾劾され、有罪判決を受けたのに権力を手放したがらない、正統性を欠いた大統領スミスが引き起こした反乱を鎮圧するために。

ジュリアはバーンズを揺り起こした。バーンズがいびきとともにびくりと目を覚ました。「これは読んだ?」

バーンズが目に残っていた眠気をぬぐい取ると、その顔は疲労で麻痺しているように見えた。「何を読んだかって?」ハントの横に来る前に、バーンズはこれまでいちばんすごい夢から起こされたとぶつぶついっていた。カーゴパンツのポケットに手を入れ、コペンハーゲンの缶を取り出すと、指ですくった嚙み煙草を下唇の内側につけた。ニコチンのおかげでバーンズがたちまち目を覚まし、記事に目を走らせると、記事も目覚めたかのように浮き上がって見えた。やがて、バーンズがつぶやいた。

「もうあともどりはできない……内戦だ」バーンズが上等兵に顔を向けた。「おまえがこれを読んだとき、なぜおれを起こさなかった?」

「少佐、自分はただ……その……まあ、スミスの部隊が議事堂に移動しはじめるか、副大統領が……いや、シュライヴァー大統領が到着したら、起こすようにといわれていたので。どうすればよかったのか……」

上等兵の心が折れそうになっていた。この若者は見るからに休息が必要だった。ジュリアは若者にそうするように命じた。机から立ち上がったとき、上等兵がいった。

「少佐、申し訳ありません。記事のことはすでにご存じだと思ったので」

バーンズが口を挟んだ。「知ってたわけないだろうが？」

上等兵が自分の両手に目を落とした。その後、ジュリアを見て、彼女だけに向かっていった。「このＡＷＯＬの兵士たちは、われわれが兵舎でしたのと同じことをしているだけなので、あなたも知っているのかと思ってしまいました」上等兵が円形広場をふらりと歩き、休憩中の海兵隊員が寝袋を広げて一、二時間の休息を取っているあたりへ行った。

バーンズとジュリアはずらりと並んだ無線機を見つめ、じっと座っていた。やがてバーンズがいった。「あの若者のいったとおりだな。エグリンでも、ライリーでも、兵舎でおれたちがやったのと同じことをしているだけだ」

「それはどんなこと？」ジュリアは聞いた。「わたしたちが何をしたの？」

バーンズが答える前に、ひとつ、ふたつ、そして三つと、無線機に報告が入った。まだドリーマー政権に忠誠を尽くしている連邦軍将兵が集結し、増え続けていると、どの歩哨も報告していた。スミスはこれ以上待っていられないらしい。軍部がトゥルーサーズ対ドリーマーズで分裂していくなら、スミスとしては連邦議会を手中に取り戻し、再び自分の正統性を宣言しなければならない。ジュリアは麾下の全海兵隊員に対して、議事堂まで後退し、議事堂周辺の防御を固めるよう命じた。バーンズが無線でこの作戦行動を調整していたとき、州間高速道路三九五号線を南のバージニア州へ向かう出口のチェックポイントから、一本の連絡が入った。一台のSUVがダレス空港方面から到着した。数人が乗車しており、ただちに議事堂へのアクセスを要請しているという。

「何人だ?」バーンズがチェックポイントの海兵隊員に訊いた。

「六人です」海兵隊員がいった。「シュライヴァー大統領もいます」

二〇五四年六月二日　08:50(GMT04:50)
マナウスの北西、アマゾン川とネグロ川の合流点

B・Tは手ぶらでカーツワイルの研究室を出る。これ以外の結論を導き出すのは不可能だと思った。その朝、目覚めると、ふたつの新しい情報があった。ドクター・サンディープ・チョードリが夜のうちに亡くなっていた。そして、マノロがみんなをマナウスまで送り届けようと到着していた。ただ、ドクター・チョードリの遺体を運ぶのにふさわしい方法がなかった。ブランケットで包むのが精いっぱいだが、それでは威厳が保たれないように感じられる。そこで、先にB・Tとミチを送り届け、翌日、ドクター・チョードリの棺を持って、アシュニとアヴォジーニャを迎えに来たらどうかとマノロが申し出た。みんなそれでいいということになり、B・Tはこうして川を下っていた。ミチとふたりで船首にいて、マノロが船尾でボートを操縦していた。

B・Tはミチと身を寄せて座っていたが、話をするときには船外機のエンジン音にかき消されないように大きな声を出さないといけなかった。「いつまでマナウスにいたい？」B・Tは訊いた。

「そんなに長くはいたくない」ミチがいった。「阿川博士が詳細報告をしてほしいみたいだから。あなたはいつぐらいまでいるの？」

B・Tは答えなかった。しばらく黙っていた。ミチは微妙だが明確な訊き方をしていた。ミチがB・Tを阿川博士の元に連れていくことはなく、これからB・Tとミチは別々の道を歩むということだ。「そんなに長くはいたくない」B・Tはミチの答えをまねていったが、ミチとはちがい、行くあてはなかった。

　船体が割れてしまいそうな激流になっている、ネグロ川とアマゾン川との合流点を抜けようと、マノロがボートを操っているときは不安だったが、B・Tはフェリー・ターミナルまでの船中、ほぼずっと無言で行くあてを考えていた。現実的に考えれば、沖縄の研究室に戻ってもしかたない。自分を追いかけ、シンギュラリティを再現しようとする者の行く手に障害物を置いたと、サラ・ハントはいっていた。また、アメリカの事変が落ち着いたら、アップロードされた彼女の知能――きのうB・Tと対話していたホログラム――は消滅する、とも断言していた。量子コンピューティングがハントの知能に統合されたとなると、たとえ才能あふれる科学者であっても、そういう強み《アドバンテージ》のない一介の科学者が、カーツワイルとの共同研究の再現とシンギュラリティの再臨を阻むハントの障害物を回避できるとはとても思えない。できるとすれば、その人物は信じられないほどの知能を持っていないといけない。それにツキも。

　マノロがボートを埠頭に着けた。ふたりはターミナルに降りて、タクシーを待つ列に並んだ。ホテルへの車中、ミチは《ヘッズアップ》でメッセージやニュース記事を次々に確認し、たまにヘッドラインを読み上げてくれることはあったが、B・Tにはほとんどかまわなかった。トロピカーナに着くと、少しのあいだ部屋をひとりで使わせてほしいとB・Tに頼んできた。「何本か電話をかけないといけないから」いってどうなる？　傷ついたともいわなかった。

B・Tはいやだとはいわなかった。いってどうなる？　いつ戻ればいいかと訊いた。ミチが「こっちがあなたを見つける」といい、どの辺にいるのかと尋ねた。B・Tはロビーで足を止め、肩越しに振り返ると、行ってもいいと思えるただひとつの場所に視線を向け、カジノにいるとミチに伝えた。

B・Tは手はじめにバカラ・テーブルに行き、まあまあの戦績を収めた。次のクラップスはそれより少しましだった。そこそこ勝ち、そこそこ負けた。おおむね、一時間ばかり収支とんとんのあたりをうろついていた。それが、二時間、三時間と続いた。理論上は必ず胴元《ハウス》が勝つ。しかし、借金を抱えたMITの大学院生だったころから今までのギャンブル人生を振り返ってみると、たいていハウスに勝ってきた。そして、こう思いはじめていた――ダイスを振るときも、手札が配られるときも――そんなツキを研究に持ち込めないか、ツキと知能を掛け合わせたら、サラ・ハントが行く手にどんな障害物を置いていようが、これまでやってきた研究に戻れるのではないか。いかれた考えなのだろうが、可能だと思った。いつかシンギュラリティを再発見できる。

ノ・フロアに現れた。スーツケースを引いていた。

ミチを見て、B・Tはカードをテーブルに置いた。

「あと一時間ちょっとで飛行機が飛ぶの」ミチがいった。そして、衝撃を和らげるかのように、こう付け加えた。「ホテルの支払いは済ませておいたから」

「阿川博士が済ませたということだな」B・Tは傷つき、怒っていた。

「あなたはすばらしい科学者よ」ミチがある種の決意を込めてそういった。本当のところB・Tをどう思っていたのか、やっと伝えようとしているかのように。そして、こう続けた。「また連絡して……」

ミチの声の抑揚からすると、呼びかけというより問いかけのように聞こえた。彼女がカジノ・フロアでB・Tの正面に立ち、答えを待っていると、トロピカーナの宿泊客の一団がやってきた。勝ったコインをつかみ、テーブルからテーブルへひらひらと移動しはじめた。近くのスロットマシンでジャックポットが出た。払い出し口から金色のコインがあふれ出し、煙草をだらりとくわえた年配女性がどさりと膝を突いた。ふたりのフロアマネージャーがプラスチックのバケツを持って現れた。「フライトに遅れるよ」B・Tはいった。

ミチがドアに目をやった。「また連絡して、ね？」

年配の女性がB・Tとミチに割り込んできた。ふたりの手を握りしめ、ひと握りの金色のコインをそれぞれの手のひらに押し付けた。「おふたりにあげる！」彼女がいった。がらがらの声に喜びがみなぎっていた。「ジャックポットよ……ついに！」

彼女がB・Tを、次にミチを見た。ふたりの結婚を祝福しているかのようだった。

「ね？」ミチがまたいった。

「ああ」B・Tはいった。「連絡する。さあ、フライトに遅れるよ」

B・Tはブラックジャックのテーブルに戻った。次のゲームで負けた。それから一時間は連戦連敗で、やがてプレーできなくなった。彼はふらりとロビーに出た。近くのラウンジでは、何十人ものホテルの宿泊客や数人のスタッフが、いくつかのニュース局に合わせてある一連のテレビのまわりに集まっていた。

B・Tがカジノ・フロアにいた数時間で、アメリカの状況が悪化していた。スクリーンの映像は現実とは思えなかった。何千人ものアメリカ軍将兵——暴徒鎮圧用の装備を身につけ、装甲車両に乗り、無限軌道車内で厳めしい顔をし、戦いの装具をまとっている——が、議事堂でも、全国各地の軍事基地でも、真正面から対峙している。スミス大統領がまだホワイトハウスでじっと待っているが、ライバルのシュライヴァー副大統領は近くの兵舎の海兵隊に守られて議事堂に到着していた。スミス大統領はホワイトハウスから声明を発し、自分が上院で弾劾され、議事堂に海兵隊がいる状況を、トゥルーサーズによるクーデターだと表していた。

また、ニュースでは、シュライヴァーが——スミスとその支持者たちをものともせず——ずっと以前から歴代大統領が宣誓を行なってきた議事堂西側正面で、すぐにでも就任の宣誓を行なうことになっていると報じられていた。身の危険を押して、議事堂の混乱もかまわず、シュライヴァーはこの伝統を守る決意だという。あらゆるニュース局が彼の到着を待っていた。全国が——いや、全世界が——かたずを呑んでいる。議事堂からの生中継がコマーシャルにも入らずに流れていた。

シュライヴァーがトゥルーサーズ、ドリーマーズ、両者間で支持が割れているアメリカ軍のさまざまな部隊を目の当たりにしてどうなるのか、B・Tには想像もできなかった。非常に危険な状況だ。B・Tが確実だと心から思えるのは、そろそろ沖縄の研究室に戻ったほうがいいということぐらいだった。いちばん家《ホーム》と呼べそうなところなのだから、フライトが大きく乱れることもなくまだ運行されているうちに帰りたかった。

B・Tはロビーを横切り、フロントに行った。水がつるつるの石を伝うように、B

GMが流れていた。あまり長くもなく、人が低い声で話している列に、B・Tは並んで待った。列の先頭に来たころには、ほかの宿泊客たちもそろそろチェックアウトの時間だと思ったらしく、列はだいぶ長く延びていて、ホテルの出入り口にふたつある回転ドアにまで達していた。フロント係――数日前にB・Tのチェックインの手続きをしてくれたのと同じ女性――が、ご宿泊はいかがでしたかと尋ねた。そして、ミチがすでに支払いを済ませていた請求書をプリントアウトし、封筒に入れた。B・Tがタクシーを呼んでもらえないかと頼んだとき、フロント係が二枚目のプリントアウトを提示した。「もちろんです。ただ、その前にカジノのお支払いを済ませていただきます」

「支払い？」

「はい、負け分のお支払いです」彼女が請求書上に円で囲んだ金額は、B・Tの当座預金に入っている額を超えていた。B・Tの返答を待っているあいだ、フロント係はペンの先でその額を指していた。B・Tはその負け分を支払うには、口座間で資金をいくらか移動しないといけないから、家に帰ったらすぐにそうするといった。フロント係はトロピカーナ・ホテル＆カジノの方針として、チェックアウトする前にすべての支払いを済ませてもらう必要があるのだと穏やかに説明した。

B・Tとフロント係が支払い方法をめぐって話し合っていると、列に並んでいた人たちがじれはじめた。B・Tはうしろをちらりと見た。黒っぽい髪をページボーイにして、眼鏡をかけているからか、びっくりするほどハリー・ポッターに似ている小柄な女性が、にっこり笑って気にしていないかのようにうなずいた。こっちは気にせずに、これからどうするかゆっくり考えていいといっているかのようだった。

資金移動が済むまでのあいだ、別の部屋を取ったらどうかと、フロント係が申し出た。さらに、あいにく無料にはできないが、「エコノミー・サイズの部屋を格安で」予約できると付け加えた。フロント係がしだいにじれているのがわかった。「予約してもかまいませんか、ドクター・ヤマモト？」

B・Tが答える前に、うしろに並んでいた女性がB・Tの肩をたたいた。「すみませんが」彼女が小声でいった。「そんなつもりはなかったのですが、お話が耳に入ってしまいました。ドクター・クリストファー・ヤマモトですか？」

「だとしたら……？」B・Tは答えた。

「あなたを探していたのです」女性はドクター・アーイシャ・バカリと名乗り、肩で押し分けるようにしてB・Tの前に出た。彼女がフロント係にクレジットカードを差し出した。「こちらの方の代金をすべてこれにつけてください」

　フロント係が彼女のカードを読み取り機に通した。「ありがとうございます、ドクター・バカリ」取引きが承認されると、彼女がいった。「あなたもご予約していただいていますね……チェックインしてもよろしいですか？」

　B・Tはまだ何が起こっているのか、よくわかっていなかった。呆気にとられて見ていると、ドクター・バカリが答えた。「いいえ、けっこうです。チェックインしないことにしました」そういうと、空港まで、自分とB・Tが乗るタクシーを呼んでほしいと頼んだ。ふたりは外に向かった。B・Tは肩代わりしてもらった礼をいいかけたが、ドクター・バカリがさえぎった。「ここに来れば、いるかもしれないと思ったのよ」彼女がいった。「わたしに手を貸してください」

「ぼくが？」

「ええ、あなたが」

「何に？」

　空港へ向かうタクシーがホテル前で停った。駐車係がドアをあけた。

「研究です」ドクター・バカリが答えた。「わたしが働いているニュートロニクスという会社が、遠隔遺伝子編集プログラムでいくつか壁にぶち当たっています。うちの研究については、お聞き及びでしょうか？　こちらはあなたの研究について、もちろん存じ上げております」

二〇五四年六月二日　15：17（GMT10：17）
アメリカ合衆国議事堂

ドアから入るには破壊槌が必要だ。シュライヴァー大統領の就任式のため、ドアから出るにも破壊槌が必要になりそうだ、とジュリア・ハントは思いはじめていた。シュライヴァーはその日の昼前に、シークレット・サービスの護衛チーム、ジュリアの名付け親、そしてリリー・バオという女性を伴って到着した。名付け親は、その女性を「大統領のフィアンセ」と表現していた。現状を考えれば、〝フィアンセ〟は楽観的な言葉だとジュリアは思った。見通しの悪い未来を勝手に予見するような言葉だ。それが政治家の厄介なところだ、とジュリアは思った。明日を切り売りしてるばかりだ。

この少人数の一団は、円形広場から議事堂の西側正面に続く通路で身を寄せ合っていた。彼らと外とを隔てるものはドアひとつだけで、ドアの外では、シュライヴァーが無事に就任の宣誓を済ませるところを全世界に見せられるよう、ハントの率いる海兵隊が議事堂の確保に奮闘している。しかし、議事堂周囲の抵抗が強まっているようだった。その朝早く、第八二空挺師団の一個旅団のスミス支持派グループが議事堂の防御線を突破し、だれもいない下院議場になだれ込んだ。結局、ジュリアと海兵隊一個小隊が議場から追い出したが、海兵隊と空挺部隊とのあいだで激しい銃撃戦となり、五名のアメリカ国民が亡くなった。残った遺体は、置き場がないので、血にまみれたままポンチョをかぶせられ、円形広場の片隅に置かれていた。埋葬前に一般市民との告別のために安置されているかのようだった。日中ずっと、ジュリアは遺体に目を向けないようにしていた。

シュライヴァーと側近が到着したのは、この激戦の直後だった。すぐさまワイズカーヴァーが、まもなく大統領になる男を脇に連れていった。ふたりが話しているあいだ、ジュリアも名付け親を脇に連れていった。ヘンドリクソンによれば、シュライヴァーはどうあっても、議事堂西側正面で就任の宣誓をしたのち、短い演説をするつもりだという。「それからどうなるの？」ジュリアは訊いた。

「じかに国民に語りかければ、事態は大きく変わると彼は信じている」

「ほかの政治家たちもね」

シュライヴァーが語りかければ、そうなる見込みはあると思う、とヘンドリクソンはいった。

「どうして？」ジュリアは訊いた。「どうして彼を信じるの？」

「おれが信じているのは彼ではない」ヘンドリクソンがいった。そして、封鎖された両びらきのドアのさらに向こうへ、トゥルーサーズとドリーマーズが闘い続けているほうを身振りで示した。「われわれだ、この国自体だ。われわれならこの事態から立ち直れると今でも信じている」

自分の議事堂での立場がどれほど危ういか、ジュリアはヘンドリクソンに説明した。さっき下院の議場に侵入されたこと、海兵隊が午前中に持ち場からふらふらと円形広場に戻ってきて、つかの間の休息を取るとまたバリケードに戻り、ゴム弾、催涙ガス、警棒、ときにはこぶしで戦い、つい最近まで戦友だった連中を押しとどめようと、しだいに疲弊している現状を伝えた。それに、スミスがワシントンに動員した軍部隊――ジョージア州の空挺部隊、カンザス州の装甲機動部隊、近隣のバージニアとノースカロライナ両州の海兵隊まで、まだスミスと彼のドリーマーズ政権に忠誠を尽くしている部隊――が議事堂に押し寄せているから、ジュリアの海兵隊は数でも圧倒されている、と。それに対してヘンドリクソンは、思ったほど圧倒されているわけではないと名付け娘にいった。国全体として見れば、それほどの差がないのはたしかだ、と。
たしかに、大勢の将兵がワシントンに動員されているが、それを指示するにあたり、スミスは致命的なミスを犯した。動員命令を受けて、これほど多くの無許可離隊《AWOL》部隊が出ている現状がいかに深刻か、わかっていないのだ。スミスに忠誠を尽くしている将兵が基地を空にしてここに集まっている一方で、ＡＷＯＬになった者たちはあとに残り、地元のトゥルーサーズ勢力と合流し、空っぽになっている各地の基地を占拠している。

ヘンドリクソンがそうした事情をジュリアに伝えていると、シュライヴァーとワイズカーヴァーが近づいてきた。ジュリアたちはふたりとも、シュライヴァーが議事堂西側正面で就任の宣誓し、可能であれば、手短に演説することにも同意した。彼ら五人——シュライヴァー、ジュリア、ワイズカーヴァー、ヘンドリクソン、リリー・バオー——は、ジュリアの副官であるバーンズ少佐から、〝危険なし〟の無線連絡が入るのを待っていた。それを受けて、彼らが外に出ることになっている。

議事堂西側正面に出る両びらきドアを隔てて、何千人もの怒号、ときおり金属のバリケードが倒されるけたたましい音、ゴム弾が空気を切り、何かに当たる甲高い音が聞こえる。そんなところで待っているとき、リリーが不安を表現するダンス・ステップを踏むかのように、片足からもう片足へしきりに体重を移動していた。シュライヴァーが上着のポケットからメモを取り出し、最後にもう一度読み返し、またポケットにしまった。ワイズカーヴァーが就任の宣誓を執り行なうことで合意していたが、ヘンドリクソンは彼が聖書を持っていないことに気づいた。

「何てことだ」ワイズカーヴァーがいった。鍵のかかっていない近くのオフィスに入り、革張りの大著を持って戻ってきた。装丁の文字はセリフ（欧文書体のひげ飾り）のついた金色のフォントで記されていた。「こいつでいいだろう」

ヘンドリクソンが本の装丁をちらりと見た。「それは、まさか？」彼はワイズカーヴァーの持っていた本を引ったくるように取った。「〝Ｂａ～Ｅｓ〟？ 冗談じゃない。こんなもので就任の宣誓はさせられんぞ」。その本は『ブリタニカ百科事典』の第二巻だった。

ヘンドリクソンとワイズカーヴァーの口論は、前夜に無線機の番をしていた若い上等兵にさえぎられた。「少佐」上等兵がジュリアに向かって話しかけた。「バーンズ少佐がずっと連絡を試みられてますが……」ジュリアは携帯式無線機に目を落とした。受信できない状態だったらしい。「西側正面を確保したので、すぐに出てきてほしいとのことです」

「ここにも聖書ぐらいあるはずだ」ヘンドリクソンがいった。

「時間がない」ワイズカーヴァーがいった。「だれも気づきやしない」

「ヘンドリクソンのいうとおりだ」シュライヴァーがいった。「そんなものに宣誓するつもりは――」

シュライヴァーがいい終わらないうちに、上等兵がさえぎった。「あの、聖書なら持っています。私の背嚢《はいのう》のなかにあります。持ってきますか?」

「持っているのか?」シュライヴァーが訊いた。

「はい」

「持ってきて」ジュリアはいった。「至急」足音を通路に響かせ、上等兵が円形広場に駆け戻った。五人はぴりぴりした沈黙に包まれてたたずんでいた。すると、上等兵が息を弾ませて通路を戻ってきた。聖書を持っている。兵士用の聖書で、手のひらに収まるくらいの大きさだった。

「冗談のつもりか?」ワイズカーヴァーがいった。「それに宣誓するわけにはいかないだろう。こっけいきわまりないぞ」彼はそういって『ブリタニカ百科事典』を持ち上げた。「こっちのほうがまだましだ」

シュライヴァーはワイズカーヴァーを黙殺した。上等兵に礼をいい、あとで返却すると約束した。上等兵はその必要はないと答えた。「今、それを必要としているのは、私ではなくあなたです」。ジュリアは両びらきドアを勢いよくあけた。光が降り注ぐなか、彼らは議事堂西側正面に出た。

ジュリアがナショナル・モールを見渡しながら、未来の歴史のクラスでこの出来事を題材にした授業風景を想像した。並んだ机についている学生が、ジュリアの目の前に広がるひどい混乱ぶりの写真や映像を見る場面が脳裏に浮かんだ。疲れ切った肉体の海がうねっている。群衆から絶えず絶叫が上がっている。催涙ガスの鼻を突く煙が記念碑を包んでいる。実際にこの場にいなければ、この瞬間を真に理解することなどできないのではないかと思った。口のなかが乾き、状況がなかなか飲み込めない。母の記憶がよみがえってきた。海で戦い、滅亡の淵に追い込まれた世界を目にして、どんなだったのかと訊いたときのこと。母はそのことをめったに話さなかった。あれほど陰惨な経験だから、話したくなかったのだろうとジュリアはずっと思っていた。でも、表現できない経験だってあるのかもしれない。

ジュリアは母の存在を感じた。部下の海兵隊員がシュライヴァーを演台へ移動させはじめた。シュライヴァーは身の危険を承知で、そこで就任の宣誓をする。この新大統領を守る防弾ガラスはない。まったくの無防備だ。バーンズが群衆を充分に押し返していたから、すぐさまシュライヴァーに危険が及ぶことはないだろうが、海兵隊がいつまで群衆を押しとどめられるかはわからない。群衆がシュライヴァーに敵意を剥き出してきたらなおさら。

宣誓を執り行なう前、ワイズカーヴァーが前置きの話をして、〝不誠実〟とか〝違法〟といったおなじみのあおり言葉を思いのままに使って、スミス政権とドリーマーズ支持者をなじった。ワイズカーヴァーの辛辣なお言葉によって、群衆が色めき、バーンズ率いる防御線の海兵隊に詰め寄り、一瞬、防御線が突破されそうになった。

シュライヴァーは落ち着いて右手を上げ、宣誓をはじめる合図をワイズカーヴァーに送った。ワイズカーヴァーの前には、シュライヴァーだけでなくリリー・バオも立った。シュライヴァーは、宣誓するときに手を載せる聖書を彼女に持ってほしいといって譲らなかった。歴代のファースト・レディーがそうしてきたのだから。

ワイズカーヴァーが、ポケットから取り出した情報カードをちらりと見た。「右手を上げなさい」彼はためらいがちにはじめたが、シュライヴァーの手はすでに上げられていた。「私のあとについていいなさい。〝私は謹んで宣誓します……〟」。シュライヴァーが宣誓文をいうと、ジュリアはまた母親を思った。サラ・ハントなら、娘がこの数日、数週間にした決断をどう思うだろう？　「〝……職務を忠実に遂行し……〟」。

シュライヴァーの大統領就任によって、ジュリアはスミス政権にたてついたことになるのだろうか？「〝……全力を尽くして合衆国憲法を……〟」。あるいは、この決断のせいで、ジュリアは死ぬまで苦しめられるのだろうか？　母が先の戦争であんな役割を担わされて、人殺しの烙印を押されたように、ジュリアも国賊の烙印を押されるのだろうか？「〝……維持、保護、擁護します……〟」。よくわからないが、ここまで導いてくれた母の手のぬくもりを、ジュリアは感じていた。シュライヴァーの宣誓を聞きながら、名付け親のヘンドリクソンがこちらをじっと見ていることに気づいた。

「〝……神に誓って〟」とあとについていい、シュライヴァーは宣誓を終えた。

ワイズカーヴァーが手を差し出した。悦に入ってにやつきながら、彼がいった。

「おめでとう、大統領《ミスター・プレジデント》」

シュライヴァーは握手もせず、国民にも、世界にも見えるようにワイズカーヴァーを冷たくあしらった。トゥルーサーズとドリーマーズが彼らの新しい大統領を待っていた。この沈黙は微妙なバランスだった。彼らは耳を澄ましていた。「私はみなさんの大統領にはなれません」シュライヴァーが話しはじめた。群衆がざわついた。「しかし、前へ進む道はあります。ゆうべ、私は夢を見ました……」

ジュリア・ハントはシュライヴァーの夢の話を聞いていて、自分が前夜に見た夢とよく似た話だと思った。うまく特定できない問題の解を見つけたかのような気持ちになった夢だが、細かいところまではもうほとんど覚えていなかった。

シュライヴァーが二本の大河が合流する話をした。彼は愛する人々と小舟に乗り、二本のうちの一本の川を下ったのだという。ジュリアの夢の小舟には、養母だけでなく、おぼろげな面影として記憶に残っている実の両親、それに名付け親も乗っていた。シュライヴァーは、その二本の大河が合流して激流となって広大な海に注いでいるという話をした。人々は互いに怯え、我先に争い、互いの舟を転覆させ、互いの家族を溺れさせながら、大海にたどり着こうとしていた。シュライヴァーが夢の話を終えるとき、ひとつの問いを投げかけた。ささやきと変わらない小さな声でいったが、群衆がしんと静まり返っていたので、その声は遠くまで届いた。「さて、私たちはどうやってその大海までたどり着くのでしょうか？」

バーンズがジュリアに手を伸ばし、彼女の腕をつかんだ。その顔は傷跡だらけだが、ジュリアがそれまで見たこともないような強烈な感情が縫い込まれていた。「ゆうべ」バーンズがいった。「おれも息子とその川を下る夢を見た……」声がすぼんでいった。

声を殺したざわめきが静寂に取って代わった。群衆もおぼろげに思い出し、驚いた様子で互いに顔を見合わせた。見えない手がこの長く、生々しく、一様の夢を彼らの意識に植え付け、とても長いあいだ代替現実で生きてきた人々が、再び集団意識を共有できるようにしたかのようだ。

どうしてこんなことができるのか、とジュリアは思った。しかし、そんな疑問が浮かんだと思ったら、答えが脳裏に現れた。〝お母さん〟。母はカーツワイルとこの研究をしていた。これが母の残したものだ。母が《コモンセンス》なのか？　演台を挟んで反対側にいるヘンドリクソンに、ジュリアはまなざしを向けた。ヘンドリクソンはすでに彼女を見ていた。ジュリアが感じているとおりだと認めるかのように。

「ジョン・ヘンドリクソン退役提督を私の副大統領に任命しました」シュライヴァーがヘンドリクソンに顔を向け、かぶりを振り、短いお祝いの言葉をかけた。そして、続けた。「この国には世話人が必要です。権力を強固にするのではなく、手放すと公言する大統領が必要なのです。したがって、私は大統領の職を辞し、ただちに有効とします。ヘンドリクソン副大統領は私の任期を終えたのち、二期目には立候補しません。そうすれば、自由で公正な選挙を通して、私たちの民主主義は新陳代謝を果たせるかもしれません……」

シュライヴァーの背後でどよめきが起きた。ワイズカーヴァーは、こんなことになるとは思っていなかった。シュライヴァーが大統領になれば、ついに今後一世代は自分の党が盤石の政権を握り続けられると思っていた。ワイズカーヴァーの描く絵では、シュライヴァーはそれを確実にするトゥルーサーズ大統領になるはずだった。ヘンドリクソンの大統領就任は政治的な意味での裏切りにとどまらず、トゥルーサーズとドリーマーズから権力を引きはがし、アメリカ政界を牛耳る両党の力を奪う。そして、政界におけるワイズカーヴァーの重しがはずれることも意味する。彼はステージに向かって突進したが、バーンズに制止され、たどり着けなかった。

ヘンドリクソンが演台についた。彼は一期だけに専念することを手短に告げ、平和的な政権交替がアメリカ民主主義の基本原則だと断言した。そして、イギリス王ジョージ三世の言葉を引用して締めくくった。アメリカ独立革命が終わったとき、ジョージ三世は今後、どうするつもりなのかとワシントン総司令官に訊いた。政権の座から降りて農園に戻るという答えが帰ってくると、ジョージ三世はいった。「彼がそうするなら、世界でもっとも偉大な人物になるだろう」。ヘンドリクソンは自分もワシントンの例にならうと誓った。

ヘンドリクソンの演説は沈黙で迎えられた。名付け親の姿を見ていて、ジュリアは夢を思い出した。大海へと流れ込む二本の川。ヘンドリクソンが話を終えた。だれもが話を終えた。その後は伝統のとおりに進んだ。

ヘンドリクソンが議事堂西側正面から降壇した。彼が群衆のなかに入っていくと、群衆の波が割れた。ヘンドリクソンがナショナル・モールを歩きはじめた。真っ先についていったのは名付け娘だったが、すぐにほかの者たちも続いた。トゥルーサーズとドリーマーズが交じり合い、数百人、数千人と増えていった。雄大な人の流れが生まれ、歴代の新大統領と同じく、議事堂からホワイトハウスまでの短い道のりを歩いていく彼らの新しい大統領の就任を祝った。

二〇五四年六月二日　17：21（GMT13：21）
マナウスの北西

アシュニは父をここにとどめようと決めていた。父は理由もなくこの川を上ってきたわけではない——それだけはたしかだと感じていた。自分が助かるためにジャングルの奥深くまでやってきたのでないとしたら、ここが人生を終える場所だったから、来たのかもしれない。そうアヴォジーニャに説明すると、アヴォジーニャも同じ考えだった。しかし、父をジャングルから連れ出したくないなら、父の亡骸をどうしたらいいのか？　アヴォジーニャは小川のそばに埋葬し、サラ・ハントとドクター・カーツワイルの墓標と同じような墓標を残しておいたらどうかと提案した。しかし、アシュニはふさわしくないような気がした。

アシュニが父とたどってきた旅路を考えれば考えるほど、父が旅路の果てで失望したのは、自分が助かる方法が見つけられなかったからではなく、シンギュラリティの情報を探し出せなかったからだとしか思えなくなった。それでも、父の死をどう処理するか、答えが見つかったかもしれないと思った。

その日の昼すぎ、アシュニはアヴォジーニャの手を借りて父を川べりに運んだ。暑い日で、太陽が照り、水面にきらきらと反射しているそばで、ふたりは作業にとりかかった。ジャングルから材料――流木の一部、ロープ代わりの蔦――を集め午後にかけて小さないかだをつくった。本当にこれでいいのかと、アヴォジーニャは何度かアシュニに訊いた。下流で二本の川が交わるところは力強い激流になっている。いかだはまちがいなくばらばらになる。遺体は急流に飲まれて消え去る。父もそれを望んでいるとアシュニが説明するたびに、アヴォジーニャはアシュニがおかしくなってしまったかのように、渋い顔をした。

ふたりは亡骸を白い布で包み、いかだの中央部に載せた。息苦しいほどの暑さも西よりのそよ風に屈し、アシュニはひんやりした川に腰まで入っていった。アヴォジーニャが岸からいかだを押し、アシュニが横のほうをつかんだ。水に浮くと、羅針盤《らしんばん》の針が真北を探すかのように、ドクター・チョードリの遺体がくるりと回り、下流の二本の川の合流点に針路を取った。アシュニがいかだをつかんでいると、父を引き離そうとする流れを感じた。西の方角にあたる背後で、太陽が沈もうとしている。前方はすでに暗い。

最後にもう一度、父はこれを望むだろうかと自問した。

望む、とアシュニは思った。父ほど偉大な人なら、この流れに飲まれたいと思うはず。父ほど偉大な人なら、この最後の旅立ちを望むはずだ。海が待っている。

アシュニは手を放し、父を流れに委ねた。

2054

結末 Coda

ドリームポリティク Dreampolitik

二〇五五年四月一二日　07：38（GMT08：38）
ラゴス・ラグーン

ジェイムズ・モハマドはついに自分のヨットを手に入れた。新品で買い、現金で支払い、父の名を取って〈ザ・ベンジャミン〉と名付けた。モハマドは二日前にマリーナで全長四四フィートのシーレイ社のヨットを受け取ったばかりだと、おじにいった。ふたりは操舵室にいて、内湾の船舶を縫って走っていた。その年はじめての温かい日だった。

「しきりにヨットといっているがな、ジミー。こいつはボートだ」そういうと、おじが停泊中のもっと大きなヨット数隻を指さした。どれも全長一〇〇フィート超の品のない巨獣《べへモス》だ。「あんなのがヨットだ」

「ああ、ああいうのもヨットだ」モハマドはいった。スロットルを前に軽く押し、数ノット速度を上げた。おじを連れてきたのはまちがいだったかもしれない。おじのジェイムズ・モハマドは六カ月前にようやく引退した。おじにいわせると、甥がアメリカで勾留され、その〝死の灰〟が趙錦ら国安部の同僚に及んだせいで引退したらしい。上の連中が失態のスケープゴートを探していたのだともいっていた。だが、実をいえば、何年も前に引退しておくべきだったのだ。

引退したことだし、おじはもっと海に出たいのではないか、とモハマドは思った。何かしていないと、趣味を見つけないといけない。でないと、ふたりとも頭がおかしくなってしまう。朝日が空に昇ったばかりで、水面にちらちらと揺らめく光の帯を投げかけている。おじがべらべらとしゃべっているそばで、モハマドはこの光景を精いっぱい楽しもうとした。「おまえが買ったのはボートだ。ボートというのはヨットに載るからな」人さし指で手のひらを叩きながら、おじがいい張った。「だが、ヨットはボートに載らん。そこがちがうんだ、ジミー。それから、ボートに男の名前をつけるのは縁起が悪いぞ。ボートには女の名前をつけるものだ」

アメリカ側はダレスでモハマドの転向に成功したあと、すぐにＣＩＡ調教師《ハンドラー》を着けたが、そいつも〈ザ・ベンジャミン〉という名前には反対した。「ちょっと大胆すぎやしないか？」と、昼食時にモハマドがヨットを買ったと聞いて、調教師《ハンドラー》はいっていた。父の名前なのだとモハマドはいいわけした。調教師《ハンドラー》は、シャツの前身ごろにスープを数滴こぼしてできた小さな茶色のしみを、濡らしたナプキンで叩きながら、片時もはずさないらしい色つきの遠近両用眼鏡越しに目を向けてきた。「品がない。ラッパーがボートにつけるたぐいの名前だ。〈ザ・ベンジャミン〉というと、百ドル札の大金《ベンジャミンズ》（パフ・ダディの曲の歌詞から）みたいだ。それは考えなかったのか？　あるいは、それだけの現金を引き出せば、われわれの関係に余計な注目を引くかもしれないとは？　それに、投資物件としてのボートは最悪だ。おまえもビジネスマンだろうが。ボートの価値がすぐに下がることぐらい、知らないはずはないだろう。浮かんだり、飛んだり、一発やったりするものなら、借りればいい。だれも教えてくれなかったのか？」

それが一週間前のこと。モハマドとおじは今、湾内で針路を変え、フェデラル・パレス・ホテル・アンド・カジノのそばを通った。例の調教師《ハンドラー》と不愉快な昼食をとったところだ。新しい調教師《ハンドラー》が気にくわないとはいえ、以前のおじとの関係に比べたら今のほうがいい。そろそろ自分がおじの面倒を見てもいいころだろう。生きていたら年老いているはずの両親の面倒を見ているだろうから、その代わりに。

それに、モハマドはもちろん家族の世話を見るつもりだ。アメリカ側は高い報酬を払ってくれる。母国ナイジェリアよりはるかにいい。彼が最近流した非公式情報はボーナスに変わり、このヨットの資金となった。それはこんな情報だった。サラ・ハントがさまざまな障害を仕込んだにもかかわらず、ニュートロニクスが、シンギュラリティ到達の助けとなる遠隔遺伝子編集や精神転送《マインド・アップローディング》といった厳選したテクノロジー研究に、依然として資源《リソーシズ》をつぎ込んでいる。この最近の情報は、うまい具合にニュートロニクス上層部に入り込ませた情報提供者からもらった。少女のころにドクター・カーツワイルの初期の研究によって命を救ってもらったという若い科学者だ。自分の命を救った研究をどうしても続けてもらいたいと思い、モハマドのような投資家に話を持ちかけ、その際に、ニュートロニクスがドクター・クリストファー・ヤマモトという人物に登記されている沖縄の独立研究所に支払いがあったことを示す財政情報を明かしたのだった。

おじが船室に降りた。手早く〈ザ・ベンジャミン〉を点検したあと、操舵室に戻った。鮮やかなオレンジ色の救命胴衣を身に着けている。モハマドは笑った。「どうしてそれを着たの？」

「海に出るというからさ」

「いいけど……」

「泳ぎはからきしだからな」

外海に出たらどうするのかとおじが訊いてきた。プランでもあるのか？　目的地でも？　ヨットではたとえばどんなことをするのか？

「正直にいうと」ジェイムズ・モハマドはいった。「よくわからない」
おじが横に来ると、ふたりで〈ザ・ベンジャミン〉の船首のはるか向こう、西方、果てしない海、漠然とした目的地を見つめた。「かまわんさ」おじがいった。そして、救命胴衣のストラップを締めた。「ただ走り続けよう」

六月二三日　05：13（GMT14：13）
沖縄

B・Tはガス欠だった。mRNAワクチンで、DNAの鎖《ストランド》が劣化する問題を回避できそうなたんぱく質構造のモデリングを必ず仕上げてやろうと思って、研究室で徹夜していた。mRNAにおけるこの特定の配列は、一度は効果的な遺伝子のメッセンジャーであり変更遺伝子《モディファイヤー》だとされていたが、そこを利用しようとすると必ず崩壊するのだった。二年以上にわたり、研究はある程度進んだ——まったく異なる指針にもとづいた、ある種の遠隔遺伝子編集手法の改変など——が、信じられないほど労働集約型の研究だから進歩は限定的で、ニュートロニクスはあとどれくらいこの研究とライフスタイルに資金を提供してくれるだろうか、とB・Tは思いはじめていた。もとからささやかな資金とはいえ。

最近では、一六週間もかけて、広大な遺伝子螺旋の改変を試みた。システィーナ礼拝堂の天井画を描き直し、まったくちがう天上のシーンを表現するようなものだ。しかも、美しさは変えずにまったくちがうアレンジを施し、元の絵の像をすべて入れなければならない。簡単とはいえない。そして今、仕上げの筆を入れようと思ったときに、オリジナルにあったふたつの智天使《ケルビム》像を入れるスペースを残していなかったことに気づいたかのようだった。この場合、ふたつのケルビム像に相当するのは、ヌクレオチド・トリプレットのふたつの配列だった。そのふたつが、改変した螺旋構造に合わないのだ。

B・Tは頭を抱えた。手のひらの付け根で目を揉み、窓の外の明け方の空を眺めた。サラ・ハントの警告を聞いておくべきだったのかもしれない。〝シンギュラリティ・クエスト〟を続けても、わかるのは自分自身のエゴの限界だけなのかもしれない。人間の知能――どれだけ高度な知能だとしても――が、彼の行く手を逐一阻むようにできている人工知能を相手に勝てるのか？　コンピュータが、当時チェスの世界チャンピオンだったガリー・カスパロフに勝ってから六〇年近くになる。どちらかといえば、人間の知能が人工知能とこれほど長く競い続けてきたことのほうが驚きだ。人間にもどんな問題も解決できると、彼のような人までがまだ信じている——あるいは、信じていたいと希望している——ことのほうが驚きだ。

〝希望か〟とB・Tは思った。その言葉が彼を元気づけるかのように、脳裏にぶら下がっていた。いつの時代も、それが人間の強みなのだろう。

B・Tは机に向かい、そんなことを考えながら、朝焼けを見つめ、日の移ろいを眺めていた。彼が長らく参加してきたテクノロジー競争によって解決できる人類の問題など、かぎられている。技術的進化は生物的進化を追い越すかもしれないが、そうした進歩はいくら深い流れであっても、人間としての存在の根本はほとんど変わらない。その根本はテクノロジーの領域になく、感情や精神に、つまり科学では説明がつかないものに存在する。自分はこれまでまともに理解できたためしがないものに。

珍しいことでもないが、B・Tの思いはミチへと移ろった。マナウスから戻ってからの最初の一年間、彼はミチを忘れようとした。あの気持ちは本物ではなかったと自分を説得しようとした。だが、それも失敗に終わった。数カ月前、本土に戻り、まずミチのアパートメントへ行き、玄関の呼び鈴ボタンのそばに別人の名前を見つけたあと、阿川博士のオフィスへ向かった。年かさの科学者はB・Tを温かく出迎えた。

B・Tはすぐに彼の机の前に座り、やってきた理由を説明した。ミチとB・Tとの恋愛関係を画策したのは阿川博士ではないかという話を、博士はじっと聞いていたが、こらえ切れずに笑い出し、否定した。そして、無実の証明として、ミチがマナウスから戻ってまもなく、ここでの仕事を辞めたのだと語った。阿川博士によると、ミチは不可解なほど思い悩んでいるようだったという。そろそろ自分の研究に集中したいといっていたらしい。ただ、どんな研究なのかは語らず、去っていった。B・Tとのあいだで何かあったからではないか。阿川博士はもう何カ月もミチから連絡を受けていなかった。

阿川博士に会いに行って一年が経っているが、B・Tはまだミチのことを思っていた。むしろその思いは強まるばかりのように感じられる。サラ・ハント、ドクター・カーツワイル、阿川博士、全反対派を出し抜いて、シンギュラリティを再発見できたとしても、ミチの、あるいは自分の感情を理解するにはほど遠い。テクノロジーの進化は、二千年、一千年、いや百年前の人間にさえ見分けがつかない世界をつくり上げた。しかし、感情の進化はどうだ？　そこは何も変わっていない。何も加速していない。大昔の人も現在の人とほとんど同じだ。そんなことを考えつつ、B・Tは窓の外を見つめ、ミチのことを考えていた。

すると、一本の木の枝に、素早く動くさまざまな色に気づいた。青、ピンク、そして赤がちらちらと見える。B・Tは机を離れ、露で濡れた草地に出た。慎重にその木に近づいた。近くに行くまで、自分の見ているものが何かよくわからなかった。枝から飛び立ったのは、蝶だった。一〇匹以上いて、羽が鮮やかな色に染まっている。一度、宙を舞い、B・Tの頭上で花の冠のような円を描いてから、一列になり、真栄田岬のほうへ飛び去った。あれからずいぶん時間が経っているから、B・Tが遺伝子操作でつくり出した蝶ではない。自分がつくった蝶の子孫にちがいない。B・Tは研究室を出て蝶を追った。

二〇五七年一一月二三日　10:52（GMT18:52）
北京

シュライヴァーはリリー・バオに今回の旅に出てほしくなかったが、リリーは譲らなかった。妊娠は喜んでもらえたが、予定外だった。それに、これまでにもちょっと面倒なことがあって、この旅を延期していた。何年も前に趙錦にもらったビザの期限がもうすぐ切れる。今、行かなければ、二度と行くことはないだろう。シュライヴァーも理解してくれた。どうしても行きたいというリリーの気持ちを理解したのはたしかだ。リリーの父は北京に埋葬されていて、自分が親になる前にお参りしておきたかったのだ。

産科医は妊娠九カ月目にそんなきつい旅に出ることに懸念を伝えたが、リリーは折れなかった。妊娠してからもずっと活発に動いていて、ふたりで買ったささやかな農場で夫の手伝いをしていた。そこはバーリントンから車で二時間ほど北東にあり、バーモント州の標準からしても辺鄙《へんぴ》な土地だった。母子ともに健康だ。だから、どうしても行く。

三年前、リリー・バオとナット・シュライヴァーは住まいというより避難所を探していた。そして、この農場に避難することにし、家屋――石造りの納屋をふたりで改装し、風通しがよくて光がたっぷり差し込むようにした空間――だけでなく、オフグリッド（公的な電気・ガス・水道などを使わない）のライフスタイルを維持するためのソーラーパネル、水の濾過《ろか》システム、苗床などにも、蓄えをつぎ込んだ。ワシントンでの経験から教訓がえられたとすれば、自立するということだった。社会はあまりに不安定だ。より強固な基礎の上に家族を築きたかった。権力中枢からこれほど離れたところへ移ったおかげで、一般大衆の目から逃れられた。さらに、次の危機がやってきたら――環境危機になるのはまちがいない――こうした準備こそが、準備不足の社会への最大の奉仕になる。社会に背を向けたといっても、実のところ、未来へ目を向けたにすぎない。現実的な立ち位置だとリリーは思っていた。だからこそ、北京に戻ると聞いたとき、夫は戸惑ったのだ。

着陸する前に、墓地の名前は調べていた。空港からも近い、北京郊外の順義《ジュンイー》にあった。滞在中の天気予報はずっと雨だった。リリーは墓地の外で白い花束を買った。墓所番号は墓地の管理人から聞いていた。墓は区画整理されておらず、彼女が歩いているとき、外気温は氷点を少し上回る程度だった。風雨にさらされた墓石を見て回り、父親の墓を探していると、空港への最終進入路にはいった航空機が、うなりをあげて低空に飛来した。父の墓が見つかるまで、一時間以上かかった。御影石の墓石には、父の階級も、経歴のたぐいもいっさいなかった。正面に〝林保〟という名前と生年と没年が記されているだけだった。墓のまわりの草が伸び放題だった。リリーは素手でむしり取り、きれいになったところに花束を置いた。また飛行機が飛んでいった。父が死んでから、何千機の飛行機が頭上を飛び交ったのだろうかと思った。父は安らぎを見つけたのだろうか、とも。雨が降り続いていた。リリーはずぶ濡れになり、ホテルに戻ったときには震えていた。疲れ切って、寝ようとしたが、夜に熱と汗が出て目が覚めた。悪いとは思いつつ夫に電話した。シュライヴァーには、もう一度体温を測るようにいわれた。測ってみると、華氏一〇三度（三九・四四度）近くあった。

「医者に診てもらわないとだめだ」

はじめは拒んだが、朝になると呼吸まで苦しくなっていた。「自分のために診てもらうのがいやでも」シュライヴァーがいった。「ジェイクのために診てもらってくれ」。まだ生まれていない息子のために選んだ名前を、彼はよく口にしたが、リリーは一度も口に出さなかった。シュライヴァーが病院に行ってくれと懇願しているとき、息子の名前をなかなか口にできないでいるのに、夫はどうしてこれほど自然にいえるのだろうかと思った。名前を口に出すと、親としての義務を認めるかのように感じられる。そんな義務をうまく果たせるのだろうかとひどく不安だった。

シュライヴァーには救急車を呼んでほしいといわれた。リリーは呼ばず、タクシーを拾った。シュライヴァーがずっとリリーとの電話を切らずにいた。そして、一緒にいられないことをわびたが、ビザもないから、こっちに来ることなどできなかった。呼吸がますます苦しくなった。リリーは病院で落ち着いたらすぐに連絡するとシュライヴァーにいった。そして、タクシーの後部席で気を失った。

意識が戻ると、個室の病室にいて、看護師がひとりついていた。その看護師が近くに寄り、体温や血圧などを調べ、ドアのほうへ部屋を歩いていった。リリーは腹がへこんでいるのを感じたが、彼女がパニックに陥る前に、看護師が保育器を抱えて戻ってきて、リリーのベッドの横に置くと、訛《なま》りの強い英語で知らせた。「元気な男の子です……」。リリーは息子を見た。ミルクのようなうるんだ目で見つめ返している。すると、看護師が「お見舞いの方がいます」といい、部屋から出ていった。リリーの見舞いに来た人がドアから現れたとき、院内での着用が義務づけられている裏に糊がついた来院者証の名前を見て、リリーにはすぐにだれかわかった。趙錦だった。「新しいお母さんに、おめでとうをいわせてくれ」彼はそういって保育器のガラスをぽんと叩いた。片手に白い花束を持っていた。前日に父の墓に供えたものと似た花束だった。もう片方の手に、赤い封筒を持っていた。花束をサイドテーブルに置いたとき、赤は昔から幸運と中国の新しいはじまりの色だ——老婆心ながら——と、趙錦はいった。

「どうやってわたしを見つけたの？」リリーは訊いた。

「きみがこの国に足を踏み入れた瞬間にわかった」趙錦がいった。リリーに見くびられたとでも思っているのか、がっかりしたような声色だった。「何年も前に発行したビザのことだから忘れているとでも思っていたのか？　使ってくれないものかと思っていた」

「すると、これまでずっとわたしを尾行していたの？」リリーは訊いた。

「尾行とは古くさい……。今どき尾行する者などいるか？　ちがう、尾行などしていない。監視していたのだ。きみのお父さんのお墓だが、とても残念だ。もっと威厳のある墓地で眠ってもらうべきなのに。私たちの国のために尽力してくださった、非常に高潔な人だった」

「私たちの国……」リリーはいい、その言葉を口のなかで転がしていたが、やがてこう付け加えた。「主人と話をさせて」

病院がシュライヴァーと密に連絡を取っていると、趙錦は説明した。リリーが無事だということも伝えているし、男の子が生まれたこともいってある。「名前は何というんだっけ？」趙錦が訊いた。

「ジェイク……主人の父方から取った名前」

「アメリカ人らしい名前だ」趙錦がいった。「ジェイク・シュライヴァー……いかにも、アメリカ人らしい名前だ」

リリーは夫と話をさせてほしいと再度頼んだ。

「もちろんだ」趙錦がいった。「手配させよう。だが、こっちもきみと話をする機会をずっと待っていたのだから、もう少し話をさせてくれ」彼は花の茎に手を加え、サイドテーブルの花瓶に生けていた。その近くに、赤い封筒が置いてある。「ご主人に電話する前に、きみとジェイクに持ってきた贈り物をあけてくれないか？」そういって、赤い封筒を手渡した。趙錦はずっと保育器のガラスをコンコンと叩き続けていた。あやすような顔をして、ジェイクの気を引こうとしていた。

リリー・バオが赤い封筒をあけた。「これは何？」彼女は訊き、政府文書を手に取った。

「市民権証明書だ」趙錦が説明した。「きみが署名するだけで、息子さんは中国人にもアメリカ人にもなれる」

「息子はアメリカ人よ」

「しかし、中国で中国人の母親から生まれたのだから、中国人でもある……」趙錦は上着からペンを取り出した。「以前、きみのお父さんのことを話した。ふさわしいお墓を用意してやれるかもしれない。八宝山革命公墓に移ってもらえるかもしれない。著名人の仲間入りだ。ジェイク・シュライヴァーがこのおじいさんにとっての好機をつくったわけだ。誇りに思うことだろう。いつの日か息子さんが自分の生まれた土地、きみの生まれた土地、お父さんの生まれた土地に戻る選択の余地を残しておくこと。きみにしてもらいたいのはそれだけだ……。息子さんにその選択を与えないつもりか？」

趙錦がリリーにペンを差し出した。

リリーは長々と趙錦をにらみつけた。

「起き上がれないの」リリーはやがていった。「署名する台を持ってきてもらわないといけない」

趙錦がベッドの端に腰かけた。背中を使わせようということらしい。リリーは文書を彼の背中に置いた。ペンを握ったとき、リリーは指先で持たずに、ナイフのように握りしめた。無理やり署名させられるまさにこの部屋で、息子が趙錦を刺す日を空想した。

二〇五八年三月七日　17：38（GMT11：38）
ガルヴェストン・アイランド・コンベンション・センター

アシュニは来なくてもいいと思っていた。タンダヴァ・グループの会長として、地球の反対側から講演の依頼を受けた。何らかの団体を前に講演しない日は一週間と続かない。しかし、この講演はちがう。ガルヴェストン生存者の会に基調講演を頼まれたのだ。

父の死以来、アシュニは彼の残したものについて演説をしたり、父の代わりに賞を受け取ったりしてきた。父の追悼式は三都市で開催された。しかし、母についてはほとんど忘れ去られ、公になっているアシュニの半生から切り離されている。母に関係することで何らかの依頼を受けたのは、今回がはじめてだった。ただ、尻込みしていた。講演の予定時間まであと一時間だというのに、ホテルのバーでウイスキーを飲んで気を落ち着かせようとしているくらいだ。

アシュニはカクテルテーブルの席に座り、講演の原稿をテーブルに広げていた。これを書くのに、一週間以上もかかった。講演内容を考えるときも相当苦しんだが、聴衆の前で泣き崩れずにいられるだろうかという不安にもさいなまれていた。それがとても怖かった。この四年で、父を亡くしたことについては、どうにか話せるようになっていた――話すしかなかった。父のことや父が残したものを、世界が話題にしたがった。でも、母のことは話がちがう。母が残してくれたのは数百万ドル相当の投資ファンドでも、数千人の従業員でも、慈善基金でも、最先端研究でもない。いいえ、母が残してくれたのは彼女、アシュニだった。

アシュニはもう一度、原稿を読み返した。

いまだに読み通していると、感情があふれ出しそうになる。でも、もう時間がない。アシュニは支払いを済ませ、バーを出た。講堂に着くと、何千人とはいわないまでも、何百人もの聴衆が集まっていた。先の戦争の壊滅的な損失を追悼したい気持ちがあふれ、四年前にこの国が内戦の一歩手前まで落ちてしまったいきさつを理解したい気持ちへと流れ込んだかのようだった。議会は安定した暫定大統領であるヘンドリクソン政権に丸四年の任期を与え、それによってアメリカ合衆国はある程度の正常化を達成した。といっても、国家が滅亡しそうなレベルを脱して、いつもの手に負えない機能不全にまで改善したという程度だった。とはいえ、大した事件もなかったヘンドリクソンの任期はこの年末に切れる。まとまりのない独立勢力、民主共和党、ほかの少数党が大統領候補を選ぶ準備に入ったが、有力な候補もなく、国全体がざわついている。

講演まで数分に迫り、講演会のスタッフがアシュニをステージ裏の控室に案内した。そこでメイク担当が額のてかりを拭き取り、音響担当がラペルにマイクを取り付けた。アシュニはステージ左に立ち、自分の人物紹介を聞いた。彼女の経歴と、自分のものとはなかなか思えない業績が語られ、不安に飲み込まれていた。それでも、母がどんな人だったのか、世界に語る機会は今しかないと感じていた。

アシュニは登壇し、あふれる光の下に出た。聴衆の顔が前に向けられた。父親のことに加えて、今後出てくる社会的、生物学的、環境的な問題を見越して、タンダヴァ・グループが世界に備えているといった業務内容を手短に話した。ここまでは楽な部分だった。これまで何度も語ってきたことを切り貼りしただけだ。

そして、自分自身の話に移った。

母を思い起こすと、だれかに首を絞められているかのように、喉が締めつけられるのを感じた。講演者と聴衆が追悼する母は、アシュニを手放すという非常に困難な決断をした。

「わたしたちはよく」アシュニを救うには手放すしかない。母はわかっていた。

「進歩とは拘泥だと思います。でも、手放すことが進歩になることも多いのです。人だけでなく、考え方にも当てはまります……」

母はそれを理解していた。父もそうだった。少なくとも、最期のときには理解していた。でも、ほかにいるだろうか？　知り合いがいないか、気持ちを落ち着けてくれる顔はいないかと、アシュニは聴衆を見回した。それまで気づいていなかったが、前列の演台のすぐ前の席に、日本の高名な公共政策専門家、阿川公平博士が座っていた。博士は賛意を示してうなずいていた。

阿川博士に会うのははじめてだったが、どういう人なのか、父の業績に、したがってアシュニ自身の業績にも、どんな影響を与えてきたのかは知っていた。講演を終え、聴衆がはけたあと、阿川博士は奥でアシュニを待っていた。名を名乗り、アシュニを夕食に誘った。静かなテーブル席で、ふたりはアシュニの母、父、そしてアシュニのことも、夜遅くまで語らった。

二〇五九年五月一七日　04：38（GMT五月一六日23：38）
ボストン

その朝、ジュリア・ハントは卒業する。記録的な早さで博士号を受ける。タフツ大学公衆衛生大学院の論文指導教官の話では、必要単位の取得には最長七年かかるかもしれないとのことだった。しかしジュリアは、復員兵援護法の給付金と退職金の一部を学資金に回し、新記録となる四年で取得した。お祝いに、前日、名付け親がワシントンから飛んできた。その夜、ボストン・コモン公園に近接したホテルで一緒に夕食をとった。ヘンドリクソンが数カ月前に政権を離れてから、ジュリアが前大統領に会うのははじめてだった。

レストランのテーブル席についたとき、シークレット・サービスをあまり目に付かないところに控えさせ、側近のスタッフを遠くに置いてくれたのはよかった。ジュリアは、彼らがヘンドリクソンを〝大統領〟ではなく〝提督〟と呼んでいることに気づいた。政権を離れたあと〝大佐〟と呼ばれていたセオドア・ルーズヴェルトと同じように、ヘンドリクソンも〝大統領〟と呼ばれるのは、つねにひとりでなければならないという考えだった。ヘンドリクソンはひとりきりで来たわけではなかった。カレン・スレイクとコンサルティング契約を結んでいた。彼女が温めているプロジェクトのなかには、ヘンドリクソンの大統領図書館も含まれていた。スレイクは夕食前に一杯飲みながら、ふたりと談笑した。ドーザーが上院議員選挙で落選したことや、ワイズカーヴァーの非公認伝記が秋に出版されること——ワイズカーヴァー側が出版社を訴えている——をネタに話をした。これがはじめてではないが、スレイクはジュリアが海兵隊を除隊したことを嘆いていた。「今ごろは将官になっていたのに」とスレイクがいった。ジュリアは肩をすくめ、今のほうがずっと幸せだというにとどめた——

嘘ではない。スレイクは大統領図書館に関する未公表のプランもジュリアに披露した。「何もない辺鄙なところなのよ」。図書館の建設予定地はニューメキシコ州で、サラ・ハントが住んでいた農場からほんの数マイルのところだった。「だれも来ないわ」スレイクはそういい残して、個室から出ていった。

「そんなところに建てる予定だなんて、知らなかった」レストランから出ていくスレイクを目で追いながら、ジュリアはいった。「それに、わたしのお母さんをどれだけ恋しく思っているのかも、たぶん知らなかった」

「きみのお母さんを愛していた」ヘンドリクソンがレストランの窓の外を物憂げに見つめた。「とても、それに長いあいだ愛していた……今でも。おまえは恋しくないか？」

「もちろん恋しいわ」ジュリアはさらに言葉を継ぎたくなり、実際に口をひらきかけたが、やめておいた。

ジュリアは話題を変え、タンダヴァ・グループが一部出資している農業企業関係者と会った話をした。同社は彼女が最近発表した学術論文に目をつけていた。ジュリアは仕事のオファーがあると思っていた。お母さんも鼻を高くしているだろうとヘンドリクソンがいった。ふたりはまもなく夕食を終え、翌日、卒業式のあとで、キャンパスで落ち合うことにした。その後、ジュリアはアパートメントに戻り、ベッドに入ると、夢を見た。

これが彼女の秘密だった。毎晩、届けられる母からの贈り物だ。サラ・ハントが消えて、サラとカーツワイルが開発したテクノロジーも一緒に消えたのだろうと大方の人は考えた。だが、ジュリアはそうでないことを知っている。サラ・ハントは娘に贈り物を遺していた。もう何年にもなるが、ずっと前にサンディエゴで亡くしていたジュリアの実の両親が、夢に出てくるようになったのだ。どうしてそんなことができるの？ ジュリアにはわからなかった。わかっているのは、サラ・ハントのなせるわざだということだけだ。両親とは少女のころに生き別れたが、もし両親が生きていたら、その後どう暮らしていたのか、毎晩、ジュリアの夢で再現されるのだった。まるで記憶に残っているかのように。

その夜、夕食のあと、何年かぶりで両親が現れなかった。その代わりに、サラ・ハントの夢をはじめて見た。単純な夢だった。翌日の卒業式の予知夢だった。ジュリアは角帽とガウンをまとっていた。ステージの片側にクラスメイトたちと整列しているそばで、演台では学長が卒業生の名前を呼ぶ。ジュリアの名前が呼ばれると、階段でステージに上った。博士号が授与された。卒業ローブのフードが頭から垂れ下がっている。笑みを浮かべると、ジュリアは観衆に顔を向け、母の姿を、サラの姿を探した。最前列の予約席に、その姿を見つけた。

翌日の卒業式では、ジュリアが夢で見たのとまったく同じシーンが広がっていた。ただ、サラの姿はない。ところが、ジュリアが登壇し、自分の名前が呼ばれるのを待っていると、前列の予約席に気づいた。ゆうべサラが座っていたのと同じ席だ。今日、そこが空席で悲しいのか、ほっとしているのか、ジュリアにはわからなかった。そして、名前が呼ばれた。自信に満ちた足取りで登壇する。ステージの端まで歩いていくころには、この秘密をヘンドリクソンに打ち明けようと心に決めていた。

しかし、争いの種がどんなものになりそうかと問われれば、
曖昧模糊たる真実の推測をするくらいしかできないことがすぐにでも理解されよう。

——アレクシス・ドゥ・トクヴィル『アメリカの民主主義』

謝辞

エリオット・アッカーマンは以下の方々にお礼を申し上げる。スコット・モイヤーズ、ミア・カウンシル、ヘレン・ラウナー、エリザベス・キャラマリ、ＰＪ・マーク、フィル・クレイ、そして、このたびも、リー・カーペンター。

スタヴリディス提督は以下の方々にお礼を申し上げる。編集者のスコット・モイヤーズ、エージェントのアンドリュー・ワイリー。また、ペンギン・プレスのすばらしい水兵仲間《シップメイト》、ミア・カウンシル、ヘレン・ラウナー、エリザベス・カラマリ。そして、人工などではない知性を有する女性、ローラ・スタヴリディス。

訳者あとがき

本書『２０５４ 合衆国崩壊』（原題：2054）は、元海兵隊特殊部隊員であり人気作家のエリオット・アッカーマンと、アメリカ海軍の重鎮であるジェイムズ・スタヴリディス提督の共著第二作目にあたる。

二〇三四年、南シナ海で「航行の自由」作戦遂行中のアメリカ海軍が、炎上する船籍不明のトロール船をめぐって中国海軍との紛争が生じた。一方、ホルムズ海峡では、アメリカ空軍のＦ－35ステルス戦闘機が操縦不能になり、イラン領内に不時着し、パイロットが捕虜になる。このふたつの事件をきっかけに、各国が水面下で陰謀を巡らしていく。米中両国内の政治闘争も相まって事態はエスカレートし、やがて米中が戦術核を撃ち合う。前作『２０３４ 米中戦争』（原題：2034）では、そんな恐ろしい事態がドライに描き出されていた。

本書はその米中戦争から二十年後の二〇五四年のストーリーである。核ミサイルの発射を指示し、上海を壊滅させたサラ・ハント司令官は、退任後、静かに暮らしていたが、みずから命を絶った。インド太平洋軍少将のジョン・〝バント〟・ヘンドリクソンは大統領首席補佐官になっている。サラの養子ジュリアは成長して海兵隊少佐になり、名付け親であるヘンドリクソンの下で働いている。大統領補佐官だったサンディープ・チョードリは、ルーツであるインドに戻り、親族企業の経営に携わっていたが、最近になって引退を決めた。やはり大統領補佐官だった野心家のトレント・ワイズカーヴァーは下院議員に転身し、議長にまでなっている。

核戦争によって荒廃したアメリカの国土は、まだ復興途上にある。そんなとき、選挙戦を控えたカストロ大統領が演説中に倒れ、そのまま亡くなってしまう。同時に、国家機密の漏洩も発覚し、大統領の急逝との関連も疑われる。政府は対応をあやまり、国民の不満が噴き出し、アメリカ合衆国は分断の道を進みはじめる。

危機脱出のヒントは、本書に添えられたふたつのエピグラフに隠されているのだと思う。レイ・カーツワイルの *The Singularity Is Near: When Humans Transcend Biology*（邦題『シンギュラリティは近い』）と、アレクシス・ド・トクヴィルの *Democracy in America*（邦題『アメリカの民主主義』）から、それぞれ巻頭と巻末に添えられた一節だ。かたや二〇〇五年に刊行された科学技術の名著、かたや一七〇年前に書かれた社会・政治学の古典だ。両者に関連性はないように思われるが、いずれも予言の書である。キーワードは〝シンギュラリティ〟と〝民主主義〟だ。

シンギュラリティとは、ハンガリー生まれのアメリカ人数学者ジョン・フォン・ノイマンとSF作家ヴァーナー・ヴィンジがよく使っていた言葉であり、人工知能（AI）が指数関数的なペースで進化し、人類の能力を抜き去る瞬間をいい、〝技術的特異点〟と訳されることが多い。中国の習近平国家主席、マイクロソフトのビル・ゲイツ、テスラ（現在はトランプ大統領肝いりの政府効率化省を主導）のイーロン・マスクなど、シンギュラリティという考え方に影響を受けている人は多い。

シンギュラリティにいち早く到達した者が、この世界、いや宇宙の覇権を握るといわれている。汎用人工知能（AGI）と量子コンピュータによって、これまで解明できなかった問題が解明され、開発できなかった技術が開発されていくからである。人類そのものの形まで変える可能性さえあるといわれている。今現在も、国や企業がシンギュラリティに向けた技術開発にしのぎを削っている。AI分野では、中国発のDeepSeek（ディープシーク）が、グーグルのDeepMind（ディープマインド）やオープンAIのChatGPT（チャットGPT）にとって深刻な脅威になっているとの報道が記憶に新しい。

シンギュラリティの衝撃度はわかるが、それによって生まれてくる技術をどう使うのか？　果たして民主主義という政治体制のもとで、人間の能力を超える技術を正しく機能させられるのか？　次はそこが問題になる。その意味で、本書はリアルなシミュレーション、あるいは仮想現実ストーリーとして非常におもしろい。

本書には、現実に起きた〝事件〟、とりわけ二〇二一年アメリカ大統領選にインスピレーションを得ていると思われるシーンがいくつか盛り込まれている。たとえば、ドリーマーズのスミス副大統領がテレビ局のニュース番組で大統領の容態について話しているとき、一匹の蝿が登場するシーンだ。「かつらにしか見えない副大統領の白髪交じりのふさふさの頭髪で這っている」。二〇二一年アメリカ大統領選挙戦において、民主、共和両党の副大統領候補の討論会が、二〇二〇年一一月に行なわれたとき、共和党の副大統領候補マイク・ペンスの白髪に蝿が止まった〝事件〟と重なる。また、同大統領選挙で勝利したバイデン新大統領の就任を正式確定する手続きが進められていた議事堂に、選挙結果に不満を募らせたトランプ氏の支持者が乱入した、〝一月六日議事堂襲撃事件〟を彷彿とさせるシーンもある。

つまり、二〇二一年（あるいはトランプ氏が大統領の座に返り咲いた二〇二五年現在）

と似たような、分断が進む政治・社会情勢で、仮にだれかがシンギュラリティに到達したら、どんな結末が待っているのか？　想像が掻き立てられる。

内戦の危機に際して、ある登場人物がホワイトハウス内で読んでいる本として、アレクシス・ド・トクヴィルの*Democracy in America*が出てくる。先述したとおり、巻末のエピグラフにも同書の一節が添えられている。ちなみにその一節の「争いの種」とは、奴隷制廃止によって南部諸州に生じる人種間対立のことである。北部では法制度上、奴隷制が廃止されたが、白人は曖昧模糊《あいまいもこ》たる理由によって黒人を嫌悪し、交わろうとしない。南部でそうならないとはとても思えないという内容だ。

現代においては、新型コロナ騒動で明らかになったように、人種間の嫌悪に加え、主義主張の対立によっても分断が広がり、深まっているように感じる。人類は世界に蔓延《まんえん》するこの危機から脱することができるのだろうか？　希望はあるのだろうか？

前作『２０３４　米中戦争』の解説において、梶原みずほさんがみごとに予言しておられる――「この物語に希望や未来を見いだすとしたら、それは……」と、ある登場人物の名前を出しておられる。おみごと！　としかいいようがない。

また、核戦争に発展した前作では、唯一の被爆国である我が国の影がかぎりなく透明に近く、筆者も歯がゆさを感じたが、本書では、アメリカ一国覇権主義というパラダイムが多極化へとシフトし、ナイジェリアやブラジルに加えて、日本もプレーヤーとして絡んでいる。

三部作の第二作目にあたる本書の展開は、筆者の予想を軽々と超えた。第三作目でどんな世界が待っているのか、楽しみでならない。

なお、重要な役割を担う日本人として、Kobe Agawaなる人物が登場するが、一般的な日本人名とは思えないため、〝阿川公平〟とした。ここにお断りしておく。

最後に、本書を翻訳する機会を与えてくださった二見書房の小川さんに心より御礼申し上げます。〝公平〟のご提案にも感謝いたします。

二〇二五年二月

熊谷千寿

ハルキ文庫

う 14-1

ハーンと八雲《やくも》

著者 宇野邦一《うのくにいち》

2025年4月18日第一刷発行

発行者 角川春樹

発行所 株式会社角川春樹事務所
〒102-0074 東京都千代田区九段南2-1-30 イタリア文化会館

電話 03(3263)5247(編集)
03(3263)5881(営業)

印刷・製本 中央精版印刷株式会社

フォーマット・デザイン 芦澤泰偉
表紙イラストレーション 門坂 流

ISBN978-4-7584-4707-2 C0195 ©2025 Uno Kuniichi Printed in Japan
http://www.kadokawaharuki.co.jp/[営業]
fanmail@kadokawaharuki.co.jp[編集]　ご意見・ご感想をお寄せください。

葉月奏太

癒しの湯

人情女将のおめこぼし

実業之日本社

実業之日本社文庫

癒しの湯　人情女将のおめこぼし　目次

第一章　函館山の秘湯

1

年の瀬も押し迫った十二月二十八日、平田和樹《ひらたかずき》は函館《はこだて》に向かう特急列車に揺られていた。

年末ということもあり、車内はほぼ満席だ。

冬の北海道の日暮れは早い。まだ午後四時前だというのに、日はずいぶん傾いている。窓の外に目を向ければ、空がオレンジ色に染まっていた。意味もなく物悲しい気持ちになる時間帯だ。

（遠いな……）

またしても腕時計に視線を落として、ため息を漏らす。札幌駅から函館駅まで約四時間だ。焦ったところで仕方ないが、時間を確認せずにはいられなかった。

もう一本早い特急に乗れば、時間的に余裕を持って向かうことができた。しかし、一年の疲れが出たのか、気持ちとは裏腹にどうしても早く起きることができなかった。

和樹は札幌に本社を置く食品メーカーで働いている。大卒で入社して今年三十歳になった。配属先は総務部で、一日中パソコンに向かってキーボードをたたいている。デスクワークは合っていないと思いつつ、気づくと三十路《みそじ》に突入していた。

昨日が仕事納めで、今日から新年の一月五日まで九連休だ。

例年なら帯広《おびひろ》の実家に帰省してのんびり過ごすが、今年はわけあって函館に向かうことになった。三泊四日のひとり旅だ。函館は大学生のとき以来だが、今回は観光が目的ではなかった。

「間もなく函館駅に到着いたします」

車内アナウンスが流れて、乗客たちが降りる準備をはじめる。和樹もダウンジ

ャケットを羽織り、忘れ物がないか確認した。

ほどなくして列車が速度を落として、駅のホームに滑りこんだ。時刻は午後四時をまわっていた。停車してドアが開くと、外の冷気が流れこんでくる。一気に体温を奪われる気がして、慌ててダウンジャケットのファスナーを首もとまで引きあげた。

ボストンバッグを片手に急いで改札を抜ける。駅舎を出ると、外は雪でまっ白だった。

（札幌と変わらないな……）

まだ函館に来たという実感は湧かない。

とにかく、駅前のターミナルでタクシーに乗り、函館山ロープウェイ山麓駅に向かった。

十分ほどで到着すると、すぐロープウェイに乗車する。

函館山といえば北海道でも有数の観光地だ。ゴンドラは百二十五人乗りの大型だが、冬休みに入っているせいか混雑している。客層はカップルや家族連れ、団体客などさまざまだ。しかし、このなかで夜景が目当てではない者は、おそらく和樹だけだろう。

　ゴンドラが動いて山を登りはじめる。ほどなくして乗客たちの間から歓声があがった。窓の外に視線を向けると、見事な景色がひろがっていた。

　日没直後で空がまだロイヤルブルーに染まっている。トワイライトタイムやマジックアワーと呼ばれる時間帯だ。すでに灯《とも》っている街の明かりが、徐々に鮮明になっていく。

　以前、来たときに見たのは、完全に日が暮れたあとだった。まるで宝石をちりばめたような夜景がきれいだったのを覚えている。だが、昼と夜の狭間《はざま》にしか見ることのできないこの景色もすばらしい。

（これはすごいな……）

　思わず惹《ひ》きつけられて腹のなかで唸《うな》った。

　本来の目的を忘れて見惚《みと》れてしまう。百万ドルの夜景と称される理由がわかった気がした。この圧倒的な景色を目当てに、国内だけではなく海外からも観光客が集まってくるのだ。

　海上に扇を置いたような独特の地形が、美しい景観を生み出している。

　もともと函館山は火山の噴火で出来た島で、長い年月をかけて砂が堆積したこ

とで陸地とつながった。そのため山裾からひろがる函館の街は、両側を津軽海峡《つがる》と函館港に挟まれている。

（女性のウエストみたいだな……）

ふとそんなことを思って、直後に奥歯を強く嚙《か》んだ。

つい先ほどまで焦っていたのに、今は景色に見惚れている。そんな自分が腹立たしかった。

（本当はあきらめてるんじゃないか……）

今さらながら、そんなことを考える。

居ても立ってもいられず、休みに入ったとたん、函館まで来たのだ。それなのに、心のどこかで無駄だと思っているのかもしれない。そのとき、予想しうる最悪の事態が脳裏をよぎった。

（い、いや、そんなはずはない）

夜景から視線をそらして必死に否定する。

自問自答をくり返しているうちに、乗車時間三分ほどでゴンドラは山頂駅に到着した。観光客の目当てはもちろん展望台からの夜景だ。だが、和樹はゴンドラを降りると、展望台には目もくれず建物の外に出た。

駐車場にはタクシーや観光バスが多く停車している。その横を通りすぎて、薄暗くなってきた道路をくだっていく。夏ならともかく、真冬に歩いているのは和樹だけだ。

幸い雪は降っていない。しかし、路面に降り積もった雪が車のタイヤで踏み固められて圧雪となっている。しかも、坂なので滑りやすい。スノトレを履いているが、それでも気は抜けなかった。

道路の周囲にはなにもない。低い木々の枝に雪が積もっており、その向こうに函館の夜景が見えた。

（それにしても寒いな……）

ポケットから手袋を取り出して嵌《は》める。

山頂なのだから冷えるのは当然だ。函館は北海道のなかでは比較的暖かいほうだが、それでも気温は零下だろう。

吐く息が白い。

真冬の空気は澄んでいるため、街の明かりがなおさら美しく見える。だが、今は景色を楽しんでいる余裕はない。足もとに気をつけつつ、脇道を見逃さないように注意して歩いていく。

しばらく進むと、木々がわずかに途切れている場所があった。

（もしかして、これか？）

まさかと思いながら足をとめる。

車は入れない細い道で、脇道というより散策路といった感じだ。看板や案内板の類《たぐ》いはいっさいない。このあたりに脇道があることを知らなければ、きっと見逃していただろう。

（ここしかないよな……）

周囲を見まわすが、ほかに脇道は見当たらない。ということは、この細い道の先に予約した旅館があるはずだ。

夜の闇がどんどん濃くなっているので、とにかく歩きはじめる。街路灯はないが、雪明かりがあたりをうっすら照らしているのが救いだ。もし夏だったら闇に包まれているに違いなかった。

（本当に合ってるのか？）

ふと不安が芽生える。

周囲は木々に囲まれており、函館の夜景は見えなくなっていた。不安が急速に大きくなる。だが、旅館は細い道をしばらく進んだ先にあると、電話予約したと

きに説明を受けていた。

どれくらい歩いたのだろうか。

時間をしっかり確認しておくべきだった。もう少しだけ歩いて、それでもわからなかったら宿に電話をかけよう。そう思った直後のことだ。

ガサガサッ――。

突然、木々の枝が揺れた。

和樹が立っている場所のすぐ横だ。木々は激しく揺れて、枝の上に積もった雪がフワッと舞い散った。

(ヒグマだっ)

全身の毛穴から汗がどっと噴き出す。

昨今、北海道の各地でヒグマの目撃情報が頻発している。元来、ヒグマは臆病な動物だが、深刻な餌不足で人里に現れるという。通常この時期は冬眠しているはずだ。しかし、秋に充分な栄養が取れないと「穴持たず」と呼ばれる冬眠しないヒグマになってしまう。

(に、逃げないと)

穴持たずは、とくに凶暴だと聞いたことがある。

しかし、恐怖のあまり体が硬直して動けない。逃げる間もなく、木々の間から黒いものが飛び出した。

（や、やばいっ……）

喉もとまで叫び声がこみあげる。何者かと視線が重なり、全身の毛がいっせいに逆立った。

「あっ、ごめんなさい」

ふいに女性の声が聞こえた。

てっきりヒグマだと思いこんでいたが、飛び出してきたのは女性だった。黒いダウンコートを着ており、ピンク色の長靴を履いている。二十代前半と思われる女性だ。

（な、なんだ？）

思わずへたりこみそうになり、懸命に両足を踏んばった。

ヒグマではないとわかって安堵《あんど》すると同時に、疑念が湧きあがる。この暗いなか、若い女性がひとりでなにをやっていたのだろうか。

「もしかして、平田さまですか？」

いきなり名前を呼ばれて内心身構える。

なにしろ見知らぬ女性だ。和樹は肯定も否定もせずに、相手の目をじっと見つめた。

「わたし、さがら屋で働いてるんです」

彼女の言葉を聞いて、ようやく納得する。

これから向かう宿の関係者だ。予約を入れてあるので、和樹の名前を知っていたのだろう。

「宿の人か……びっくりしたよ」

「驚かせてしまって申しわけございません。やっぱり平田さまですね。お待ちしておりました」

彼女の顔に笑みがひろがる。

人懐っこい女性だ。もともとかわいい顔をしているが、笑うとさらに愛らしくなる。若い女性に愛想よくされて悪い気はしないが、まだ警戒を解くわけにはいかなかった。

すると、和樹の疑念を感じ取ったのか、彼女は自己紹介をはじめた。

名前は長山美帆《ながやまみほ》。さがら屋で住みこみの仲居をしているという。なぜか胸もとには大根とキャベツを抱えていた。

「それは……」

「あっ、これですか。今、料理長に頼まれて、雪室《ゆきむろ》からお野菜を取ってきたところなんです」

雪室とは、北海道の各地で行われている保存方法だ。秋に収穫した野菜を雪のなかで貯蔵することで、甘くておいしくなる。寒さから身を守るために糖度が高くなり、その結果、凍らなくなるという。

「雪室があったのか……急に出てきたからヒグマかと思ったよ」

「最近、ヒグマが多いですよね。本当にごめんなさい。でも、函館山にヒグマはいないんですよ」

「えっ、北海道でヒグマがいないところなんてないだろ」

にわかには信じられない。

なにしろ、札幌の街中でもヒグマが出没するのだ。それこそ山があれば、どこにでもいるのではないか。こうしている間も、ヒグマが出てくるのではないかと不安だった。

「函館山は孤立した場所で、しかも川がないのでヒグマがいないそうです」

そう言われて思い出す。

基本的にヒグマは川を伝って移動するという。札幌市内の目撃情報も、川の近くが多かった。

「でも、注意するに越したことないですね。もしヒグマが出たら、怖くて雪室に行けなくなっちゃいます」

美帆はそう言って笑う。

飾らない性格に好感が持てる。和樹は心を許しそうになり、慌てて気持ちを引きしめた。

(遊びに来たわけじゃないんだ……)

胸に秘めた思いがある。

仲居がかわいいからといって、浮かれている場合ではない。大切な目的を忘れてはならなかった。

「お荷物、持てなくてごめんなさい」

美帆は大根とキャベツを抱えたまま、申しわけなさそうに頭をさげた。

「軽いから大丈夫だよ」

「お気遣いありがとうございます。宿はすぐ近くです。ご案内しますね」

美帆が先に立って歩きはじめる。

話しているうちに、あたりはすっかり暗くなっていた。ひとりだったら不安でたまらなくなっていただろう。

2

細い道を進んでいくと、急に開けた場所に出た。

雪が積もったなかに、こぢんまりとした建物が建っている。三角屋根の木造で雰囲気のある旅館だ。正面玄関の引き戸の上に「さがら屋」と筆書きされた看板がかかっていた。

「どうぞ、お入りください」

美帆が引き戸を開けてくれる。

午後五時半、さがら屋に到着した。ひとりだったら、まださ迷っていたに違いない。偶然、美帆に会えてラッキーだった。

「ありがとう」

和樹は遠慮なく宿のなかに足を踏み入れた。

正面にフロントがあるが人はいない。右側のドアからフロントに出入りするよ

うだ。

フロントの左側には板張りの廊下があり、奥までまっすぐ伸びている。建物自体は年季が入っているが、廊下は照明の光を反射するほどピカピカに磨きあげられていた。

「お客さまがいらっしゃいました」

美帆が廊下の奥に向かって声をかける。

すぐに襖《ふすま》が開いて、着物姿の女性が姿を見せた。楚々《そそ》とした足取りで近づいてくると、流れるような動きですっと正座をした。

淡い藤色の地に雪輪が描かれた着物で、銀色地の帯を締めている。黒髪をきっちり結いあげており、涼しげな目もとがはっとするほど美しい。ふだん接することのない凛《りん》とした佇《たたず》まいの女性だ。

「いらっしゃいませ。お待ちしておりました」

三つ指をついて深々と頭をさげる。

そして、女将《おかみ》の相楽美智子《さがらみちこ》と名乗った。年齢は和樹とさほど変わらない気がする。年上だとしても、おそらく三十代前半だろう。所作の美しさはもちろん、高貴な楽器を思わせる声にも惹きつけられた。

いつの間にか美帆もダウンコートを脱いで、美智子の隣で正座をしている。臙《えん》脂《じ》色の作務衣を着ており、同じように頭をさげていた。

「ご丁寧にどうも……どうか、お顔をあげてください」

思いのほか丁寧に挨拶されて恐縮する。

インターネットでさがら屋のホームページを閲覧した印象とだいぶ違う。小さな旅館で宿泊料金も高くないので、もっと気軽な感じを想像していた。

「お世話になります。温泉に浸かって、のんびりするつもりです」

和樹も頭をさげる。

いろいろ訊《き》きたいことはあるが、ぐっと呑《の》みこむ。とりあえずは普通の観光客のように振る舞うべきだろう。いきなりだと警戒されてしまうかもしれない。気持ちは逸《はや》るが焦りは禁物だ。

「こちらこそ、よろしくお願いいたします。家族経営の小さな宿ですが、どうかごゆっくりなさってください」

美智子が顔をあげて微笑を浮かべる。

「ご家族で、ということは……」

もしかしたら、女将と仲居は姉妹なのだろうか。

それにしては似ていない。美智子は正統派の美人だが、美帆は幼さの残る愛らしい顔立ちだ。不思議に思って、ふたりの顔を交互に見やった。

「家族経営といっても、両親は三年前に亡くなりました。今は料理長と仲居とわたし、血はつながっていませんが家族同然の三人でやっております」

「ああっ、なるほど……」

そういう意味なら納得だ。家族同然というくらいだから、きっと三人は強い絆《きずな》で結ばれているのだろう。

「部屋は七つだけです。温泉以外はなにもございませんが、お寛《くつろ》ぎくださいませ。では、宿帳にご記入をお願いします」

美智子がフロントのなかに入っていく。

和樹はスノトレを脱いでスリッパに履きかえる。フロントに歩み寄ると、カウンターに宿帳とペンが置いてあった。躊躇《ちゅうちょ》せずに氏名や住所、電話番号などを書きこんだ。

「ありがとうございます。お部屋はハマナスです」

美智子は微笑を浮かべてつげると、部屋の鍵を美帆に手渡した。

「では、ご案内しますね。お荷物をお持ちします」

美帆がボストンバッグを持ってくれる。そして、和樹に笑顔を向けると、廊下をゆっくり歩きはじめた。

（ごく普通の旅館だな……）

さりげなく館内を見まわしながら廊下を進んでいく。

古さは否めないが、隅々まで掃除が行き届いている。たった三人で手入れをするのは大変だろう。第一印象は悪くない。いや、それどころか女将と仲居は人当たりがよくて好印象だ。

廊下の壁に館内図が貼ってあるのを見つけて立ちどまる。

「部屋は花の名前ばかりなんだね」

和樹が泊まる部屋はハマナスだ。ほかにはライラックやラベンダー、ハスカップなどの名前があった。

「はい、すべて花の名前になっています」

美帆も立ちどまって振り返る。だが、話をひろげることなく、すぐに歩きはじめた。

「ここは大広間です。朝晩のお食事はこちらでお願いします。あと、お部屋に浴室はないので、一階の大浴場をご利用ください」

目の前に大広間があり、廊下の奥に大浴場の入口が見える。

「大浴場には露天風呂もあります。深夜零時くらいに掃除をしますが、それ以外の時間は入浴できます。掃除の時間は多少前後することがあります。ご了承ください」

「従業員が三人しかいないと大変だろうね」

掃除の時間が定まらないのは、従業員が少ないせいだろう。そのときの忙しさにより、ずれこんでしまうのではないか。

「満室になることはほとんどないので大丈夫です。今夜も平田さまを含めて三組だけですから」

「そうなんだ……」

一応うなずくが、今ひとつ釈然としない。

宿泊料金が手ごろなので、客が少ないと経営が苦しいのではないか。飛びこみの客も受け入れたほうがいいと思うが、看板のひとつも出ていない。隠れ家的な宿にしたいのなら、もう少し料金をあげてもいいと思う。

「仲居さんは住みこみなの？」

「はい。食事も三食出るので助かってます。わたしは最初からずっと住みこみな

んです」

　美帆は屈託のない笑みを浮かべる。

　三人ともこの建物のなかに住んでいるという。家賃と食費が給料から差し引かれているのだろう。人件費を抑えることで、なんとか経営しているのかもしれなかった。

「ところで、女将さんは独身なの？」

　なんとなく気になって尋ねる。

　先ほどの説明だと、料理長が旦那というわけではなさそうだ。あれほどの美人なら言い寄ってくる男も多いだろう。

「はい、女将さんは独身です。どうして結婚しないんでしょうね」

　美帆も不思議そうに首をかしげる。だが、それ以上は触れることなく、階段をあがっていく。

　従業員の部屋は一階で、七つの客室はすべて二階にあるという。和樹が泊まるハマナスは、いちばん端にある部屋だった。

「こちらです。どうぞ」

　美帆がドアを開けてくれる。

十畳ほどの簡素な部屋だ。風呂はないがトイレと洗面所はついている。座卓と座布団、ミニ冷蔵庫とテレビがあるだけで特別な物はなにもない。窓に歩み寄るが、すでに外はまっ暗で景色は確認できなかった。

「まわりには、なにがあるの？」

「森があるだけです。ヒグマは出ないけど、迷うので散歩はオススメしません」

美帆が笑みを浮かべる。

だが、和樹は笑うことができなかった。ふらりと外に出て、道に迷う人もいるのではないか。

「確かに、事故が起きてもおかしくないな……」

思わずぽつりとつぶやく。脳裏には先ほど歩いた脇道が浮かんでいた。

「事故、ですか？」

「例えば、予約していた客が来なかったことはない？」

深刻にならないように、なるべくさらりと尋ねたつもりだ。ところが、とたんに美帆の愛らしい顔がこわばった。

「ないですよ」

「俺も迷いそうだった。過去にそういう事故があってもおかしくないよね」

「聞いたことないです」

抑揚のない声になっている。

事故が起きた前提で聞かれて、いやな気分になったのかもしれない。だが、その可能性があると考えたら、確認せずにはいられない。

「客が散歩に出て、そのまま行方不明になったことは？」

重ねて尋ねると、美帆は無言で首を左右に振る。そして訝《いぶか》るような目を和樹に向けた。

「どうして、そんなことを聞くんですか？」

「ごめんごめん。ヒグマが出ないっていうのが信じられなくて……でも、もう信じたよ」

はっと我に返り、笑ってごまかそうとする。だが、今さら重苦しい空気を変えることはできなかった。

「お食事は六時からです。時間になったら大広間にお越しください」

美帆はそう言うと、そそくさと部屋をあとにした。

（失敗したな……）

ひとりになり、思わず大きく息を吐き出す。

座布団に腰をおろすと、肩をがっくりと落とした。焦ったところで真実にはたどり着けない。わかっているつもりだったが、つい先走ってしまった。

函館に来たのには深い理由がある。

じつは、失踪した友人を捜しに来たのだ。

ある日突然、大学時代からの親友、吉岡京太郎《よしおかきょうたろう》が姿を消した。頻繁に会っていたわけではないが、たまにメールや電話で連絡を取り合っていた。ところが、気づいたときには消えていたのだ。

前兆はまったくなかった。いついなくなったのかもわからない。和樹が親友の失踪を知ったのは、一カ月ほど前のことだった。

3

十一月最後の土曜日――。

和樹は久しぶりに京太郎が住んでいるアパートを訪れた。

地下鉄で二十分ほどの距離だが、しばらく会っていなかった。仲が悪くなった

わけではない。互いに仕事が忙しくなったこともあり、タイミングが合わなかっただけだ。

和樹と京太郎は大学時代に知り合った。同じアパートに住んでいたため、自然と話すようになり、気づくと親しくなっていた。とくに共通の趣味があるわけではない。なんとなく馬が合ったというのが正直なところだ。

和樹の実家は帯広で、京太郎は釧路《くしろ》だ。地方から出てきたふたりにとって、札幌の街は華やかすぎた。なじむことができず、友人たちの軽いノリにもついていけなかった。やがてコンパに誘われることもなくなり、気づいたときには孤立していた。

これといった趣味もなく、サークルにも所属していないので、ふたりとも暇を持てあましていた。どちらかの部屋で酒を飲むことが多くなり、いつの間にか親友と呼べる仲になっていた。

大学を卒業後もふたりは札幌に残った。和樹は商社、京太郎はＩＴ企業に就職した。恋人がいた時期もあるが結婚には至らず、ふたりとも独身のままだ。ときどき会っては酒を飲む関係がつづいていた。

最後に会ったのは半年ほど前だ。

　あのときは、めずらしく京太郎のほうから飲みに行こうと誘ってきた。焼き鳥屋でビールを飲みながら近況報告をし合った。京太郎はヘッドハンティングで勤め先が変わると言っていた。

　それから忙しくなったらしく、メールの返信が遅れがちになった。それでも翌日には返信があったのだが、二週間前から連絡が途絶えていた。電話をかけても出ないので心配になり、こうして休日に訪れたのだ。

　アパートの外階段をあがって、二階にある京太郎の部屋の前で立ちどまる。インターホンのボタンを押すと、ドアごしにピンポーンというチャイムの鳴る音が聞こえた。

　しかし、返事はない。インターホンを何度鳴らしても結果は同じだ。耳を澄ますが、物音ひとつ聞こえない。人の気配がまるでしなかった。

（いないのか？）

　出かけているのだろうか。

　留守なら仕方ないが、具合が悪くて倒れている可能性もないとは言えない。とにかく連絡が取れないと心配だ。スマートフォンを取り出して、京太郎に電話を

かけてみた。

「えっ……」

思わず小さな声が漏れる。

ドアごしにスマホの着信音が聞こえるのだ。京太郎のスマホは室内にある。だが、人の気配はなく、ただ着信音だけが聞こえていた。

（おかしいぞ……）

いやな予感がこみあげる。

ふつう出かけるときはスマホを持っていくだろう。それとも、近所のコンビニに行くだけだから置いていったのだろうか。不安でたまらなくなり、ドアを何度もノックした。

「どうかしましたか？」

ふいに声が聞こえてはっとする。

振り返ると、髪の白い老人が外階段をあがってきたところだった。一階に住んでいるアパートの大家だ。何度も訪れているので顔は知っていた。

「京太郎の……吉岡くんの知り合いなんですけど」

「ああっ、あんた、よく来てたね。吉岡くんの友達だろ」

大家は和樹のことを覚えていたらしい。それなら話は早かった。

「吉岡くんと連絡が取れないから、心配になって様子を見に来たんです」

「おお、そうかね。最近、見かけないから、わたしも気になってたんだよ」

人のよさそうな大家の表情が曇る。

一カ月ほど前から京太郎の姿を見ていないという。家賃は今年いっぱいの分を前払いでもらっているから問題ないが、気になることがあるらしい。

「ちょっと前から、ガラの悪い連中が来るようになってね。吉岡さんの部屋のドアをガンガンたたくんだよ」

そういうことがあったので、先ほど和樹がノックしている音を聞いて、また連中が来たと思ったらしい。

「あれは堅気《かたぎ》じゃないね」

「どうして、そんなやつらが……」

胸騒ぎがする。

京太郎の知り合いにガラの悪い男などいないはずだ。やばい事件に巻きこまれたりしていないだろうか。

「スマホを鳴らしたら、部屋のなかから着信音が聞こえるんです。倒れてるんじ

ゃないかと思って」

「そりゃあ、心配だ。合鍵を取ってくるよ」

大家はいったん一階におりると、合鍵を持ってすぐに戻ってきた。

「あんたも立ち会っておくれ。開けるよ」

解錠してドアを開く。すると、淀《よど》んだ空気が溢《あふ》れ出した。

しばらく閉めきっていたらしい。ますます不安が大きくなる。なかに入るのが恐ろしいが、大家といっしょに足を踏み入れた。

京太郎の姿はなかった。

風呂場もトイレものぞいたが、どこにもいない。十畳ワンルームの部屋は、きれいに整理整頓されていた。

ベッドはきちんと整えられており、掛け布団には皺《しわ》がない。デスクの上に置いてあるノートやペンはきっちり並べられていた。とくに変わったところは見当たらなかった。

だが、それが逆に怪しく感じる。

デスクの上にはノートパソコンもスマホも置いてある。近所に買い物に行っただけだろうか。それともスマホを持つ余裕がないほど、慌てて出かけたのかもし

れない。

（まさか、連れ去られたんじゃ……）

ふと恐ろしい想像が脳裏をよぎる。

ガラの悪い男たちが来ていたという。もしかしたら、その連中に拉致されたのではないか。でも、それなら部屋のなかが荒らされていそうだ。金品を物色した様子はなかった。

（京太郎自身が目的だったのか、それとも……）

別の考えが頭に浮かんだ。

拉致されたのではなく、京太郎が自分の意志で姿を消したのではないか。それなら、部屋のなかがきれいなのも納得がいく。いや、それでもスマホは持っていくのが自然な気がした。

「わからんね」

大家がぽつりとつぶやく。

和樹もまったく想像がつかない。いったい京太郎はどこに行ってしまったのだろうか。

和樹は胸にもやもやを抱えたまま、自分の部屋に戻った。

すぐに思い当たる友人に片っ端から電話をした。しかし、京太郎の行方を知る者はひとりもいなかった。京太郎の実家は釧路だったが、両親は数年前に他界しており兄弟もいない。親しい人はいないようなので、釧路に帰っているとは思えなかった。

新しい職場の名刺をもらっていたのを思い出した。

インターナショナルソフトという会社だ。電話をかけたが誰も出ない。土曜日なので休みなのだろうか。

そういえば、職場が変わってから京太郎は急激に忙しくなった。

企業向けのソフトウェアを開発していると言っていたが、休日出勤もしているようだった。どんな会社なのだろうか。インターネットで検索してみるが、なぜか一件もヒットしなかった。

（ＩＴ企業なのに……）

疑念が湧きあがる。

名刺に書いてある会社の住所はそう遠くない。じっとしていられず部屋を飛び出した。

目的の場所まで三十分もかからなかった。

（本当にここか？）

和雄は裏通りにある雑居ビルの前に立っていた。

ＩＴ企業が入っているとは思えない見窄《みすぼ》らしい建物だ。名刺を取り出して確認するが間違いない。このビルの三階に、インターナショナルソフトという会社があるはずだ。

足を踏み入れて郵便受けを見ると、三階には商事会社の名前が入っていた。不思議に思いながらエレベーターであがってみる。スチール製のドアには、やはり商事会社のプレートがかかっていた。

ほかにドアは見当たらない。ワンフロアにひと部屋だけの小さなビルだ。名刺をもう一度確認するが、ここに間違いなかった。

（どうなってるんだ……）

一階に降りて郵便受けをチェックする。

ほかの階にもインターナショナルソフトはない。だが、郵便受けの横にビルの管理会社の連絡先が記されていた。

電話をかけて確認すると、インターナショナルソフトは確かに契約していたが二カ月ほど前に引き払ったという。

「半年も経《た》たずに出ていったよ」

管理会社の男性は吐き捨てるように言った。

疑念は深まるばかりだ。実在している会社なのだろうか。京太郎は騙《だま》されたのではないか。

いつの間にか夜になっていた。

自分の部屋に戻り、コンビニ弁当を食べてビールを飲んだ。一日中、駈《か》けずりまわって疲れているのに、横になっても眠れない。胸のうちで不安がどんどん大きくなっていた。

翌日の日曜日、和樹は警察署を訪れた。

京太郎が事件に巻きこまれた気がしてならない。自分ひとりで捜すのは無理があると思った。京太郎が行方不明になっていること、勤め先が実在しないかもしれないことを訴えた。

「吉岡さんの部屋には行かれましたか」

担当の警察官がメモを取りながら質問する。

京太郎を捜すうえでヒントになるのかもしれないと思って、できるだけ詳細に伝えた。

「今のところ事件性はないですね」

警察官はあっさり言い放った。

「部屋がきれいだったからですか？」

「自分の意志でいなくなった可能性もあります。成人の家出はめずらしくないんです」

「ガラの悪い男たちがアパートに来ていたんですよ」

「大家さんがそう言っていただけですよね」

「黙っていなくなるようなやつじゃないんです。それに、スマホを持っていかないのは、おかしくないですか？」

「それも本人の意志かもしれません。すべてのつながりを断ちたいと思う人もいるんです」

警察官はペンを置いてメモを取る気もないようだ。

その態度が腹立たしい。和樹が必死に食いさがっても、宥《なだ》めようとするだけで聞く耳を持たなかった。

「インターナショナルソフトという会社についても、とくに情報はあがってきていません。犯罪にかかわっているという証拠もないですし、捜査のしようがない

ですね」

なにを言っても無駄だった。和樹は憤慨して警察署をあとにした。

（京太郎が自分の意志でいなくなるはずがない……）

その思いがますます強くなる。

なにか事情があったのなら、親友の自分に相談するはずだ。とにかく、警察が頼りにならないということがわかった。

その足で京太郎の部屋を訪れた。

大家に事情を話して再び鍵を開けてもらう。京太郎の行き先のヒントがあるかもしれない。そう思って部屋のなかを探しはじめた。

まず向かったのはデスクだ。

メモ帳が置いてあった。上から順に一枚ずつ剝がせるタイプだ。筆圧が強いと二枚目に跡が残ることがある。前になにを書いたのか、わかるかもしれないと思ったが、跡はまったくついていなかった。

スマホは顔認証のロックがかかっており、どうすることもできない。本が何冊も並んでいるが、プログラミング関係の専門書ばかりだ。

引き出しを開けてみる。ペンや消しゴム、予備のメモ帳や乾電池などが入って

いた。手帳があったので開いてみる。だが、仕事に関することが書いてあるだけで、とくに情報はなかった。

がっかりして引き出しを閉じる。

そのとき、ふと思いついて引き出しをもう一度開けると、デスクから完全に引き抜いた。引き出しに物を入れすぎると、奥に落ちてしまうことがある。そんな自分の経験を思い出したのだ。

（なんかあるぞ……）

勘が当たった。クシャクシャになった一枚のメモ用紙を発見した。

手を突っこんで取り出すと、メモ用紙を伸ばして確認する。ボールペンで走り書きがしてあった。

乱れた文字で「1030」「さがら屋」「明日の部屋」と書いてある。意味はわからないが、はっきり読み取ることができた。

数字は時間か日付ではないか。大家が一カ月ほど前から京太郎の姿を見ていないと言っていた。今日は十二月一日だ。そうすると、これは十月三十日を指しているのかもしれない。

あとのふたつのワードはなんだろうか。

無駄だと思いつつ、ノートパソコンの電源を入れてみる。すると、意外なことにパスワードがかかっていなかった。つまりふだん持ち歩くことなく、仕事にも使っていない。たいした情報は入っていないということだ。

それでもファイルをひとつずつチェックしていく。やはり、目ぼしい情報はない。ブラウザを立ちあげて、検索ログを確認する。自動的に消える設定にしていたらしく、わずかしか残っていない。それでも「さがら屋」を検索しているのがわかった。

クリックすると旅館のホームページが表示された。

（函館の旅館か……）

十月三十日にこの旅館に泊まったのかもしれない。

旅館の部屋は、番号ではなく名前がついていることがある。「明日の部屋」という名前の部屋があるのではないか。

さがら屋のホームページを確認するが、簡素なもので情報が少ない。外観の写真と住所、電話番号くらいだ。温泉があるようだが、これでは魅力があまり伝わらない。予約方法も今どき電話のみだ。

とにかく、京太郎はここに泊まったのではないか。

一カ月も経っているので、さすがにもういないだろう。だが、失踪する直前に滞在した可能性がある。

(電話をかけてみるか……いや、待てよ)

スマホを握りしめて踏みとどまった。

京太郎が泊まったかどうか、教えてもらえると思えない。いきなり電話をかけても警戒されるだけではないか。

さがら屋は京太郎につながる唯一のヒントだ。焦って強引なことをすれば、この細い糸が切れてしまうかもしれない。旅館の従業員から、うまく情報を聞き出さなければならなかった。

(直接、聞くしかないな……)

さがら屋に行ってみよう。

客としてふつうに泊まって、様子を見ながら尋ねるしかない。それには一泊では足りないだろう。

十二月は仕事が忙しくなるので、すぐに休みを取ることができない。年末年始の休暇まで動けないのがもどかしかった。

4

午後六時になり、和樹は一階の大広間に向かった。

畳敷きの広い部屋に、お膳と座布団が用意してある。美智子と美帆がおかずを並べて、準備をしているところだ。お膳は全部で四つあるので、今夜は四人が宿泊しているのだろう。

「平田さま、こちらにどうぞ」

美智子が微笑を浮かべて誘導してくれる。

「どうも……」

和樹は言われるまま座布団に腰をおろした。

直後にふたりの若い男性がやってくる。彼らは和樹の向かい側に用意されたお膳についた。

「おっ、イカそうめんだ」

男のひとりがうれしそうな声をあげる。

「函館に来たら、やっぱりこれだよな」

すぐにもうひとりが同意した。

そんなふたりのやり取りを見て、和樹は大学生のころを思い出す。じつは京太郎と函館に遊びに来たことがあるのだ。

あのとき、函館名物であるイカそうめんを食べた。

当時「イカの刺身とそう変わらないな」などと無粋なことを言って、京太郎に窘《たしな》められた。懐かしい思い出だ。

「でもさ、これって刺身だよね」

「確かにイカ刺しを細くした感じだな」

ふたりの会話を聞いて、昔の自分のようだと思う。

イカそうめんは、極細に切ったイカをそうめんのように麺つゆや薬味で食べる料理だ。イカ自体は刺身と同じで、醤油《しょうゆ》で食べる人もいるので、そうなるとますます違いがわからなくなる。

「地元の名物だからね。雰囲気を楽しめばいいんじゃないかな」

和樹は思わずふたりに話しかけた。

昔、京太郎に言われたのと同じセリフだ。すると、ふたりは一瞬、驚いた顔をしたが「そうですね」と言って笑顔になった。

ふたりは東京の大学生だという。アルバイトで金を貯《た》めて、北海道一周旅行に来たらしい。そんな仲良しのふたりが眩《まぶ》しく見えた。

（俺と京太郎も、あんな感じだったのかな……）

ぼんやりそんなことを考える。

すると、ひとりの女性が大広間に入ってきた。

年齢は二十代なかばといったところだろうか。焦げ茶色のフレアスカートにクリーム色のセーターという服装だ。明るい色の髪が肩にふんわりとかかっており、整った顔立ちをしている。うつむき加減で誰とも視線を合わせないが、惹きつけられるものがあった。

彼女は美智子に案内されて、和樹の隣のお膳についた。

これで四人の客がそろった。美智子と美帆がご飯と味噌汁《みそしる》を運んできて、食事がはじまる。イカそうめんをはじめとして、殻つきホタテのバター醤油焼きや刺身盛りなど海鮮づくしだ。

うまい物を食えば自然と気持ちが軽くなる。場の空気が緩んで、話しやすい雰囲気になった。

「ご旅行ですか？」

和樹は隣の女性に声をかけた。

下心があるわけではない。ただ暗い表情をしているのが気になった。京太郎も失踪する前はこんな感じだったのかもしれない。そう思うと、なんとなく放っておけなかった。

「え、ええ……」

彼女は顔をうつむかせたまま、小声でつぶやいた。

警戒されてしまったかもしれない。だが、話しかけてしまった以上、途中でやめるのもおかしい気がした。

「俺は札幌から来たんです。温泉に入りたくて」

本当のことを言う必要はない。温泉目当ての観光客を装った。

「俺たちは大学生です」

「北海道を一周してます」

向かいのふたりが話に割って入る。

どうやら、美人と話したくて仕方なかったらしい。言葉を交わす機会を狙っていたのだろう。

「俺、剛史《たけし》です」

「俺は純也《じゅんや》」

ふたりが勝手に自己紹介したことで、なんとなく名前を告げる流れになる。

「俺は――」

和樹が名乗ると、彼女も仕方なくといった感じで口を開いた。

小声で沢木香澄《さわきかすみ》とつぶやく。道内在住だというが、なぜか場所は明言しなかった。どこか陰のある女性だ。純粋に旅行を楽しんでいるとは思えない。だからといって、つっこんで聞くほど打ち解けていなかった。

「いかがでしたか？」

ふいに野太い声が聞こえる。

体の大きな男性が大広間の入口に立っていた。白い調理衣に身を包んでいるので、おそらく料理長だろう。頭が禿《は》げあがっており、やけに目つきが鋭い。強面《こわもて》なのでみんな驚いて、ただコクコクとうなずくだけだった。

「銀《ぎん》さん、みんな怖がってますよ」

美帆が声をかけると、銀さんと呼ばれた男は顔をクシャッとさせて笑う。禿げ頭に手をやり、ペコリと頭をさげた。

「驚かせてすみません。生まれつき、こんな顔なんで」

そのひと言で場の空気が一気に和む。見た目とは裏腹に、人は悪くないというのがよくわかった。

彼は料理長の向井銀次《むかいぎんじ》。七十歳だという。足腰がしっかりしており、とても七十路《ななそじ》には見えなかった。

和やかな雰囲気で夕食が終わり、客たちはそれぞれ部屋に戻った。

5

ノックの音がして、引き戸が遠慮がちに開けられる。

「お布団を敷きに来ました」

聞こえたのは美帆の声だ。

「お願いします」

和樹は入口に向かって声をかける。

座布団に座ってスマホで調べものをしていたところだ。さがら屋について検索しているのだが、情報がほとんどない。大手旅行サイトに掲載されていないこともあり、宿泊したレビューも見つからなかった。

「失礼します」

美帆が部屋に入ってくる。和樹はチラリと見ただけで、再びスマホに視線を戻した。

「よろしく……」

「お邪魔してすみません。ご飯中にお布団を敷くのが理想なんですけど、うちは人が少ないので、この時間になってしまうんです」

美帆は申しわけなさそうな声になっている。

もしかしたら、不機嫌に見えたのかもしれない。先ほどは道に迷う事故が起きたことはないかと、しつこく聞いて失敗した。従業員たちと打ち解けないと、京太郎の情報を得られなくなってしまう。

「気にしなくていいよ」

和樹はスマホから顔をあげると、できるだけ穏やかな声で告げた。

さらに会話をつづけようと思って話題を探す。今のうちにしっかりコミュニケーションを取っておきたかった。

「ここって、どうして旅行サイトに載せないの？」

素朴な疑問を口にする。

掲載料はかかるのかもしれないが、宿泊客は増えるだろう。結果としてプラスのほうが大きいのではないか。

「昔からのお客さまを大切にしたいというのが、女将の方針なんです」

美帆が穏やかな声で答える。

美智子の両親の代からの客が多く来るという。そういう人たちのことを、第一に考えているらしい。

「なるほど……確かに一見《いちげん》の客が増えると雰囲気が変わるよな」

なんとなくわかる気がする。

しかし、先々のことを考えると、今のままではむずかしくなると思う。新規の顧客の獲得も必要だろう。昔からの客はおそらく年配だ。いつまでも来てくれるわけではない。女将の経営方針が今ひとつわからなかった。

「平田さまは、どうやってウチを知ったのですか？」

美帆が布団を敷きながら質問する。

深い意味はないと思う。和樹の発言を受けて、なんとなく頭に浮かんだことを口に出しただけだろう。

「友達が勧めてくれたんだよ」

和樹はとっさに答えた。

この話題なら自然な流れで、情報を得られるかもしれない。いい機会なので探りを入れようと思った。

「お友達がご利用なさったのですね」

「うん、温泉が気に入ったみたいなんだ」

「それはよかったです」

話しながらも美帆は慣れた感じで布団を敷いていく。

もうすぐ作業が終わってしまうが、まだなにも聞き出せていない。こうなったら一か八か、カマをかけてみようと思った。

「友達は十月の末に泊まったんだ」

「最近じゃないですか」

「吉岡京太郎っていうんだけど、覚えてないかな？」

さりげなさを装って名前を出す。

二カ月近く前のことだが、七部屋しかない小さな宿だ。京太郎が泊まったのなら、覚えているかもしれない。会話の流れは自然だったと思う。京太郎に会ったのなら、そのときの様子を知りたい。もしかしたら、どこに行くのか話したかも

しれなかった。

「吉岡さま……」

美帆は小首をかしげてつぶやき、直後にはっとした顔をする。どうやら、思い出したらしい。しかし、どういうわけか、見るみる頬の筋肉をこわばらせた。

「わ、わかりません……」

美帆はそう言って視線をすっとそらす。

動揺しているのは明らかだ。京太郎のことを思い出したのに、なぜかわからないフリをしていた。

「そう……二カ月も前だからね」

あえて追及はしなかった。

見え透いた嘘《うそ》をつくのだから、隠さなければならない事情があるのだろう。しつこく尋ねたところで、教えてくれると思えなかった。

「わたしは、これで……」

美帆は布団を敷き終えると、そそくさと立ち去る。

情報は得られなかったが、美帆の態度から京太郎のことを知っているのは間違

いない。やはり、京太郎はここに泊まったのだ。

（でも、どの部屋に泊まったんだ？）

メモ帳に記されていた「明日の部屋」というワードを思い出す。

この宿の七つの部屋はすべて花の名前だ。「明日の部屋」という名前の部屋はないし、テイストも異なっている。あのワードは、さがら屋とは関係ないのだろうか。

布団の上に横たわって考える。

まだわからないことだらけだが、それでもほんの少しだけ前進した。なんとかして宿帳を確認しなければと思っていたが、その必要はなくなったのだ。

（あいつ、ここにいたんだ……）

失踪する直前、京太郎はここで過ごした。

きっと行方をくらますほどの悩みがあったに違いない。しかし、なにも相談してくれなかったことが残念でならない。親友だと思っていたのは自分だけで、京太郎は違ったのだろうか。

6

ふと気づくと深夜零時をすぎていた。旅の疲れが出たのかもしれない。横になって考えこんでいるうちに、うとうとしてしまった。

(温泉、入るつもりだったんだけどな……)

中途半端な時間だ。

大浴場は二十四時間入れるが、深夜零時すぎに掃除をすると言っていた。多少前後することもあるというが、今夜はどうだろうか。とにかく行ってみることにする。

部屋を出て一階に降りていく。

深夜ということもあり、館内はシーンと静まり返っている。なんとなく足音を立ててはいけない気がして、自然と忍び足になった。

廊下を進んで大浴場の入口に歩み寄る。「男湯」と書かれた藍色の暖簾《のれん》の下には、掃除中の黄色い看板が出ていた。

タイミングが悪かった。あとどれくらいで終わるのだろうか。時間を聞いてから出直そうと思って、看板の横をすり抜けて脱衣所に入った。

（ずいぶん静かだな……）

籐《とう》の籠が置いてある棚があり、その向こうにガラス戸がある。浴室の入口だと思うが、物音ひとつ聞こえなかった。

不思議に思ってガラス戸の前まで行ってみる。

浴室に視線を向けるが、誰もいない。掃除をやっている気配はなかった。どうやら、すでに掃除は終わっているらしい。おそらく掃除中の看板を仕舞い忘れたのだろう。

（入ってもいいよな）

さっそく服を脱ぐと、ガラス戸を開けて浴室に足を踏み入れる。

御影石《みかげいし》を使った落ち着いた空間だ。シャワーは三つで浴槽もそれほど大きくないが、なにしろ部屋数が七つだけの小さな旅館だ。これだけでも充分、間に合うだろう。

（あれは……）

奥にガラス張りの引き戸があるのを発見する。

そういえば、露天風呂があると美帆が言っていた。どんな感じなのか確認しようと思ってガラス戸の前まで行ってみる。

（あれ、誰かいるぞ）

誰もいないと思っていたのでドキッとする。

ふたつの人影が、こちらに背中を向けて肩まで湯に浸《つ》かっているのだ。ひとりは髪に白いものがまじっている年配の男性だ。そして、もうひとりは驚いたことに黒髪を結いあげた女性だった。

（女将さんか？）

とっさにそんな気がした。

この宿にいる女性は三人だけだ。美帆の髪はセミロングで、香澄の髪は明るい色をしている。あの黒髪は美智子に違いなかった。

（混浴なのか？）

そんな話は聞いていないが、現に男女が並んで湯に浸かっている。

脱衣所は男女でわかれていても、奥の露天風呂だけつながっている可能性もないとは言えない。以前そういう温泉があったと聞いたことがある。

ここは山奥の隠れ家的な宿だ。もしかしたら、この混浴がウリで、温泉好きが

集まるのかもしれない。

外灯のぼんやりした明かりが、あたりを照らしている。外灯はひとつだけだが周囲に積もった雪に反射しているため、思いのほか明るい。浴槽は大きな岩をたくさん組み合わせた岩風呂だ。

山奥で人の目を気にする必要はないのだろう。函館山にはヒグマも生息していないため、とくに囲いは設けられていない。露天風呂の向こうには、深い森がひろがっていた。

（それにしても、あの男の人は誰だ？）

ふと疑問が湧きあがる。

銀さんは頭が禿げあがっているし、ふたりの大学生は白髪ではない。宿泊客がもうひとりいたのだろうか。いや、美帆が今夜の客は和樹を含めて三組だけだと言っていた。

それなら、美智子の恋人ではないか。独身だと聞いたが、恋人がいてもおかしくない。しかし、それにしては年が離れている。うしろ姿なのでよくわからないが、男性は六十すぎではないか。

とにかく、気になって見つめてしまう。

すると美智子が浴槽のなかで立ちあがった。湯がザーッと流れ落ちて、背中から尻にかけてが露《あらわ》になる。

（おおっ……）

和樹は思わず腹のなかで唸った。

湯で濡《ぬ》れ光る白い肌が色っぽくも美しい。腰は細く締まってくびれており、悩ましい曲線を描いている。尻は新鮮な白桃のようで、むしゃぶりつきたい衝動がこみあげた。

ますます目が離せなくなり、和樹はとっさに引き戸の横に隠れながらのぞきつづける。頭の片隅ではいけないと思いつつ、欲望のほうが勝ってしまう。美人女将の裸体をもっと拝みたかった。

美智子が男の手を取って立ちあがらせる。そして、浴槽のなかをゆっくり進んで、奥の大きな岩の前に移動した。

なにをするのかと思えば、男を岩に寄りかからせる。

男は斜め正面を向く位置になり、顔と体がまる見えになった。年齢はやはり六十前後といったところか。やけに暗い表情で肩をがっくり落としている。裸の美女が目の前にいるのに、ペニスは反応していなかった。

美智子がなにか言葉をかける。

だが、引き戸ごしでは聞こえない。和樹は引き戸に手をかけると、細心の注意を払ってわずかに開いた。

「元気を出してください」

美智子の声が聞こえる。

背中と尻しか拝めないのがもどかしい。美智子が男の目の前でしゃがみ、湯の中に身体《からだ》を沈めた。

（なんだよ。見えないじゃないか……）

裸体が隠れてがっかりする。

ところが次の瞬間、和樹は両目をカッと見開いた。美智子が男の股間に顔を寄せて、萎《な》えているペニスに口づけしたのだ。

両手を竿《さお》の両脇に添えており、赤々とした唇を亀頭に押し当てている。さらにはピンク色の舌先をのぞかせる。何度もついばむような口づけをくり返して、亀頭をペロリと舐《な》めあげた。そして、

「お、女将さん……」

男が困惑の声を漏らす。

どうやら、以前から美智子と深い関係というわけではないらしい。突然のことに慌てているといった雰囲気だ。

「大丈夫ですから、わたしにまかせてください」

「で、でも……ううッ」

男の口から呻《うめ》き声が漏れる。

亀頭を舐められて感じているのは明らかだ。その証拠に萎えていたペニスがむくむくとふくらんで、ついには雄々しく勃起した。

「元気になってきましたね」

美智子がやさしく声をかける。

そして、張りつめた亀頭をぱっくりと咥《くわ》えこむ。信じられないことに美智子がペニスを口に含んで、頭を前後に動かしているのだ。少し距離はあるが、和樹の位置から美智子の表情がはっきり確認できた。

「くううッ、ど、どうして、女将さんが……」

男が呻き声とともにつぶやく。

和樹も同じ疑問を抱えながら美智子のフェラチオを凝視している。唇から出入りする男根は、唾液が付着してヌラヌラと光っていた。

「そ、そんなにされたら……」

「気持ちよくなっていいんですよ」

美智子はペニスを吐き出すと、上目遣いで男にささやきかける。そして、再び亀頭を呑みこんで、首をリズミカルに振りはじめた。

「はンっ……あふっ……むふンっ」

美智子の鼻にかかった声が露天風呂に響きわたる。

湯けむりの向こうでペニスをしゃぶる姿が、どこか幻想的でなおかつ艶《なま》めかしい。男は岩に寄りかかり、体を大きく仰《の》け反《ぞ》らせている。快楽が股間から全身にひろがっているに違いない。今にも昇りつめそうな雰囲気で、腰を小刻みに震わせた。

「ううウッ、も、もう……」

男が苦しげな声でつぶやく。

懸命に快感をこらえているのだろう。全身の筋肉に力がこもっている。そんな男の反応が引き金になったのか、美智子が頰をぼっこり窪《くぼ》ませながらペニスを思いきり吸いあげた。

「はむううッ」

「おおおッ、ちょ、ちょっと待ってっ」

「あふッ、はむンンッ」

「こ、このままだと、口のなかに……ううう ッ」

なにを言っても美智子は愛撫《あいぶ》をやめようとしない。それどころか、ますます猛烈に吸茎《きゅうけい》する。ペニスを根もとまで咥えており、まるで魂まで吸い出すような勢いだ。

「あふううッ」

「くううッ、き、気持ちいいっ、で、出ちゃいますっ」

男が情けない声で訴える。その直後、両手で美智子の頭を抱えこんで前屈《まえかが》みになった。

「で、出るっ、うううッ!」

低い声を漏らして全身をガクガクと震わせる。

射精しているのは間違いない。快感に耐えきれず、美智子の口のなかに精液をぶちまけたのだ。

「そ、そんなに吸ったら……おおおッ」

「あむうううッ」

どうやら美智子は射精中もペニスを吸っているらしい。

そんなことをすれば、きっと快感が二倍にも三倍にもなるだろう。男は凄《すさ》まじい愉悦にまみれて、いつまでも呻きつづけた。

「ンっ……ンっ……」

美智子がペニスを深く咥えたまま微《かす》かに呻く。眉を悩ましい八の字に歪《ゆが》めており、なにやら喉を上下に動かしていた。

(まさか、飲んでるんじゃ……)

和樹は瞬《まばた》きするのも忘れて凝視する。

信じられないことに、口内に放たれた精液を飲みほしたらしい。ふたりはどう見ても親しい関係ではない。それなのに美智子は男の欲望を一滴残らず受けとめたのだ。

(どういうことなんだ……)

目の前で起きたことが信じられない。

生々しいフェラチオを目撃して、和樹のペニスもガチガチに勃起している。先端からは我慢汁が溢れており、床に滴り落ちていた。

しごきたい衝動に駆られるが、なんとか踏みとどまった。

男に嫉妬していた。自分も美智子にフェラチオされたいと心から思う。だからこそ、美智子が男にフェラチオしている姿を見ながらしごきたくない。そんなことをすれば、屈辱的な気持ちになりそうだ。

美智子がペニスを吐き出して、男の顔を見あげる。視線を交わすと、やさしげな表情で微笑《ほほえ》んだ。

「くッ……」

和樹は奥歯をギリッと嚙んで背中を向ける。これ以上、ここにいるわけにはいかなかった。

第二章　すすり泣く人妻

1

翌朝七時、和樹は備えつけの浴衣のまま大広間に向かった。

昨夜は大浴場でとんでもないものを目撃した。美智子が見知らぬ男のペニスを口に含んで射精に導いたのだ。

あの場ではなんとかこらえたが、結局、部屋に戻ってペニスをしごいてしまった。美智子の濃密なフェラチオを思い出して、思いきり精液を放出した。屈辱的な気持ちになったが、すっきりしたことで睡眠は深くなった。

（それにしても、すごかったな）

温泉には入りそびれたが、貴重なものを見ることができた。しかし、美智子の前で普通に振る舞えるか自信がなかった。

大広間の襖《ふすま》を開けると、ふたりの大学生と香澄がお膳についており、すでに食事をはじめていた。

「おはようございます」

和樹は挨拶をして、お膳の前の座布団に腰をおろす。

向かい側の大学生ふたりは浴衣で、隣に座っている香澄はしっかり洋服に着がえている。大学生は愛想よく挨拶を返してくれたが、香澄は目さえ合わせようとしなかった。

（きっと人と話したくないんだな……）

昨夜も似たような感じだったので驚かない。

おそらく人見知りなのだろう。ひとりが苦にならないタイプだ。迷惑だと思って、今朝は必要以上に話しかけるのをやめた。

（あの男、やっぱりいないな……）

大浴場で見かけた男のことが気になっている。

お膳もないので、やはり宿泊客ではないようだ。それなら、いったい何者だろ

うか。

「失礼いたします」

美智子が大広間に入ってくる。うしろには美帆もつづいていた。

（あの唇で……）

視線は自然と美智子の口もとに向いてしまう。

上品そうな唇だからこそ、ペニスをしゃぶっていた光景が生々しく感じる。あの唇で愛撫《あいぶ》されたら、すぐにでも達してしまうだろう。

「おはようございます。お食事の支度ができました」

和樹が邪《よこしま》な妄想をしているとは知らず、美智子と美帆はてきぱきと料理をお膳に並べていく。

焼き鮭《ざけ》に生卵に納豆、それに味付け海苔《のり》と漬物、ご飯と味噌汁《みそしる》という旅館で定番の朝食だ。

「昨夜はゆっくりお休みになれましたか？」

美智子が微笑を浮かべて、四人の宿泊客に語りかける。

「はいっ」

「ぐっすり眠れました」

すかさず答えたのは、ふたりの大学生だ。

「それはよかったです」

美智子はうれしそうに目を細めて、こっくりとうなずいた。

「ところで、お客さんはここにいるだけですか？」

和樹は気になっていたことを尋ねる。

昨夜の男のことが、頭にずっと居座っている。なにが京太郎の行方を探るヒントになるかわからないのだ。気になることや不審な点があれば、すべて解決しておきたかった。

「そうですけど……」

美智子がぽつりと答える。そして、微かに首をかしげて、和樹の顔をじっと見つめた。

困惑しているようにも、警戒しているようにも見える。顔から笑みが消えており、美智子はそれ以上なにも言おうとしない。急に黙りこんだことで、大広間に静寂がひろがった。

（失敗したな……）

さりげなく切り出したつもりだが、唐突だったらしい。

ふたりの大学生と香澄も和樹に注目していた。自分がよけいなことを尋ねたせいで、おかしな空気になってしまった。なにか言ったほうがいいと思うが、昨夜の男のことを話せるはずがない。

「べつに深い意味はないです。昨夜、遅くに到着した人もいたのかなと思っただけで……なんか、すみません」

結局、謝るしかなかった。

頰の筋肉がひきつっている。なにか言ったところで、なおさら空気が凍りつく気がして口を閉ざした。

「連泊で昼間も宿に残る方は、簡単なものですがお食事を用意できます。どうされますか？」

急に美帆が明るい声で告げる。

場の空気を変えようとして、気を使ったのかもしれない。笑顔を振りまきながら、和樹と香澄の顔を交互に見やった。どうやら、和樹のほかに香澄も連泊するらしい。大学生はこのあとチェックアウトするようだ。

「銀さんがおにぎりを作ってくれます。とってもおいしいですよ」

「俺は宿に残るから、いただこうかな」

和樹はここぞとばかりに答える。とにかく話題を変えて、冷めきった空気をなんとかしたかった。

「いっしょに函館観光しませんか？」

大学生のひとりが香澄に声をかける。

「俺たち、今日は函館をまわるつもりなんです」

もうひとりも加わって香澄を誘う。

いかにも女慣れしていない感じだが、勇気を出して声をかけたのだろう。緊張しているのが、手に取るように伝わってきた。

（俺と京太郎もあんな感じだったな……）

大学時代の自分たちを思い出す。

函館旅行のとき、人生ではじめてのナンパをした。結果は玉砕で、羞恥と後悔と屈辱だけが残った。

結局、ふたりとも彼女ができないまま大学を卒業した。華やかなキャンパスライフとは無縁だった。それでも、京太郎という親友がいたので、それなりに楽しく過ごすことができた。

（今ごろ、どこに……）

思わずため息が漏れる。

京太郎の行き先は見当もつかない。今わかっているのは、京太郎がこの旅館に泊まったということだけだ。なんとしても情報を得たかった。

「ごめんなさい……宿に残ります」

香澄が消え入りそうな声でつぶやいた。

フラれた大学生たちはしょんぼりしている。まだ若いのだから、いくらでもチャンスはあるだろう。

それより香澄のほうが気になった。温泉にでも入ってゆっくりするつもりだろうか。しかし、旅行を楽しんでいるとは思えない暗い表情だった。

2

朝食を摂《と》って部屋に戻る。

京太郎が泊まったときのことをどうやって聞き出そうか考えていると、ふいにノックする音が聞こえた。

「お布団をさげに来ました」

美帆が入口から声をかける。

「悪いね。よろしく」

和樹が返事をすると、すぐに美帆が部屋に入ってきた。

「失礼します」

愛らしい声で告げて、さっそく布団を畳みはじめる。

美帆はいつも笑顔を絶やさず感じがいい。童顔なので少女のように見えるが、仕事はきっちりしている。いったい何年働いているのだろうか。

「仲居さんは、若いのにしっかりしてるね」

「そうでもないですよ。もう二十二歳ですから」

美帆はそう言って笑う。二十二歳は充分若いと思うが、彼女にとっては違うらしい。

「俺なんて、もう三十だよ。二十二歳のときが懐かしいな」

「平田さまは三十ですか。お若く見えますね」

美帆が布団を押し入れにしまいながらつぶやく。お世辞だと思うが悪い気はしなかった。

「女将さんとあんまり変わらないんですね」

「そういえば、女将さんっていくつなの？」

この際なので勢いのまま聞いてみる。女性に面と向かって年齢を聞くわけにはいかない。女将がいくつなのか気になった。

「わたしとちょうど十歳違いだから、三十二歳です」

「ふうん……」

脳裏に浮かんだのは、昨夜の大浴場の光景だ。

美智子がフェラチオしていた男は六十前後と思われる。少なくとも恋愛感情があるようには見えなかった。それほど親しい間柄ではなさそうなのに、どうしてあんなことをしたのだろうか。

「そういえば、露天風呂は混浴なんだね」

ふと思い出したことを口にする。

まさか混浴とは思っていなかったので、美智子の姿を見かけただけでも心底驚かされた。

「違いますけど……」

美帆が押し入れの前で振り返った。

「違うって、なにが？」

「混浴じゃないですよ」

「えっ……でも、昨日の夜、女の人が入ってたよ」

思わず声が大きくなる。

混浴でないとしたら、昨夜の光景はなんだったのだろうか。露天風呂に入っていたのは、間違いなく美智子だった。

「確かに見たんだけどな……」

「そ、そんなはずないです」

美帆がきっぱり否定する。

なにやら慌てている感じがするのは気のせいだろうか。愛らしい顔から笑みが消えており、険しい表情を浮かべていた。

「女の人のうしろ姿が見えたんだよ。だから混浴だと思ったんだ。なんとなく気まずいから、すぐに出たけどね」

あえて美智子の名前は出さなかった。

本当は見知らぬ男のペニスをしゃぶっていたのを目撃したが、それは言わないほうがいいだろう。すぐ立ち去ったことにしてごまかした。

「うしろ姿しか見ていないんですか？」

「うん。こちらに背中を向けていたんだ」

「そうですか……それなら、きっと沢木さまが間違えて男湯に入ったんですよ」

美帆はなぜか決めつけたように言う。

この宿にいる女性は美智子と美帆、それに宿泊客の香澄だけだ。女将の美智子が男湯と女湯を間違えるはずがないから、香澄だと思ったのだろうか。

（それにしても様子がおかしいな……）

じっと見つめると、美帆は視線をすっとそらす。

なにやら先ほどから落ち着かない。昨日から何度か言葉を交わしてわかったが美帆は嘘《うそ》が苦手だ。隠しごとをするときは挙動不審になる。きっと正直な性格なのだろう。

今もなにかを隠している。

直接、京太郎に関係することとは思えない。それでも、なにが京太郎につながるかわからない。どんな些細《ささい》なことでも知りたかった。

「露天風呂にいたのは女将さんだったよ」

思いきって切り出した。

動揺を誘えば情報を引き出せるかもしれない。和樹が強い口調で告げると、美帆は両目を大きく見開いた。

「ま、まさか……」

「うしろ姿しか見てないけど、声は聞こえたから間違いない。女将さんは、どうして男風呂に入ってたのかな？」

「さ、さあ……」

美帆の声が震えている。

予想どおり動揺した。この調子で押していけば、隠していることをポロッと口走るかもしれない。

「それに男の人もいた。女将さんは男の人と露天風呂に入っていたんだよ。年配の人だったから客の大学生じゃないし、銀さんでもなかった」

「そ、そんなはずないですよ」

美帆は頬の筋肉をひきつらせて否定する。

必死になっているところが怪しい。なにかを知っていて、それを隠そうとしているのではないか。

「あの男は誰なんだろう。心当たりはない？」

言葉にすることで、ますます疑念が深まる。

従業員でも宿泊客でもない。それなら、いったい何者なのだろうか。この宿は山奥にあるため、気軽に立ち寄れる場所ではない。たまたま通りかかったので温泉に入ったなどということは、まずあり得なかった。

「心当たり、ないです……」

「女将さんの恋人なんじゃないか」

「つき合っている人はいないはずです」

美帆は視線をさ迷わせながら答える。和樹に背中を向けると、震える指先で押し入れの襖を閉めた。

おそらく美帆は男が何者なのかを知っている。美智子が男に奉仕していたことも知っているのだろうか。美帆の動揺が激しいから、なにもかもが怪しく思えてくる。

(この旅館は、いったい……)

最初の印象から百八十度変わっていた。

ただの隠れ家的な宿ではない。山奥にあることを利用して、秘密裏になにかをやっているのではないか。

「わ、わたし、もう行ってもいいですか」

美帆がかすれた声でつぶやいた。

和樹の追及に耐えきれなくなったらしい。こちらには視線を向けず、部屋から出ていこうと歩きはじめる。

「強盗かもしれないな」

わざと聞こえるように独りごとをつぶやいた。

「えっ……」

美帆は思わずといった感じで立ちどまる。そして、ひきつった顔でこちらを振り返った。

「仲居さんも知らないなら、あの男は侵入したってことになるな」

「そ、そんなことないと思いますけど……」

「危険なやつかもしれないから、警察に連絡したほうがいいんじゃないかな。俺が電話してあげようか」

和樹はそう言うと、座卓に置いてあったスマホを手に取る。

「ダ、ダメですっ」

美帆が大きな声をあげた。

本気で電話をかけるつもりはない。美帆の出方を見たかっただけだ。やはり慌てて止めにはいった。

昨夜、美智子は進んでフェラチオをした。決して強要されたわけではない。男を励ますような心のこもった奉仕だった。男が危険人物だったら、あんな雰囲気にはならないだろう。

「どうしてダメなの？」

「け、警察なんて、おおげさですよ」

美帆の声は震えている。

警察と聞いて焦ったらしい。きっと連絡されたら困るのだろう。男が何者なのかを知っている証拠だ。

「あの男、誰なのかな？」

「し、知りません。女将さんに相談しますから、平田さまはなにもしないでください」

「わかったよ」

和樹がスマホを置くと、美帆はそそくさと部屋から出ていった。

（なにを隠してるんだ？）

強引に聞こうとしても頑《かたく》なになるだけだろう。美智子も美帆も人はいいと思う。だが、なにかおかしい。隠しごとをしているのは間違いなかった。

（京太郎は、どうしてここに泊まったんだ？）

新たな疑問が湧きあがる。

この宿には秘密があるようだ。失踪する前、京太郎がここに泊まったのは、ただの偶然とは思えなかった。

3

数分後、再びノックの音が響いた。

美帆が戻ってきたのだろうか。美智子に相談すると言っていたが、返事は期待していなかった。この宿の秘密をそう簡単に打ち明けるとは思えない。美智子と口裏を合わせてきたのかもしれない。

「どうぞ……」

和樹は入口に向かって声をかけた。

ところが、いつまで経《た》っても入ってくる気配がない。声が聞こえなかったのだろうか。

「入っていいですよ」

もう一度声をかけるが、やはり入ってこない。不思議に思って入口に向かうと引き戸を開けた。

「あれ……」

思わず小さな声が漏れる。

そこに立っていたのは美帆ではなく、意外なことに香澄だった。申しわけなさそうな顔で、なにやらモジモジしている。

「突然、すみません」

香澄はようやく聞き取れる声でささやいた。

クリーム色のセーターに焦げ茶色のフレアスカートという服装だ。相変わらず表情は暗くて、ひどく落ちこんでいるように見える。だが、こうして向かい合って立つと、スラリとしており抜群のスタイルだ。

(それにしても……)

部屋を訪れるとは、どういうことだろうか。

食事のときは、ほかの宿泊客との交流を避けているようだった。和樹から話しかけても反応が鈍かったので、きっと迷惑なのだろうと思って、あまりかかわらないようにしていた。

「どうしました？」

内心、警戒しながら尋ねる。

親しくもない男の部屋を訪ねるとは普通ではない。いったい、なにを考えているのだろうか。

「あの、ご相談したいことが……」

香澄はそう言うと、和樹の顔を上目遣いに見つめた。

なにやら深刻な雰囲気だ。視線を左右にチラチラと向けるのは、人目を気にしているからだろうか。

「どういったご用件ですか？」

「内密にしてもらいたいのですが……」

香澄はなかなか本題を切り出さない。

ほかの人がいない場所で話したいということだろうか。だからといって、女性を部屋に招き入れるのはまずい気がした。

「内密と言われても……」

「できれば、お部屋に入れていただけないでしょうか」

和樹が言いよどむと、香澄のほうから提案する。

見知らぬ男とふたりきりになることに抵抗はないのだろうか。当然ながら、女性としての警戒心は持ち合わせているはずだ。だが、それ以上に深刻な事情を抱えているということかもしれない。

「無理でしたら、わたしの部屋に来ていただけませんか」

無下に追い返せない雰囲気だ。どちらにせよふたりきりになるのなら、どこでも同じだと思った。

「沢木さんがここで構わないのなら、どうぞ……」

和樹が脇によけると、香澄は会釈をしながら部屋に入る。

「鍵はかけないでおきますね」

それが最低限のマナーだと思う。

ところが、香澄は立ちどまって振り返ると、懇願するような表情で首を左右に振った。

「鍵、かけてください」

「でも……」

「お願いします」

今にも涙がこぼれそうなほど瞳が潤んでいる。

なにかに怯《おび》えているようだ。先ほど左右をチラチラ見ていたのは、人目が気になったのではなく、誰かを恐れているからではないか。もしかしたら、ストーカーにつきまとわれているのかもしれない。そんな想像をさせるほどビクビクしていた。

とにかく、鍵をかけて部屋に入る。香澄に座布団を勧めると、座卓を挟んで向かい合って座った。

「お茶、飲みますか？」

「いえ……」

香澄は視線を落としたまま、首を左右に振る。太腿《ふともも》の上に置いた両手はキュッと握りしめられていた。

「平田さんも噂《うわさ》を聞いて来たのでしょう？」

ようやく聞き取れるほどの小さな声だ。香澄は顔をあげると、和樹の目をまっすぐ見つめた。

「噂って、なんですか？」

意味がわからず聞き返す。なにを言っているのか、見当すらつかない。

「ご存知でしょう。だって、おひとりですよね？」

香澄は内心を探るような目になっている。

なかなか本題に入ろうとしない。それとも、すでに本題に入っているのだろうか。どうにも要領を得なかった。

「ひとり旅ですけど、それがなにか？」

ついぶっきらぼうな口調になってしまう。

噂とはいったいなんだろうか。気になって仕方ないが、香澄は説明することなく話を進めていく。

「わたし、結婚してるんです。だけど、ひとりになりたくて……」

香澄は二十六歳で夫は三十歳だという。

食事のときは自分のことを話したくなさそうだったが、今は尋ねたわけでもないのに教えてくれる。

「平田さんはどうしてここに？」

またしても質問されて、和樹は黙りこんだ。

失踪した親友を探しに来たが、本当のことを話す必要はない。彼女が信用できるかわからないし、なにか有益な情報が得られるとも思えなかった。

「ご結婚はされてますか？」

「独身です……ひとりで温泉に入りに来たんです」

無難に温泉が目的ということにしておく。温泉宿なのだから、とくに疑われることはないだろう。

「本当に違うんですか？」

「だから、さっきからなにを言ってるんですか」

苛立ちを隠せず、つい口調が強くなった。

「す、すみません……」

香澄は肩をビクッとすくませる。謝罪する声が怯えたように震えていた。

大きな声が苦手なのかもしれない。申しわけない気持ちになり、和樹も慌てて頭をさげた。

「大きな声を出してすみません」

「いえ……なにか落ち着かない感じだったから、てっきりわたしと同じかと思って……ごめんなさい」

香澄はひどく残念そうな顔になり、視線をすっと落とす。座卓の一点を見つめて、下唇を小さく嚙《か》んだ。

「よくわからないのですが……」

話がまったく見えない。

香澄はなにが目的で、この山奥にある宿に来たのだろうか。既婚者が年末にひとり旅というのも、なにかひっかかる。暗い表情をしているし、特別な事情を抱えているのではないか。

(それにしても……)

この宿はおかしなことばかりだ。

もしかしたら、香澄はなにか知っているかもしれない。噂とは、いったいなんだろうか。

「わたしの勘違いです。ごめんなさい」

香澄が腰を浮かしかける。

話す気がなくなったらしい。和樹の目的が温泉だと聞いて、ひどくがっかりしていた。相談相手として相応《ふさわ》しくないと思ったのだろうか。

だが、和樹のほうが、もう少し話したくなっていた。それには、こちらも腹を

割らなければならないだろう。本当の目的を言うのは迷いもあるが、噂のことを知りたかった。

「じつは失踪した友人を捜しに来たんです」

思いきって打ち明ける。

ここは賭けだ。なかなか情報が得られず、どうすればいいのかわからなくなっていた。このままだと行きづまるのは目に見えている。どんな些細なことが京太郎につながるかわからないのだ。

「お友達がいなくなったのですか？」

香澄が再び腰をおろす。座布団の上で横座りすると、小首をかしげて和樹の顔を見つめた。

「急にいなくなってしまったんです。どうやらこの宿に泊まったみたいなんですが、その先の足取りがつかめなくて困っています」

「その方、きっと……」

香澄はなにかを言いかけて、途中で黙りこんだ。

つい口が滑りそうになり、はっと我に返った。そんな感じに見えた。なにかを知っているらしい。京太郎が消えた予想がついたのではないか。

「教えてください。さっき気になることをおっしゃっていましたよね。この宿の噂ってなんですか？」

和樹は座卓に身を乗り出して尋ねる。

ようやくヒントを得られそうで気がはやっていた。どんなことでもいいので知りたかった。

「本当かどうか、わからないんですけど……この宿で夜逃げを手伝ってくれるという噂があるんです」

香澄は言いにくそうにつぶやいた。

「そんな噂、出てこなかったけどな……」

この宿のことはインターネットで調べたが、ほとんど情報はなかった。夜逃げについては、一度も目にしていない。

「あくまでも噂です。インターネットで夜逃げを検索していたら、たまたまひっかかっただけで……」

真偽のほどは香澄もわからないという。

夜逃げというのは、基本的に人に知られてはならない。実際に利用した人が積極的に発言するはずもなく、インターネットで検索しても情報がひっかからない

という。夜逃げを手助けする業者が積極的に宣伝しなければ、なかなか実態はわからないらしい。

「でも、大々的に宣伝しない業者のほうが信用できそうな気がして……秘密厳守な感じがしたんです」

香澄はそう言って視線を落とした。

その噂が本当だとしたら、京太郎は夜逃げをしたのかもしれない。しかし、夜逃げをしなければならないほどの事情とはなんだろうか。

(あいつ、悩みでもあったのか?)

いくら考えてもわからない。

それでも、ようやく一歩進んだ気がする。この宿には、なにか秘密があると感じていた。だが、まさか夜逃げの手伝いをしていたとは驚きだ。

「ちょっと待って……沢木さんは夜逃げをしたいの?」

ふと気づいて質問する。

噂を知って来たとしたら、彼女も夜逃げ希望者ということだ。興味本位で訪れることはないだろう。

「夫のDVがひどくて……」

香澄は切り出したとたんに涙ぐんだ。

これまで何度も殴られて、警察に相談したこともあったという。ところが、夫を注意するだけで、なんの抑止力にもならなかったらしい。親も友達も離婚しろと言うが、夫が別れてくれないという。

「結局、自分でなんとかするしか……」

香澄は苦しい胸のうちを吐露した。

「警察が動いてくれなかったのか……」

同情の念が湧きあがる。

和樹も失踪した京太郎のことで警察に行ったが、相手にされなかった。その経験があるので、香澄の気持ちはよくわかる。和樹も自分でなんとかするしかないと思って、この宿にたどり着いたのだ。

「もう逃げるしかないと思って……」

香澄が涙ながらにすべてを打ち明ける。

夜逃げするつもりで、夫が出かけている隙に家を飛び出した。事前に準備をしているとバレてしまうため、バッグひとつで持ち出せるものはわずかしかなかったという。

行く当てはなかった。この宿で夜逃げの手伝いをしているという噂だけを頼りに、稚内《わっかない》から逃げてきたらしい。

「そんなに遠くから……」

稚内から函館だと、最短距離でもゆうに六百キロはある。

すでに旦那の手が届かないところにいる気もするが、さらにここから夜逃げをしたいらしい。香澄の覚悟の大きさがうかがえる。おとなしそうに見えるが、本気で逃げるつもりだ。不確かな噂に縋《すが》るしかないほど、夫のＤＶがひどかったということだろう。

「でも、どうすればいいのか……」

香澄の声はどんどん小さくなっていく。

なんとか、さがら屋にはたどり着いたが、噂が本当かどうかもわからない。何度か女将に伝えようと思ったが、なかなか切り出せずにいたという。ＤＶ被害者にとって、それを口にするだけでも苦痛らしい。

「それで、平田さんも夜逃げをする人だと勘違いして……ごめんなさい」

「謝る必要はありません」

「もう、つらくて……うっううっ」

香澄は両手で顔を覆うと嗚咽《おえつ》を漏らしはじめた。こらえきれないといった感じで肩を震わせる。あまりにも痛々しくて、放っておけなかった。

和樹は立ちあがると、座卓をまわりこんで彼女の隣でしゃがみこむ。なんとか慰めたい一心で、背中に手を当てるとできるだけやさしく撫《な》でた。

「あなたはなにも悪くないんです」

「ご、ごめんなさい……」

香澄はますます泣いてしまう。そして、和樹の胸に縋りついて、大粒の涙をポロポロこぼした。

(参ったな……)

困惑しながらも背中を擦《さす》りつづける。

抱きしめるような形になっており、さすがにまずいと思いながらも突き放せない。彼女の気持ちが落ち着くのを待つしかなかった。

どれくらい時間が経ったのだろうか。

香澄が腕のなかで顔をあげる。濡《ぬ》れた瞳で見つめられると、こんな状況だというのにドキッとした。

「夫は浮気をしていたんです。それをわたしが指摘したら怒りだして、そこからDVがはじまったんです」

逆ギレというやつだ。浮気をしておきながら、それを棚にあげて妻に暴力を振るうとは最低の男だ。

「抱いてください」

唐突に香澄がつぶやいた。

一瞬、自分の耳を疑うが、香澄は濡れた瞳で見つめている。どうやら聞き間違いではなかったらしい。

「どうして……」

「気持ちを吹っきりたいんです。夫から逃げてきましたけど、心のどこかに未練があって……もともと好きでいっしょになりましたから」

ひどく淋《さび》しげな声になっていた。

まだ好きだったときの気持ちが残っているのかもしれない。だが、やり直せないこともわかっている。どうにもならないほど、ふたりの関係は壊れてしまったのだろう。

「ほかの男の人に抱かれたら、未練を断ち切れる気がするんです」

香澄の気持ちもなんとなくわかる。

しかし、突然そんなことを言われても、ふたつ返事で了承できない。重すぎる話を聞いたあとで、セックスできるか自信がなかった。

「お願いします。こんなこと頼めるの、平田さんしかいないんです」

香澄が懸命に懇願する。

濡れた瞳で見つめられると心が揺らいだ。

中途半端なことになったら、彼女を傷つけることになる。ただでさえ心に傷を負っているのに、これ以上つらい思いをさせたくない。だが、ここで断ったとしても、拒絶されたと思って彼女は傷つくだろう。

（それなら……）

責任は重大だが、頼まれた以上はやるしかない。

それに香澄のように美しい人妻とセックスできる機会などそうそうない。男冥利につきるというものだ。ここで奮起しなければ男ではない。そんな思いが腹の底から湧きあがった。

4

「沢木さん……」

和樹は香澄の肩に手をまわして顔を近づける。ところが、唇が触れる寸前で胸板をそっと押し返された。

「名前で呼んでください」

香澄がささやくような声でつぶやく。

これからセックスをするのだから、確かに名前で呼び合ったほうが雰囲気が出る。名字で呼ぶのは野暮というものだ。

(でも、ちょっと待てよ……)

だからといって、恋人のように抱くのは違う気がした。

香澄は他人とセックスすることで、夫を吹っきろうとしているのだ。それならば、あえて不貞を働いていることを実感させるべきではないか。そのうえで思いきり淫らなプレイをしたほうがいい気がした。

「奥さん……」

わざとそう呼んでみる。

人妻であることを自覚させると、香澄は驚いた顔で和樹を見つめて、微《かす》かに身をよじった。

「いやです。そんな呼びかた……」

「これから旦那以外の男とセックスするんですよ。ご自身が望んだことじゃないですか」

「そうですけど……」

香澄は視線をそらして顔をうつむかせる。

「旦那から解放されたいんでしょう。旦那を裏切ることで、吹っきるつもりなんですよね。それなら、浮気していることを常に意識したほうがいいと思いませんか、奥さん」

和樹は彼女の顎に手を添えると、顔をあげて唇を奪った。

「ま、待ってくださ――ンンっ」

強引にキスをして香澄を黙らせる。

蕩《とろ》けそうなほど柔らかい唇だ。触れた途端に気持ちが昂《たかぶ》り、いきなり舌を口のなかに潜りこませる。歯茎や頬の裏側、さらには舌をからめとり、粘膜同士をヌ

ルヌルと擦り合わせた。

「はンンっ」

香澄は眉を八の字に歪《ゆが》めるだけで抵抗しない。せつなげな表情が牡《おす》の欲望を刺激して、柔らかい舌を強く吸いあげた。

彼女の唾液が口内に流れこみ、躊躇《ちゅうちょ》することなく嚥下《えんげ》する。甘くてうっとりするような味わいだ。

(なんてうまいんだ……)

キスをするのは、いつ以来だろうか。

考えてみれば、しばらく女性と接していなかった。それを自覚すると、なおさら興奮が大きくなる。何度もジュルジュルと吸いあげては、メイプルシロップのような唾液を味わった。

反対に唾液を香澄の口内に流しこむ。すると、香澄は微かに呻《うめ》きながらも、喉を鳴らして飲みくだした。

(俺の唾を……ああっ、最高だ)

人妻が唾液を飲んでくれたという事実が興奮を加速させる。女体を強く抱きしめて、何度も唾液を交換した。

「はぁっ……」

唇を解放すると、香澄はうっとりした表情で息を漏らす。

瞳はますます潤んでおり、頬が桜色に染まっている。腰をよじらせているのは興奮が高まったせいかもしれない。

「服、脱ぎましょうか」

和樹は浴衣を脱ぎ捨てて、ボクサーブリーフ一枚になる。

「恥ずかしいです……」

香澄はぽつりとつぶやくが、覚悟はできているらしい。腕をクロスさせてセーターの裾をつまむと、ゆっくりまくりあげて頭から抜き取った。

純白のブラジャーが露《あらわ》になり、思わず凝視する。

双《ふた》つの乳房がカップで寄せられて、深い谷間を作っていた。乳房がブラジャーごと、いかにも柔らかそうに揺れている。両手を背中にまわしてホックをはずせば、カップを押しのけて大きな乳房がプルルンッとまろび出た。

（おおっ……）

腹のなかで唸《うな》って両目をカッと見開く。

お椀《わん》を双つ伏せたような形の、たっぷりした乳房だ。なだらかな曲線の頂点に

は、濃い紅色の乳首が揺れていた。

（こ、これが、沢木さんの……）

押し倒したい衝動に駆られる。だが、さすがにまだ早いと思って、なんとかこらえた。

香澄は膝立ちの格好になり、フレアスカートをおろして抜き取った。股間に貼りついているのは純白のパンティだ。ウエスト部分に指をかけるが、さすがに羞恥がこみあげたのか躊躇する。

それならばと、和樹は先にボクサーブリーフを脱いで、すでに勃起しているペニスを剝《む》き出しにした。

「ああっ……」

香澄の唇から小さな声が漏れる。

夫以外のペニスを目にして、これからセックスすることを実感したのかもしれない。顔が見るみるまっ赤に染まっていく。だが、視線はペニスに向いたままでそらそうとしなかった。

「そんなにめずらしいですか」

平静を装ってつぶやくが、見つめられると恥ずかしい。しかし、視線を感じた

ことで、ペニスはますます雄々しくそそり勃《た》った。

「夫しか知らないので……」

香澄の唇から意外な言葉が紡がれる。

どうやら、セックスの経験は旦那だけらしい。はじめてほかの男のペニスを目にして、興味津々といった感じだ。

「どうです。ほかの男のチ×ポは」

見せつけるようにペニスを揺らした。

和樹もそれほど経験は多くない。それでも、香澄よりは回数をこなしているだろう。そう思うことで余裕が出てきた。それに一度きりの関係だと思うと大胆になれる。せっかくの機会なので楽しませてもらうつもりだ。

「どうって、言われても……」

「旦那と比べてどっちが大きいですか？」

「平田さんのほうが、ずっと大きいです」

香澄がうれしいことを言ってくれる。

お世辞というわけではなさそうだ。その証拠に驚いた顔でペニスをじっと見つめていた。

「奥さんも脱いで」

和樹がうながすと、香澄はおずおずとパンティをおろしはじめる。

ウエストラインがさがり、黒々とした陰毛が溢《あふ》れ出す。きれいな楕円形《だえんけい》に整えられているのは旦那の趣味なのか、それともほかの男に抱かれるための準備なのか。いずれにせよ、白い恥丘と漆黒の陰毛が織りなすコントラストが美しくて惹《ひ》きこまれた。

パンティを足から抜き取り、香澄は一糸まとわぬ姿になる。膝立ちの姿勢で腰を左右にくねらせた。

「夫以外の人に見られるの、はじめてなんです」

「それなら、もっと見てあげますよ」

和樹は左手を彼女の腰にまわすと、右手で乳房を揉《も》みあげる。

軽く触れただけでも、指先がズブズブと沈みこんでいく。奇跡のような柔らかさに感激しながら、すぐ近くから乳首を凝視した。

「ああっ、そんな……」

香澄の唇から困惑の声が漏れる。

乳房を揉まれる刺激と、乳首を見つめられる羞恥がまざり合っているのだ。指

先を滑らせて乳首を摘《つ》まめば、女体がビクッと敏感に反応した。

「あンっ、そ、そこは……」

「乳首が感じるんですね」

指先でそっと転がすと、柔らかかった乳首が瞬く間に硬くなる。充血してとがり勃ち、乳輪までぷっくりとふくらんだ。

「そんなにやさしく触られたら……ああンっ」

香澄は困ったような顔で和樹を見つめる。

その顔を見たときピンと来た。もしかしたら、旦那にはこういう愛撫をされたことがないのではないか。それならば、もっと丁寧な愛撫を施して、たくさん感じさせたいと思った。

「旦那はやってくれなかったんだね」

「は、はい、こんなの、はじめてです……はああンっ」

香澄が腕のなかで喘《あえ》いだ。

「もっとやってあげるよ」

双つの乳首を交互に摘まんでは、やさしく転がす。

そうやってじっくり刺激することで、全身の感度がアップするのだ。経験は少

なくても、これまでに学んだことがある。拙い愛撫だが、それでもやさしく扱われたことのない香澄を感じさせるには充分だった。

（これくらいでいいな……）

そろそろ次の愛撫に移行したい。

女体を畳の上に横たえる。そして、膝を立てて左右に押し開いた。いわゆるM字開脚の格好だ。

「ああっ、ダメです」

香澄は訴えるが、膝を閉じようとはしない。

夫以外の男に愛撫されて、興奮しているのではないか。だからこそ、抗《あらが》うことなく従っているのだろう。

股間をのぞきこむと、鮮やかな紅色の陰唇が息づいている。旦那としか経験がないのに形崩れしているのは、かなり乱暴に扱われたせいかもしれない。乳首の愛撫で感じたのか、すでに愛蜜で濡れ光っていた。

「もうぐっしょりじゃないですか」

「そ、そんな、ウソです」

「本当ですよ」

和樹は彼女の両足首をつかむと、そのままグイッと持ちあげる。

尻が畳から浮いて、股間が天井を向く形になった。女体をふたつ折りにしたような、まんぐり返しと呼ばれる体勢だ。

「こ、こんなの、恥ずかしいです」

「恥ずかしいのが興奮するんですよ」

和樹はそう言いながら、剝き出しになった股間に顔を寄せる。そして、濡れそぼった女陰に口を押し当てた。

「ああぁッ」

香澄の唇から喘ぎ声がほとばしる。

口が軽く触れただけで、宙に浮いている脚がつま先までピンッと伸びて、小刻みな震えが走り抜けた。

「そ、そんなところ、口で……」

香澄が首をゆるゆると左右に振る。

まんぐり返しで股間に口をつけている最中だ。和樹からは陰毛ごしに香澄の顔がよく見える。舌を伸ばして割れ目をペロリと舐《な》めれば、香澄は困惑した表情で喘ぎ声を漏らした。

「はあァッ、そ、そんなのダメです」

「これもやってもらったことないの？」

まさかと思って尋ねる。すると、香澄は微かに顎を引いてうなずいた。

ということは、香澄はこれがクンニリングスの初体験だ。これほど美しい女性と結婚しておきながら、旦那はろくに愛撫もせず挿入していたらしい。大切にされる悦《よろこ》びを知らない香澄が不憫《ふびん》に思えた。

できるだけ丁寧に陰唇の合わせ目を舐めあげる。何度かくり返していると、新たな華蜜がじんわりと溢れた。

「そ、そんな……あああッ」

「気持ちいいんですね。もっとよくしてあげますよ」

舌先を割れ目の上端へ移動させると小さな突起、クリトリスがある。そこを集中的に舐めまわした。

「はうぅッ、ダ、ダメぇっ、はあああああッ！」

香澄の喘ぎ声が甲高くなる。

もしかしたら、軽い絶頂に達したのかもしれない。

それでも、休むことなく舌を使いつづける。まんぐり返しに押さえつけた状態

で、女性器をしゃぶっているのだ。クリトリスまで唾液まみれにしてジュルジュル吸いあげると、香澄は腰を激しくよじらせた。

「すごい反応ですね。そんなに気持ちいいんですか」

和樹は割れ目を舐めながら声をかける。

常に女性の表情を確認できるのが、まんぐり返しでクンニリングスをする最大の利点だ。舌の動きに敏感に反応する顔を見ることで、和樹の興奮はますますふくれあがった。

「こ、こんなの……もう許してください」

香澄が涙を流して懇願する。

なにしろ旦那にクンニリングスされたことがないので、はじめての刺激だ。困惑しながらも感じている表情が、牡の欲望をこれでもかと煽《あお》り立てた。

5

「それじゃあ、そろそろ……」

和樹は股間から顔をあげると、香澄の両足をそっとおろした。

そして、正常位の体勢で亀頭を割れ目に押し当てる。ゆっくり押し進めることで、二枚の陰唇を巻きこみながら亀頭がズブズブと沈みこんだ。

「あううッ、お、大きい……」

香澄が眉を歪めて口走る。

旦那よりも大きいペニスを受け入れて、下腹部が妖しく波打つ。それと同時に膣口《ちつこう》が締まり、カリ首を思いきり絞りあげた。

「くううッ、す、すごいっ」

こらえきれない呻き声が溢れ出す。

和樹もセックスをするのは久しぶりだ。いきなり快感がこみあげて、慌てて尻の筋肉に力をこめる。

(危なかった……)

なんとか射精欲の波をやり過ごす。危うく暴発するところだったが、ギリギリのところで耐え抜いた。

いくらなんでも、挿入と同時に射精するのは格好悪い。香澄より先に達するにしても、せめて何回かはピストンしたかった。

(よし、いくぞ……)

気合いを入れて、さらにペニスを押し進める。みっしりつまった媚肉《びにく》を亀頭でかきわけながら前進して、ついにはペニスを根もとまで埋めこんだ。

「ああッ、お、奥まで……」

香澄が身体を仰け反らせる。

亀頭が膣の深い場所まで到達したのだ。女体は敏感に反応して、膣がペニスをしっかり食いしめた。

「すごい締まりだ……ううッ」

どんなにがんばっても長くは持ちそうにない。

和樹は再び彼女の足首をつかんで、まんぐり返しの体勢になる。香澄は股間を真上に向けて、和樹は足の裏を畳にしっかりつけて覆いかぶさる格好だ。体重を浴びせることで。ペニスがますます奥まで突き刺さった。

「あううッ、ダ、ダメですっ」

香澄が喘ぎまじりに訴える。

だが、和樹は聞く耳を持たずにピストンを開始した。腰をあげてペニスを引き出すと、真上から勢いよくたたきつける。それを連続して行うことで、快感がど

んどん高まっていく。

「ああッ、は、激しいっ、あああッ」

「激しいのはきらいですか？」

「こ、こんなに奥まで、はじめてなんです……ひああッ、い、いいですっ」

香澄がヒイヒイ喘いで、歓喜の涙まで流しはじめる。

きっと旦那のセックスも激しかったはずだ。だが、和樹のペニスのほうが奥まで届くらしい。もはや手放しで喘いで、華蜜の量も増えていく。結合部分はお漏らしをしたかと思うほど濡れていた。

「くうううッ、俺も気持ちいいですっ」

もうこれ以上は我慢できそうにない。

腰の動きを加速させて、猛烈な勢いでペニスを出し入れする。フィニッシュに向けた高速のピストンだ。それと同時に両手を伸ばして、たっぷりした乳房を揉みしだく。指の間に乳首を挟んでコリコリと刺激した。

「あああッ、い、いいっ、いいですっ」

香澄が感じていることを言葉にする。旦那以外のペニスを突きこまれて、快楽に没頭していた。

「おおおッ、おおおおッ」

「あああッ、はあああッ」

和樹の呻き声と香澄の喘ぎ声が交錯する。

相手が興奮しているとわかるから、自分もますます昂っていく。相乗効果で一気にふたりの性感は最高潮に達していた。

「おおおッ、で、出る、出るぞっ、くおおおおおおッ！」

ついに最後の瞬間が訪れる。

和樹は雄叫《おたけ》びをあげながら、思いきり欲望を放出した。膣のなかでペニスが脈打ち、大量の精液がドクドクと噴き出す。快感が脳天まで突き抜けて、頭のなかがまっ白になった。

「はあああッ、い、いいっ、いいですっ、あああああああッ！」

香澄の唇から、よりいっそう大きな喘ぎ声が溢れ出す。

亀頭で膣の奥を何度もノックされた挙げ句、煮えたぎるザーメンを注ぎこまれたのだ。その衝撃で香澄もエクスタシーの嵐に呑《の》みこまれる。膣でペニスをしっかり食いしめて、快楽の頂点に昇りつめた。

愉悦が大きいせいか、射精は延々とつづいている。

睾丸《こうがん》のなかが空になっても、結合を解きたくなかった。香澄に懇願されてセックスしたが、肌を重ねることで和樹の心はいつの間にか癒されていた。京太郎の失踪で、知らず知らずのうちに疲弊していたのだろう。

（でも、本当にこれでよかったのか……）

和樹は股間を強く押しつけている。絶頂の快感に酔いながら、香澄の顔を見つめていた。

旦那以外の男に抱かれることで、未練を断ち切りたい。そう言っていたが、はたしてうまくいったのだろうか。

香澄の本当の気持ちは、本人にしかわからない。

とにかく、新しい一歩を踏み出して、人生をやり直してほしい。香澄はまだ二十六歳だ。結婚生活はうまくいかなかったかもしれないが、人生が終わったわけではないのだ。

少しでも手助けできたのなら、それに越したことはなかった。

第三章　濡れる露天風呂

1

「ありがとうございました」

香澄は身なりを整えると、律儀に礼を言って自分の部屋に戻っていった。

すっきりした顔になっていたので、吹っきれたのかもしれない。だが、和樹は興奮にまかせてセックスしただけだ。それを思うと、申しわけない気持ちになってしまう。

（でも、沢木さんが満足したのなら……）

それでよかったのかもしれない。

和樹にも収穫はあった。宿の秘密がわかったのだ。噂《うわさ》レベルではあるが、夜逃げの手伝いをしているとの情報を得た。これは京太郎の行方を探る大きなヒントになる気がした。

正午になり、昼食を摂《と》るため大広間に向かう。

美智子か美帆に会ったら、さりげなく噂のことを確認するつもりだ。どうやって切り出そうか考えながら襖《ふすま》を開けて、大広間に足を踏み入れた。

お膳がふたつ用意されている。

おそらく、和樹と香澄のぶんだろう。勝手に座っていいのか迷っていると、背後から足音が聞こえた。

美智子か美帆だと思って振り返る。すると、ヒグマのような大きな影が目の前に迫っていた。

「お食事をお持ちしました」

野太い声が聞こえて、ほっと胸を撫《な》でおろす。料理長の銀次だ。てっきりヒグマが入りこんだのかと思った。

「ど、どうも……」

「また驚かせてしまいましたか。すみません」

銀次は巨体のわりに人懐っこい笑みを浮かべた。

「い、いや……ヒグマかと思いましたよ」

「ははは、よく言われます。さあ、お座りください」

勧められてお膳の前に腰をおろす。

銀次は畳の上に正座をすると、料理を手際よく並べてくれる。イカ刺しをメインとした刺身の盛り合わせ、それにおにぎりがふたつと毛ガニの味噌汁《みそしる》だ。簡単な昼食と聞いていたが、思っていた以上に豪華だ。

「すごいですね」

「いやいや、ふだんは昼食を出さないので、こんなものしかなくて申しわけないです。まかないに毛が生えたようなものですよ」

銀次は謙遜して言うが、昨夜の料理もじつに美味だった。きっと若いころに厳しい修業を積んだのだろう。

「ふだんは昼食を出してないんですか？」

「ええ、事前にお客さまから希望があったときだけです」

「じゃあ、どうして……」

今朝のことを思い出す。

朝食の最中、美帆が急に昼食の希望を取ったのだ。もしかしたら、和樹と香澄が宿に残るとわかっていたのではないか。ふたりとも観光目的でこの宿を訪れたわけではない。それを美帆は見抜いていたのかもしれない。

(あの仲居さん……ただ者じゃないな)

思わず腹のなかでつぶやいた。

愛らしい顔に騙《だま》されるが、かなりの切れ者かもしれない。美智子も表向きはきちんとしているが、深夜の露天風呂で謎の男に愛撫《あいぶ》をしていた。とにかく、この旅館は普通ではなかった。

「美帆ちゃんが気づいたんですね。あの子は繊細なんですよ」

銀次がしみじみとつぶやいた。

「そんな感じですね」

なんとなくわかる気がする。

美帆はいつも明るく振る舞っているが、じつは人のことをよく見ている。場の空気に敏感だった。

「人の目が気になるのは、育ちのせいですかね。でも、美帆ちゃんは女将さんに出会って救われたんですよ。おっと、よけいなことでした」

銀次は慌てて口を閉ざした。

なにか事情があるのかもしれない。だが、美帆のことを語る銀次は、やさしい表情になっていた。考えてみれば、孫ほども年が離れているのだ。きっと、かわいくて仕方ないのだろう。

「まあ、救われたのは、わたしも同じですがね」

「なにかあったんですか？」

「まあ、いろいろ……お恥ずかしい話ですが、若いころギャンブルにはまって借金を作りまして」

銀次がぽつぽつと語りはじめる。

東京の一流ホテルの厨房《ちゅうぼう》で働いていたが、借金で首がまわらなくなり、すべてを投げ出して北海道に逃亡したという。そして、函館に流れついたときは、いよいよ追いつめられていた。

「身から出た錆《さび》なんですがね。もう死ぬしかないと考えて、立待岬《たちまちみさき》から津軽海峡を眺めていたんです。そうしたら、たまたまお客さまを案内していた女将さんに声をかけられて……あっ、今の女将さんではなくて先代です」

先代というのは、美智子の母親のことだろう。

銀次は先代女将に声をかけられて、自死を思いとどまった。そして、さがら屋で雇ってもらって、コツコツ働きながら借金を返済したという。

（立待岬から身投げ……）

ふと京太郎の顔が脳裏に浮かんだ。

慌てて首を振り、いやな想像を打ち消す。しかし、胸のうちで不安が急速にふくれあがった。

「大昔の話です。一度は死んだようなものですからね。今は恩返しのつもりで働いています」

すでに先代女将は亡くなっているというのに義理堅い男だ。若いころは失敗したかもしれないが、信用できる気がした。

（この人も噂のことを知ってるかもしれないな……）

ふとそう思って尋ねようとする。

だが、直前で踏みとどまった。先代女将に恩義を感じている彼が、宿の秘密を漏らすとは思えない。やはり聞くなら、現在の女将である美智子しかいない気がした。

「銀さんは、この旅館のことを大切に思ってるんですね」

「ええ、ここが我が家といいますか、わたしにとってはすべてです。どんなことがあっても守ってみせますよ」

銀次はさらりと言うが、なにかあったときは本当に身を挺《てい》して守るだろう。美智子と美帆は心強いに違いない。銀次は料理人だが、その見た目は用心棒のようだった。

「長話、失礼しました」

銀次が照れ笑いを浮かべて大広間から出ていった。

隣のお膳は空いたままだ。香澄は時間をずらして来るつもりなのだろう。なにしろ、ほんの数時間前にセックスしたのだ。あられもない声で喘《あえ》ぐ姿を晒《さら》したのだから、会いづらいのは当然だった。

2

昼食を終えると、いったん部屋に戻って一服する。

うまい刺身を食べて腹は満たされたが、そこはかとない不安が解消されることはない。

座布団を枕にして寝転がり、天井をじっとにらみつけた。

京太郎の失踪には、この宿で秘密裡《り》に行われている夜逃げの手伝いが関係している。京太郎はなにか事情があって逃げる必要があった。そして、この宿のことを知り、夜逃げを手伝ってもらったのではないか。

そうとしか思えないが、それを証明する手立てがない。女将に尋ねたところで夜逃げした人の情報は教えてくれないだろう。

部屋で考えこんでいても解決しない。

廊下に出ると、とりあえず一階に降りてみる。すると、美智子と美帆が館内の掃除をしていた。窓ガラスを丁寧に拭いて、廊下を雑巾がけしている。忙しそうに働くふたりを見ていると、話しかけることができなかった。

（タイミングがむずかしいな……）

たった三人で経営しているため、みんな働きどおしだ。

せめて美智子がひとりになったときに声をかけようと思う。少人数のほうが本音で話せる気がする。しかし、とくに作戦はない。なんとか情に訴えるくらいしか、情報を引き出す方法が思いつかなかった。

部屋に戻っては、廊下に出て館内をうろつくことをくり返す。

しかし、なかなか話しかけるタイミングは訪れない。そんなことをしているうちに、午後六時の夕飯の時間を迎えた。

大広間に向かうと、お膳がふたつ用意されていた。

和樹と香澄のぶんだろう。今日は新しい宿泊者はいないらしい。そのほうが和樹としてはありがたい。ほかの客がいると、それだけ女将がひとりになる時間が減る気がした。

「こんばんは。すぐにお食事を用意しますね」

大広間に入ってきたのは美帆だ。愛らしい笑みを振りまいて、さっそく料理を運んできた。

この日も海鮮が中心だ。やはり新鮮な魚介類が喜ばれるのだろう。確かに美味で、いくら食べても飽きなかった。

それにしても、隣のお膳は空いたままだ。やはり香澄は顔を合わせづらいのだろうか。

「ご飯のおかわりはいかがですか」

美帆が大広間に入ってきた。

ふと銀次の言葉が脳裏に浮かぶ。昔、いろいろあったらしい。屈託のない笑み

を浮かべているが、どんな人生を歩んできたのだろうか。

「おかわりは大丈夫だよ。ところで、沢木さんはどうしたの？」

「お風呂に入ってから食べるそうです」

美帆がさらりと答える。

どうやら、なにも知らないようだ。しかし、実際は和樹のことを避けているのだろう。少し淋《さび》しい気もするが、仕方のないことだ。ＤＶ夫からうまく逃げられることを心から祈った。

食事を終えるころ、美智子が大広間に姿を見せた。

「お茶をお持ちしました」

着物姿で傍らに正座をすると、ほうじ茶を入れてくれる。

美帆も銀次も現れる気配はない。これは絶好のチャンスだ。質問をぶつけるなら今しかない。

「どうぞ」

美智子がしなやかな所作で湯飲みをお膳に置いた。

「ありがとうございます」

礼を言うが、湯飲みには手をつけない。座布団の上で向きを変えると、美智子

の目をまっすぐ見つめた。

「女将さんに折り入ってお話があります」

あらたまって切り出す。

美智子はまるでわかっていたかのように、驚いた顔をすることなく静かにうなずいた。

「噂で聞いたのですが、夜逃げの手伝いをしているというのは本当ですか？」

ストレートな言葉で切り出す。

いちばん知りたいのは京太郎のことだが、まずは噂の話から入るほうが無難な気がした。

「そんな噂をどこで耳にされたのですか？」

美智子は動じることなく聞き返す。

微笑をたたえたままで表情が変わらない。それが逆に作っているようで不自然な気がした。

「インターネットで、たまたまひっかかったんです」

香澄から聞いたことは黙っておいたほうがいいだろう。とっさに自分で見つけたことにしてごまかした。

「いろいろな噂が飛び交って、インターネットは怖いですね」

　美智子が穏やかな声で語る。

　しかし、夜逃げの手伝いについては明言しない。噂が真実だからこそ触れないのではないか。そんな気がして黙っていられなかった。

「夜逃げ屋って聞いたことがありますけど、本当にあるんですね」

「さあ、どうなんでしょう」

「夜逃げの手伝いってよくわからないんですけど、人助けのためにやってるんですよね？」

「わたしに聞かれましても……もし噂が本当だとして、平田さまがご利用されたいのですか？」

　美智子は相変わらず口もとに微笑を浮かべている。あくまでも惚《とぼ》けつづけているが、ほんの少し探るような目になった。

「じつは、友人を捜しているんです」

　思いきって打ち明ける。

　本当のことを教えてもらうには、こちらもすべてを晒さなければならない。ここからが勝負だと踏んでいた。

「しばらく連絡を取らないうちに行方不明になっていたんです。大学時代に知り合った親友で、吉岡京太郎っていいます。十月三十日にこちらに泊まっているはずです。覚えてないですか？」

つい口調に熱がこもってしまう。

冷静に話さなければと思うが、どうしても前のめりになる。京太郎につながる細い糸を、なんとかして切らずにたぐり寄せたい。焦る気持ちをどうしても抑えることができなかった。

「お客さまの個人情報をお教えすることはできません」

美智子は抑揚のない声でつぶやく。

いつしか口もとから笑みが消えている。噂を肯定も否定もしないが、それはなかば認めているようなものだ。

「大切な友達なんです。なんでもいいので教えてください」

「なにもお答えすることはございません」

「居場所を教えろとは言いません。せめて、元気なのか……生きているのか死んでいるのかだけでも、教えていただけませんか」

突き放されても必死に食いさがる。美智子から聞き出せないと、完全に行きづ

まってしまうのだ。

「お友達に会えなくなったのはお気の毒ですが……」

ほんの一瞬、美智子が言葉につまる。

和樹の必死な気持ちが伝わったのかもしれない。話す気がないなら、聞き流せばすむことだ。それをしないということは、多少なりとも心が揺れているのではないか。

「女将さん、お願いします」

「申しわけございません」

美智子が丁寧に頭をさげる。

その所作が美しいから、なおさら心が苦しくなった。

どのような理由があろうとも、いっさい情報は漏らさない。彼女の強い気持ちが伝わってくる気がした。美智子は顔をあげると、和樹と視線を合わせずに腰を浮かせた。

「では、せめて……」

大広間から出ていこうとする美智子の背中に語りかける。

「沢木さんを助けてあげてください」

その言葉を受けて美智子が立ちどまった。

「沢木さま……ですか？」

「あの人、噂を聞いてここに来たそうです。旦那のＤＶで苦しんで、助けを求めているんです。でも、ＤＶのことを人に話すのもつらいみたいで、なかなか切り出せないでいます」

話していると、香澄の涙を思い出す。胸が締めつけられて、なんとかしてあげたいという気持ちが強くなった。

「なんとか……なんとか、お願いします」

座布団をはずして正座をすると頭をさげた。

京太郎のことがわからないのは残念でならない。だが、とりあえず香澄を助けてあげたかった。

「あとで、沢木さまにお話をうかがってみます」

美智子はそう言うと、楚々《そそ》とした足取りで大広間をあとにした。

（ダメだったか……）

急に体から力が抜けてしまう。

ひとり残された和樹は、肩をがっくりと落とす。思わず寝転がると、畳の上に

四肢を投げ出した。

　京太郎の居場所はわからなかった。だが、美智子の反応から察するに、夜逃げの手伝いをしたのは間違いないだろう。せめて、生きているのかどうかだけでも知りたかった。

「あれ、具合でも悪いんですか？」

　ふいに声が聞こえた。

　美帆の声だ。いつ大広間に入ってきたのだろうか。考えごとをしていたため、まったく気づかなかった。

「いや……大丈夫」

　力なくつぶやくと、なんとか体を起こして胡座《あぐら》をかく。空元気を出して笑おうとするが、頬がひきつってうまくいかなかった。

「ごめんなさい……」

　突然、美帆が謝罪して困ったような顔で見つめる。

　もしかしたら、和樹と美智子のやりとりを聞いていたのかもしれない。きっと夜逃げの手伝いのことを知っているのだろう。話すことができない美智子の事情もわかっているに違いなかった。

「キミが謝る必要はないよ」

和樹はそう言って苦笑を漏らす。

冷静になって考えれば、教えてもらえないのは当然だ。こちらが友達だ親友だと主張しても、嘘《うそ》をついて情報を聞き出そうとしている可能性もある。夜逃げした人の情報を漏らすはずがなかった。

「温泉、入ったらいいですよ」

ふいに美帆がつぶやいた。

「なにを急に……」

「ウチの温泉、すごくいいんです。なんにでも効くんですよ」

「だからって……」

「本当に本当なんです。打ち身とか腰痛だけじゃなくて、心の傷にも効果があるんですよ」

美帆が必死に温泉を勧める。

和樹が落ちこんでいるので元気づけようとしているのだろう。その姿が健気《けなげ》で思わず笑みが漏れた。

「なんで笑うんですか？」

「いや、ごめん。キミがあんまりかわいいから、つい……」

「もう、からかわないでください」

美帆が頬をプクッとふくらませる。そんな姿も愛らしくて、和樹は思わず声に出して笑った。

3

午後十一時、和樹は大浴場に向かった。

昨夜は美智子と謎の男の衝撃的な現場を目撃したため、温泉に浸《つ》かることなく退散した。だから、今夜はゆっくり温泉を堪能《たんのう》するつもりだ。

館内はシーンと静まり返っている。

宿泊客は和樹と香澄のふたりだけだ。ということは、和樹が男湯を独占できることになる。

(でも、あの男が現れたら……)

昨夜の光景が脳裏をよぎった。

何者なのかはわからないが、あの男がまた現れるかもしれない。ただし昨夜の

様子を思い返すと、人に害を及ぼすようには見えなかった。

一抹の不安はあるが、とにかく廊下を進んで男湯の前に到着した。

掃除中の看板は出ていない。脱衣所に入って確認するが、誰かが入浴している気配はなかった。

服を脱いで大浴場に足を踏み入れる。

まずは頭と体を洗ってすっきりすると、露天風呂に向かう。引き戸を開けたとたん、外の冷たい空気が肌を刺した。

(寒っ……)

肩をすくめながら、足もとに敷かれた平らな岩の上を歩いていく。

奥に岩風呂があり、湯けむりがもうもうと漂っている。外灯はひとつだが、周囲に積もった雪に反射しているため意外と明るい。浴槽を形成している岩のひとつに溝が彫ってあり、そこから湯が流れ落ちていた。

とにかく、湯に足をつけると、ゆっくりしゃがんでいく。少し熱めの湯が、冷えた体を温めてくれる。

(おおっ、これはいいな)

思わず唸《うな》るほどの心地よさだ。

肩まで湯に浸かると、両手で湯を掬《すく》って顔を撫でる。そして、大きな岩に背中を預けた。

昨夜、美智子と男が寄りかかっていた岩だ。

なにか言葉を交わしていたが、美智子が男の手を取り、湯けむりの向こうに見える大きな岩へと移動した。そこで男の逸物《いちもつ》を美智子が口に含んで、濃厚な奉仕を開始したのだ。

（あれは驚いたな……）

同じ場面が何度も頭のなかでリピートする。

美智子が首をゆったり振って、ペニスを唇でしごいていた。男は耐えきれなくなり、ついには口のなかで射精したのだ。

そんなことを考えていると、背後で引き戸の開く音が聞こえた。

（えっ……）

ドキリとして振り返る。

すると、そこには美智子が立っていた。着物を脱いで裸になり、白いタオルで乳房を隠している。タオルを縦長に垂らしているため、かろうじて股間を覆っていた。

しかし、身体《からだ》の両側はまる見えだ。腰がくびれているため、優美な曲線を描いている。肌は雪のように白くて眩《まばゆ》く輝いていた。

「ごいっしょしてもよろしいでしょうか？」

美智子が小声で尋ねる。黒髪は結いあげたままで、恥ずかしげな微笑を浮かべていた。

「ど、どうして……」

和樹は突然のことにとまどいを隠せない。まともに答えることができず、ただ目をまるくしていた。

「平田さまとお話がしたくて来てしまいました」

美智子はそう言いながら岩風呂の脇でしゃがみこむ。そして、木桶《きおけ》で湯を掬うと、しなやかな仕草で肩にかける。湯が流れ落ちるザーッという音が響いて、湯気がもわっとひろがった。

「失礼いたします」

かけ湯を終えると、美智子が浴槽の湯につま先を浸ける。

足の指まで、すっと長くて美しい。足首はキュッと細く締まっており、白い臑《すね》には無駄毛が一本もなくてツルリとしている。きれいな女性は、身体のパーツの

どこを取っても洗練されているらしい。

（なんてきれいなんだ……）

無意識のうちに心のなかでつぶやいた。

美智子はタオルをはずしながら、湯のなかに身体を沈める。そして、和樹の隣にやってきた。

（お、女将さんが……）

予想外の事態に緊張感が高まる。

なにが起きているのか、さっぱりわからない。隣をチラリと見やれば、美智子の横顔が目に入った。

すっと通った鼻筋も、小さな耳も美しい。なにもかもが、まるで彫刻のように整っている。髪を結いあげているため、白いうなじが剝《む》き出しで、後れ毛が数本垂れかかっているのが色っぽい。

湯のなかに視線を向ければ、白くて大きな乳房が揺れている。双《ふた》つのふくらみの頂点に乗っている乳首は鮮やかな桜色だ。乳輪も同じ色をしており、乳房を艶やかに彩っていた。

（す、すごい……）

思わず生唾を飲みこみ、視線をゆっくりさげていく。恥丘に茂る陰毛が視界に入る。両脚を前方に伸ばして、尻を浴槽の底につけた格好だ。内股はぴったり閉じているが、陰毛を隠すことはできない。毛量が多いため、まるでワカメのように湯のなかで揺れていた。

（ダ、ダメだ。どこを見てるんだ……）

懸命に視線をそらすと、小さく息を吐き出した。

なんとか気持ちを落ち着かせようとするが、胸の鼓動は速くなったままだ。知らず知らずのうちに、すっかり魅了されていた。これほど美しい女性が裸ですぐ隣にいるのだ。平常心を保っていられるはずがなかった。

「美帆ちゃんに聞きました」

美智子が穏やかな声で切り出した。

再び隣をチラリと見やれば、美智子は顔を少しうつむかせている。羞恥と後悔が入りまじったような表情になっていた。

「昨夜、見てしまったのですね」

ささやくような声だった。

一瞬、なにを言っているのか理解できない。だが、すぐに昨夜の光景が脳裏に

よみがえった。

「平田さまに見られているとは知らず、わたし、あんなことを……お恥ずかしいです」

美智子が顔をますますうつむかせる。

「驚きました……」

和樹は言葉を選んでつぶやいた。

昨夜の行為を見られていたと知り、かなりのショックを受けたに違いない。事情はわからないが、責めるようなことはしたくなかった。

「不快な思いをさせてごめんなさい」

「いえ、そんなことは……あの男の人は誰なんですか？」

ずっと気になっていたことを尋ねる。

従業員でも宿泊客でもない。気軽に立ち寄れる場所ではないので、見知らぬ男がいるのは不自然だった。

「ここだけの話にすると約束してくれますか？」

美智子がふいに顔をあげてこちらを見る。

視線が重なってドキリとする。だが、和樹は動揺を押し隠して、即座にうなず

いた。

「もちろんです。約束します」

「本来なら、どんなことがあっても秘密を守ります。ですが、今回だけは特例としてお話しします」

美智子はそう前置きすると、あらたまった様子で口を開く。

「昨夜の男性は、夜逃げを希望されていた方です」

その言葉を耳にした瞬間、思わず息を呑《の》んだ。

「では、やっぱり……」

「さがら屋では夜逃げのお手伝いをしています」

美智子の唇から衝撃の事実が語られる。ついに夜逃げの手伝いをしていることを認めたのだ。

「噂は本当だったんですね」

「詳しいことはお話しできませんが、噂は本当です」

美智子はまっすぐ和樹の目を見つめて答える。

これまでどんなに尋ねても教えてくれなかったのに、どういう心境の変化だろうか。いざ美智子が認めると、なにから聞けばいいのかとまどってしまう。心の

準備ができていなかった。

「どうして、急に……」

「平田さまが昨夜の男性を目撃されたからです。夜逃げをする方の情報は絶対に漏らすわけにはいきません。平田さまが目撃した男性の特徴などを、どこかで話してしまったら困るのです」

美智子が真剣な表情でつづける。

夜逃げをする人たちは、借金だったりＤＶだったり、それぞれの事情を抱えている。居場所がバレたら場合によっては命の危険に晒されてしまう。だから、和樹に打ち明けて、秘密を守る約束を取りつけたかったという。

「なるほど、わかりました。絶対、誰にも言いません」

和樹はあらためて約束した。

命の危険と聞いて、気持ちが引きしまる。美智子が頑《かたく》なに秘密を守ろうとする理由がわかった気がした。

「ところで、沢木さんを見て、夜逃げの希望者だと思いませんでしたか？」

思い返せば、香澄はいつも暗い表情で、いかにもワケありそうだった。どうして美智子のほうから声をかけなかったのだろうか。

「それらしいお客さまが見えても、基本的にこちらからお声がけをすることはございません」

「でも、噂を聞いて来る人も、たくさんいるんじゃないですか?」

「夜逃げは最後の手段です。お客さまのほうから切り出した場合のみ、お手伝いをします」

美智子が静かに語りつづける。

夜逃げをしても、必ずしも楽になれるとは限らない。人目を気にして、こそこそ暮らすことになる場合も多いようだ。そんな暮らしがいやになり、後悔する人もいるらしい。

「幸せになる方もいますが、夜逃げは賭けです。うまくいくかどうかわからないのに、お勧めすることはできません」

美智子の話を聞いて納得する。相当な覚悟がなければ、夜逃げは成功しないのだろう。

「沢木さまは特別にこちらからお話をうかがいました。旦那さんのDVのことを涙を流しながら打ち明けてくださいました。平田さまがおっしゃっていたように人に話すのもおつらいようですね」

そこで言葉を切ると、美智子は和樹の目をまじまじと見つめた。

「どうして平田さまには話せたのでしょうか」

そう言われてはっとする。指摘されるまで気づかなかったが、確かに不思議な気がした。

「たぶん、俺も夜逃げをする人と勘違いしたからじゃないですか」

「平田さまのお人柄ですよ。お友達のために一所懸命な姿を見て、信用できると思ったのでしょう」

「いやいや……」

「平田さまに感謝していましたよ。お礼を言っておいてほしいと頼まれました」

「そうですか……」

見つめられると照れくさい。

思わず視線をさげると、湯のなかで揺れる乳房が視界に入った。白くて大きなふくらみは魅惑的で、むしゃぶりつきたい衝動がこみあげた。

(こんなときに、なにを考えてるんだ……)

懸命に欲望を抑えこむ。すると、今度は京太郎のことが脳裏に浮かんだ。

「あいつは……京太郎は自分から夜逃げを相談したんですか？」

「ごめんなさい。お教えすることはできないんです」

美智子は申しわけなさそうにつぶやいた。

そして、浴槽のなかで立ちあがる。湯がザーッと流れ落ちて、眩いばかりの裸身が露《あらわ》になった。

「ちょ、ちょっと……」

視線は自然と女体に吸い寄せられた。

まろやかな曲線を描いた釣鐘形の乳房が、タプタプと揺れている。桜色の乳首は冷たい空気に触れたせいか、硬くとがり勃《た》っていた。細く締まった腰が魅惑的で、ついつい舐《な》めるように見つめてしまう。

(ダメだ。見るな……)

心のなかでつぶやくが、視線をそらすことはできない。

恥丘に濡《ぬ》れた陰毛がべったり張りついている。形を整えたりはせず、自然な感じで生やしているようだ。

「お友達のこと、お教えできないお詫《わ》びに……」

美智子はそう言うと、手をすっと伸ばした。

いったい、なにをするつもりだろうか。手を取られて、和樹は浴槽のなかで立

ちあがる。空気は冷たいが、充分に温まっているので心地よい。剝き出しになったペニスは、いつの間にか勃起していた。

4

美智子に手を引かれて、岩風呂のなかを奥に向かって歩いていく。そして、大きな岩の前で立ちどまると、寄りかかるように誘導された。

（これは昨夜の……）

間違いない。昨夜、あの男が寄りかかっていたのと同じ岩だ。

美智子は目の前でしゃがむと腰まで湯に浸かる。顔がちょうど和樹の股間と同じ高さになった。

「平田さまの、すごく立派です」

美智子がささやくと、熱い息が亀頭に吹きかかる。

それだけでペニスがピクッと反応して、先端の鈴割れから透明な汁がじんわり染み出した。

（まさか……）

どうしても期待してしまう。昨夜、目撃したのと同じ状況だ。あの男がされたことを体験できるのではないか。そんなことを考えると、ペニスはますます硬くなった。

「失礼いたします」

美智子が両手を伸ばして、そそり勃った男根の両脇に添える。

「うっ……」

根もとに指が軽く触れただけで甘い刺激がひろがり、思わず小さな声が溢《あふ》れ出した。

己の股間を見おろすと、美智子と視線が重なる。それだけで期待がさらに大きくなった。なにをするのかと思えばピンク色の舌先を伸ばして、亀頭の裏側をペロリと舐めあげた。

「くううッ」

またしても声が漏れてしまう。

敏感な裏スジを刺激されて、我慢汁がどっと溢れる。亀頭は破裂しそうなほどふくらみ、竿《さお》の部分も野太く成長していた。

「はぁっ、すごく大きいんですね」

美智子はため息まじりにつぶやくと、さらに裏スジを舐めあげる。舌先が触れるか触れないかの微妙なタッチだ。くすぐるような刺激が、我慢汁の分泌をうながす。尿道口から透明な汁が大量に溢れて、亀頭全体にひろがっていく。

「そ、そんなことされたら……ううぅッ」

我慢汁がとまらない。ペニスの先端は、もはや湯ではなく我慢汁でぐっしょり濡れていた。

「お友達のこと、なにもお教えできずにごめんなさい」

美智子は謝罪すると亀頭にそっと口づけする。

柔らかい唇が、硬く張りつめた亀頭の表面に押し当てられたのだ。さらには唇をゆっくり開いて、そのままペニスの先端にかぶせていく。やがてぱっくりと咥《くわ》えこんで、唇でカリ首を甘く締めつけた。

「ううぅッ……」

「はンンっ」

和樹の呻《うめ》き声と美智子の鼻にかかった声が交錯する。

ついに昨夜のぞき見た光景が再現されたのだ。自分のペニスが美しい女将の口

内に収まっている。信じられないことが現実になっていた。

「ンっ……ンっ……」

美智子が首をゆったり振りはじめる。

柔らかい唇が太幹の表面を撫でているのだ。我慢汁と唾液がまざって潤滑油となり、ヌルヌル滑っている。ゆったりしたペースだが、一往復するごとに快感が高まっていく。

「くううッ、す、すごいっ」

口内では舌で亀頭を舐めまわされている。

裏スジはもちろん、張り出したカリの内側に入りこみ、隅々まで唾液を塗りこむように蠢《うごめ》く。さらには尿道口をチロチロ刺激されると、尿意にも似た愉悦がふくらんだ。

（こんなの気持ちよすぎて……）

たまらず仰《の》け反《ぞ》って顎を大きく跳ねあげる。顔を上向かせると、冬の夜空が視界に入った。

瞬く星を目にしても興奮は収まらない。再び視線を己の股間に向ければ、美智子が上目遣いに見あげていた。視線が重なることで、興奮と快感が膨張して螺旋《らせん》

状にからまった。

「ううッ、も、もう……」

「ンッ……ンッ……」

和樹が呻くと、美智子の首の振りかたが激しくなる。

我慢汁と唾液の弾《はじ》けるジュブジュブという下品な音が、夜の露天風呂に響きわたった。

「あふッ……むふッ……はむンッ」

美智子が漏らす鼻にかかった声も、耳から興奮を煽《あお》り立てる。

昼間は清楚な女将が、ペニスを咥えて首を振っているのだ。ますます気分が盛りあがり、和樹は瞬く間に追いこまれる。射精欲が芽生えたと思ったら、一気に限界まで膨張した。

「お、女将さんっ……ううッ、も、もうダメですっ」

震える声で懸命に訴える。

これ以上されたら暴発してしまう。昨夜、目撃したとはいえ、このまま口のなかに出していいのか迷いがあった。

しかし、和樹のとまどいを無視して、美智子は首を激しく振りつづける。唇で

太幹をしごき、舌先で尿道口を舐めまわす。さらには頬を窪《くぼ》ませて、ペニスを思いきり吸いあげた。

「おおおおッ、そ、それは……おおおおッ」

ついに射精欲が限界を突破する。両手を伸ばして美智子の頭を抱えこむと、股間をグイッと押し出した。

「はむううッ」

美智子は苦しげな呻き声を漏らすが、そのままペニスを吸いつづける。凄《すさ》まじい快感の嵐が吹き荒れて、和樹はたまらず全身をガクガクと震わせた。

「くおおおおッ、で、出るっ、ぬおおおおおおおッ！」

獣のような咆哮《ほうこう》が響きわたる。

美智子の口のなかでペニスが脈動して、大量の精液が噴きあがった。同時に吸いあげられることで、尿道を駆け抜ける精液のスピードが速くなる。快感が快感を呼び、頭のなかがまっ白になった、

「ンンッ……ンンンッ」

美智子は口内に注がれる傍《そば》から、喉を鳴らしてザーメンを嚥下《えんげ》する。うっとりした表情になっており、精液を味わいながら飲みほした。

（ああっ、最高だ……）

今だけはこの快楽に溺れていたい。なにもかも忘れて、刹那の愉悦に浸っていたかった。

京太郎のことを忘れたわけではない。むしろますます気になっている。なにかわかりそうなのに、結局わからないのがもどかしかった。

第四章　招かれざる客

1

翌朝、和樹は寝ぼけ眼を擦《こす》りながら大広間に向かった。

昨夜は露天風呂で美智子に思いがけずフェラチオされて、欲望の丈を口のなかにぶちまけた。

目を閉じれば、美智子が首を振っている姿が瞼《まぶた》の裏に浮かぶ。快感の余韻がいまだに残っており、ともするとペニスが勃起しそうになる。理性の力でなんとか抑えこみ、大広間の襖《ふすま》をそっと開けた。

（あれ？）

思わず首をかしげる。

お膳がひとつしか用意されていない。宿泊客は和樹と香澄のふたりだ。それなのに、どうしてひとり分しかないのだろうか。

「おはようございます」

声が聞こえて振り返ると、盆を手にした美智子が立っていた。

顔を見たとたん、昨夜のことを思い出してしまう。今は着物をきっちり身につけて、清楚《せいそ》な雰囲気が漂っている。しかし、その下には艶《なま》めかしい身体《からだ》を隠していることを知っていた。

「ど、どうも……おはようございます」

懸命に平静を装って挨拶を返す。

目の前で微笑を浮かべている着物姿の女将と、露天風呂でペニスを頬張っていた全裸の美女。どちらが本当の美智子なのだろうか。あまりにも違いすぎて混乱してしまう。

（あれは夢だったんじゃ……）

そんなことを思うほど、昨夜の美智子は淫らだった。

「おかけください」

「お膳がひとつしかありませんけど、沢木さんは？」

座布団の上に腰をおろしながら尋ねる。

「別の部屋に移っていただきました」

美智子は正座をすると、料理をお膳に並べていく。

着物の袖を気にする仕草が色っぽい。顔や身体だけではなく、ちょっとした身のこなしからも色香が漂っていた。

「夜逃げのお手伝いをする方は、人目につかないように隠し部屋を用意してあるんです」

美智子は声のトーンをわずかに落とすと秘密を打ち明ける。そんなことまで教えていいのだろうか。

「あんまり俺に話さないほうが……」

「沢木さまのことは報告するべきだと思いまして。それに、平田さまは信頼できる方です」

そう言ってもらえるのはうれしいが、それなら京太郎のことを教えてほしかった。

「食事もその隠し部屋で？」

「はい。万が一のことも考えて、部屋から出ないですむようになっています。いつ誰がやってくるかわかりませんから」

客室には風呂がないが、その部屋には簡易シャワーがあるという。夜逃げを決行する日まで、従業員以外には会わずに過ごせるという。

「夜逃げをする前に捕まってしまったら、より厳しい現実が待っています。そうならないように細心の注意を払う必要があるんです」

「なるほど……」

急に生々しい話になってきた。

夜逃げをする人には、それぞれの事情がある。とにかく、誰かから逃げようとしているのは間違いない。逃げようとしていることがバレたら、きっとやばいことになるだろう。

隠し部屋はどこにあるのだろうか。昨日の昼間、館内を歩きまわったが、それらしい場所は見かけなかった。

(まあ、隠し部屋だから、わからなくて当然か)

簡単に見つかってしまったら隠し部屋の意味がない。自分は知らないままのほうがいいと思って、あえて質問しなかった。

「それじゃあ、あの男も……」

ふと露天風呂で目撃した男を思い出す。

夜逃げ希望者だと聞いているので、隠し部屋にいるのではないか。それなら館内で見かけなかったのもわかる気がする。

「あの方も隠し部屋にいました。今朝、無事に発《た》たれました」

「もう夜逃げしたってことですか？」

「はい、すでに道外へ出ています。あとは無事を祈るだけです」

美智子はそう言って睫毛《まつげ》を静かに伏せる。

同情しているのかもしれない。どういう事情があったかは知らないが、あの男はずいぶん落ちこんでいた。だから、あの夜は慰めるために大浴場に誘ったのかもしれない。

あの男が出発して、今は香澄が隠し部屋にいるらしい。彼女の夜逃げも近いうちに決行されるのだろう。

（あっ、もしかして……）

ふと思い出す。

京太郎の部屋にあったメモ帳に「1030」「さがら屋」「明日の部屋」と書い

てあった。「１０３０」は京太郎が宿泊した日付で、「さがら屋」はこの旅館の名前だ。「明日の部屋」だけがわからないままだった。

「隠し部屋には名前がついていますか？」

「わたしたちは『明日の部屋』と呼んでいます。先代の女将が考えました。夜逃げをする人たちが、明日に向かって新たな一歩を踏み出せるようにという思いがこめられています」

やはり思っていたとおりだ。

隠し部屋は「明日の部屋」という名前だった。これで京太郎のメモ帳にあった三つのワードの意味がすべてわかった。

「京太郎のことは教えてもらえないんですよね」

無駄だと思いつつ、尋ねてみる。

「ごめんなさい……」

やはり美智子は申しわけなさそうな顔で頭をさげた。

残念だが仕方のないことだと思う。夜逃げの危険性を知れば知るほど、美智子が決して教えてくれない理由も理解できた。

「いえ、いいんです……」

無理をして笑みを浮かべる。

きっと京太郎も「明日の部屋」に滞在したのだろう。そして、無事に北海道を離れたに違いない。そう信じるしかなかった。

2

朝食を終えて部屋に戻った。

まだ敷いたままの布団の上にごろりと横たわる。脳裏に浮かぶのは京太郎のことだ。

今ごろ、どこでなにをしているのだろうか。

生死さえわからないが、きっと元気でいると自分に言い聞かせる。最近はあまり会っていなかった。それなのに、会えないと思うと会いたくなるから不思議なものだ。

（どうするかな……）

天井を見つめて、心のなかでぽつりとつぶやく。

ここには三泊することになっている。京太郎の行方を追うためだったが、もう

滞在している意味はない。美智子が秘密を厳守している以上、自力で捜すのは不可能に近かった。

今日一日、時間が空いたが、観光する気分でもない。

(温泉にでも入って、のんびり過ごすか……)

そんなことを考えていると、ノックの音が聞こえた。

「お布団をあげに来ました」

美帆の声だ。

聞き慣れた愛らしい声音が、なんだかほっとする。美帆には人の心を癒す力があるのかもしれないとぼんやり思った。

「どうぞ……」

横になったまま答える。すると、美帆が部屋に入ってくる気配がした。

「あれ、お休み中でしたか」

「起きてるよ」

「お布団、どうしますか。敷いたままでもいいですよ」

美帆が気を使って言ってくれる。

「いや、それはだらしないから……」

そう言いつつ、体を起こす気力も湧かない。

函館まで来たのに、結局なにもわからなかったのだ。ただただ虚《むな》しい。無力感に囚《とら》われて、全身から力が抜けていた。

「元気出してください……」

美帆が布団の横で正座をする。そして、黒目がちの瞳で和樹の顔をじっと見つめた。

「女将さんから、だいたいのことは聞いています」

「そう……」

慰めの言葉をかけるつもりかもしれない。だが、それより京太郎の生死だけでも知りたかった。

「お友達のこと、心配だと思いますけど――」

「なんでもいいから教えてくれないかな」

美帆の声を遮って懇願する。

やはりあきらめきれない。胸にもやもやを抱えたまま生きていくのはつらすぎる。美智子が無理なら、美帆から聞き出すしかない。

「わたし、なにも言えないんです」

「せめて生きているのかどうかだけでも教えてくれ」

「女将さんに怒られますから……」

美帆が眉を八の字に歪《ゆが》めてつぶやく。

困らせているのがわかり、申しわけない気持ちになる。しかし、だからといって引きさがることはできなかった。

「京太郎のことがわからないと、ここに来た意味がないんだよ。北海道からは出たんだよね？」

「なにも教えられないんです」

「キミにも友達はいるだろ。突然、友達がいなくなる気持ちがわかるか？」

「ごめんなさいっ」

美帆は今にも泣き出しそうな顔になって頭をさげる。そして、まるで逃げるように部屋から出ていった。

（なんか、悪いことをしたな……）

ひとりになると、すぐに申しわけない気持ちが湧きあがる。

美帆が悪いわけでもないのに、つい責めるような口調になってしまった。あとで会ったら謝るべきだろう。

「あっ、布団……」

和樹が半身を起こしたときは、とっくに美帆の姿は消えていた。

(俺が寝てたんだし、仕方ないか……)

どうせ一日ゴロゴロして過ごすのだ。

布団が敷きっぱなしでも、とくに問題はない。むしろ布団があったほうがリラックスできるかもしれなかった。

3

なにもしないまま時間がすぎて、気づくと昼になっていた。

テレビをぼんやり眺めたり、なんとなくスマホをいじったり、だらだらと過ごしただけだった。

(腹が減ったな……)

なにもしなくても腹は減る。

大広間に行けば、銀次の作った昼食が待っているはずだ。

ようやく体を起こすと、乱れていた浴衣を整えて廊下に出る。館内は怖いくら

いに静かだ。もうひとりの宿泊客である香澄は隠し部屋にいる。客は和樹ひとりなので、静かなのは当たり前だ。

（飯を食ったら温泉に入るか……）

そんなことを考えながら廊下を歩いて、階段をのんびり降りていく。

すると、階下から人の声が聞こえた。なにやら騒がしい。男が怒鳴っているようだ。

（なんだ？）

銀次の顔が脳裏に浮かぶ。

今、この旅館にいる男は和樹と銀次だけだ。いったい、なにがあったのだろうか。思わず踊り場で足をとめて聞き耳を立てた。

「なんで泊まれねえんだ」

「満室なわけじゃないんだろ？」

正面玄関のほうで、ふたりの男が大きな声を出している。

どちらも銀次ではない。何者だろうか。荒っぽい口調からして、ろくな連中ではないだろう。

「申しわけございません。当旅館は予約のみとなっております」

応対しているのは美智子だ。

どうやら予約していない客が来たらしい。断られて、ごねているのだろう。しかし、この旅館が予約のみとは知らなかった。

「ふたりぐらい、なんとかなるだろ」

「金ならあるぞ。前金で払えば文句ねえよな」

男たちはまったく引きさがる気配がない。

なんとしても泊まるつもりのようだ。ほかの宿を探す気はないらしい。一見客《いちげんきゃく》と思われるが、なにか様子がおかしかった。

「お食事の用意ができないので、予約だけなんです」

美智子が丁寧に説明する。

(女将さん、大丈夫かな……)

気になって一階まで降りると、角から玄関のほうをそっとのぞく。

まず美智子のうしろ姿が見えた。表情は確認できないが、着物のせいか立ち姿が凛々《りり》しく感じる。

そして、美智子の向こうにふたりの男が立っていた。

ひとりは二十代後半くらいで髪をオールバックに固めており、黒い革ジャンを

着ている。もうひとりは三十代前半だろうか、ホストのように茶髪を立てて、黒いダウンジャケットを羽織っていた。

(なんだ、あいつら……)

和樹は思わず眉根を寄せる。

いかにもガラの悪そうな連中だ。こんな山奥にある旅館に、なにをこだわっているのだろうか。

そもそも、さがら屋は大手旅行サイトにも載っていないし、看板も出ていないので簡単にはたどり着かない。ふらりと立ち寄るような場所ではないのだ。わざわざ目指して来たとしか考えられなかった。

「素泊まりでいいから泊まらせろって」

「飯はこっちでなんとかするよ。それなら構わねえだろ」

「申しわけございません」

美智子が丁重に頭をさげる。

ふたりの男に怒鳴られても、きっぱり断りつづけて流されない。意志の強さが背中から感じられた。

「金は払うって言ってるだろ」

「部屋に案内しろよ」

男たちは土間で靴を脱ぐと勝手にあがりはじめる。

「お待ちください」

美智子が慌てた様子で制するが、押しのけるとフロントに歩み寄った。

「女将さん、どうされましたか？」

美帆の声が聞こえる。

和樹の位置からは見えないが、フロントに立っているらしい。フロントの奥に事務所があるので、そこで様子をうかがっていたのだろう。

「おう、かわいい仲居さんがいるじゃねえか」

「ちょうどいいや。宿帳、見せてくれよ」

男たちが美帆に迫る。

「ほかのお客さまの情報はお教えできません」

姿は見えないが、声だけは聞こえる。美帆が怯《おび》えながらも懸命に抗《あらが》っている姿が想像できた。

「お客さま、困ります」

美智子が割って入る。美帆を守ろうとする姿に、女将の責任感と矜持《きょうじ》を見た気

がした。

「ここに吉岡京太郎ってやつが来ただろ」

「女将さん、あんたが逃がしたんじゃないの？」

男たちが驚きの言葉を放った。

一瞬、空耳かと思ったが間違いない。確かにひとりが「吉岡京太郎」とはっきり言った。

（あいつら、京太郎を捜しにきたのか……）

目を凝らしてよく見るが、ふたりともまったく知らない顔だ。

京太郎の友達はだいたいわかるが、見覚えはなかった。もちろん和樹が知らない友達もいるだろう。しかし、このいかにも悪そうな男たちと、つながりがあるとは思えなかった。

そういえば、京太郎が住んでいたアパートの大家が、ガラの悪い連中が来ていたと言っていた。

（こいつらかもしれないぞ……）

そんな気がしてゾッとする。

ひとりの人間を捜して、札幌から函館まで来るとはよほどのことだ。京太郎と

どういう関係なのだろうか。

「お客さまの個人情報をお教えするわけにはいきません」

美智子は怯《ひる》むことなく言いきった。

「気の強い女将だな」

「宿帳を確認させてもらうぜ」

「お客さま、やめてください」

男たちがフロントのなかに入ろうとして、女将と揉《も》み合いになる。

「銀さんっ」

美帆の叫ぶ声がしたかと思うと、厨房《ちゅうぼう》から銀次が飛び出した。廊下を走り、和樹の横を通りすぎていく。玄関に駆けつけると、美智子からふたりの男を引き剝がした。

「なにをやってるんだ」

野太い声が響きわたる。

男たちが驚いた様子で銀次を見あげた。なにしろ強面《こわもて》の大男だ。銀次に凄《すご》まれたら、たいていの者はあとずさりするに違いない。ところが、男のひとりが隠し持っていた警棒を取り出して、いきなり殴りかかった。

「ぐはッ……」

振りおろした警棒が、銀次の頭を直撃する。呻《うめ》き声とともに巨体が崩れ落ちると、男たちはすかさず蹴りを入れはじめた。

「うらあああッ」

「おらおらッ」

銀次の見た目に恐れをなしたのだろう。もう動けないのに必要以上に蹴りつづける。

「ああっ、やめてください」

「銀さんが死んじゃう」

美智子と美帆の悲痛な声が響く。

だが、男たちの暴走はとまらない。さんざん蹴りを入れてから、持参した結束バンドを使って銀次をうしろ手に拘束した。

（なんてやつらだ……）

助けに行こうと思ったが、すぐに萎縮して動けなくなった。

銀次でも敵《かな》わないなら、自分など一瞬でやられてしまう。昔から喧嘩《けんか》は苦手で勝てる要素はまるでなかった。

「これくらいでいいだろう。驚かせやがって」

「なんすか、この大男は」

男たちは大きく息を吐き出すと、再び美智子に迫る。

「あんたもこうなりたくなかったら、正直に話すんだ」

「吉岡京太郎だ。知ってるんだろ」

暴力を振るったことで、血が沸き立っているのだろう。顔つきがいっそう凶暴になっていた。

「そのような方は泊まっていません」

この状況でも美智子は気丈に振る舞いつづける。どこまで肝が据わっているのだろうか。

「宿帳を確認させてもらうぞ。もし泊まってたら、ただじゃおかないからな」

「おい、仲居、宿帳を持ってこい」

男が美帆に命じる。

そして、これ見よがしに警棒を振った。言うとおりにしなければ容赦しないと言いたいのだろう。

「お、女将さん……」

美帆は助けを求めるように、美智子に声をかける。

「いいわ。美帆ちゃん、持ってきて」

意外なことに、美智子が許可を出した。

これ以上、抵抗するのは危険と判断したのかもしれない。目の前で銀次が打ちのめされたのだ。そのうえ美帆まで怪我《けが》をさせるわけにはいかない。女将としては当然の判断だろう。

（でも、京太郎は……）

男たちが何者なのかはわからない。だが、京太郎に危害が加わるのは、まず間違いないだろう。

4

（宿帳を見せたらダメだ……）

そんな思いがふつふつと湧きあがる。

美智子も美帆も銀次も、必死になって男たちに抗ったのだ。自分だけ安全なところに隠れているのは、自分自身が許せなかった。

事務所に向かった美帆が、宿帳を手にして戻ってくる。そして、玄関で待っている男たちに手渡した。

(それはダメだっ)

和樹はほとんど無意識のうちに飛び出した。

浴衣だと走りにくいが、それでも懸命にダッシュする。そして、宿帳を手にした男に肩から勢いよくぶつかった。

「ぬおおおおッ！」

「うおっ……なんだ？」

男は壁の近くまで吹っ飛んだ。

しかし、それほどダメージは受けていない。驚いた顔で和樹を見ると、いきなり腹に蹴りを入れた。

「この野郎っ」

「うぐぅッ……」

たった一発で和樹はその場に崩れ落ちる。

食事のあとだったら戻していただろう。強烈な痛みで動けなくなると、両手を背後にひねりあげられた。手首を重ねられて、あっという間に結束バンドで拘束

されてしまった。

「なんだ、こいつ？」

「女将、これは誰だ？」

男たちは床に転がった和樹をつま先で小突きまわした。

「宿泊しているお客さまです。どうかお許しください」

美智子が庇《かば》ってくれる。

痛みに耐えながらその言葉を耳にした瞬間、助かった思う。それと同時に情けなくて涙が滲《にじ》んだ。

（俺が助けなくちゃいけないのに……）

男として、これほど格好悪いことはない。涙が滲んだ目で見あげると、心配そうな美智子と美帆の顔が見えた。

「ただの客かよ。おとなしくしていればいいのに、格好つけようとするから痛い目を見るんだ」

「こいつ、女将に惚《ほ》れてるんじゃないすか。それでいいところを見せようとしたんですよ」

男たちが好き勝手なことを言って笑いものにする。

怒りがこみあげるが、両手の自由を奪われているので反撃できない。無理をしたところで、さらにやられるだけだろう。

（どうすれば……）

すぐ近くに銀次が倒れている。

鼻血を流しており、ピクリとも動かない。ふたりがかりの暴行を受けて、気を失っていた。

「宿帳を確認するぞ」

「十月ですよね」

宿帳をめくり、宿泊客のチェックをはじめる。

京太郎の名前を発見したら、美智子が嘘《うそ》をついたことがバレてしまう。そのとき、美智子がどんな目に遭うのか心配だ。ど忘れしていたなどという言いわけは通用しないだろう。

男たちは何者だろうか。ヤクザには見えないが、まともな連中ではない。もしかしたら、半グレというやつかもしれない。とにかく、平気で人を殴れる人種なのは間違いなかった。

「名前がないな……」

「おい、よく見たのかよ。貸してみろ」

ふたりは交互に宿帳をチェックするが、京太郎の名前がないらしい。苛立《いらだ》った様子で、宿帳を床にたたきつけた。

「なんで名前が載ってないんだ」

「女将っ、吉岡京太郎だ。知ってるんだろ」

怒りを露《あらわ》にして美智子につめ寄る。

しかし、美智子は眉ひとつ動かさない。背筋をすっと伸ばしたまま、ふたりの男を交互に見やった。

「ですから、最初に言ったはずです。そのような方は泊まっていません」

美智子は凛《りん》としている。

この状況で平常心を保ちつづけるとは、驚きの精神力だ。隣に立っている美帆はグズグズと泣いている。美帆が弱いわけではない。銀次が暴行される姿を目の当たりにして、怯えるのは当然のことだった。

(どうなってるんだ……)

男たちと同様、和樹も疑問に思っている。

宿帳に名前がなかったことで、男たちが京太郎にたどり着く可能性は低くなっ

た。そして、美智子の嘘もバレずにすんで、ひどい目に遭わされることもないだろう。

内心ほっとするが、宿帳に名前がなかったのは気になった。宿泊施設では宿帳への記入が義務づけられている。京太郎が泊まったのなら必ず名前があるはずなのだ。

そのとき、美智子と視線が重なった。なにかを語るような瞳で、和樹の目を見つめている。その瞬間、美智子の考えていることが伝わった気がした。

（そうか、そういうことか……）

夜逃げした人の記録はすべて廃棄しているに違いない。なにしろ美智子は頑《かたく》なに秘密を守っていたのだ。少なくとも、簡単にわかるところに記録を残しているはずがなかった。

「なあ、女将、ここは夜逃げ屋をやってるんだろ？」

男のひとりが美智子に尋ねる。

「どうしてそんな噂《うわさ》が出たのか知りませんが、本当に困っているんです。ウチは見てのとおり、ただの温泉宿です」

「おい、ウソだったら承知しないぞ」

「従業員が怪我をしているのにウソなんてつきません。夜逃げしたいという人が来て、お断りするのに苦労しています。だから、旅行サイトにも登録せず、ホームページも簡素にしているんです」

美智子はもっともらしくため息を漏らす。なかなかの名演技だ。

「マジかよ……」

「ガセだったのか」

男たちはあからさまに肩を落とす。

どうやら、美智子の言葉を信じたらしい。銀次が気絶しており、和樹も倒されて拘束されている。この修羅場のなかで、旅館の責任者である女将が堂々と嘘をつくとは思わないだろう。

「あなたがたは、なにをしに来たんですか？」

「俺たちは債権回収代行業者ってやつよ。吉岡京太郎って男に恨みはねえが、仕事だからな」

「とにかく、そいつを早いとこ捜し出して、上の人のところに連れていかないといけないんだ」

男たちは当てがはずれてがっくりしたのか、ペラペラしゃべりはじめた。債権回収代行業者などと仰々しいことを言っているが、つまりは借金取りだろう。とはいっても、このふたりは借金に直接関与していない。ただ命じられて回収を行っているだけの下っ端だ。

「その吉岡ってやつが、連帯保証人になって借金を背負ったんだとよ。それでアパートに連日押しかけてたんだけど、ある日から急に留守がつづいたんだ。これは飛びやがったなとピンと来たね」

それを聞いて、ようやく京太郎が失踪した理由がわかった。

誰かに連帯保証人になってくれと頼まれたのだろう。京太郎はお人好《ひとよ》しなところがあるので、断れなかったに違いない。誰が頼んだのか知らないが、もしかしたら最初から踏み倒すつもりだったのかもしれない。

とにかく、京太郎は借金を背負ってしまった。そして、厳しい取り立てに耐えきれなくなり、夜逃げをしたのではないか。

(どうして俺に相談しなかったんだよ……)

苛立ちと悲しみがこみあげる。

親友なのだから相談してほしかった。それとも親友と思っていたのは、自分だ

けだったのだろうか。そんなことを考えると腹の底から悔しさがこみあげて、また涙が滲んだ。

「どうして、ウチが関係していると勘違いされたのですか？」

美智子が惚《とぼ》けて尋ねる。賢い女性だ。おそらく連中の情報を聞き出そうとしているのだろう。

「行き先がわからないから、大家のおやじに聞いたんだ。そうしたら、キョドったから、こいつはなんか知ってるなって思ったんだ」

「あのおやじ、頑固でなかなか口を割らなかったが、アパートに火をつけて燃やすぞって脅したら、ようやく話したよ」

男たちが笑って話すのを聞いて、和樹は失敗したと思った。

じつは京太郎の部屋でメモ帳を発見して、さがら屋に行くと決めたとき、大家には鍵を開けてもらった恩もあるので一応伝えておいたのだ。そのせいで、人のいい大家はつらい目に遭ってしまった。

「吉岡の部屋にメモ帳があって、そこにさがら屋って書いてあったらしい。それで調べたら、夜逃げ屋をやってるって言うじゃねえか」

「飛ばれる前に捕まえようと思って、こうしてはるばる来たってわけよ。でも、

関係なかったみたいだな」

男たちは話し終えると、大きなため息を漏らした。

これで帰ってほしい。早く帰ってくれと、心のなかで懸命に祈る。しかし、和樹の願いは天に届かなかった。

「でもよ、メモ帳に名前が書いてあったんだろ。それなら、やっぱりこの旅館は怪しくねえか？」

「確かにそうっすね。案外、ここに隠れてるかもしれないな。一応、旅館のなかを捜してみましょう」

なにやら、おかしな流れになってきた。

男たちは旅館のなかを捜すつもりらしい。京太郎はいないが、隠し部屋が見つかったら、夜逃げの手伝いをしていることがバレてしまう。そうなれば、男たちは美智子から情報を引き出そうとするはずだ。

（やばい……やばいぞ）

和樹は内心激しく焦っていた。

両腕に力をこめるが、結束バンドが手首に食いこむだけだ。なにもできないのがもどかしい。

「女たちも縛っておいたほうがいいな」

「そうっすね」

男たちは美智子と美帆を床に座らせると、両手を背後にひねりあげて結束バンドで拘束した。さらに全員の足首もそれぞれ結束バンドで拘束して、完全に自由を奪ってしまった。

「隅々まで調べるぞ」

「行きましょう」

男たちがその場を離れて、旅館のなかを調べはじめた。

事務所や大広間、厨房に大浴場、さらには二階にあがったので、客室もすべて調べるつもりなのだろう。

5

玄関には拘束された四人が残されていた。

「平田さま、大丈夫ですか?」

すかさず美智子が気遣ってくれる。この状況でも第一に客のことを心配するの

だから、本当に強い女性だ。

「はい……」

和樹は視線をそらしてつぶやいた。

なにもできなかった自分が情けない。ただがむしゃらに飛び出して、あっさりやられただけだった。

「俺よりも銀さんが……」

和樹は目の前に倒れている銀次のところまで、芋虫のように這《は》っていく。気を失っているが、呼吸をしているのはわかった。

「息はしています。鼻血はとまっていますが、頭を殴られているので……早く医者に診せないと」

「そんな、銀さんが……」

美帆がグズグズと泣きはじめる。

うしろ手に拘束されているので涙を拭うこともできない。足を伸ばして床にちょこんと座ったまま、大粒の涙が頬を濡《ぬ》らしていた。

和樹も泣きたくなるがグッとこらえる。この状況でも、なにかできることがあるはずだ。

「カウンターに電話があるんです……」

美智子がつぶやいて立ちあがろうとする。しかし、両手両足を拘束された状態だ。そう簡単には立ちあがれない。しかも着物というのがネックになっている。きっちり着付けてあるので、なおさら動きにくいようだ。

「俺がやります」

和樹は浴衣なので、着物よりは動きやすい。

壁ぎわまでゴロゴロ転がり、なんとか長座の姿勢を取る。背中を壁にあずけると、拘束された両足を引き寄せた。そして、背中を滑らせながら少しずつ立ちあがっていく。

途中で尻が落ちて、何度もやり直しをする。だが、あきらめない。今、美智子と美帆を助けられるのは自分だけだ。京太郎の力にはなれなかったが、ふたりはなんとしても助けたい。

「がんばってください」

「平田さま、あとちょっと」

美智子と美帆の応援する声が力になる。震える脚を懸命に踏んばり、なんとか

立ちあがることに成功した。

「よし……」

カウンターの上に電話が見える。

拘束された両足で慎重に飛び跳ねて、カウンターの前まで移動した。手は使えないので、鼻先と口を使って受話器をはずす。助けを呼ぶなら警察しかない。舌先でプッシュ式のボタンを押していく。

「この野郎っ！」

そのとき、いきなり脇腹に強い衝撃を受けた。

「ぐはッ！」

和樹は吹っ飛んで床に転がった。

脇腹が激しく痛む。戻ってきた男に蹴りを入れられたのだ。内臓まで響く強烈な痛みに、たまらず顔を歪めて呻いた。

「まったく、油断も隙もねえぜ」

「電話線、引っこ抜いときましょう」

あと一歩のところで助けを呼べなかった。

「平田さま……大丈夫ですか？」

美智子の声が聞こえる。

しかし、脇腹の痛みで声をあげられない。目を開けると涙が溢《あふ》れそうで、美智子を見ることもできなかった。

（クソッ……）

失敗したことで絶望感が胸にひろがっている。いったい、どうなってしまうのだろうか。

「暴力はやめてください」

美智子が気丈にも男たちに訴える。

「おいおい、わかってねえな。俺たちから暴力を取ったら、なんにも残らねえだろうが」

男が凄むと、美智子はにらみつけたまま黙りこんだ。

「でも、結局なにもなかったっすね。退散しますか」

どうやら隠し部屋は見つからなかったらしい。

それを聞いて、和樹は少しだけほっとした。これで男たちは退散してくれるだろう。そう思ったが、すぐに己の考えが甘かったことを思い知らされた。

「バカ野郎、函館まで来て手ぶらで帰れるかよ」

年かさの男はそう言うと、美智子と美帆を舐《な》めるように見まわす。そして、ポケットからバタフライナイフを取り出すと、ふたりの足首に巻きついている結束バンドを切った。

「もしかして、やるんすか」

「当たり前だろ。録画すればひと儲《もう》けできるぞ」

男たちが顔を見合わせてニヤリと笑う。

よからぬことを考えているのは間違いない。このままだと美智子と美帆がひどい目に遭ってしまう。

「おまえたち、ふたりに手を出したら許さないぞっ」

勇気を振り絞って言い放つ。正義感ではない。怒りでもない。ただ、なんとしてもふたりを守りたかった。

「なんにもできねえやつが、イキがってやがる」

「おまえは黙って寝とけ」

顔面と腹に蹴りを何発も入れられる。

口のなかに鉄の味がひろがり、鼻からドロリッとしたものが流れ出した。全身が痛み、意識がふっと遠のく。気絶しかけていることに気づいて、胸のうちに諦

念がひろがった。

「平田さまっ」

「やめてぇっ」

美智子と美帆の叫び声が聞こえる。

だが、和樹に答える余裕などあるはずがない。暴行の嵐が過ぎ去るまで、床の上でまるまっているしかなかった。

「よし、女たちを連れていくぞ」

ようやく暴行が終わり、男のひとりがつぶやいた。

「どこに連れていくんすか？」

「客室だよ。布団があるだろ」

「なるほど、いいっすね。おい、立て」

美智子と美帆が強引に立たされる。足は自由になっているが、両手は背後で拘束されたままだ。

「やめてください。美帆ちゃんは許してあげて」

「女将さん、怖いです」

「いいから黙って歩けよ」

男たちにうながされて、美智子と美帆が廊下を歩いていく。どんなに強がっても美智子はか弱い女性だ。暴力的なふたりの男に勝てるはずがなかった。

（クソッ……）

涙で霞《かす》んだ視界の向こうに、四人が階段をあがっていくのが見えた。

銀次は気絶したままだ。なんとかしたくて腕と脚に力を入れるが、結束バンドはびくともしない。

（俺がなんとかしないと……俺しかいないんだ）

無駄だと思っても、じっとしていられない。

腕に力をこめすぎて、結束バンドが手首で擦れている。血が滲んでいるのかヌルヌルする。それでも必死に力をこめた。

今ごろ美智子と美帆はどうなっているのだろうか。

露天風呂で美智子に受けた愛撫《あいぶ》を思い出す。あんなことを強要されているのかもしれない。もちろん、それだけではすまないだろう。最終的にはふたりとも犯されてしまう。

（女将さん……）

無力感に涙が溢れる。

もう、あきらめるしかないのだろうか。そう思ったとき、どこかで微《かす》かな物音が聞こえた。

「平田さん……」

直後に名前を呼ばれる。

ささやくような声だ。空耳かと思って顔をあげると、フロントから香澄が出てくるところだった。

「さ、沢木さん……どうして？」

「隠し部屋にいたんです」

香澄は涙ぐみながら教えてくれる。

隠し部屋は事務所の奥にあるという。本棚がスライドするようになっており、その裏にドアがあるらしい。運よく発見されなかったため、息を潜めて男たちの隙をうかがっていたのだ。

「警察を呼びましょうか」

香澄がハサミで結束バンドを切ってくれる。

全身が痛むが、そんなことは言っていられない。血が滲んだ左右の手首を撫《な》で

ると、浴衣の袖で涙と鼻血を拭った。

「その前にふたりを助けないと手遅れになる」

和樹は立ちあがると、床に落ちていた警棒を拾いあげた。

武器を忘れていくということは、きっと隙だらけだ。今なら和樹でも勝てるかもしれない。

「俺が戻ってこなかったら、そのときは警察に電話してください」

抜かれた電話線をつなぎ直しながら香澄に告げる。

夜逃げの手伝いをしているのだから、できることなら大事にはしたくない。警察に連絡をして助けを求めれば、さが屋が行ってきたことが公になってしまうかもしれない。

今、男たちは油断している。撃退できるかもしれないのだ。やられたままでは終われない。自分自身を信じたかった。

6

足音がしないように注意しながら廊下を進み、階段をあがっていく。

二階につくと、慎重に廊下の左右を見まわした。四人の姿は見当たらない。七つある客室のどれかにいるはずだ。

足音を忍ばせて近くの客室に歩み寄る。

すると、引き戸が不自然に歪んでいることに気がついた。とくに取っ手付近に激しい衝撃を与えた跡がある。鍵がかかっていたため、蹴りでも入れて強引に開けたに違いない。

(ここだな……)

和樹は細心の注意を払って、引き戸をほんの少し開けた。

「早くやれって言ってんだ」

「言うことを聞いたほうが身のためだぞ」

男たちの声が聞こえる。

美智子と美帆になにかを強要しようとしているらしい。引き戸の隙間に右目を押し当ててなかをのぞく。さらに襖が一枚あるが、それは全開になっており、部屋のなかがはっきり見えた。

ふたりの男がこちらに背中を向けて立っている。そして、ふたりの前に美智子と美帆が正座をしていた。今のところ着衣に乱れはない。両手を背後にまわして

いるので拘束されたままなのだろう。

男たちは上着を脱いでおり、ふたりともズボンとボクサーブリーフを膝までおろしている。ペニスを剝《む》き出しにして、女性たちに突きつけているのだ。口で奉仕するように迫っているのは間違いない。

「俺のチ×ポがでかすぎて、びびってるのか？」

「早く気持ちよくしてくれよ」

「絶対にやりません」

美智子は怒りの滲んだ瞳で男を見あげている。

この状況でもきっぱり言いきる姿は、さすがとしか言いようがない。その姿に和樹は勇気をもらった。

（俺だって……）

かつて経験したことのない力が全身に漲《みなぎ》っていく。

怖くないと言えば嘘になる。正直、怖くて仕方がない。だが、絶対に負けるわけにはいかない。なんとしても助けると心に誓った。

隣で正座をしている美帆は涙を流している。それでも、唇を真一文字に結んで拒絶の意志を示していた。

「しゃぶったあとで、かわいがってやるよ」

「気絶するまで突きまくってやる」

布団が敷いてあるので、口で奉仕させたあとで犯すつもりだ。

腹の底から憤怒《ふんぬ》がこみあげて、警棒を握る手に力がこもる。だが、飛びこむのはまだ早い。なにしろ相手はふたりだ。もっと隙を見せてくれないと反撃されてしまう。

（もうちょっとだけ耐えてください……）

和樹は心のなかで語りかける。

そして、スマホを取り出すと室内の様子を撮影しはじめる。男たちの所業をすべて動画に収めておけば、あとで役に立つかもしれない。犯罪の証拠を残しておくべきだろう。

だが、美智子と美帆が犯されるのを黙って見ているつもりはない。

和樹はスマホを撮影状態にしたまま、足もとにそっと置いた。反撃されたときは自分が暴行される様子が録画される。あとでスマホを回収できれば、さらなる犯罪の証拠が手に入るのだ。

「早くしゃぶれよ」

「やらねえと無理やりつっこむぞ」

男たちが凄むが、美智子と美帆は頑として従わない。無言のまま、反抗的な目でにらみ返した。

「痛い目を見ないとわからないみたいだな」

「やらないと旅館を燃やすぞ」

脅し文句を並べて奉仕を迫る。

どこまでも卑劣な連中だ。男たちは一歩前に出ると、いよいよ強引に咥《くわ》えさせようとする。

（もうダメだっ）

これ以上、彼女たちを危険に晒《さら》すわけにはいかない。

警棒を強く握りしめると引き戸に手をかける。勇気を振り絞り、勢いよく開け放った。

「うおおおおッ！」

己を鼓舞するため、大声をあげて室内に踏みこんだ。

男たちが声に驚いて振り返る。狙ったわけではないが、叫んだことで動揺を誘うことができた。

とにかく無我夢中で、振りあげた警棒を右側の男に向かって振りおろす。銀次がやられたときのように脳天を狙ったつもりだ。しかし、警棒は少しずれて、左の鎖骨のあたりに命中した。

「イギイイイッ！」

男が顔をしかめて、おかしな声を漏らす。

警棒を通してグギッといういやな感触が伝わった。どうやら、骨が折れたらしい。男は右手で鎖骨を押さえると、その場にしゃがみこんだ。

「野郎っ！」

もうひとりの男が慌てて向かってくる。しかし、中途半端におろしていたズボンが膝にからまり、前のめりに倒れてきた。

「うわあぁっ」

和樹はなかばパニックになって大声で叫ぶ。そして、とっさに握りしめていた警棒を突き出した。

「グヘエッ！」

カエルが潰れたときのような声が聞こえる。警棒の先端が、たまたま男の鳩尾《みぞおち》にめりこんだのだ。

倒れこんできたため男の体重がかかったのと、警棒を突き出す勢いが合わさったのだろう。ボクシングのカウンターのような感じになり、男は悶絶《もんぜつ》しながら床に倒れて転がった。

「平田さま……」

「助けに来てくれたんですねっ」

美智子と美帆が同時に声をあげる。

ふたりのほっとした表情を目にして、和樹は我に返った。足もとを見ると、男たちが倒れていた。

(や、やった……やったぞ)

じわじわと喜びがこみあげる。

膝が震えているのは武者震いだ。興奮と同時に安堵《あんど》がひろがり、その場にへたりこみそうになった。

「遅くなってすみません」

なんとか平静を装って声をかける。和樹はふたりに駆け寄ると、持ってきたハサミで結束バンドを切った。

「ありがとうございますっ」

美帆が首に抱きついてくる。まるで久しぶりに会う愛犬のような勢いだ。

「助かりました。ありがとうございます」

美智子は相変わらず冷静だが、瞳には涙が滲んでいる。

さすがに恐怖を感じていたらしい。両手で和樹の手を取り、しっかりと握りしめた。

「おふたりとも無事でよかったです」

美智子と抱き合いたいが、先にやらなければならないことがある。

「痛ぇっ……痛ぇっ……」

「ううっ」

鎖骨が折れた男はしきりに痛みを訴えており、鳩尾に警棒が直撃した男はまっ青になって呻いている。もはや怒りの目を向けることもない。ふたりとも反撃する気力は残っていないようだ。

(ちょっとやりすぎたか……)

そんな気もするが、悪いのは男たちのほうだ。自業自得なのだから仕方ないだろう。

「こいつらを拘束しないと」

万が一ということもある。もし反撃されたら大変だ。

脱ぎ捨ててあった革ジャンのポケットを探り、結束バンドを取り出した。それを使って男たちをうしろ手に拘束する。自分たちがやられたことを、そのままやり返した。

「これでよし……」

ほっとしたのか力が抜けて、ついにへたりこんだ。

喧嘩もろくにしたことがないのに、ふたりの男を相手にしたのだ。我ながら無謀なことをしたと思う。美智子と美帆を助けたい一心だった。奇跡的に倒すことができて心の底から安堵した。

「女将さん、美帆ちゃん、大丈夫ですか」

野太い声が聞こえてはっとする。

振り返ると、部屋の入口に銀次が立っていた。殴られた頭が痛むのか、右手でしきりに擦《さす》っている。美智子と美帆の無事を確認して安心したらしい。険しかった表情が緩んだ。

「よかった……申しわけございません。俺も年ですね」

「銀さん、気にしないでください。お怪我は大丈夫ですか？」

美智子が声をかける。

危険な目に遭った直後だというのに、責任を感じて落ちこむ銀次を気遣っている。本当に気丈で素晴らしい女性だ。

「沢木さまに介抱していただきました。面目ないです」

「無事でよかったです。心配しました。でも、あとでちゃんと病院に行ってくださいね」

美智子の瞳に光るものが見えた。

銀次の無事を心から喜んでいるのだろう。言葉の端々にやさしさが感じられて見ているだけでほっこりした。

（女将さん……いい女だな）

無意識のうちに心のなかでつぶやく。

気づくとぼんやり見つめていた。外見の美しさだけではない。心の清らかさに惹《ひ》きつけられた。

「ところで……」

笑顔を見せていた銀次だが、男たちの姿を見ると目つきが変わった。

「こいつら、どうしてやろうか」

怒りを滲ませた鬼のような形相になっている。

ふだん穏やかなだけにギャップが激しい。威圧感が強烈で、拘束された男たちが震えあがった。

「こいつらの始末は俺にまかせてもらいます」

銀次が物騒なことをつぶやく。

始末とは、どういう意味だろうか。まさか殺すはずはないと思うが、やりかねない雰囲気だ。

「あ、あの……銀さん？」

不安になって声をかける。仕返ししたい気持ちはわかるが、やりすぎるのは危険な気がした。

「ご心配なく。ちょっと脅すだけですよ」

銀次は口もとにニヤリと笑みを浮かべる。その顔を見ると、ますます不安がふくれあがった。

「そうだ。脅すだけなら、これ使えないですか」

和樹はスマホを回収すると、先ほど撮影した動画を見せた。

「これはいいですね。わたしのスマホに動画を送ってもらえますか」

「わかりました」

撮影しておいて正解だった。さっそく動画を送ると、銀次は全員に部屋から出ていくように指示した。

「少々荒っぽいことになるかもしれませんから」

声のトーンが低くなっている。

いったいなにをするつもりだろうか。気になるが、美智子と美帆が素直に従うので、和樹も出ていくしかなかった。

7

昼飯を食いそびれたが、食欲はなくなっていた。

とりあえず大浴場で体を洗うと、温泉にさっと浸《つ》かって部屋に戻った。敷きっぱなしの布団の上に腰をおろす。結束バンドで傷ついた手首が痛む。体のあちこちに痣《あざ》ができていた。

しばらくするとノックの音が聞こえた。

「平田さま、入ってもよろしいですか」

美帆の声だ。

食事にはまだ早い。時刻は午後五時をすぎたところだ。先ほどのことで話があるのかもしれない。

「どうぞ」

声をかけると、美帆が遠慮がちに入ってくる。そして、畳の上に正座をして和樹の顔を見つめた。

「お怪我は大丈夫でしょうか？」

「俺はたいしたことないよ。美帆ちゃんは大丈夫？」

「えっ、はい……」

なぜか美帆が驚いた顔をする。いったい、どうしたのだろうか。

「なにかあったの？」

「いえ、その……今、美帆ちゃんって……」

美帆の顔が赤くなっている。名前で呼ばれて照れたらしい。

「あっ、ごめんごめん。女将さんと銀さんが、そう呼んでたから、うつっちゃったのかな……ははは」

笑ってごまかすが、本当はわかっている。

いっしょに修羅場を乗り越えたことで仲間意識が芽生えて、つい気軽に呼んでしまったのだ。

「なれなれしかったね。失礼しました」

「名前のほうがいいです。だって、そのほうが親しくなった感じがするじゃないですか」

美帆はそう言って恥ずかしげに笑う。

「仲居さんがそれでいいなら……じゃあ、美帆ちゃん」

「はいっ」

「体は大丈夫なんだね？」

「わたしも女将さんも大丈夫です」

あらためて尋ねると、美帆は元気よく答えてくれる。

「女将さんは沢木さまと打ち合わせをしています。明日の朝、発《た》つ予定だそうです」

ついに香澄の夜逃げが決行されるという。和樹にできることはなにもない。うまくいくことを祈るだけだった。

「バタバタしたから大変だね」

「そうなんです。それで、晩ご飯の支度が遅れてるから謝ってきてくれって銀さんに言われたんです。すみませんけど、七時からでよろしいでしょうか」

「もちろんだよ。もっとゆっくりでもいいよ。今日みたいな危険な目に遭うこと、これまでにもあったの？」

「たまにですけど。でも、前は銀さんが追い払ってくれたんです」

美帆が淋《さび》しげにつぶやいた。

銀次は七十歳だというから、さすがに年なのかもしれない。本人も衰えを感じているようだった。

「そういえば、あいつらはどうなったの？」

男たちがどんな目に遭わされたのか気になる。

銀次の怒りは尋常ではなかったので、腕の一本や二本、折られていてもおかしくなかった。

「銀さんがさんざん脅してから解放したみたいです。平田さまの動画が活躍したって言ってました」

「美帆ちゃんたちに、ひどいことをしようとした証拠だからね」

「それだけじゃないみたいですよ。平田さまがやっつけたじゃないですか。あれ

を上の人に見られたら困るみたいです。ヤキを入れられるって言ってました。ヤキってなんですかね？」

美帆は意味をわかっていないらしくニコニコ笑っている。

だが、和樹はすぐにピンと来た。いかにも弱そうな男にやられたのが、あの手のガラの悪い連中にとっては屈辱なのだろう。

（そりゃそうだよな……）

自分のことは自分がいちばんよくわかっている。

和樹はごく普通の男で、まったく強そうに見えない。実際、勝てたのはただの偶然だ。もう一度、同じ場面に遭遇したら、完膚なきまでにたたきのめされるのは間違いない。

連中には連中の面子《メンツ》があるのだろう。

京太郎を見つけられなかったうえ、ど素人にやられたのだ。あの動画を組織の上の者に見られたら、制裁を加えられるらしい。警察よりも身内の人間のほうが怖いのだから皮肉なものだ。

「夜逃げの手伝いをしていることもバレてないし、あいつらがここに来ることは二度とないでしょうって銀さんが言ってました」

美帆がうれしそうに報告する。

男たちは全裸で正座をして、反省の弁を述べる動画を撮られたという。つまり上に知られてはならない動画がさらに増えたということだ。

「それじゃあ、とりあえず解決ってことだね」

「はい。でも、ここまでのことは五年いてはじめてです。男の人がいないと怖いし、もうつづけられないのかな……」

美帆はそう言って複雑そうな表情を浮かべる。

銀次が年を取ったことで、夜逃げの手伝いがむずかしくなってきたという。だが、和樹はそれより気になっていることがあった。

「もう五年も働いてるの？」

「はい、今月でちょうど五年経《た》ったところです」

「美帆ちゃん、二十二歳だったよね。それじゃあ、十七歳のときから働いてるってこと？」

素朴な疑問が湧きあがる。

十七歳なら高校生だ。ここから通学するのは簡単ではない。それとも当時は住みこみではなく、通勤していたのだろうか。いや、確か最初から住みこみだった

と言っていた。

「高校、中退なんです」

美帆が恥ずかしげな笑みを浮かべる。顔は笑っているが、瞳の奥に深い悲しみを湛《たた》えている気がした。

――美帆ちゃんは女将さんに出会って救われたんですよ。

ふと銀次の言葉を思い出す。

詳しいことは聞いていないが、なにか複雑な事情があるようだ。どういう経緯があって、さがら屋で働くことになったのだろうか。だが、興味本位で尋ねるのはよくないと思った。

「そうなんだ。よけいなこと聞いてごめんね」

「気にしないでください。じつは施設育ちで親の顔を知らないんです」

なにやら重い話だ。きっと気軽に話せることではないだろう。

「言いたくなかったら、言わなくていいんだよ」

「聞いてください。仲よくなった人には、隠しごとをしたくないんです。かわいそうだって思わないでくださいね。ただ知ってほしいんです」

美帆はそう言って話しつづける。

「親が死んじゃったとかではなくて、捨てられたらしいです。グレていた時期があって高校を一年で中退して、施設も出ました」

児童養護施設を出たあとは、アルバイトをしながら暮らしていた。だが、そのうち悪いことに手を染めるようになったという。

ある日、とある商店で従業員の目を盗んでレジの金を盗んだ。気づかれて捕まりそうになり、必死に逃げたらしい。そして、いつの間にか函館山の奥に入りこんで迷ってしまった。

「罰が当たったと思いました。真冬だったから、このまま遭難して助からないんだろうなって……でも、明かりを見つけたんです」

導かれるように歩を進めると、旅館があったという。

さながら屋だった。しかし、所持金はレジから盗んだ千円札が二枚と小銭だけしかない。雪のなかで立ちつくしていると、引き戸が開いて着物姿の女性が手を差し伸べてくれた。それが当時は若女将の美智子だった。

「なにも聞かずに泊めてくれたんです。それなのに、わたし……」

美帆はそこで黙りこんだ。後悔の念がこみあげたのか、涙ぐんで手の甲で目もとを拭った。

「恩を仇《あだ》で返すようなことをしたんです。旅館のお金を持ち逃げしようとして、女将さんに見つかりました。それなのに女将さんは怒らず、お金を握らせてくれたんです」

美帆が泣き崩れて、ほかでも泥棒をしたことを打ち明けると、美智子はいっしょに店まで行って謝ってくれたという。

店の人は警察に届けていなかった。逃げた犯人が若い女性だったので、なにか事情があると思ったらしい。改心してくれることを願っていたというから、どこまで人がいいのだろうか。

「たまたま、いい人ばっかりだったんだね」

「みなさんに助けられました」

美帆は当時を思い出したのか、しみじみとつぶやいた。

それ以来、住みこみの仲居として働くことになった。住む場所と仕事を与えてもらって心から感謝しているという。

「女将さんに助けてもらってから、誰に対しても感謝の気持ちを忘れたらいけないと思ってるんです」

美帆はそう言うと、なぜか布団の上にあがる。そして、胡座《あぐら》をかいた和樹の太《ふと》

腿《もも》に手を乗せた。

8

「ちょ、ちょっと……」

和樹がとまどいの声を漏らすと、美帆はにっこり笑った。

「助けていただいたお礼です」

そのまま浴衣の裾から手を入れると、太腿を直《じか》に撫ではじめる。柔らかい手のひらの感触にドキリとした。

「こんなことしなくても……」

「感謝の気持ちですから、受け取ってください。それに、なんだか身体が熱いんです」

美帆は愛らしい笑みを浮かべて、和樹の目をじっと見つめる。

（そう言われると、俺も……）

和樹も体が妙に熱かった。もしかしたら、昼間のことが関係しているのかもしれない。

「平田さま……」

美帆は顔をゆっくり近づけると、そのまま唇をそっと重ねた。表面が軽くチュッと触れるだけの口づけだ。それでもキスしたことで、全身が一気に熱くなった。

「い、いけないよ……」

理性の力を振り絞ってつぶやく。しかし、同時に太腿を撫でられて、ボクサーブリーフのなかのペニスがむくむくと頭をもたげていた。

「どうしてですか。平田さまは独身ですよね。彼女さんがいるんですか？」

美帆が目を見つめたまま小首をかしげる。そうしている間も、手のひらは太腿をスリッ、スリッと撫でていた。

「い、いないけど……」

「それならいいじゃないですか」

美帆はそう言って、再び唇を重ねる。

今度はすぐに離れない。彼女の舌が伸びて、和樹の唇をそっと舐める。さらにはヌルリッと口内に入りこんだ。

（美帆ちゃんの舌が……）

舌をからめとられて、やさしく吸いあげられる。

それだけでキスの虜《とりこ》になってしまう。美帆は舌を吸いながら唾液を飲んでくれる。そして、今度はとろみのある唾液を和樹に口移しした。

（ああっ、美帆ちゃん……）

反射的に嚥下《えんげ》すると、奇跡のような甘さがひろがった。

「平田さま……はンンっ」

美帆が名前を呼びながら、口内をねちっこく舐めまわす。

まだ若いのに蕩《とろ》けるようなキスを知っている。それなりに経験を積んでいるらしい。和樹はうっとりしてされるがままになっていた。

「ううっ……」

思わず小さな呻き声が漏れる。

ボクサーブリーフの上からペニスを撫でられたのだ。すでにガチガチに勃起しており、軽く触れられただけでも快感が波紋のようにひろがった。

「すごく硬いです」

美帆が唇を離してささやく。

甘い吐息が鼻先をかすめるのも興奮を誘う。思わず息を深く吸いこんで、彼女の香りを堪能《たんのう》した。

「こんなこと、どうして……」

快感が大きくなっているが、今ひとつ状況が理解できていない。どうして、美帆とこんなことになったのだろうか。

「だから感謝の気持ちですよ」

「ほ、本当にいいの？」

「まだそんなこと言ってるんですか。ここはカチカチなのに」

美帆は楽しげに笑うと、ボクサーブリーフごしに太幹を軽くしごいた。

「くううッ」

その瞬間、亀頭の先端から我慢汁が溢れるのがわかった。

快感がどんどん大きくなり、呼吸が荒くなってしまう。もっと気持ちいいことがしたい。欲望がふくらんで押し倒したい衝動がこみあげる。

「うおっ……」

次の瞬間、和樹が押し倒されていた。

布団の上で仰向《あおむ》けになり、美帆がのしかかっている。浴衣の帯がほどかれて、

前を左右に開かれた。

「パンツが破れちゃいそうですよ」

美帆が股間を見てつぶやく。

首を持ちあげて己の股間に視線を向ければ、ボクサーブリーフの前が大きなテントを張っていた。布地が伸びきっており、確かに破れてしまいそうだ。それほどまでに興奮が高まっていた。

「脱がしてもいいですか？」

美帆は尋ねておきながら、答えを待つことなくボクサーブリーフを引きさげていく。ペニスは抑えを失ったことで、ビイインッと勢いよく跳ねあがる。先端を濡らしていた我慢汁が飛び散り、彼女の鼻先に付着した。

「ああっ、すごい……」

瞳がねっとり潤んでいる。

我慢汁が付着したにもかかわらず、美帆はいやな顔をすることなく色っぽい吐息を漏らす。そして、すっと立ちあがって作務衣を脱ぎはじめた。

「み、美帆ちゃん……」

こうなったら、もう躊躇《ちゅうちょ》することはない。和樹も浴衣を完全に脱いで、膝にか

らまっているボクサーブリーフを脚から抜き取った。

「恥ずかしいけど……見てください」

美帆も作務衣を脱いで一糸まとわぬ姿になる。そして、裸体を見せつけるように、その場でゆっくり一回転した。

乳房は小ぶりだが瑞々《みずみず》しくて張りがあり、乳首は愛らしい薄ピンクだ。腰がなだらかな曲線を描いてくびれている。尻はプリッとしており、頂点が上を向いていた。

和樹の視線は若い女体に釘《くぎ》づけだ。

とくに美帆の恥丘に視線が惹きつけられる。陰毛が極薄で白い地肌が透けているのだ。縦に走る溝まで見えており、思わず生唾を飲みこんだ。

「どうですか？」

美帆が恥ずかしげな声で尋ねる。

自分で見せつけておきながら、なぜか不安げな顔になっていた。その表情を見たとき、なんとなくわかった気がした。

（きっと自己肯定感が低いんだ……）

親に捨てられたことで自信を失ってしまったのではないか。その反動で、ふだ

んは明るく振る舞っているのかもしれない。こうして積極的に肌を晒すのも、自分を認めてほしいからだろう。

「すごくきれいだよ」

和樹は彼女の目を見つめてつぶやいた。

お世辞を言ったわけではない。本当にきれいだと思う。シミひとつない肌に惹かれていた。

「ふふっ……ありがとうございます」

美帆はうれしそうに笑うと、再び和樹を押し倒す。

そして、逆向きになって重なった。和樹の顔をまたいで、自分はペニスに顔を寄せる格好だ。

「舐め合いっこ、しましょう」

美帆がつぶやくと、亀頭に熱い息が吹きかかる。

いわゆるシックスナインの体勢だ。突然のことに驚かされる。和樹の目と鼻の先に、美帆の女性器が迫っているのだ。

(これが美帆ちゃんの……)

ついまじまじと凝視してしまう。

ミルキーピンクの陰唇は、形崩れがほとんどない。二枚の花弁はぴったり閉じているが、縦に走る割れ目がわずかに湿っている。キスをしたせいなのか、それともペニスを見たことで昂《たかぶ》ったのか。いずれにしても、愛蜜が分泌されているのは間違いない。

(美帆ちゃんも興奮してるんだ……)

そう思うと、和樹もますます高揚する。ペニスがピクッと跳ねて、さらに膨張した。

「ああっ、すごいです」

美帆が独りごとのようにつぶやき、太幹の根もとに指をからめる。そして、いきなり亀頭をぱっくり咥えこんだ。

「ううッ……」

柔らかい唇がカリ首に密着する。熱い吐息が先端を撫でたと思ったら、舌がネロリッと這いまわった。

「み、美帆ちゃん……お、俺も……」

こうなったら遠慮する必要はない。和樹は両手をまわしこんで尻たぶをつかむと、首を持ちあげて陰唇にむしゃぶりつく。柔らかい花弁を唇で感じながら、舌

を伸ばして割れ目に這わせた。

「はううンっ」

美帆がペニスを咥えたまま甘い声を漏らす。

どうやら感度はいいらしい。軽くひと舐めしただけでも、陰唇の合わせ目から透明な汁が染み出した。

恥裂を何度も舐めあげる。舌先が触れるか触れないかの繊細な愛撫だ。やがて陰唇が小刻みに震えて、新たな汁がトロッと流れ出た。膣《ちつ》奥で華蜜が分泌されたらしい。

「はンっ……はあンっ」

美帆は呼吸を荒らげながら、ペニスをしゃぶっている。首をゆったり振り、太幹の表面に唇を滑らせた。

「くうッ、す、すごい……」

快感がひろがり、思わず呻き声が漏れる。

それならばと、今度はとがらせた舌先を膣口にヌプッと埋めこむ。溢れる華蜜をすすり飲みながら、舌先を出し入れした。

「あッ……あッ……」

美帆が切れぎれに喘《あえ》ぎながら、首を振るスピードをあげる。

性器を舐め合う相互愛撫で、瞬く間に興奮がふくれあがっていく。和樹のペニスはこれ以上ないほど硬くなり、美帆の陰唇は蕩けきっていた。

「美帆ちゃん……俺、もう……」

和樹は女陰をしゃぶりながら訴える。

この穴に挿《い》れたくてたまらない。トロトロの蜜壺にペニスを挿入して、思いきり腰を振りたかった。

「わたしも……ほ、欲しいです」

美帆もかすれた声でつぶやく。亀頭に舌を這わせながら、ハアハアと呼吸を乱していた。

和樹は自分の上から女体をおろして隣に横たえる。そして、両脚を押し開くと正常位の形で覆いかぶさった。

「挿れるよ……」

返事を待つ必要はない。興奮に突き動かされるまま、亀頭を割れ目に押し当てる。そして、体重を浴びせるようにして挿入を開始した。

「はあッ、お、大きいのが入ってくる」

美帆が顎を跳ねあげる。

身体がビクッと仰《の》け反《ぞ》り、小ぶりな乳房がプルンッと揺れた。触れてもいないのに、乳首が硬くとがり勃《た》っている。彼女の興奮が伝わることで、和樹もますます昂った。

「熱い……美帆ちゃんのなか、すごく熱いよ」

ペニスを埋めこむほどに、膣の熱気が押し寄せる。

粘膜と粘膜が擦れるのが気持ちいい。我慢汁と愛蜜がまざり合ってヌルヌル滑る。長大な肉棒は根もとまで収まり、一体感が深まった。

「はうぅッ……奥まで来てます」

美帆が眉を八の字に歪めて、右手を自分の臍《へそ》のあたりに置く。

そこまでペニスの先端が到達しているのかもしれない。彼女の白い下腹部が艶めかしく波打っている。膣内を刺激されて、興奮が高まっているのだろう。もう我慢できないとばかりに、股間をクイクイしゃくりはじめた。

「ううッ……み、美帆ちゃん」

和樹も我慢できなくなり、さっそくピストンを開始する。

最初はゆっくりのつもりが、すぐにスピードがあがってしまう。気持ちよすぎ

て耐えられない。両手を伸ばして乳房を揉みあげると、さらにテンションがアップした。

「き、気持ちいいっ……くうううッ」

「あぁッ、わ、わたしも気持ちいいですっ」

ペニスを出し入れするたび、美帆の喘ぎ声が大きくなる。

和樹の抽送と美帆の腰の動きが一致することで、快感がどこまでもふくらんでいく。結合部分からは湿った音が響きわたり、淫らな空気が濃厚になる。和樹は上半身を伏せると、女体をしっかり抱きしめた。

「あああッ、平田さまっ」

美帆も両手を和樹の背中にまわしてしがみつく。

汗ばんだ肌が擦れ合うのも気持ちいい。密着して腰を振ることで、ふたり同時に高まっていく。ペニスを突きこむと膣が猛烈に収縮する。ピストンするたびに射精欲が急速にふくれあがった。

「くううッ、も、もうっ」

「あああッ、い、いいいっ」

和樹が呻き声を漏らせば、美帆も喘ぎ声を響かせる。

腰の動きは加速する一方だ。相手が感じているとわかるから、なおさら快感が大きくなる。もう昇りつめることしか考えられない。興奮にまかせて力強くペニスを突きこんだ。

「おおおおッ、も、もう出すよっ」

「だ、出してっ、いっぱい出してくださいっ」

和樹がうなると美帆はガクガクとうなずく。そして両脚を和樹の腰に巻きつけて、思いきり引き寄せた。

「くおおおおッ、で、出るっ、ぬおおおおおおおおッ！」

ペニスが女壺のなかに深く埋まり、まるで意志を持った生き物のように跳ねまわる。灼熱《しゃくねつ》のザーメンが尿道を高速で駆けくだって、亀頭の先端から勢いよく噴きあがった。

「あああああッ、い、いいいっ、あああああッ、はああああああああッ！」

美帆の唇から艶めかしい声がほとばしる。

両手両足で和樹の体にしがみつき、股間をググッと迫《せ》りあげた。膣がますます締まり、射精の勢いが加速する。女体がビクビクと痙攣《けいれん》して、美帆も昇りつめたのは間違いない。

ペニスを深く埋めこんだまま抱き合い、絶頂の愉悦を嚙《か》みしめる。

昼間の事件の反動もあったのかもしれない。これまで経験したことがないほど快感は深くて大きかった。

第五章　湯けむりに包まれて

1

微《かす》かな物音で目が覚めた。

窓にはカーテンがかかっているが、外が暗いのはわかる。枕もとのスマホで時刻を確認すると、午前五時をすぎたところだった。

（まだ、こんな時間か……）

もう少し休もうと思って目を閉じる。

しかし、眠気はどこかに吹き飛んでしまった。

横になったまま、自分の手首にそっと触れてみる。微かに痛むがそれほどでも

ない。同様に腹や鼻にも触れるが、もうほとんど痛みはなかった。あらためて最小限の怪我《けが》ですんでよかったと思う。

昨日は激動の一日だった。

借金取りに遭遇したのなど、はじめての経験だ。銀次が殴る蹴るの暴行を受けて、美智子と美帆も危険な目に遭った。和樹も幸い軽傷ではあったが暴力を振るわれた。

それだけでも一生忘れられない日になった。

だが、さらにそのあと思いがけないことが起きた。美帆が部屋を訪れて、セックスしたのだ。

それにしても、どうしてあんなことになったのだろうか。

今にして思うと、ふたりとも昼間のことがあって興奮状態だった。セックスでもしなければ、気持ちを鎮められなかっただろう。ふたりきりになれば、そういうことになるのは必然だった気がする。

あのあと遅めの夕食を摂《と》り、夜九時には横になった。

一日の疲れが出たのか、すぐ眠りに落ちた。途中で一度も起きることなく、気づくとこの時間になっていた。八時間ほど眠りつづけたことになる。二度寝しよ

うと思ってもできないのは当然だった。

今日、和樹は札幌に帰る。

京太郎の行方はわからなかったが、おそらく美智子の手引きを受けて夜逃げしたのだろう。

詳細は教えてもらえないが、胸のもやもやは消えていた。

美智子は信用できる。きっと、きっちり逃がしてくれたと思う。美智子のことを知れば知るほど、信頼度があがっていた。だから、もう京太郎のことを追及するのはやめようと思う。

不思議と清々《すがすが》しい気持ちになっていた。

生きていれば、いつかは会える。いつか暮らしが落ち着いたら、京太郎のほうから連絡をよこすだろう。

そのとき、また遠くで物音が聞こえた。

とにかく静かなので、微かな音が響くのだ。なんの音かはわからないが、誰かが起きているのは間違いなかった。

（こんな朝早くに、誰が……）

ふと思い出す。

そういえば、香澄が発《た》つのは今朝のはずだ。もしかしたら、夜逃げが決行されたのかもしれない。

思いつめたような香澄の表情を思い出す。夫からDVを受けていたのだから当然だ。それでいながら、いざセックスとなると色っぽく喘《あえ》いでいた。あのギャップが色濃く印象に残っている。

(もう行っちゃったのかな……)

最後にひと言かければよかった。

昨日は混乱していたため、ろくに話ができずにいた。そもそも香澄は隠し部屋から出てはいけない状況だった。最後に一瞬でも会えただけで、よかったと思うべきだろうか。

そんなことを考えながら身を起こす。そして、部屋から出ると、一階に降りていく。

早朝の館内は静まり返っている。

階段を降りて玄関のほうを見やると人影が見えた。誰かを見送った直後のように外を向いて立っている。

着物ではないが、ひと目で美智子だとわかった。洋服なのは、早朝のせいだろ

うか。濃緑色のフレアスカートに白いブラウス、その上に紺色のカーディガンを羽織っていた。

黒髪をおろしているのも新鮮だ。髪は長くて背中のなかほどまである。いつも着物なので、はじめての姿にドキドキした。

(洋服も似合ってるな……)

思わずぼんやり見つめてしまう。

すると美智子がゆっくり振り返った。和樹の姿を見ても驚いた様子はない。そこにいるのがわかっていたように、穏やかな笑みを浮かべた。

「おはようございます」

美智子が透きとおった声で挨拶する。

深々と腰を折る仕草がしなやかで、またしても視線が吸い寄せられた。動きが流れるように美しいのは、和服でも洋服でも同じらしい。ゆっくり上半身を起こすと、垂れかかった黒髪を指先で耳にかけた。

着物のときは見せない仕草だ。そんなちょっとした動きも女性らしくて、ますます惹《ひ》きつけられた。

「お、おはようございます」

和樹は歩み寄ると、懸命に平静を装って挨拶する。だが、緊張のあまり声が少し震えてしまった。

「起こしてしまったようですね。ごめんなさい」

「いえ……たまたま目が覚めただけです」

「たった今、沢木さまが発ったところです」

美智子は隠すことなく教えてくれる。

やはり香澄の夜逃げが決行されたという。旦那に見つからないように、どうかうまく逃げきってほしい。一度とはいえ身体《からだ》の関係を持っているので思い入れが強かった。

「沢木さん、おひとりで行かれたのですか？」

なんとなく気になって尋ねる。

旦那がどこかで待ち伏せをしている可能性もないとは言えない。香澄ひとりで行かせるのは危険な気がした。

「途中まで銀さんがいっしょです」

「それなら安心ですね。そういえば、銀さんは大丈夫なんですか？」

昨日、頭を警棒で殴られて失神している。かなりダメージがあったはずだ。病

院には行ったのだろうか。

「昨日のうちに、かかりつけのお医者さまに診ていただきました。打ち身だけで問題ないとのことです」

「そうですか。それはよかった」

「でも、銀さんはずいぶん落ちこんでいました」

美智子の声のトーンがさがる。

銀次の気持ちを考えると、自分のテンションまでさがってしまうのだろう。視線を落として、淋《さび》しげな笑みを浮かべた。

「銀さんだって年を取るのだから、仕方ないですよね」

「そうですよ。それでも、かなり頑丈なほうだと思います。あれだけの暴力を受けたのに復活したんだから」

「そうなんですけど、本人はそろそろ引退だって……」

美智子の声はどんどん小さくなっていく。

銀次がいなければ、夜逃げの手伝いはできなくなるだろう。それを懸念しているのか、美智子の表情は暗かった。

(別に無理をしてつづけなくても……)

そう思うが口には出せない。

なぜ夜逃げにこだわるのだろうか。危険をともなう仕事をつづける意味がわからなかった。

「旅館の経営だけでは厳しいのですか？」

「ホームページを充実させて、大手旅行サイトに登録すれば客は増えそうな気がする。きっと秘湯が好きな人たちが訪れるだろう。

「夜逃げの手伝いをしても、収入はほとんどありません」

美智子の口から衝撃の事実が語られる。

収入にならないのなら、なおさら夜逃げの手伝いをする意味がわからない。実際問題として、昨日のように危険な目に遭う可能性もあるのだ。

「それじゃあ、どうして……」

「温泉に入りませんか？」

唐突に美智子が提案する。

「今からですか？」

「朝の露天風呂もいいものですよ。温泉でリラックスしながら、平田さまとお話がしたいです」

せっかくのお誘いだ。断る理由はなかった。

2

男風呂の露天風呂に入ることになった。

今日、宿泊客は和樹ひとりだという。だから、美智子が男風呂に入っても、とくに問題はない。

——恥ずかしいから、あとから来てください。

先ほど美智子にそう言われた。

すでに一度、露天風呂にいっしょに入ったことがある。あのときはフェラチオまでしてくれたのに、今さら恥ずかしがる美智子が愛《いと》おしく感じた。

和樹はいったん部屋に戻り、そわそわしながら時間を十分ほどつぶすと大浴場に向かった。

脱衣所に美智子の姿は見当たらない。だが、籐《とう》の籠のひとつに美智子の服がきれいに畳んで入っていた。

逸《はや》る気持ちを抑えて服を脱いでいく。ともするとペニスが勃起しそうで、懸命

に気持ちを落ち着かせる。そして、タオルで股間を隠しながら浴室に足を踏み入れると、そのまま露天風呂に向かう。

引き戸を開けば、すでに空は明るくなっている。もうもうと立ちこめる湯けむりの向こうに、美智子のうしろ姿が見えた。

(女将さんだ……)

いきなり白いうなじが目に入った。

黒髪をアップにまとめて、ゴムでとめている。着物のときと同じように、後れ毛が垂れかかった白いうなじが剝《む》き出しだ。うなじが美しいので、美智子にはこういう髪形が似合っていた。

ゆっくり歩を進めるが、美智子は振り返らない。

引き戸を開く音がしたので、和樹が来たことには気づいているはずだ。それなのに、こちらを見ようとしなかった。

「お待たせしました」

声をかけるが、美智子は微かにうなずくだけだ。

横顔が赤く染まっているのは、温泉に浸《つ》かったせいではない。耳までまっ赤に染めて、しきりに恥ずかしがっていた。

和樹は木桶《きおけ》でかけ湯をしてから、足を温泉に浸ける。気温が低いので、湯が熱く感じた。それでも腰まで浸かると心地よさが全身にひろがり、思わず小さな呻《うめ》き声が漏れた。

美智子の隣に移動すると、緊張と興奮が一気に高まる。それと同時に先日のことを思い出して、期待がむくむくとふくれあがった。

「昨日はありがとうございました」

それまで黙っていた美智子が口を開く。和樹に向ける瞳には、親しみの色が滲《にじ》んでいた。

「いえいえ、俺なんてなにも……たまたまなんです」

あらたまって礼を言われるほどのことはしていない。偶然が重なって、男たちを倒せただけだ。

「助けに来てくれたじゃないですか。そのお気持ちがうれしいのです」

美智子はそう言って、少女のように瞳を輝かせる。

照れくさくなって視線をそらす。すると、湯のなかで揺れる大きな乳房が目に入った。

（や、やばい……）

股間がムズムズして、慌てて目を強く閉じた。

「どうして助けてくださったのですか？」

美智子が穏やかな声で質問する。

「だって放っておけないじゃないですか。女将さんたちが危ない目に遭ってるのを見ちゃったんだから」

「でも、平田さまも危ない目に遭うかもしれないんですよ。というか、実際、すでにお怪我をされていたじゃないですか」

「そうですけど、見なかったフリはできません」

和樹が答えると、美智子は楽しげに「ふふっ」と笑った。

「それが答えです」

「はい？」

「先ほど、どうして夜逃げの手伝いをするのかと質問されたじゃないですか。その答えです」

美智子は笑みを浮かべているが瞳は真剣だ。

「困っている人を助けたい。ただそれだけなんです」

そう言いながら、夜逃げの実態を教えてくれる。

夜逃げ希望者は函館港からフェリーに乗せることが多いという。第一段階として北海道から脱出させて、そこから独自ルートで移動させる。そして、全国各地で住む場所と仕事の世話をしているというから驚きだ。

じつは夜逃げ屋のネットワークがあるという。全国の都市に旅館や引っ越し業者などの形で、夜逃げ屋が存在している。表向きは普通に商売をしながら、助けを求める人に手を貸しているらしい。

「どうして、そこまでして……」

「さがら屋では両親の代からやっていることなんです。わたしは、それを引き継いだだけです」

「ボランティアなんですか？」

「さすがにボランティアではつづけられません。でも、支払期限は設けていないので、そのままあやふやになることもしばしばです。みなさん、着の身着のまま逃げるので仕方ないですね」

美智子はそう言って微笑を浮かべる。夜逃げの手伝いで儲《もう》ける気は、さらさらないのだろう。

「どこまで人がいいんですか。お人好《ひとよ》しすぎませんか」

「平田さまも同じではありませんか。昨日、無償でわたしたちを助けてくださいました」

「いやいや、だって俺は――」

喉もとまで出かかった言葉をギリギリのところで呑《の》みこんだ。

惹かれている女性を助けるのは当然のことだろう。美智子が行っている人助けとはまったく異なる。

「危険な目に遭ってまで、どうして人助けをするんですか？」

「両親の教えです。本当にやさしい人たちでした」

美智子はそこで言葉を切ると、和樹の目をあらためて見つめた。

「じつは、わたし、両親の本当の子供ではないんです。物心つく前、近所の藪《やぶ》に捨てられていたのを拾われたそうです」

話の内容は衝撃的だが悲愴《ひそう》感はなかった。義父母に愛情たっぷりに育てられたから、穏やかな口調で話せるのかもしれない。

「両親は子宝に恵まれなかったこともあり、天からの授かりものだと思って養子にしてくれました。両親に救われた命です。恩返しをしたいんです」

拾われなかったら死んでいたかもしれない。

ほかの誰かに拾われたとしても施設行きだったに違いない。そうなったら、己の境遇に絶望して道を踏み外していた可能性もある。だが、両親に拾われたことでまっすぐ育った。

一方、施設育ちの美帆はグレていた。しかし、美智子と出会ったことで更生できた。そして、今は仲居としてしっかり働いている。きっと人の善意はめぐりめぐっていくのだろう。

「そうだったんですか……」

和樹はしみじみつぶやいた。

美智子の慈愛に満ちたやさしさの秘密がわかった気がする。血はつながっていなくても、両親から受け継いだものがあるのだ。もしかしたら、両親も似たような境遇だったのかもしれない。

「ひとつのやさしさが、新しいやさしさを生むのかもしれませんね」

心に浮かんだことを口にする。直後に自分の放った言葉が恥ずかしくなって視線を落とした。

「そのとおりだと思います。平田さまにも当てはまる言葉ですね」

「俺なんて、全然……友達も助けられなかったんだから……」

脳裏に浮かんだのは京太郎の顔だ。苦しんでいるときに助けてやれなかった。だから、京太郎は夜逃げする道を選んだのだろう。

「吉岡さまはお元気ですよ」

美智子がさらり教えてくれる。はじめて京太郎の安否について言及した。場所までは言えないが、元気に暮らしているという。

「そうなんだ……よかった」

胸の奥がぽっと温かくなる。もうそれで充分だ。細かいことまで聞く必要はない。京太郎が生きているとわかって心底ほっとした。

「吉岡さまは、お勤めになっていた会社の社長に頼まれて、連帯保証人になったそうです。ところが、ある朝、出勤すると会社がまるまる消えていたとか……事務所は引き払ったあとだったとおっしゃっていました」

それを聞いて思い出す。

あの見窄《みすぼ》らしい雑居ビルだ。京太郎は騙《だま》されて、多額の借金を背負わされたの

だろう。

「取り立てが厳しかったそうです」

美智子の口調は同情的だ。

警察に相談したところで引きさがる連中ではない。京太郎は連日の取り立てに耐えきれなくなり、夜逃げすることにしたという。

「どうして、俺に相談してくれなかったんだ……」

思わず奥歯をギリッと噛《か》んだ。

親友なのだから、せめてひと言でも相談してほしかった。なにもできないかもしれない。それでも水くさいと思った。

「借金は三千万円だそうです……平田さまにご迷惑をかけたくなかったのだと思います」

美智子が穏やかな声で教えてくれる。

友達に相談したところで、かき集められる金額ではない。京太郎は仕事を失った状態だ。返す当てもないのに借りられないと悩んでいたらしい。

「それでも、黙っていなくなるなんて……」

「吉岡さまは、知り合いに危害が及ぶことを心配されていました。だから、いっ

さい連絡しなかったのだと思います」

そういえば聞いたことがある。

借金取りは金を返せないとなると、親兄弟はもちろん、友人や知人のところまで押しかけるという。

確かに、昨日の男たちを思い出すと、ありうる気がする。人を傷つけることをいっさい躊躇《ちゅうちょ》しない常識はずれの連中だ。借金とは直接関係がなくても、知り合いというだけで催促に押しかける可能性は否定できない。

京太郎はそういう事態になることを恐れていたのだろう。昔から心根のやさしい男だ。苦しい状況でも友達のことを考えたに違いない。

「あいつ……人がよすぎるんだよ。だから騙されるんだ」

「人がいいのは、平田さまも同じですよ」

美智子の声音がいっそうやさしいものに変化する。

隣を向けば、潤んだ瞳で見つめていた。視線が重なってドキリとする。急にどうしたというのだろうか。

「今日、札幌に帰ってしまうのでしょう。思い出をいただけませんか?」

「あの……どういう意味なのか……」

色っぽい瞳を向けられて困惑する。誘われている気もするが、勘違いだったことを考えると手が出せなかった。

「女にそこまで言わせる気ですか？」

美智子が身体をすっと寄せる。浴槽の湯が揺れて、チャプンッと微かな音を立てた。

腕と腕が触れて胸の鼓動が速くなる。

ここまでされて、なにもしないわけにはいかない。据え膳食わぬは男の恥というやつだ。

3

和樹は緊張しながら片手をまわして、彼女の肩をそっと抱き寄せた。

「あっ……」

美智子の唇から小さな声が漏れる。胸板にもたれかかり、潤んだ瞳で和樹の顔を見あげた。

「下の名前でお呼びしてもよろしいですか？」

意外な申し出だ。

もちろん、断るはずはない。和樹は彼女の瞳を見つめ返して、こっくりうなずいた。

「和樹さん……」

名前で呼ばれると、それだけで距離が縮まった気がする。

湯のなかで美智子の手が股間に伸びて、すでに勃起しているペニスをそっとつかんだ。ほっそりした指が竿《さお》に巻きつけられる。やさしくしごかれると、たまらず腰がブルルッと震えた。

「ううっ……み、美智子さん」

和樹も思いきって名前で呼んでみる。すると、美智子は目を細めて、恥ずかしげに肩をすくめた。

「うれしいです……」

ささやくような声だった。

その言葉がますます和樹を奮い立たせる。名前で呼び合うことで、心の垣根が取り払われた気がした。もはや宿泊客と女将ではない。ただの男と女として向き合っていた。

どちらからともなく顔を寄せて唇を重ねる。

露天風呂のなかで抱き合うと、舌をからめて濃密なキスを交わす。互いの唾液を口移しして味わうことで、気分がどんどん盛りあがる。相手を欲する気持ちが高まり、抑えられなくなっていく。

美智子も両腕を和樹の首にまわして、積極的に舌を伸ばす。歯茎や頬の裏側に舌を這《は》わせては、舌をからめとって強く吸いあげる。粘膜を擦り合わせて、うっとりするようなディープキスに没頭した。

「美智子さん……今日は俺が……」

ようやく唇を離すと、至近距離で目を見つめてささやきかける。

前回は美智子に口で愛してもらった。今日は和樹が彼女を愛したい。感謝の気持ちをこめて感じさせてあげたい。心からそう思った。

きっと美智子はこれまで傷ついた者たちを癒してきたのだろう。慈悲深い美智子は、どうしても与える側になる。だから、愛される悦《よろこ》びを教えてあげたい。それができるのは自分だけだ。

(俺が美智子さんを……)

ほかの男に渡したくない。そんな気持ちが湧きあがる。自分でも気づかないう

ちに、美智子への想《おも》いがふくらんでいた。

美智子の手を取って立ちあがる。

白い女体が露《あらわ》になり、湯がザーッと流れ落ちていく。たっぷりした乳房が美しい。湯で濡《ぬ》れた肌が朝の光を浴びて、ヌラヌラと光っている。くびれた腰の曲線が生々しくて、恥丘には漆黒の陰毛が張りついていた。

むしゃぶりつきたいのをこらえながら、露天風呂の奥に導く。そして、和樹が奉仕をしてもらった大きな岩の前に移動した。

「ここに寄りかかってください」

「こうですか？」

美智子は首をかしげながらも従ってくれる。大きな岩に背中をあずけて寄りかかった。

和樹は目の前でしゃがむと、彼女の左脚を持ちあげて肩にかける。そうすることで脚が開いて股間がまる見えになった。

（おおっ、こ、これが美智子さんの……）

思わず両目を見開いて凝視する。

美智子の陰唇はサーモンピンクで艶々していた。とろみのある蜜が、合わせ目

からジクジクと溢《あふ》れている。視線を感じて反応しているのか、華蜜の量がどんどん増えていた。

「ああっ、こんな格好……」

美智子が羞恥の声を漏らす。

しかし、姿勢を崩すことなく、されるがままになっている。女性器を剝き出しにした状態で、ただ顔を赤く染めていた。

「すごくきれいです」

和樹は独りごとのようにつぶやくと、陰唇に口を押し当てる。軽く触れただけでクチュッと音がして、割れ目から新たな華蜜が溢れ出した。

「はンンッ」

女体が敏感に反応して仰《の》け反《ぞ》る。美智子は両手を伸ばすと、和樹の後頭部にまわした。

「そ、そんなこと……」

とまどいの声を漏らすが、いやがっているわけではない。女性器にキスをされて、身体は歓喜に震えていた。

「俺にまかせてください」

和樹は舌を伸ばすと、割れ目をそっと舐《な》めあげる。溢れる華蜜を掬《すく》い取っては嚥下《えんげ》した。さらには唇をぴったり押し当てて、思いきり吸引する。膣《ちつ》内の華蜜をジュルルッと吸い出すと、今度はとがらせた舌を奥まで埋めこんだ。

「あああッ、そ、そんなにされたら……」

美智子の喘ぎ声がどんどん大きくなる。

いつしか自ら股間を突き出して、さらなる愛撫《あいぶ》をおねだりする。和樹の後頭部にまわした手にも力がこもり、思いきり引き寄せていた。

「こんなのはじめてです……はあああッ」

「うむッ……」

鼻が陰唇に埋まって息苦しい。それでも和樹は休むことなく、舌をねちっこく使いつづける。ヌプヌプと出し入れしては、溢れる華蜜を夢中になってすすり飲んだ。

「ああッ、す、すごいです……あああッ」

美智子の喘ぎ声が露天風呂に響きわたる。

空はすっかり明るくなっている。周囲の森もはっきり見えていた。木々の枝に

は雪が積もっており、なんとも幻想的な光景だ。気温は零下だと思われるが、寒さをまったく感じなかった。

膣から舌を抜いて、割れ目をヌメヌメと舐めあげる。恥裂の上端にある小さな突起、クリトリスを集中的にねぶりまわす。すると突然、女体が凍えたように震え出した。

「はあああッ、そ、そこは弱いの……はあああああッ！」

美智子は泣きそうな声で訴えると、下半身をビクンッ、ビクンッと激しく突きあげた。

もしかしたら、絶頂に達したのかもしれない。凄《すさ》まじい反応を示して、新たな華蜜が大量に溢れ出す。もはや美智子の股間はお漏らしをしたような状態になっていた。

「俺も、もう……」

和樹も我慢できないほど興奮している。その場で立ちあがると、いきり勃《た》ったペニスが露になった。

「ああっ、素敵です……」

美智子がうっとりした表情でつぶやく。

潤んだ瞳はペニスに向いている。ハアハアと呼吸を乱しながら、さらなる快楽を求めているのは明らかだ。

遠慮する必要はない。美智子をうしろ向きにすると、今まで寄りかかっていた岩に両手をつかせる。腰を九十度に折って、尻を後方に突き出した格好だ。脂の乗ったむっちりとした双臀《そうでん》が、牡《おす》の欲望を煽《あお》り立てた。

「和樹さん……早く」

あの美智子がおねだりする。

ふだんは着物に身を包んで凛《りん》としている女将が、物欲しげな瞳で振り返ってペニスを求めているのだ。

「美智子さんっ」

目の前の尻を抱えこむと、勃起したペニスの先端を膣口に押し当てる。そのまま腰を突き出して、一気に根もとまで挿入した。

「あああッ、す、すごいっ」

美智子の背中がググッと反り返る。艶《なま》めかしい声をあげて、むちむちの尻を震わせた。

「おおおッ、き、気持ちいいっ」

まだ挿入しただけなのに、鮮烈な快感が突き抜ける。

膣のなかはマグマのように熱くて、無数の膣襞《ひだ》がウネウネと蠢《うごめ》いていた。ペニスにからみついたかと思うと、奥へ奥へと引きこんでいく。まるでマッサージされているようで、ピストンしなくても快感がどんどんふくれあがる。

「くううッ」

このままでは動く前に暴発してしまう。

それはさすがに格好悪い。和樹は気合いを入れると、くびれた腰をつかんで腰を振りはじめた。

「あぁッ、い、いいっ……あああッ」

昂《たかぶ》っているのは美智子も同じだ。ペニスを出し入れすれば、すぐに喘ぎはじめる。膣も反応して、一往復ごとに締まりが強くなっていく。

「ううッ、き、気持ちいいっ」

和樹は懸命に射精欲を抑えこんで腰を振る。

この最高の時間を少しでも長引かせたい。できるだけ長く美智子とつながっていたい。この快感をいつまでも共有していたい。しかし、腰を振れば振るほど最後の瞬間が近づいてしまう。

「い、いいっ、あああッ、すごくいいですっ」

美智子が喘ぎながら振り返る。

唇は半開きになっており、透明な涎《よだ》れが垂れていた。あの美智子がだらしない顔を晒《さら》すほど感じている。眉を情けない八の字に歪めて、瞳からは歓喜の涙さえ溢れていた。

「美智子さんっ……おおおおおッ」

興奮にまかせて腰を打ちつける。

これほど昂るセックスは経験したことがない。信頼し合っているから、こんなに燃えあがるのではないか。頭のなかがまっ赤に染まり、もう昇りつめることしか考えられない。

「おおおおッ、おおおおおッ」

「ああああッ、はああああッ」

もはやまともな言葉を交わせる状態ではない。ふたりは獣のように呻き、喘ぎながら腰を振り合う。快楽だけを求めて、本能のままに互いを貪った。

「ぬおおおッ、で、出るっ、おおおッ、おおおおおおおッ!」

「ああああッ、い、いいっ、イク、イキますっ、はああああああああッ!」

和樹が射精するのと同時に美智子もアクメに達する。

猛烈に収縮する膣のなかで、ペニスが跳ねまわってザーメンを噴きあげた。まるで吸い出されるようで快感が加速する。射精中も腰が勝手に動いて、かつてないほど大量の精液を放出した。

露天風呂での立ちバックで、ふたりは息を合わせて昇りつめたのだ。

夢のような快楽のなか、振り返った美智子と唇を重ねる。絶頂しながらの口づけは、愉悦をさらなるステージへと押しあげた。

エピローグ

「吉岡さまには、わたしから連絡を入れておきます。和樹さんが心配していることを伝えておきますね」

美智子はそう言って微笑を浮かべる。

「はい。よろしくお願いします」

和樹も笑みをうかべてうなずいた。

さがら屋の玄関先で向かい合って立っている。いよいよ別れの瞬間が近づいていた。

着物に身を包んだ美智子は、背筋をすっと伸ばしている。凛《りん》とした立ち姿は惚《ほ》れ惚《ぼ》れするほどだ。露天風呂で乱れていた姿とのギャップがすごかった。

今にして思うと、すべてが夢だった気がしてくる。三泊四日の間、眠りつづけていたのではないか。なにもかも夢のなかの出来事だったのではないか。そう思えるほど、信じられない体験の連続だった。

「夜逃げのお手伝いはつづけるんですか」

気になっていたことを尋ねる。

銀次の年齢を考えると、むずかしいのかもしれない。危険をともなう仕事なので、いざというときために男が必要だ。

「わかりません。銀さんも弱気になってしまって……」

美智子はそう言って淋《さび》しげな表情を浮かべた。

両親から引き継いだ仕事をつづけたいのだろう。彼女との交流をとおして、気持ちは理解しているつもりだ。

さがら屋はただの旅館ではない。

苦しんでいる人たちを何十人、何百人と救ってきた。そして、これからも救っていかなければならない。

「相談なんですが――」

和樹はあらたまって切り出す。

決して思いつきではない。熟考に熟考を重ねた結果だ。後悔しないと断言できる。むしろ、やらなければ後悔すると思う。

「俺にお手伝いさせてもらえませんか」

言葉にすることで決意はますます強くなる。

今の仕事は辞めるつもりだ。もともとデスクワークが合っていないと感じていた。函館に来て思いがけず天職にめぐり合った。これこそ自分の進む道だ。愛する人とともに歩んでいきたい。

「美智子さんといっしょに、苦しんでいる人たちを助けたいんです」

「か、和樹さん……」

美智子が驚いた顔で見あげている。

和樹の決意が伝わったのかもしれない。一拍置いて、美智子の瞳に涙が滲《にじ》んで溢《あふ》れ出した。

「はい……ぜひお願いします」

その言葉を聞くことができてほっとする。

一世一代の決断だった。かつてないほど緊張した。もし断られたら、二度と立ち直れないところだった。

視線が重なると気持ちが昂《たかぶ》る。時間があれば抱き合いたいところだが、札幌に帰らなければならなかった。

「よかったですぅ……」

ふいに声が聞こえて顔をあげる。

すると宿の入口に美帆が立っていた。隣には銀次の姿もある。ふたりは泣き笑いの表情を浮かべて、こちらをじっと見つめていた。

「美帆ちゃん、銀さん……いつからいたんですか」

美智子が振り返る。

ふたりは顔を見合わせると、いたずらっぽい笑みを浮かべた。どうやら、一部始終を見ていたらしい。美帆は溢れる涙を手の甲で拭って、銀次は大きくうなずいて拍手をする。

「早く帰ってきてくださいね」

「平田さま、お待ちしてますよ」

美帆と銀次が声をかけてくれる。

「参ったな……」

和樹は苦笑いを浮かべた。

歓迎してくれるのはうれしいが、先ほどのやり取りを見られていたと思うと照れくさい。

「俺、もう行かないと」

和樹は三人に向かって手を振った。

「もう行ってしまうのですか？」

美智子が淋しげな顔をする。

美帆と銀次の前なのに、もはや気にならないらしい。美智子は和樹の顔を見つめて、下唇をキュッと噛《か》んだ。

「連絡します。年明けに必ず戻ってきます」

力強く宣言する。

「待ってます」

美智子はすっと近づくと、和樹の手を握りしめた。

「今度、函館山から朝焼けを見ましょう。夜景が有名ですけど、早朝に函館山から見る景色も素敵なんです」

「ぜひ見たいです」

美智子といっしょなら、さらに素敵な景色になるだろう。

三人に見送られて、さがら屋をあとにする。一時の別れは淋しいが、胸の奥には温かい希望の光が灯《とも》っていた。

本書は書き下ろしです。

実業之日本社文庫 は618

癒《いや》しの湯《ゆ》 人情女将《にんじょうおかみ》のおめこぼし

2024年12月15日　初版第1刷発行

著　者　葉月奏太《はづきそうた》

発行者　岩野裕一
発行所　株式会社実業之日本社
〒107-0062　東京都港区南青山6-6-22 emergence 2
電話［編集］03(6809)0473［販売］03(6809)0495
ホームページ　https://www.j-n.co.jp/
ＤＴＰ　ラッシュ
印刷所　中央精版印刷株式会社
製本所　中央精版印刷株式会社

フォーマットデザイン　鈴木正道（Suzuki Design）

ISBN978-4-408-55922-3（第二文芸）

2034 米中戦争

エリオット・アッカーマン／ジェイムズ・スタヴリディス
熊谷千寿［訳］

2034年南シナ海で、米海軍空母打撃群が中国軍により撃沈。さらにサイバー攻撃でアメリカ主要部が大停電に。緊迫の南シナ海有事を予見する全米ベストセラー作品！

中国軍を駆逐せよ！ ゴースト・フリート出撃す（上・下）

P・W・シンガー＆オーガスト・コール
伏見威蕃［訳］

2026年、中国が太平洋支配に動きハワイ制圧！そのサイバー攻撃で、アメリカはハッキングの影響を受けない旧い艦艇からなる「幽霊艦隊《ゴースト・フリート》」でハワイ奪還を目指す！

中国軍を阻止せよ！（上・下）

ラリー・ボンド／ジム・デフェリス
伏見威蕃［訳］

中国が東シナ海制圧に動いた！日本は関係諸国と中国の作戦を阻止するため「沿岸同盟」を設立するが……「アジアの危機」をリアルに描いた、近未来戦争小説の傑作！

レッド・ドラゴン侵攻！（上・下）

ラリー・ボンド／ジム・デフェリス
伏見威蕃［訳］

肥沃な土地と豊かな石油資源を求めて中国政府のベトナム侵攻が始まった！元海軍将校が贈るもっとも起こりうる近未来の恐怖のシナリオ、中国のアジア制圧第一弾！

レッド・ドラゴン侵攻！ 第2部 南シナ海封鎖（上・下）

ラリー・ボンド／ジム・デフェリス
伏見威蕃［訳］

中国軍奇襲部隊に追われる米ジャーナリスト・マッカーサー。中国軍の猛攻に炎上する首都ハノイからの決死の脱出行！元米海軍将校が描く衝撃の近未来軍事小説第二弾！

レッド・ドラゴン侵攻！ 第3部 米中開戦前夜

ラリー・ボンド／ジム・デフェリス
伏見威蕃［訳］

国連でのベトナム侵攻の告発を中国は否定。しかしベトナム西部では中国軍大機甲部隊が猛烈な暴風下に驀進していた…米国人民軍顧問率いるベトナム軍との嵐の中での死闘！

レッド・ドラゴン侵攻！ 完結編 血まみれの戦場

ラリー・ボンド／ジム・デフェリス
伏見威蕃［訳］

ベトナム軍が中国軍機甲部隊と血みどろの闘いを繰り広げる一方、米駆逐艦「マッキャンベル」は南シナ海で中国艦と対峙していた。壮大なスケールで描く衝撃のシリーズ、完結巻！

ザ・ミステリ・コレクション

2054《にれいごよん》　合衆国崩壊《がっしゅうこくほうかい》

2025年 4月25日　初版発行

著者　エリオット・アッカーマン
　　　ジェイムズ・スタヴリディス
訳者　熊谷千寿《くまがいちとし》

発行所　株式会社 二見書房
　　　東京都千代田区神田三崎町2-18-11
　　　電話 03(3515)2311 [営業]
　　　　　 03(3515)2313 [編集]
　　　振替 00170-4-2639

印刷　株式会社 堀内印刷所
製本　株式会社 村上製本所

落丁・乱丁本はお取り替えいたします。
定価は、カバーに表示してあります。

ISBN978-4-576-25021-2
https://www.futami.co.jp/

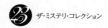